LA CITTA' CON LE TENDE ROSSE

Questo racconto è dedicato a Riccardo di Cesare, Marco Bellenghi, Nicoletta Nobili, Mirco Rocchi, Vittorio Concato, Giorgio Concato e a tutti gli altri amici citati nel testo che ci hanno lasciato troppo presto per poter sfogliare queste pagine.

Il presente libro è opera di fantasia e prende spunto da ricordi e memorie dell'autore liberamente elaborati. I cenni storici in esso contenuti sono frutto di ricerche on line e riportano notizie e informazioni provenienti da fonti di pubblico dominio.

Capitolo 1

Rosse...sì, spesso di una tinta cupa molto intensa, altre volte quasi amaranto oppure colorate di un tenue vermiglio tendente all'arancione che col tempo perde luce e sfuma nel pastello, tenero, morbido e avvolgente. Tende grandi a nascondere gli infissi bianco latte in legno lucidato e le vetrate a quadri così eleganti e leggiadre. Tende di stoffa spessa dalla trama fitta e un po'ruvida. Nel centro storico molti degli antichi palazzi ne sono adornati perfettamente in armonia con le tinte calde che imbellettano le loro facciate. Via Saragozza entro porta ne è splendido esempio, un arco di antiche case e storiche dimore crea un suggestivo spettacolo di colori che ricordano l'alba e il tramonto. Rosso, arancio, giallo. Questo è perché da sempre all'ombra delle Due Torri protetti dalla Madonna di San Luca gli inverni sono lunghi e rigidi e allor l'estate lascia le sue cocenti impronte e le sue romantiche luci sui muri così da rincuorare i bolognesi che passeggiando sotto ai portici bonariamente attendono il suo ritorno. Dietro a quelle tende scorre la vita; scorre fuori nel dedalo delle strade, tra i vicoli e traverso le piazze; scorre dentro tra le stanze e i saloni affrescati al riparo da occhi indiscreti.

Nei primi anni ''60 del secolo scorso mia madre Gabriella un dì mi prese per mano e mi portò a visitare alcuni edifici al cui interno stavano tanti bambini della mia età. Fu per me una enorme sorpresa vedere tanti bimbi tutti assieme ed ancor più mi stupì il fatto che con loro non vi fossero le loro madri ma delle signorine in camicetta bianca e gonna blu che li accudivano, li facevano giocare, disegnare, cantare e pasticciare col pongo. L'unica cosa che mi piacque fu proprio il pongo, il resto della questione mi lasciò perplesso e preoccupato. Imparai che quei posti si chiamavano asili e che le mamme ogni mattina ci portavano i loro figli in età compresa tra i tre e i sei anni, li affidavano alle " signorine " e poi incredibilmente giravano sui tacchi e se ne andavano per tornare a riprenderli prima di pranzo e in certi casi addirittura nel tardo pomeriggio. Terrore, delusione, tradimento!

L'asilo di San Michele in Bosco era piccolino ed un tantino cupo, un unico ambiente con tanti minuscoli tavoli che si chiamavano banchi affiancati da coppie di sedie in miniatura, un bel giardino recintato con tanti alberi e tutt'intorno ancora alberi, prati e nessuna casa. Davvero un posto strano e lontanissimo. Il secondo asilo che visitammo era situato vicino a casa precisamente al piano terreno di un palazzo in Via Riva di Reno quasi all'angolo con la Via Marconi. Quando entrammo una giovane donna dai capelli neri acconciati a torre ci accolse nell'atrio luminoso e ampio, pavimenti in marmo bianco sfavillanti, profumo di detersivo e vetri zigrinati alle finestre. La giovin signora mi parve austera assai nonostante i suoi trent'anni o poco più, all'incirca coetanea di mia madre ma d'esser madre nel modo non aveva un bel nulla. Si dilungò precisa e professionale a parlare alcuni minuti con la signora Gabriella e in fine ci indirizzò verso un moderno portone in rovere rosso molto bello e raffinato, poi con gesto deciso ne afferrò la maniglia dorata e lo spalancò d'un colpo. Caos, urla, pianti, pargoli che scorrazzavano tra i banchi e un paio di ragazze ad inseguirli invano. Non ci piacque. Ultima tappa l'asilo delle Suore Grigie, una laterale di Via dei Mille nelle vicinanze della Chiesa di San Carlo. Si trattava comunque di tutte strutture private molto in auge e tali da distinguersi dagli asili comunali. Insomma mandare i figli all'asilo privato faceva figo o per meglio dire utilizzando un termine di quel tempo faceva snob. Tale scelta dimostrava di appartenere al ceto della così detta gente per bene. Un vanto probabilmente inutile e dispendioso.

Lo ricordo bene quel giorno di fine settembre 1963, grigio e bagnato da una pioggerellina sottile. Mia madre teneva la sua Fiat 600 blu parcheggiata sotto casa, abitavamo nella parte alta di Via Marconi, un palazzo di sette piani appena finito di costruire, appartamenti col riscaldamento a pavimento e portineria operativa dal primo mattino a tarda sera. Il portinaio si chiamava Giorgio, un ragazzo simpatico che corteggiava la Chetti, la mia tata, ma alla fine sposò un'altra e la coinvolse nel lavoro di portierato. Mi piaceva la 600 blu, il cruscotto a mezza luna, lo spropositato volante color perla e i sedili bicolore rossi e bianchi. La signora Gabriella guidava allegra e sicura, donna un tantino rivoluzionaria dal caschetto rosso/dorato come quello della sua cantante preferita, Caterina Caselli, con la quale condivideva una straripante energia. Mi fece salire in macchina sul sedile posteriore perché diceva essere quello più sicuro, rombo del motore, partenza e stop dopo cento metri al semaforo rosso posto all'incrocio tra Via Marconi e Via Riva Reno. Moltitudine di gente che traversa a ondate come se tutti i residenti e non fossero concentrati nei pressi del centro storico ed in effetti più o meno era proprio così. Bologna era diversa, molto diversa da quella attuale pur rimanendo nel tempo sempre uguale, come se fosse stata descritta dal Principe Giuseppe Tomasi Signore di Lampedusa in appendice al suo celeberrimo libro. Una città dove tutto cambia perché nulla cambia. Semaforo verde e svolta a destra in fondo alla via subito prima di Piazza dei Martiri e parcheggio nei pressi della Chiesa di San Carlo, pochi passi ed eccoci arrivati a destinazione, Via Montebello. Una palazzina pietra vista di tre piani edificata di recente dalla facciata pulita e ordinata, fin troppo sobria. Portone a due ante in legno chiaro. Le iscrizioni erano già state chiuse da un paio di settimane, mamma mi iscrisse all'ultimo minuto, fino a metà settembre si rimaneva a Chioggia in villeggiatura. Avvicinandoci all'ingresso mi giunge chiaro il vociare proveniente dall'interno. Era metà mattina e i miei futuri compagni già tutti in classe, non eravamo in ritardo, avevamo appuntamento proprio a quell'ora per essere ricevuti singolarmente da una delle suore responsabili dell'asilo. I nuovi iscritti venivano inseriti progressivamente e con delicatezza e per tale motivo secondo la regola per i primi giorni mia madre rimase con me per farmi coraggio mentre suor Imelde ci conduceva attraverso i meandri dell'edificio in modo che io potessi ambientarmi e mamma rassicurarsi riguardo alla scelta fatta. Indossavo un grembiule bianco con due castagne di stoffa cucite sul petto quale simbolo personale di riconoscimento che compariva anche su tutto il resto del mio corredo composto da una valigetta contenente la merenda, un asciugamano ed un tovagliolo. Mi vergognavo un po'con addosso quel grembiule e le castagne in bella mostra non mi entusiasmavano affatto, arrivato tra gli ultimissimi i simboli più belli e sgargianti erano già stati scelti e le mie velate rimostranze non ottennero alcun risultato. Suor Imelde era giovane e gioviale, chiara d'incarnato, pratica, dinamica ed efficiente. Nel giro di pochi giorni ma senza entusiasmo cedetti al mio destino, a mezzogiorno e trenta trillava una campanella elettrica ed io subito balzavo dalla seggiolina per correre a mettermi in fila per due assieme agli altri bambini la cui permanenza in struttura terminava prima che giungesse l'ora di pranzo mentre la maggior parte si soffermava al cospetto delle Sorelle fino alle diciassette e trenta. Nei primi tempi la voce della campanella mi giunse liberatoria e la vista di mia madre che mi attendeva nell'atrio mi provocava un turbinio di contrastanti sensazioni che semplificando si possono definire gioia e risentimento. Mi ci volle un po' ma giorno dopo giorno quel luogo così grande e misterioso mi apparve sempre più piacevole e interessante, tuttavia non fu un percorso semplicissimo né privo di ostacoli anche se presto mi abituai ad osservare mia madre che dopo avermi affidato alla suora di turno percorreva il corridoio a ritroso senza più sentirmi solo, indifeso e abbandonato. Per mano di suor Imelde o meglio ancora di suor Orsolina venivo accompagnato verso la mia aula, la più piccola delle presenti e riservata agli alunni di tre anni mentre le altre due, più spaziose, facevano da temporanea dimora ai boss del quartiere, bimbi grandi e grossi, coraggiosi e smaliziati alcuni dei quali avevano già compiuto cinque anni.

L'istituto delle Suore Grigie si sviluppava a pianta quadrangolare, due lati contigui edificati nel secondo dopoguerra e gli altri sicuramente di più antica data il cui ultimo restauro risaliva al l XIX secolo; probabilmente un convento o comunque una struttura religiosa come testimoniava la presenza di una chiesa di buona fattura incastonata e seminascosta all'interno dell'area di maggior rilievo storico. Oltre all'asilo il complesso comprendeva una scuola femminile superiore ad indirizzo magistrale, una palestra, un refettorio, la già citata chiesa, aule per l'insegnamento, uffici amministrativi, infermeria, convitto e un piccolo teatro. Davvero bello il chiostro al cui centro prosperava un imponente albero ultra centenario. Naturalmente oltre alle Sorelle lavorava nell'istituto anche personale laico quali cuoche, inservienti e manutentori, tra questi ultimi un bidello/custode tuttofare i cui pronti interventi risultavano spesso risolutori di situazioni impreviste; un signore simpatico che fungeva anche da giardiniere e che si prestava volentieri a dirimere le diatribe che si scatenavano tra i piccoli ospiti durante il tempo passato a giocare all'aperto. Dall'atrio per raggiungere le aule riservate all'asilo la via più breve era traversare la palestra nella quale si svolgevano le ore di gioco e attività fisica durante la stagione più fredda. Era spaziosa, luminosa e dalle pareti dipinte di celeste e più che attrezzatura ginnica conteneva decine di mirabolanti giocattoli in perfette condizioni d'uso. Ne rimasi impressionato, tricicli in metallo rosso e bianco, macchinine a pedali, cavalli a dondolo, trattorini giocattolo ed una splendida riproduzione in scala ridotta di una Lambretta rossa e azzurra sulla quale non vedevo l'ora di poter salire e per il cui possesso ero disposto a confrontarmi con chiunque. Ero timido e fino allora cresciuto nella bambagia, la conquista dell'agognata Lambretta necessitava di carattere baldanzoso e faccia tosta peculiarità che una buona parte dei miei compagni possedeva in misura assai superiore alla mia. L'utilizzo dei giocattoli si svolgeva sotto la supervisione delle suore che dopo averci lasciato sfogare una mezz'oretta ci facevano mettere tutti in riga lungo una parete per insegnarci canzoncine e filastrocche che avremmo poi cantato imitando le movenze citate dai testi...-" Questo è il ballo del serpente che viene giù dal monte ecc. ecc. "- E via a starnazzare uno dietro l'altro formando una fila ondeggiante che mimava le movenze di un gigantesco pitone. Insomma le ore passate in palestra furono senz'altro liete, molto meno quelle fortunatamente poche passate ai piani superiori assieme alle alunne delle magistrali cui le Sorelle permettevano così di fare esperienza diretta con giovanissimi allievi. Per questo poco attraente impegno venivamo selezionati a turno, una decina alla volta. A me capitò solo in poche occasioni, le ragazze in grembiule nero preparavano in anticipo le loro lezioncine che sistematicamente riguardavano la teoria di rudimenti di attività casalinghe quali il cucito, il bucato e la cucina con grande apprezzamento delle femminucce e pessimo impatto sui loro compagni in braghette corte. Le suore ci spiegarono che grazie a noi le ragazze delle magistrali facevano tirocinio e che quindi si chiamavano tirocinanti, termine la cui etimologia mi indusse a pensare che costoro dovessero quindi tirare qualcosa ai " cinni ", che in dialetto nostrano significa bambini. Che cosa avrebbero potuto tirarmi non l'ho mai capito, fatto sta che quando una delle tirocinanti ci ordinò di mimare le movenze del bucato fatto a mano io mi sentii travolto dall'imbarazzo e mi rifiutai categoricamente di eseguire motivando il mio diniego col fatto che a parer mio quello fosse un gioco per le femmine e non per i maschi. Seguirono attimi di silenzio ma grazie ad una pronta battuta di suor Orsolina, la mia preferita, la situazione prese una piega divertente e l'atmosfera si rasserenò all'istante. L'episodio mi lasciò più di qualche remora e rimuginando tra i miei infantili pensieri l'idea che mio padre potesse cimentarsi nel bucato mi lasciò per qualche tempo stupito e incredulo; al fine presi coraggio e chiesi lumi a mia madre per chiarire i miei dubbi. La Gabriella si fece una bella risata e mi disse di starmene tranquillo e di pensare ad altro facendomi comunque notare che seppur controvoglia avevo imparato una cosa nuova che in futuro magari mi sarebbe potuta essere utile. Circa trent'anni più tardi mi si presentò la necessità di fare il bucato e fu solo grazie alla mia prima lavatrice che non dovetti lavare i miei panni a mano, cosa che comunque non mi avrebbe causato alcun imbarazzo.

Starmene fermo in classe mi andava un po' stretto salvo quando ad intrattenerci fosse suor Orsolina. Doveva avere poco più di vent'anni, occhi profondi e luminosi, carnagione olivastra ed un sorriso radioso; però sapevo che anche lei come le altre sorelle fosse sposata con Dio, quindi da grande non avrei potuto sposarla. Suor Orsolina passava tra i banchi distribuendo giocattoli, cubi di plastica dalle tinte accese con le lettere dell'alfabeto impresse in stampatello, mattoncini di Lego e macchinine di ghisa. Aveva sempre una parola dolce per tutti e poi sapeva raccontare delle favole molto belle e appassionanti. Con lei presente nessuno piangeva o disturbava. suor Imelde invece badava al nostro futuro, ci insegnava a leggere e scrivere, o almeno ci provava, ci consegnava fogli da disegno e matite colorate, ci poneva domande ed ascoltava con interesse le nostre risposte. In ultimo a volte ci toccava pure suor Luigina, da noi bimbi ribattezzata suor Gigia; era decisamente la più anziana delle tre e anche la più severa. Con la Gigia non si scherzava. Ci insegnava le preghiere e ce le faceva ripetere all'infinito. Durante la sua permanenza in classe mi capitava spesso di guardare oltre alle pesanti inferriate che proteggevano le finestre come a cercare un'improbabile via di fuga.

Nel secondo anno di frequentazione dell'asilo delle Suore Grigie accaddero molte cose divertenti e coinvolgenti ed in particolare le suore ci permisero di passare più tempo all'aria aperta protetti e racchiusi dai quattro lati del chiosco. Liberi di giocare e fare ciò che ci pareva. Fu così che venni avvicinato da un mio coetaneo dai capelli neri, folti e ricciuti; si chiamava Alberto Liverani, un bimbo serio, avventuriero, intraprendente e vulcanico. Alberto mi disse che mi avrebbe presentato un altro bambino che era sì suo amico ma anche capo di una banda rivale e quindi anche suo nemico, dopo di che insistette perché io accettassi di far parte della suddetta congrega perché lui voleva rimanere solo contro tutti. Io invece gli proposi di fare un'eccezione, trovavo fosse ingiusto che lui da solo dovesse " battersi " contro una moltitudine di bambini e dal momento che mi stava simpatico dichiarai che se ben gli fosse stato da quel momento in poi saremmo stati lui ed io contro tutti. Sorprendentemente accettò. Mi presentò comunque il capo dell'altro terribile clan, un bambino più alto di tutti gli altri di almeno venti centimetri, magro, con braccia lunghissime e un paio di scarpe ai piedi la cui misura sarebbe senz'altro andata bene ad un ragazzino di nove o dieci anni. Serio e biondissimo, e mi parve anch'egli un bravissimo " cinno ". Si chiamava Marco di nome e Santucci di cognome; in futuro avremmo percorso molto spesso le stesse strade, frequentato le stesse compagnie e gli stessi luoghi, condiviso le stesse passioni sportive, perdendoci di vista anche per lunghi periodi per poi ritrovarci sempre con lo stesso feeling. Quale fosse poi l'oggetto della disputa tra le due bande rivali non si venne mai a sapere soprattutto perché il bidello/custode nel momento stesso in cui ci vedeva uscire di corsa e scorrazzare in lungo e in largo ci chiamava a sé e ci forniva un bellissimo pallone rosso, allora Marco e Alberto facevano le squadre ed al cospetto dell'albero gigante e le sue lussureggianti fronde si giocava a calcio, la squadra che per prima avesse realizzato dieci goal vinceva la partita.

I due lati nobili del chiostro erano sicuramente ricchi di fascino e di storia. Muri spessi e tinteggiati in rosso bolognese, grandi finestre i cui vetri erano protetti da pesanti tendoni di un rosso più cupo, e poi due finestrelle in vetro piombato rosso, giallo, bianco e azzurro ai fianchi del portone della chiesetta. Il secondo lato era composto da un pregevole porticato le cui eleganti arcate erano state munite da vetrate scorrevoli in modo da recuperare spazio per l'attività didattica relativa alla scuola superiore femminile. Un marciapiede in cemento delimitava tutto il perimetro del chiosco sviluppandosi a livello del terreno così da non creare gradini che avrebbero resa pericolosa la deambulazione. Una luminosa mattina di primavera terminata la partita di pallone notai un mio compagno che saltellava lungo il marciapiede canticchiando allegramente il ritornello della pubblicità televisiva di una nota marca di caffè...-" Caffè caffè...caffè Mauro! " - Non mi sorpresi più di tanto quando Marco mi informò che Mauro fosse anche il nome di battesimo del bambino salterino, erano amici e lo sono tutt'ora. Pure Mauro Cavara faceva parte della nota banda capeggiata dal bambino altissimo e biondissimo ma spesso preferiva farsi gli affari suoi o intrattenersi a chiacchierare con le suore grazie alla sua capacità dialettica già molto sviluppata.

Durante le sfide a calcio Marco godeva del diritto di scegliere per primo tutti i giocatori proprio perché appartenenti in massa al suo clan, così Alberto ed io ci trovavamo a combattere ad armi dispari coadiuvati dai più lenti e i più scarponi. Non vincemmo mai manco una volta e solo io e Live, soprannome di Alberto, riuscimmo a realizzare qualche sudatissima rete sbucciandoci coraggiosamente le ginocchia, ma questo ci bastava per esultare felici urlando con le braccia al cielo. A me poi piaceva così, stare con i più deboli e spesso perdenti; un brutto difetto che ancora mi appartiene.

A volte nel pomeriggio mia madre mi portava con sé a fare spese e scesi in strada si prendeva inesorabilmente la sinistra in direzione centro storico distante pochi passi dal palazzo ove abitavamo. Passaggio davanti ai ruderi dell'abitazione di Galvani, scienziato che aveva fatto importanti invenzioni molestando le rane. La sua villa padronale trovava posto subito fuori il secondo muro di cinta di Bologna, quello medioevale del quale tutt'oggi si può ammirare un breve tratto che negli anni ''60 fu inglobato dal giardino Pincherle, un fazzoletto di verde circondato da secolari case prossime al Liceo classico Minghetti e da " cementosi " palazzoni affumicati dallo scarico degli autobus e dei tram il cui passaggio in fila serrata faceva vibrare tutti i vetri delle abitazioni allineate lungo la moderna Via Marconi totalmente ricostruita durante i primi decenni del secondo dopoguerra. Proprio il rumore convinse i miei genitori al trasloco più semplice della storia, abbandonammo l'appartamento le cui finestre davano sulla caotica arteria per spostarci in quello attiguo con vista su Via delle Casse ed il neonato giardino invero senza ottenere i risultati sperati perché sebbene i vetri delle finestre vibrassero un poco di meno toccava sorbirsi il concerto delle tapparelle metalliche che investite dal rumore proveniente dal traffico lo elaboravano con cura per poi diffonderlo modulandolo in un suono sordo e profondo simile a quello d'un bassotuba. Acquistammo però la vista di un buon pezzo di cielo nel quale nelle giornate di bel tempo il sole splendeva radioso a carezzare gli oleandri e i pitosfori che mia madre si premurò di acquistare. Prima sosta Alis Bar pasticceria Vignudelli, ampia caffetteria di passaggio nuovissima e luminosa, per me innovativa cedrata Tassoni per mia madre caffè doppio ristretto amaro al cui termine accendeva con classe una Super- senza che aspirava in ampie boccate per poi liberare un fumo azzurrognolo che come un ectoplasma levitava a spirale lungo le vetrate poste dietro al banco del bar. Due chiacchiere con la proprietaria immancabilmente incollata al suo sgabello dietro alla cassa per poi uscire dal locale e riprendere il passo sotto ai portici in direzione di Via Ugo Bassi. Altra tappa fissa a poche decine di metri, gastronomia Tamburini, qualità elevata, e pure i prezzi. Tanto il conto arrivava a fine mese e mentre a mamma non faceva né caldo né freddo a mio padre toglieva quel barlume di buon umore di cui disponeva. In Via Ugo Bassi dopo la farmacia si trovava un negozio di scarpe per bambini dentro al quale contro una parete era collocata una gabbia chiusa da vetrate alte fino al soffitto al cui interno languivano tre povere scimmiette. Avrei dovuto esserne contento invece mi prendeva una tristezza infinita che ancor più si accentuava quando mia madre sceglieva le scarpe per me, polacchine in vernice nera che se le guardavi troppo rimanevi accecato dal riflesso fino alla mattina seguente. Dall'altra parte della strada sosta presso un altro signorile bar per degustazione di paste salate e tartine alla mousse di tonno e poi finalmente si entrava allo Stand, mirabolante enorme bazar aristocratico zeppo di meraviglie, con un po' di fortuna ne uscivo stringendo tra le mani qualche agognato giocattolo, un'innocua lancia sioux in plastica con tanto di piume colorate appese o il fucile dello sceriffo, questo invece fatto di latta con la quale molto abilmente mi procurai un profondo taglio ad una mano pasticciando col caricatore. Pazienza. Salvo infortuni si riattraversava la strada per discendere nel mistero...il sottopassaggio! Scendendo una prima rampa di scalini affiancati da una teca di vetro trasparente sapientemente illuminata si potevano ammirare i resti di una antica strada di epoca romana, scendendo la seconda rampa ci si ritrovava in un ambiente spazioso pavimentato in gomma zigrinata lungo al quale ci si addentrava avvolti da nuvole di fumo tra negozi, bar, vetrine e tantissima gente, in particolar modo nei giorni freddi e piovosi. Mi piaceva e durante le festività natalizie ci si trovava sempre un babbo Natale posticcio che per cinquecento lire ti regalava una foto in sua compagnia. Poi si riemergeva ed era uno spettacolo, il palazzo di Re Enzo, la fontana del Nettuno, Palazzo D'Accursio, la chiesa di San Petronio, il crescentone grigio e rosa di Piazza Maggiore, il Palazzo del Comune e i portici del Pavaglione. Circondati dalla storia e accerchiati dai piccioni, un tuffo tra medioevo e rinascimento, il cuore pulsante della città. Così che buona parte del pomeriggio se ne era già volata via e quindi ci si avviava verso casa. Mia madre mi teneva per mano mentre procedevamo lentamente tra cortili aerosi e porticati monumentali interni al Palazzo Comunale, massicce pareti testimoni di secoli di vita adornate da lapidi commemorative e pesanti anelli di ferro a cui si assicuravano i cavalli, quasi ne sentivo il rimbombare degli zoccoli mentre mamma mi raccontava della nostra città, degli etruschi, di Felsina e di Bononia, dei Pepoli, dei Bentivoglio e della annessione allo Stato Pontificio, quest'ultima narrata quale che fosse un po'la fine di un'epoca gloriosa. Prima di riguadagnare nuovamente la Via Ugo Bassi gradita sosta per sbirciare nel profondo del pozzo colmo di monetine e pesci rossi delle dimensioni di una cernia, impressionanti. Sovente si procedeva verso casa passando da strade alternative, Via Belvedere e il suo colorato e chiassoso mercato, oppure Via Nazario Sauro con scorcio sulla Chiesa dei Santi Gregorio e Siro camminando al di sotto di porticati meno imponenti e più ombrosi, un po' in disparte e quasi silenziosi. E allora lo scalpiccio dei passi sopra il lastricato composto da un puzzle di mosaici levigati e lucidati da milioni di suole giungeva alle orecchie come un sospiro amico, un saluto rassicurante. Un arrivederci affettuoso.

Al suono della campanella con la mia valigetta di vimini in mano mi alzo e faccio per mettermi in fila per due per andare a casa, così come ogni giorno. Suor Imelde mi si fa incontro e mi dice: - " No, oggi resti qui con noi a pranzo, d'ora in avanti la mamma viene a prenderti nel pomeriggio. "- Non rivolsi la parola a mia madre per una settimana nonostante lei cercasse in tutti modi di giustificarsi. Che poi in breve mi accorsi che mi piacesse di più stare tra i miei compagni che andare appresso a mia madre per le vie e le botteghe di Bologna era del tutto un'altra storia. Si mangiava bene e se non avevi fame non c'era nessuno che ti rompesse le scatole per convincerti a rimpinzarti a tutti i costi, ma io mangiavo di gusto, la permanenza pomeridiana comportava molto più tempo dedicato al gioco che salvo pioggia si svolgeva in giardino e quindi necessitava nutrirsi per correre veloci e lanciare i sassi di nascosto più lontano di tutti; prima di ciò però bisognava pagare pegno e rimanere per un'oretta in classe seduti al proprio posto con le braccia e il capo poggiati sul banco per riposare. Una posizione scomodissima eppure qualcuno nella penombra artificiale ottenuta abbassando le tapparelle riusciva a dormire.

Le sorelle s'impegnavano con pazienza e solerzia nel tentativo di inculcarci un'educazione di stampo cattolico, del resto si trattava di un istituto religioso ma più che sulle preghiere o le sacre scritture la loro opera insisteva principalmente sull'etica e le buone maniere. Il bene e il male, ma noi in testa avevamo altro, la guerra con gli elastici, le partite di calcio e quando non c'era controllo gli incontri di lotta secondo regole ben precise, vietato menare le mani, chi atterrava per primo l'avversario aveva vinto e chi ne stendeva di più godeva del rispetto e della stima di tutti. I candidi grembiuli si tingevano del grigio della terra polverosa o del verde dell'erba che faticosamente cercava di crescere quotidianamente calpestata da cento e più piccoli piedi. Le suore alla vista delle condizioni pietose delle nostre vesti strillavano e minacciavano di non farci più uscire dall'aula, lavavano con l'acqua fredda dello spinello le ginocchia annerite e sbucciate disinfettando tutto con abbondanti innaffiate di alcol che bruciava tremendamente. –" Come hai fatto a ridurti così? Vi siete picchiati? Non ricordi cosa dice il Bambin Gesù? "- " No sorella sono inciampato da solo mentre correvo. " – L'odore dell'alcol ci seguiva penetrante e fastidioso anche in classe mentre tutti in piedi per penitenza si doveva recitare una decina di volte l'Ave Maria con voce squillante, se suor Gigia beccava qualcuno che cercasse di abbindolarla muovendo le labbra in silenzio si ricominciava a pregare da capo. Suor Orsolina invece ci faceva pregare anche da seduti e ci guardava sorridendo incapace di mascherare l'affetto che provava per noi.

Con giorni di anticipo le Sorelle ci prepararono alla visita del Vescovo. La struttura brillava e profumava in ogni suo angolo, pure i piccioni, i passeri e le colombe che soggiornavano sui cornicioni e sui possenti rami del nostro unico albero avevano smesso di bombardare il terreno sottostante, il marciapiede perimetrale del cortile interno non era mai stato così lindo e pulito.

La piccola chiesa era gremita di bimbi intenti a comportarsi nel migliore dei modi. Quando Monsignore apparve varcando la soglia preceduto e seguito da numerosi sacerdoti e accoliti ci alzammo in piedi accogliendolo con un corale saluto di benvenuto. Fumi d'incenso profumato si diffondevano dalle coppiere poste ai lati dell'altare e dai vasi d'argento che dondolavano appesi alle catenelle strette tra le mani degli accoliti. Sua Eminenza calcava con passo lento e solenne il tappeto lungo e rosso appositamente steso per lui, sorrideva e ci benediceva tutti col gesto della mano aperta in segno di pace. Riccamente vestito di porpora guarnita da ricami dorati, il capo coperto da una leggiadra papalina. Fino ad allora non avevo mai visto all'interno di un luogo sacro un uomo col copricapo in testa, anzi mi avevano insegnato che per rispetto ed educazione in chiesa si dovesse entrare sempre a capo scoperto a parte le donne che potevano coprirlo tramite un fazzoletto. Ne dedussi dovesse trattarsi di un personaggio gerarchicamente molto importante. La santa messa si svolse con grande partecipazione e quando fu terminata ci mettemmo tutti in fila sopra al tappeto rosso alla cui estremità posta di fronte all'altare ci aspettava il vescovo; solerti gli accoliti avevano provveduto a posizionare una poltrona stupenda, tanto bella da sembrare un trono, il telaio di legno pregiato finemente intagliato risplendeva nelle sue sfarzose dorature, la seduta generosa imbottita e rivestita di velluto scarlatto. Ma Monsignore rimase in piedi. Uno alla volta ci avvicinammo a lui in processione, le suore ci avevano adeguatamente istruito al proposito. Giunti al suo cospetto si doveva baciare l'anello benedetto che portava al dito. Un gioiello d'oro massiccio con incastonato un rubino sangue di piccione grosso come un'oliva. L'odore intenso dell'incenso e i colori di quella giornata cerimoniosa e serena trovarono accoglienza in un angolo della mia memoria.

Un colore rosso dalle sfumature accese e calde iniziò a permeare il mio sentire e a nutrire i miei occhi avidi di vita e di emozioni. Senza accorgermene lo cercavo, istintivamente, e lo ritrovai ovunque, allora e negli anni a seguire.

I pomeriggi del fine settimana li passavo spesso ai giardini pubblici, inizialmente quelli subito fuori porta Saragozza all'angolo con i Viali di Circonvallazione. Un giardino molto ordinato e soprattutto tranquillo e ben frequentato. Noia, mia madre leggeva e fumava seduta su di una panchina, di quelle classiche in metallo verde che si trovano in quasi tutti i parchi pubblici europei. Stavo lì a gironzolare sull'asfalto chiaro attorno ad aiuole tondeggianti protette da un basso recinto di ferro messo lì tanto per far capire che sopra all'erba non ci si poteva andare. Posizionato all'interno di ogni aiuola stava un cartello bianco piantato al suolo con sopra scritto in stampatello dai caratteri blu –" Vietato calpestare le aiuole "-. Quasi avrei preferito il solito tour nel centro storico, unico diversivo una fontanella di acqua potabile. Fortunatamente presto la gita settimanale mutò la sua meta: I Giardini Margherita, tutt'altra storia. Già l'ingresso nei pressi di Porta Santo Stefano m'appariva grandioso, un'ampia e possente cancellata di ferro battuto ne segnava e tutt'ora ne indica l'accesso, ai lati due robusti pilastri cilindrici dalla punta conica a far da supporto come due gendarmi di pietra intonacata e tinta d'arancione tanto per alleggerire la solennità della struttura. Una barriera storica proveniente dalla vicina Porta Santo Stefano ove era rimasta fin quasi due secoli addietro posizionata tra i due caseggiati gemelli posti con essa a protezione di uno dei varchi di passaggio attraverso le mura cittadine. Comunque un ingresso degno di cotanto giardino vero fiore all'occhiello donato ai bolognesi da Sua Maestà la Regina Margherita di Savoia. Tramite un viale sontuosamente alberato procedevo guardandomi attorno affascinato, una tiepida e serena giornata di ottobre, ancora pochi passi e respiro il profumo delle castagne che proveniva da un fusto di metallo annerito dal fumo, un bidone da nafta entro al quale la brace ardente scoppietta allegra tra il guizzare delle fiamme azzurre e gialle. I resti di un reticolo di ferro poggiato sopra a far da griglia e i frutti autunnali ad arrostire; un carretto di legno verniciato di celeste ricolmo di reticelle stipate d'altre castagne già pronte al sacrificio. Affumicato in volto come uno spazzacamino il castagnaro ti fissava sorridente coi suoi occhi scuri dalla sclera bianchissima in attesa della richiesta. –" Ne vorrei per duecento lire per favore! "- E l'omino tramite una cazzuola fattasi paletta raccoglieva le sue prelibatezze appena sbucciate dal calore, un sacchetto di carta in mano da riempire con gesti rituali, come pennellate di un dipinto, come una scena di un vecchio film improvvisamente catapultata nella realtà. Le castagne si mangiavano con le mani e mi garbavano assai diversamente da quelle appuntate sul mio grembiule. Qualche malalingua sosteneva che non fossero vere castagne di bosco ma castagne " matte " che il castagnaro raccoglieva col favore delle tenebre ai piedi degli ippocastani di Viale Rodolfo Audinot e di Via Guidotti, ma si trattava di puerili menzogne di chi rimane a guardare a bocca asciutta come fa la volpe con l'uva.

Non lontano dall'ingresso prossimo a Porta Castiglione era uno spiazzo di forma circolare ricoperto di catrame liscio e uniforme, al centro svettava un abete nei pressi del quale un distinto signore offriva il noleggio dei " grilli " a pedale. Grande attrazione. Si trattava di un veicolo a tre ruote dalla struttura metallica allungata tinteggiata di amaranto, una via di mezzo tra un triciclo ed un go kart il cui movimento si azionava spingendo con entrambi i piedi una leva che comprimeva una molla che giunta a fine corsa tornava a distendersi. Correvano forte e mi divertivo come un matto, bisognava evitare di curvare ad alta velocità perché il trabiccolo rischiava facilmente il ribaltamento. Tornando appena indietro poche decine di metri sulla destra ci s'imbatteva nella gabbia del povero leone. Sembra preistoria. E prati, tanti prati verdi davvero vasti ed invitanti, chi giocava a pallone, chi si rincorreva, chi invece se ne stava sull'erba seduto a gambe incrociate a leggere un libro. Al centro del parco un'elegante palazzina liberty dalle dimensioni contenute ma dalle linee fini e ricercate. E il laghetto in miniatura con tanto di barche a remi verniciate di bianco, un ponticello in cemento per traversarlo a piedi ed una costruzione in muratura adibita a bar/cafè, un locale distinto dove sedersi ai tavolini per sorseggiare una bevanda o mangiare un toast. Negli anni "90 trasformarono il bar in discoteca, pensavo fosse una forzatura, un qualcosa di fuori posto, ma in barba alle mie opinioni per qualche stagione specialmente durante l'estate godette di una certa notorietà. Una volta ai giardini Margherita esposero una balena imbalsamata, pagammo il costo del biglietto ed entrammo sotto al tendone che nascondeva alla vista il corpo del mammifero marino. Mia madre per invogliarmi a leggere ogni mese mi regalava una favola cantata, un volume illustrato accompagnato da un disco a quarantacinque giri che si acquistava all'edicola di fronte casa…- " Il disco fa clic…anche questo racconto se ne va…se ne vaaa…ma aspettate, e un'altro ne avrete."- Un cult per i bimbi degli anni "60, cosa modernissima e spettacolare. Mentre lo spettacolo della balenottera imbalsamata fu davvero deludente. Forse perché da poco avevo letto e ascoltato la favola di Pinocchio immaginavo che la balena fosse enorme e che la visita si svolgesse all'interno del suo pancione. La considerazione e il rispetto che in quegli anni di boom economico la massa dimostrava nei confronti degli animali risultavano davvero infimi e deplorevoli, ma la percezione del giusto e dello sbagliato, o peggio ancora del bene e del male, varia col variare del " sentire " della maggioranza delle persone, ed ora che finalmente guardiamo agli altri esseri viventi con maggiore sensibilità e attenzione ci ritroviamo a rapportarci con i nostri simili in modo assai meno civile, educato e solidale di quanto sarebbe lecito aspettarsi dall'essere che si autodefinisce fatto ad immagine e somiglianza del proprio creatore… Homo sapiens…

Capitolo 2

Ormai ero abbastanza grande per tenere agilmente il passo di un adulto ma non fu per amor del passeggiare che mia madre decise di accompagnarmi all'asilo a piedi bensì per il fatto di aver stretto rapporto di amicizia con la signora Gianna durante la quotidiana comune attesa della riconsegna dei propri figli nell'atrio dell'istituto al termine della permanenza pomeridiana. La Gianna (mi sia concesso l'uso inappropriato dell'articolo quale licenza del comune parlare) era una signora alta, mora e molto a modo sposata col dottor Carlo, un uomo spiritoso, divertente e amante del gioco del pallone. Il loro bimbo e mio compagno di classe non poteva dunque chiamarsi che Giancarlo, primogenito della famiglia Tonelli che risiedeva circa a metà di Via Guglielmo Marconi poco oltre l'incrocio con Via Riva di Reno. Giancarlo era un bambino abbastanza taciturno e timido, un bambino buono e calmo, caratteristiche che appartenevano anche a me; lui però non amava particolarmente le compagnie numerose e chiassose quindi si mantenne sempre al di fuori delle dispute tra i gruppi più vivaci e a volte anche molesti. Con lui comunque mi trovavo bene perché io pure non di rado preferivo estraniarmi dalle relazioni sociali di gruppo, dal gioco comune e irruento che caratterizzava il tempo di libertà concessoci dalle suore per sfogare le nostre energie. Col tempo diventammo buoni amici e sempre col tempo smarrimmo sempre più la nostra angelica aurea fino al punto da poter affermare che durante l'adolescenza e forse un po'oltre ne combinammo di cotte e di crude divertendoci come fossimo il gatto e la volpe, tanto per far nuovo riferimento alla favola di Collodi. Mia madre con la Gianna si trovava magnificamente, lei così vulcanica e grande oratrice, l'amica compassata e ottima ascoltatrice. Presto al duo di giovani mamme si aggiunse la Signora Lucia, sorella maggiore di Gianna, Cavaliere del Lavoro, donna dinamica, di polso e di spessore, autorevole proprietaria di quella che fino agli anni''80 fu la più nota ditta di autoricambi della città; ditta Gioia situata nei pressi di Piazza Azzarita. Un trio ben assortito che si frequentò abbastanza assiduamente per molto tempo. La signora Lucia abitava con l'anziana madre in uno spazioso appartamento di Via dei Mille, pochi passi dall'asilo così che capitava che alle ore 17,30 le signore ivi si ritrovassero per degustare il the con quattro pasticcini, quelli tondi di pastafrolla lavorata a ondine con la ciliegina candita al centro. A casa di sua nonna, ovvero tra mura amiche, Giancarlo già mostrava segni di intraprendenza, si spogliava della timidezza e mi proponeva avventurose esplorazioni tra le ordinate stanze della silenziosa dimora. Il suo grembiule mi pare fosse adornato dall'immagine di uno sdolcinato bambi, di quelle che piacevano tanto alle mamme e molto meno ai figli maschi, ma si trattava di un asilo gestito da religiose e i più fortunati ostentavano aquiloni, orsacchiotti e palloni dagli spicchi colorati.

Le sorelle dalla veste grigia ben sapevano prendersi cura dei loro piccoli alunni ed ancor meglio dei genitori di questi che venivano ciclicamente e piacevolmente coinvolti nelle attività sociali, in particolar modo tramite l'organizzazione di recite e spettacoli accuratamente preparati che avevano luogo nella sala del teatro. Attori protagonisti i più meritevoli alunni dell'asilo motivo per cui cercavamo tutti nei limiti del possibile, invero molto elastici, di comportarci bene per essere prescelti. Genitori e parenti andavano in brodo di giuggiole, le mamme col fazzoletto in mano ad asciugare le lacrime, i padri col petto gonfio, i nonni a spellarsi le mani dagli applausi. Alla fine delle rappresentazioni sul lato della sala opposto al palcoscenico s'accendevano le luci sopra ad un buffet chilometrico e stipato da mille golosità provenienti dalle migliori pasticcerie della zona; brindisi con l'aranciata San Pellegrino che alla Gabriella piaceva nella versione amara. Il palcoscenico era ornato da tende e tendoni di stoffa verde chiara plissettata, un palco di discrete dimensioni che poteva ospitare contemporaneamente una ventina di attori in erba, una serie di fondali sostituibili tra loro a seconda che si trattasse della recita natalizia, di carnevale o piuttosto di fine anno, un retropalco capiente e gruppi ottici modulabili nell'intensità e nei colori in modo da creare effetti carichi di pathos. Per gli spettatori oltre cento posti a sedere in file di poltroncine di plastica nera dal telaio metallico. Le sorelle per queste occasioni mobilitavano buona parte del personale dipendente e si facevano coadiuvare da un paio di tecnici esterni riguardo l'uso delle luci e gli effetti sonori. Vere e proprie feste che si vivevano con emozione e partecipazione da parte di tutti i presenti. Uomini in giacca e cravatta, camicie bianche e inamidate dai polsini rigidi come l'acciaio dai cui occhielli facevano capolino gemelli d'oro più o meno pacchiani; ma anche camicie azzurre, meno formali ma sempre in tinta unita, scarpe tirate a lucido in vera pelle con suole di vero cuoio. La maggior parte delle signore impellicciate, salvo in occasione della recita di fine anno che si svolgeva sul farsi della stagione estiva. Grazie a Dio usanze attualmente superate. La Gianna sfoggiava la pelliccia di leopardo, Gabriella il castorino, e qualche altolocata signora pure il visone. Diamo atto alla nostra ed alle ancor più giovani generazioni di aver abbandonato questo tristissimo stile d'eleganza moralmente inaccettabile. Ma del senno di poi sono piene le fosse e negli anni ''60 questo era senza che nessuno provasse il minimo senso di colpa.

La recita principe era quella che celebrava le festività natalizie. Un Natale carico di contenuti e profondamente sentito vieppiù dalle sorelle a cui per l'occasione si affiancava la Madre Superiora. Avevamo provato e riprovato decine di volte, appreso il copione e imparato le poesie, suor Imelde e suor Orsolina avevano preparato con estrema accuratezza ogni cosa fino al più piccolo particolare che mai, ci insegnarono, era da considerarsi irrilevante. Doveva esserci un protagonista per forza, una figura principale, quello che interpreta di persona i momenti più salienti e toccanti, l'apparizione degli angeli, la commemorazione della nascita del Bambin Gesù. Suor Imelde mi prese in disparte mentre stessa cosa faceva suor Orsolina col mio compagno d'avventura Alberto Liverani. La brava Imelde, a cui nel frattempo mi ero molto affezionato, mi spiegò i particolari e altrettanto fece Orsolina la buona col mio amico. Presto m'accorsi ci fosse qualcosa che m'impediva assolutamente d'accettare il ruolo di protagonista, a questi infatti si chiedeva di recitare in pigiama! Non solo, ma dal momento che la favola raccontava che il bimbo/attore appartenesse ad una famiglia onesta ma abbastanza disagiata era stato scelto un pigiama adatto al ruolo, di quelli azzurri ed elastici che al tempo indossavano tutti i bambini ma recante una vistosa bruciatura da ferro da stiro all'altezza di un ginocchio. In pigiama sul palco non ci sarei andato per nessun motivo e in più nonna Margherita mi aveva spiegato quanto il materiale con cui venivano prodotti quegli abiti da notte potesse diventare pericoloso, mi disse che avrebbe potuto prendere fuoco da solo cosa che constatai allor che mia madre me ne comprò uno, una volta indossato coricatomi sul letto a luce spenta mi accorsi con terrore che il pigiama friggeva e sfrigolava con bagliori simili a quelli che provoca un cavo scoperto della corrente elettrica.

Mamma cercò invano di rassicurarmi ma dovette desistere ed io tornai ad indossare i più classici pigiamini a righe verticali. Alla luce di questa esperienza e della vergogna che avrei provato a presentarmi pubblicamente in quelle condizioni con non poca difficoltà confessai a suor Imelde che proprio non me la sentivo. Alberto invece non fece una piega e toccò a lui recitare al centro del palco la poesiola clou della serata mentre gli altri bimbi stavano in semi cerchio dietro di lui tenendosi l'un con l'altro con un braccio attorno alle spalle a ripetere in coro la sua stessa filastrocca: -" Stelline del cielo venite quaggiù in quella capanna è nato Gesù...ecc. ecc. "- Al mio fianco durante il gran finale era Marco, nonostante io fossi tra i più alti cingergli le spalle col braccio si rivelò un'impresa e dovetti più volte mollare la stretta per sgranchirmi velocemente. Eravamo vestiti eleganti, io in maniera un po'eccentrica secondo il gusto di mia madre, Marco molto più finemente, la camicia dal bianchissimo colletto che sbucava dal collo rotondo di un bel maglioncino celeste di lana, i pantaloni all'inglese grigio chiaro perfettamente stirati con tre bottoncini grigio fumo di Londra applicati in verticale sui lati, scarponcini blu notte coi lacci e calzettoni bianchi fin sotto alle ginocchia; questi ultimi li indossavo anch'io ma con mio grande disappunto ad essi all'altezza dell'elastico erano applicati un paio di orribili " pon-pon ". Rientrammo a casa a bordo della nuovissima e fiammante FIAT 1500 grigio topo di mio padre, la più bella macchina che abbia mai posseduto, la più bella auto su cui io sia mai salito. Era il Natale del 1964.

A Carnevale in realtà non si trattava di una recita ma di una specie di sfilata di maschere sul palco del teatro, una passerella con una breve sosta al centro ben illuminati dai riflettori e poi una serie di innocue battaglie tramite il lancio di coriandoli e stelle filanti. Manganelli vietati e i petardi nemmeno sapevamo cosa fossero. La maggior parte degli alunni dell'asilo delle Suore Grigie proveniva dai quartieri del centro storico ma non erano pochi i genitori che pur di iscrivere i propri figli a questo Istituto fossero disposti a sorbirsi trenta e più minuti di macchina quotidianamente. Conobbi infatti alcuni miei coetanei che abitavano sulle prime colline bolognesi, fuori Murri, su per l'Osservanza, a Casaglia, a Paderno; località che pian piano si stavano trasformando da agricole in residenziali, molte di quelle che fino agli anni "50 del secolo scorso erano state case di campagna frequentate da famiglie possidenti solo durante i fine settimana o i mesi estivi si stavano trasformando in ville e palazzine ad uso abitativo permanente. Residenze di un certo prestigio molte delle quali affittate o acquistate anche da professionisti ed industriali provenienti da altre regioni attratti dalle prospettive economiche del capoluogo emiliano. Angelo P.

si era trasferito da Napoli al seguito della sua famiglia, un bimbo grande e grosso con i capelli ben pettinati dal colore e la lucentezza della pece, carnagione olivastra, sopracciglia come quelle di Mangiafuoco e occhi neri e ardenti ad annunciare la sua irrefrenabile vivacità. Un vocione da tenore che non riusciva a controllare e una smisurata fede per la squadra di calcio partenopea, cosa che a tutti risultò molto strana dal momento che proprio in quegli anni fosse il Bologna Football Club, che già vantava sei titoli, ad aggiudicarsi il suo settimo e ultimo scudetto nel campionato 1963/64. Il Bologna che faceva tremare il mondo ed il cui gioco la stampa definiva paradisiaco. Nel ''64 vivevo ancora nell'appartamento al terzo piano con vista su Via Marconi e mamma al passare del corteo dei tifosi rosso/blu festanti mi portò in balcone prendendomi in braccio. Imparai i nomi dei più famosi giocatori tra i quali il mio preferito era Ezio Pascutti, ala sinistra dal goal facile; abitava in Via delle Lame così che mia nonna che per la signora Pascutti creava abiti esclusivi su misura un dì mi prese con sé e mi portò in visita a casa del mio campione. Il Napoli calcio di quegli anni non era nemmeno lontano parente di quello di Maradona e tanto meno di quello attuale. Assieme ad Angelo arrivò il suo amico Giovanni R., biondo, esile e chiaro di pelle, decisamente più riflessivo e assai rapido d'ingegno, questi aveva una sorella più giovane di nemmeno un anno, un caschetto biondissimo e modi di fare gentili e premurosi; al pranzo si sedeva vicino a me e mi offriva cibarie prelibate portate da casa di cui era sempre colmo il suo cestino. Si chiamava Antonella e con stupore m'accorsi di quanto potesse essere piacevole la compagnia di una femminuccia. Ma a parte il pranzo e le ore passate in classe seduti ognuno al proprio posto noi maschietti trascorrevamo il rimanente tempo rapportandoci esclusivamente tra di noi e mai ci venne in mente che si potesse giocare anche con le bambine; d'altronde le suore si adoperavano in modo che maschi e femmine si divertissero separatamente attente che quest'ultime non si sporcassero, non si spettinassero, non sudassero e che limitassero la loro attività motoria non oltre ad un tranquillo girotondo.

Mia madre ci teneva tantissimo, troppo, a dimostrare al mondo quanto il suo bambino fosse bello, bravo e buono e spinta da queste motivazioni con sapienza iniziò a parlarmi dei costumi carnevaleschi. A suo parere i più ricercati ed ammirati erano quelli che rappresentavano la maschera di Pierrot, di Pulcinella e soprattutto di Arlecchino; io già nutrivo qualche dubbio ma al fine mi lasciai convincere nonostante non mi interessasse affatto di essere ammirato da chissà chi. Fece cucire dalla signora Loredana che abitava al quinto piano e faceva la sarta di professione un ricercato costume d'Arlecchino in pannolenci a losanghe rosse, bianche, verdi e blu al quale abbinò un querulo copricapo di stoffa bianca dalle forme napoleoniche, e così conciato mi accompagnò soddisfatta alla sfilata. Convinto che mi sarei mimetizzato facilmente tra moltitudini di Pulcinella, Arlecchini e Pierrot varcai la soglia dell'Istituto con fiducia. Mi incavolai di brutto! Ero solo io vestito in quel modo buffo! Le bambine erano tutte fatine e principesse, Giancarlo indossava un costume da toreador con tanto di spadino e fascia rossa in vita, Angelo addirittura da Zorro, e la gran parte dei miei amici, tra i quali Alberto e Marco, da cowboy col cinturone, le pistole e il cappello a tesa larga, e qualcuno ostentava pure una magnifica stella di latta appuntata sul gilet o sopra una camicia a quadri. Non vedevo l'ora che si esaurissero coriandoli e stelle filanti per tornarmene a casa e levarmi di dosso quel ridicolo abito.

Mi feci promettere subito dalla Gabriella che nei carnevali a seguire salvo mia diversa richiesta mi sarei mascherato da gringo, con un cinturone di pelle dalla fibbia esagerata, due pistole del calibro di un cannone, la canna in simil argento e l'impugnatura in pseudo madreperla. E la stella di latta splendente sul petto!

Mantenne la parola ed io fui contento e orgoglioso della mia bardatura di prim'ordine. Antonella mi chiese di sposarla e suo fratello Giovanni acconsentì ma a patto che io gli regalassi subito tre delle mie pallottole di plastica gialla e con la promessa che le nozze non si sarebbero svolte prima che io avessi raggiunto il venticinquesimo anno d'età. Sapevo che mia madre ne avesse allora trenta e quindi pensai che una ventina d'anni sarebbero passati in fretta. Avevo ragione.

Grazie a questi eventi organizzati dalle Suore Grigie mia madre conobbe molti dei genitori dei miei amici e conseguentemente si organizzò in modo che io potessi frequentarli anche durante i fine settimana o comunque nei mesi estivi quando l'asilo serrava i battenti per riaprirli a settembre. Così i giardini di Porta Saragozza e i Giardini Margherita furono soppiantati da spazi più o meno verdi compresi tra la parte nord dei Viali di Circonvallazione e i quartieri Irnerio e Marconi; quest'ultimo da qualche decina d'anni ha mutato il proprio nome in quartiere Navile a memoria dei tempi in cui il fiume Reno scorreva a cielo aperto in città e per ricordare che esistesse un porto fluviale importante nelle sue immediate vicinanze, non a caso l'ultima laterale a sinistra percorrendo Via Marconi in direzione di Piazza dei Martiri si chiama Via del Porto. Con gli anni i numerosissimi porti e porticcioli posti lungo le rive dei fiumi e canali artificiali che venivano fittamente utilizzati quali vie di comunicazione tra la città, le cittadine e i paesi lungo l'asse Ravenna-Bologna vennero quasi tutti interrati o lasciati a sé stessi a causa del repentino sviluppo del commercio ferroviario e del trasporto merci su strada tramite i mezzi pesanti. Restano a ricordarli alcuni toponimi che identificano oggi piccoli agglomerati urbani un tempo operosi centri di smistamento, quali ad esempio Portonovo, frazione del Comune di Medicina. Tutta questa zona della nostra provincia che si estende verso le terre ferraresi e ravennati viene ora definita delle " Terre d'acqua ". Inizialmente le mie ore di svago all'aperto trovarono come location i giardini del Cassero di Porta Galliera, Cassero stava ad indicare una costruzione in muratura spesso fortificata posta a protezione di una porta di cinta o comunque circondata da altre strutture difensive, con lo stesso appellativo i bolognesi identificano anche il baluardo di Porta Saragozza. Di fronte a Porta Galliera era quindi un giardinetto composto da aiuole fiorite e tondeggianti inframmezzato da una spianata di asfalto, un po' di alberi e qualche panchina per le madri che in chiacchiera vegliavano sui propri figli intenti a divertirsi. Ogni aiuola era circondata da una striscia pavimentata da cubetti di porfido (i tipici sanpietrini) larga una trentina di centimetri la cui parte centrale formava una conca per dar modo all'acqua piovana di scorrere verso i tombini di scarico. Perfetta per essere utilizzata come pista per le biglie di vetro presto soppiantate da quelle di plastica, per metà colorate e per l'altra trasparenti, più grandi e semplici da colpire tramite il " cricco " del dito indice o medio così da imprimere il giusto impulso alla pallina lungo la parabola delle curve. Ma soprattutto le innovative pallette recavano al proprio interno i nomi e l'immagine di famosi calciatori, Mazzola, Facchetti, Riva piuttosto che popolari ciclisti quali Gianni Motta, Felice Gimondi e l'imbattibile Eddy Merckx. Figlio di un ufficiale di carriera dell'Esercito, attualmente in pensione col grado di Generale, era ancora una volta Marco Santucci a gestire l'organizzazione delle dispute come se le capacità organizzative del padre Alberto, già Comandante del Distretto Militare di Bologna, fossero prematuramente comparse tra le sue peculiarità. Il giocatore che maldestramente facesse uscire la propria biglia dal tracciato si diceva che avesse " forato " e doveva riposizionare la pallina sullo stesso punto da cui aveva eseguito il tiro perdendo il turno. –" Tocca a me! Tu hai già tirato! "- " Non è vero, sei tu che bari! "- ... Però qualcuno portava sempre con sé un pallone e riposte le biglie si procedeva a delimitare il campo ponendo a terra giacchette e maglioni ad indicare l'ampiezza delle porte misurate attentamente a falcate in modo che risultassero uguali. Si procedeva facendo le squadre che necessariamente dovevano essere " equilibrate " ma tali non erano mai perché la formazione perdente sistematicamente protestava dichiarando ingiusta la propria sconfitta quale conseguenza di una evidente disparità di forze. Il nostro campetto improvvisato veniva ad occupare interamente il piccolo piazzale e spesso il pallone calciato in porta prendeva il volo per atterrare nel bel mezzo delle trafficate strade adiacenti. Questa situazione di pericolo non piacque alle signore madri ed ancor meno al vigile urbano di turno che recuperata la sfera ci intimava di interrompere le nostre sfide adducendo ad un generico divieto di praticare il gioco del football all'interno degli spazi pubblici. La storica ed eroica Porta assisteva col sorriso alle nostre piccole dispute felice di passare tempi meno gloriosi ma assai più tranquilli di quelli che la videro protagonista in passato.

Tra le qualità della popolazione felsinea viene spesso evidenziata la bonarietà, il sentimento pacifico, il fare controllato e civile, ma molti non sanno o dimenticano che i figli di queste terre nei secoli moltissime volte insorsero contro gli oppressori fossero essi invasori o governanti. Terminato il periodo in cui la città mantenne la sua indipendenza quale Libero Comune essa venne a far parte dello Stato Pontificio e praticamente sotto questa giurisdizione rimase fino all'unità d'Italia salvo gli anni dell'occupazione napoleonica e la successiva mal sopportata e saltuaria presenza austriaca. Molte furono le occasioni in cui i cittadini nel corso dei secoli si ribellarono al potere del Legato Pontificio a volte giungendo anche a radere al suolo il palazzo nel quale dimorava situato indicativamente ove oggi sorge il Parco della Montagnola, altura di artificiale origine. Infatti già dal Medioevo quell'area veniva destinata all'accumulo di calcinacci, materiale di demolizione e rifiuti solidi ingombranti ai quali poi si aggiunsero le rovine dei sovra citati caseggiati. Nel corso del sedicesimo secolo la zona iniziò ad assumere un aspetto verdeggiante in seguito alle prime opere di recupero e bonifica destinandola ad uso pubblico con funzioni ricreative e ludiche. Il secolo successivo fu edificata la pregevole scalinata del Pincio e la costruzione e rifinitura del parco procedette costante fino a alla fine del diciottesimo secolo quando si spianò la cima dell'altura per porre in opera una pista circolare dedicata alle corse equestri o comunque buona per rilassanti passeggiate all'ombra dei platini alcuni dei quali ancora viventi ed elevati al rango di alberi monumentali. L'ultimo tocco fu la posa della vasca al centro dell'anello, questa era stata realizzata per essere inserita all'interno dei Giardini Margherita ma quando in tal loco si optò a favore di un lezioso laghetto si decise di collocarla dove tutt'ora si trova. E Porta Galliera? Edificata e potenziata nei primi secoli del secondo millennio lungo il perimetro della terza e più recente cinta muraria della città godeva di grande importanza e considerazione essendo posta a baluardo difensivo della città assieme a Porta Lame e Porta San Felice contro eventuali incursioni da parte di truppe nemiche quali potevano essere quelle imperiali, estensi, austriache e comunque provenienti da nord o nord-est, Bologna infatti all'interno dello Stato papalino occupò sempre una posizione prossima al confine. Tale era la sua importanza difensiva e strategica che subito fuori le mura esisteva una rocca a sua tutela. Testimonianza del valore e della intraprendenza del popolo bolognese resta tra i più famosi, cruenti ed eroici episodi la battaglia di Porta Galliera svoltasi l'8 di agosto dell'anno 1848. A quei tempi lo Stato Pontificio manteneva la sua integrità territoriale e giuridica esclusivamente grazie al massiccio supporto militare garantito dall'Impero dell'aquila bicefala, era l'Austria a prendersi cura tramite le sue truppe di difendere e proteggere il papa da attacchi esterni e insurrezioni popolari in quanto l'Imperatore vedeva nella sussistenza e nell'alleanza col pontefice un baluardo territoriale, un bastione a contenimento delle mire espansionistiche del Regno di Sardegna e futuro Regno d'Italia. Quindi era normale per i sudditi papalini vedere circolare tra le proprie strade battaglioni austriaci e ritrovarseli a presidio delle posizioni fortificate ogni qualvolta le masse insorgessero vessate dalle angherie governative. Naturalmente il papa disponeva anche delle sue forze armate, ma poco efficienti, scarse nel numero, male attrezzate e per nulla bellicose. Tutto ciò è storicamente dimostrato dal fatto che con la pesante sconfitta austriaca del 1859 in quel di Magenta al ritiro delle truppe imperiali dai territori pontifici, necessario per accorrere a difendere la madre patria, conseguì lo sfascio del potere temporale dei discendenti di Pietro. Al popolo delle Due Torri la presenza austriaca risultò sempre indigesta, i tempi ribollivano già di fervore risorgimentale e quindi i militari austriaci avevano ricevuto ordine di non provocare in modo alcuno i sudditi alleati per timore che questi passassero repentinamente dalla parte di Casa Savoia. Il contingente militare austriaco accantonava presso le porte San Felice, Lame e Galliera con dispensa specifica salvo ordini diversi di accedere al centro cittadino esclusivamente a piccoli gruppi per i necessari acquisti di approvvigionamento. La mattina dell'8 agosto del 1848 un sottufficiale austriaco entrato in una osteria per un bicchiere con fare arrogante si prese beffa dei cittadini presenti i quali subitamente colsero l'occasione per prenderlo a sediate sul groppone e calci nel fondo schiena. Il malmenato graduato fuggì a gambe levate assieme ad alcuni commilitoni che avevano cercato di sostenerlo. Informata di quanto avvenuto l'autorità civile presentò immediatamente le proprie rimostranze all'Ufficiale comandante delle truppe austriache che promise adeguati e immediati provvedimenti disciplinari a carico dei suoi subordinati. Ma la frittata era già stata fatta...Il popolo s'incendiò e dal nulla spuntarono a centinaia schioppi, pistole e forconi, frotte di bolognesi in numero costantemente crescente si addensarono nel centro cittadino pronti a dar battaglia. Porta Lame e Porta San Felice vennero liberate dalla folla inferocita, vessata da decenni di soprusi e miseria, nonostante l'accanito tiro dei fucilieri " tedeschi " che si dovettero ritirare al di fuori delle mura. i cittadini riuscirono a serrare i portoni ed abbassare le inferriate tuttavia il grosso della guarnigione avversaria composta da oltre mille uomini e dotata di tre cannoni da campagna era già riuscito a barricarsi all'interno della struttura difensiva di Porta Galliera e dopo aver posizionato i pezzi di artiglieria s'avventurò all'esterno nel tentativo di sedare l'eroica rivolta. Si combatté fin sopra l'altura della Montagnola e lungo le vie adiacenti ma dalle finestre e le porte delle case giunse preciso il fuoco degli insorti, nel frattempo un folto gruppo guidato dai facchini Di Via del Borgo stringeva d'assedio il nemico arroccato all'interno del cassero. La battaglia infuriò fino a sera allor quando il piombo bolognese colse nel petto il Comandante dell'artiglieria imperiale togliendoli la vita, a quel punto gli austriaci alzarono bandiera bianca e si dileguarono di carriera per fermarsi solo una volta giunti sulla riva nord del fiume Po. Perirono oltre cinquanta bolognesi, ricordati da una lapide posta sui muri della riconquistata Porta. Gli austriaci contarono quattrocento caduti. Tra le famiglie bolognesi di più antica origine è ancora in auge il detto: '' è successo un "48! " – Ad indicare un avvenimento clamoroso e imprevisto.

Abbandonata la '' sacra '' Porta per il volere delle madri e della legge ci trasferimmo sui degradanti prati del Parco della Montagnola con vista su Piazza VIII Agosto e comodo accesso da Via Irnerio o per chi preferisse tramite la bianca scalinata del Pincio che sale da Via dell'Indipendenza. Il vasto spazio verde nonostante la pendenza fu eletto a campo da calcio sul cui terreno si misuravano compagini composte dai regolamentari undici giocatori, i più scarsi in difesa e i migliori in attacco in modo che quasi ogni azione comportasse al malcapitato portiere di turno di essere battuto ed insultato. Alla Montagnola ritrovammo altri dei nostri compagni d'asilo, tra i quali il biondo Pier Caffaggi, sempre selezionato dalle sante sorelle per le recite teatrali, e conoscemmo molti altri ragazzini del quartiere tra i quali Il possente e prematuramente scomparso Antoine Dietrich, Un Tonno che non era Tonno Tonelli ma Tonno Tonon, Dario P. e i suoi fratelli minori, Stefano B. detto Polli(cino) e un bimbo alto e buono che di cognome faceva Gilli e che aveva le braghette immancabilmente sorrette da vistose bretelle, particolare che solleticava l'ironia di un bambinone un po' burbero e brontolone, Marcello Zannini, che si divertiva ad apostrofare il tranquillissimo Gilli chiamandolo " tirantullo ". Oltre alle partite di football si passava il tempo cimentandosi in altre attività come giocare al lancio del sasso o correre lungo l'anello della ex pista per i cavalli così che dopo appena un giro ci si fermava esausti, ma proprio là dove era posto l'arrivo con vista sul sottostante Sferisterio sorgeva una baracchina e chi aveva la fortuna di avere cinquanta o cento lire in tasca poteva dissetarsi con una spuma all'arancio o al cedro. Con meno soldini si poteva comperare una bustina di brustulli o un sacchettino di lupini, i miei amici ne andavano pazzi così li volli provare anch'io, fu una delusione, non mi piacevano proprio e ci rimasi pure male, non tanto perché non mi gradissero quanto per il dispiacere di non poter condividere con i miei compagni la gioia della loro degustazione. Per tornare verso casa mia madre prediligeva un percorso che passava per Via Indipendenza, palazzi eleganti e imponenti per lo più ottocenteschi, maestosi e di pregiata architettura, come ad esempio quello del cinema/teatro Arena del Sole impreziosito da una leziosa terrazza; portici ampi dalle alte volte sotto le quali il passeggio cittadino trovava e trova la sua massima e più elevata espressione nel così detto uso di " fare le vasche ", incrociare bella gente, fermarsi in uno dei tanti e luminosi bar, guardare le vetrine di botteghe d'alta moda e chi potesse permetterselo fare acquisti griffati. In Via Indipendenza è sita la celeberrima cattedrale di Bologna, San Pietro, alle cui spalle già ci si trova tra le affascinanti stradine e gli ombrosi vicoli medioevali; santuario di antico culto spesso contrapposto alla più ampia e spettacolare chiesa di Piazza Maggiore, San Petronio. Ma presto salutavamo la lussureggiante arteria per svoltare a destra e imboccare Via dei Falegnami al termine della quale si traversava Via Galliera, per secoli la più aerosa e nobile strada della città coi suoi splendidi palazzi patrizi di fattura rinascimentale, poi passaggio d'innanzi alla chiesetta della Pioggia che in passato appartenente ad un complesso monastico di origine quattrocentesca. Percorsa una parte di Via Riva di Reno si girava per Via Nazario Sauro ad un terzo della quale a destra imboccavamo una breve galleria di moderna costruzione al cui termine bruscamente ci si lasciava alle spalle la città dai caldi colori per ritrovarsi innanzi al neonato palazzone in cui abitavamo.

Era primavera inoltrata quando mia madre, maestra di scuola, iniziò a parlarmi riguardo ai miei prossimi impegni relativi alla mia istruzione, fino ad allora il pensiero che un giorno pure io avrei dovuto frequentare le elementari non mi aveva neppure sfiorato. Stavo bene con le mie suore, mi divertivo, avevo tanti amici e quando suonava la campanella che sanciva il termine della mia giornata mi dispiaceva interrompere le mie avventure tra le mura amiche dell'Istituto e tornato a casa attendevo con impazienza che arrivasse la mattina successiva. Incredibile. L'idea della " scuola dell'obbligo" mi preoccupava non poco, o almeno in quei momenti in cui mamma me ne accennava dicendomi che dopo il passare delle vacanze estive non avrei fatto ritorno all'asilo perché avevo raggiunto l'età in cui si deve andare a scuola. Mi disse si trattasse di un luogo dove non si giocava ma si ascoltava con attenzione la maestra, si imparava a leggere, a scrivere e a far di conto, e che fosse vietato parlare con i compagni. Una vera fregatura. Pensieri passeggeri che si dissolvevano in fretta come sfilacciati banchi di nebbia trafitti dal sole in un cielo che ritornava subito limpido, azzurrissimo e ricco di promesse.

Una mattina entrò nella nostra aula, quella riservata ai più grandicelli, una signorina mora coi capelli raccolti ed un grembiule bianco, suor Imelde le si fece incontro per salutarla dopo di che chiamò per nome alcuni di noi e con sorpresa mi accorsi di far parte anch'io dell'elenco. Trasalii di soprassalto dubbioso più che curioso. La suora ci radunò attorno a sé e ci affidò alla signorina mora dicendoci che si trattasse della nostra insegnante di inglese. Eravamo sei o sette in tutto ed in fila indiana muti e incupiti seguimmo la nostra fresca docente lungo i corridoi della parte più recente del complesso. In realtà non fu una sorpresa in assoluto, a casa mia madre mi aveva informato di questa possibilità ma senza approfondire, probabilmente per non allarmarmi. Entrati in una stanzetta rettangolare illuminata da una assolata finestra che dava sul chiostro prendemmo posto su delle panche addossate alle pareti mentre la maestra d'inglese rimase in piedi sorridente al centro del piccolo ambiente. Brevemente ci spiegò quanto fosse importante per noi conoscere le basi della lingua anglosassone in tenera età sostenendo che i bambini più sono giovani più facilmente apprendono. Non ci capivamo nulla, ci sembravano suoni insensati che ubbidendo alla giovane ragazza cercavamo di ripetere con pessimi risultati. I maldestri tentativi di ognuno di noi facevano esplodere le risa dei compagni, la simpatica maestra pur avendo senz'altro ottima dimestichezza con l'inglese non dimostrava di averne affatto con dei bimbetti di cinque o sei anni. Finiva per ridere pure lei. Ma al di là delle risate l'ora di lezione ci sembrava scorrere noiosa e interminabile mentre dal cortile ci giungevano le voci allegre dei nostri compagni che giocavano. Dopo alcune infruttuose giornate la nostra insegnante tentò di cambiare metodo interagendo con ognuno di noi singolarmente per alcuni minuti così che ogni volta che si voltava da una parte o dall'altra si scherzava e finalmente ci si divertiva intrattenuti dalle buffe movenze di Mauro Cavara che imitava con successo il comico Ridolini. Così come era improvvisamente nato altrettanto rapidamente da un giorno all'altro il tentativo di trasformarci in acculturati piccoli Lord si esaurì nel nulla con grande soddisfazione degli ormai ex allievi. La signora Gabriella ci restò un po' male anche perché mi aveva appena regalato un completino tutto blu stile college composto da giacchetta con stemma ricamato, pantaloni all'inglese e berrettino da cavallerizzo, un cappellino di velluto rosso scuro dallo smisurato frontino e dal cui retro pendeva svolazzante una coppia di stupide strisce di seta nera. Giusto i pantaloni potevano andare, la giacca la indossai una sola volta in occasione del matrimonio di un cugino di mio padre, tale Augusto da Padova, il berrettino fui costretto a portarlo perché era aprile e avrei potuto ancora prendere un raffreddore. Gli concessi per pochissimi giorni di coprirmi il capo, approfittando di una calda domenica al Parco della Montagnola prima di iniziare a scorrazzare su e giù per la collinetta lo poggiai con noncuranza sul prato assieme al mucchietto di golfini che tutti ci eravamo tolti per evitare di sudare troppo, misteriosamente sparì, mamma si arrabbiò e disse che in autunno me ne avrebbe comperato un altro. Non lo fece ma in compenso mi regalò un cappello di simil pelliccia da giovane marmotta con tanto di coda, in vero eccentrico ma in testa lo calzava anche uno dei miei eroi a fumetti, Black Macigno, per ciò lo indossai spesso e volentieri.

Ultimo giorno dalle Suore Grigie. Grande dispiacere, sapevo che avrei continuato a frequentare i miei compagni anche al di fuori di quelle mura che negli anni mi erano divenute tanto care ma ciò non bastò per riuscire a separarmi dalle mie suore a cuor leggero. Mi salutarono tutte, una alla volta, ultima fu suor Orsolina che mi carezzò il viso evidentemente commossa. Io mi sentivo molto triste, trattenni le lacrime a stento e per puro orgoglio. Mi sorrideva come sempre e mentre a mano di mia madre mi allontanavo verso l'uscita continuando a guardarla pensai per l'ultima volta che Dio fosse molto fortunato ad averla per sposa.

L'Istituto delle Suore Grigie ha definitivamente cessato la sua attività nel 2022 a causa dei costi di gestione divenuti insostenibili. Mia madre non era donna da arrendersi facilmente, nell'inverno del 1966 dopo aver visionato la Berlitz School optò per la concorrente e più prestigiosa Britisch School situata allora come oggi in Via Zamboni 1. L'insegnante era severissima ed io ne restai intimorito. Dopo una decina di lezioni la mia conoscenza dell'inglese stava ancora a zero, non certo per colpa dell'insegnante. Non ne volevo proprio sapere, tra l'altro dovevamo pure fare dei compitini scritti a casa che io non ero minimamente in grado di affrontare, allora mamma disse che mi avrebbe aiutato mio padre che l'inglese lo aveva studiato al Liceo. Fino ad allora avevo imparato a comprendere solo due parole, quelle che la mia insegnante pronunciò per presentarsi, Miss Hill, signora Collina, e a lei consegnai carico di certezze la paginetta scritta che avevo compilato assieme all'Ingegner Giuliano. La seguente lezione i compiti svolti a casa ci vennero riconsegnati con tanto di voto impresso con la Bic Rossa. Mio padre ed io eravamo stati giudicati nettamente insufficienti, entrambi ci restammo male, la faccenda giunse alle orecchie del padre di mio padre il cui intervento convinse mia madre a porre fine alle mie sofferenze linguistiche. Il nonno sostenne che per inculcarmi il senso del dovere fossero sufficienti i compiti per casa che ci dispensavano a scuola sostenendo che a suo parere fosse un delitto privare un bambino di quella spensieratezza che sempre troppo presto va perduta. Uno dei miei eroi preferiti in carne ed ossa.

Tuttavia questa deludente esperienza mi permise di ampliare le mie conoscenze logistiche e storiche. Mia madre era un'ottima oratrice capace di esprimere e spiegare nozioni in maniera facile ed esauriente, sapeva carpire l'attenzione modulando i toni e gli effetti della sua narrativa dall'elaborato stampo scolastico. Ciò non vuol dire che in tal senso fosse pesante ed ossessiva anzi, i suoi racconti mi risultavano gradevoli e li ascoltavo con attenzione ed interesse. Mi appassionavano. Generalmente la storia è materia che coinvolge maggiormente gli uomini ma a mia madre piaceva, le librerie di casa risultavano zeppe di volumi relativi a popolazioni e civiltà del passato, dagli Assiri babilonesi alle invasioni barbariche, dall'Italia feudale a quella dei Comuni, dal Rinascimento fino alla seconda guerra mondiale. Per raggiungere la British School seguivamo l'antica Via Emilia, ovvero Via Ugo Bassi che passata la Piazza del Nettuno porta il nome di Via Rizzoli. Il bel castello o che dir si voglia Palazzo di Re Enzo catturò immediatamente la mia attenzione, possedevo un maniero in miniatura per giocarci coi soldatini e trovarmene uno vero a pochi metri mi parve un sogno. La storia e leggenda dello sfortunato Re di Sardegna figlio di Federico II di Svevia Imperatore del Sacro Romano Impero mi intrigava assai più che le favole di Cappuccetto Rosso e compagnia bella. Mentre ascoltavo immaginavo la scena, le truppe guelfe di Bologna, di Ferrara e dello Stato Pontificio che si scontrano con gli imperiali coadiuvati dagli alleati modenesi e cremonesi. Località Fossalta, piccola frazione sul torrente Tiepido situata a pochissimi chilometri dalla città di Modena. Gli imperiali erano decisamente superiori in numero ma i condottieri guelfi manovrarono assai meglio le loro truppe mettendo in rotta gli avversari, accortisi che Re Enzo fosse rimasto impantanato sulle rive del Tiepido difeso da pochi cavalieri lo accerchiarono e lo fecero facilmente prigioniero. Correva l'anno 1249. I vincitori durante la trionfale marcia di ritorno verso Bologna sostarono ad Anzola Emilia nel cui castello, di cui ancora rimane una torre, incatenarono temporaneamente il figlio dell'Imperatore quel tanto che permise alle autorità cittadine di deciderne le sorti. Si trattava pur sempre del figlio del più potente Signore del mondo conosciuto, un ostaggio preziosissimo il cui futuro andava ben ponderato. Da pochissimi anni a scopo militare e amministrativo ben protetta dalle possenti mura di cinta cittadine e collocata in pieno centro era stata costruita a scopo militare e amministrativo una fortezza nel cui piazzale interno i bolognesi tenevano in custodia vegliate da numerosi fanti armati le loro macchine da guerra, trabucchi, arieti, onagri e via dicendo. Primo e secondo piano erano stati destinati anche ad uso abitativo, si pensava a qualche alta carica militare o a importanti funzionari comunali; una dimora elegante e spaziosa adatta quindi a divenir prigione di un Re. Al povero Enzo vennero destinate due stanze dalle quali non gli fu mai concesso uscire durante i vent'anni o poco più della sua rimanente vita salvo l'ora d'aria quotidiana all'interno della corte e sotto lo strettissimo controllo degli armigeri. Poteva comunque per quanto possibile passare il proprio tempo libero come meglio gli aggradasse assistito da servitori che provvedevano alle necessità alimentari e di vestiario consone al suo rango; gli fu permesso anche ricevere visite femminili ed è accertato che nel corso della sua prigionia divenne padre tre volte di figli riconosciuti quali naturali. L'Imperatore Federico cercò di patteggiare la liberazione del suo discendente offrendo alla città di Bologna ingenti somme di danaro tali da poter permettere la ricostruzione completa della cinta muraria ma le sue offerte vennero sempre rispedite al mittente allor che lo Svevo minacciò di radere al suolo la città turrita senza però mai muovere in tal senso. Alcune leggende riguardo al re recluso si tramandarono nei secoli, la prima narra di una tentata fuga nascosto tra le merci trasportate da un carretto in uscita dal castello ma una mendicante che sostava abitualmente subito fuori dal portone se ne accorse notando la bionda chioma del Re che sbucava malcelata da un sacco di juta. La donna richiamò strillando l'attenzione dei picchieri posti di guardia all'ingresso della fortezza che immediatamente vanificarono le speranze del nobile signore. Un'altra racconta che Enzo visse una travolgente relazione amorosa anche con una delle sue serve, tale Lucia da Viadagola, località nei pressi di Granarolo dell'Emilia, alla quale era solito dire: - " Oh mia Lucia ben ti voglio"-. Per questo motivo alla nascita del bambino la madre lo fece battezzare col nome Bentivoglio e narra la leggenda che il pargolo di sangue reale fu il capostipite della famiglia dei Bentivoglio di lì a qualche tempo Signori di Bologna.

Via Rizzoli mi piacque subito, aerosa e luminosa con i suoi eleganti palazzi di cui alcuni assai imponenti; la progettazione del suo ampliamento causò un vero e proprio sconvolgimento del centro cittadino compreso tra le Due Torri e il Palazzo di Re Enzo. Il suo aspetto attuale risale alla fine degli anni "20 del secolo scorso. Certo esteticamente la città ne guadagnò ma il prezzo da pagare risultò molto salato, un dedalo di stradine, vicoli, edifici e monumenti quasi millenari e carichi di storia scomparvero per sempre. Il Mercato di mezzo, compreso tra quello di Piazza Maggiore e quello di Piazza della Mercanzia, questi per altro entrambi completamente all'aperto, attivo e prolifero fin dal medioevo andò perduto e con esso numerose tra le più antiche botteghe artigiane. Un luogo, va detto, che specialmente attraverso i secoli del tardo medioevo e primo rinascimento preoccupò spesso le autorità cittadine a causa del suo continuo ribollire sociale che a volte sfociava in tumulti e sommossa di popolo in cerca di giustizia. Bologna urbe di antichissima origine ed esistente ancor prima dell'eterna Roma fu sempre rilevantissimo centro commerciale grazie alle molteplici vie fluviali che permettevano rapidamente il trasporto di merci e derrate in gran quantità, se a ciò si aggiunge l'importanza della sua Università, la più antica d'Italia e attiva dal 1088, ben si comprende quanto essa fosse famosa ed importante realtà economica, sociale, politica e culturale. Nel XIII secolo era annoverata tra le quattro o cinque città europee con maggior numero di cittadini che gli storici indicano tra i cinquanta e i sessantamila senza tener conto di tutti coloro che in essa dimoravano per motivi di studio o di lavoro. Fortunatamente la tradizione artigiana e la qualità delle attività commerciali non andò mai perduta e tutt'oggi i negozi del centro storico mantengono standard elevatissimi nel prestigio e nell'eccellenza dei prodotti e dei servizi accessori. Nonostante da tutte le parti d'Italia giungessero voci di sdegno e di protesta, tra le quali quella del D'annunzio, la smania d'ammodernamento procedette per la sua strada come un bulldozer. Molte delle cento torri che s'innalzavano imperiose verso il cielo erano già state abbattute in passato e finita l'opera demolitoria del Mercato di Mezzo dopo un'inutile e brevissima pausa tra il 1919 e il 1920 si procedette a schiantare anche le tre torri che tenevano compagnia alla Garisenda e all'Asinelli. Dapprima ci si preoccupò di liberarle dalle casupole che ad esse si erano addossate come a formare un'imbelle cintura protettiva e infine si diede il colpo di grazia. La prima ad essere ridotta in macerie fu la già malandata Torre Artemisi seguita a ruota dalla Guidozagni e dalla Riccadonna. Nessuno osò pensare di aggiungere alla funesta lista le due celeberrime torri simbolo principe della dotta città, i bolognesi non l'avrebbero mai permesso. Le torri furono simbolo della gloria e della potenza delle famiglie che le possedettero, la loro funzione però non fu solo di rappresentanza ma anche abitativa e a scopi militari.

Che impressione giungere al cospetto delle due torri pendenti! Poterle osservare per qualche minuto rese la mia permanenza nelle aule della scuola d'inglese meno sofferta, ad esse infatti pensavo durante le incomprensibili frasi pronunciate a tutta voce dalla valchiria anglosassone sognando di esserne il Signore ma chiedendomi quanto dovesse essere faticoso salirvi fin sulla cima. Ero nell'età in cui la curiosità infantile inizia ad essere stuzzicata dai numeri, dal bisogno di quantificare e misurare per meglio comprendere la realtà; che l'Asinelli fosse molto più alta della Garisenda risultava evidente già dalla prima occhiata ma che la prima misurasse il doppio della seconda con i suoi quasi cento metri, novantasette per l'esattezza, mi lasciò davvero basito, pure la più piccola mi sembrava tanto alta ma se avessi potuto avrei scelto senz'altro l'Asinelli. Dove abitavamo, un palazzo di otto piani, era in uso un bell'ascensore, di quelli moderni con apertura e chiusura a comando o tramite cellula fotoelettrica, quindi tra me e me pensai che anche sulle antiche torri avessero installato un così comodo congegno, ne chiesi notizia a mia madre ed ottenni una dissuasiva risposta negativa. In realtà l'idea di installare almeno sulla Torre Asinelli un ascensore era già stata più volte considerata a partire dal 1932 e ciclicamente venne riproposta fino agli anni "90 sempre comunque rifiutata a salvaguardia dell'integrità dell'aspetto originale del monumento. Giustissimo. Una credenza afferma che uno studente dell'ateneo bolognese che salisse fino sulla cima dell'Asinelli subirebbe cospicui rallentamenti del suo corso di studi e nella sua versione più cinica che perderebbe ogni possibilità di laurearsi. Vera per chi non termina gli studi e falsa per chi si laurea, molto salomonica quindi. Pare che l'Asinelli fosse stata concepita per essere ancora più alta, questo almeno è ciò che sostennero gli ingegneri a noi contemporanei dopo aver esaminato i vari spessori delle sue strutture murarie, mentre è certo che la Garisenda fosse più alta di dodici o tredici metri e che venne accorciata per scongiurare il rischio di crollo dovuto al cedimento delle sua fondamenta, esiste anche una precedente ipotesi che invece indica come causa della preoccupante inclinazione lo sprofondamento del terreno sottostante; queste sue disavventure ed il conseguente ridimensionamento della sua altezza valsero alla Garisenda l'appellativo di torre mozzata. La costruzione di entrambi iniziò tra il 1109 e l'anno a seguire ed è certo che la meno alta fosse stata eretta per volere della famiglia Garisendi mentre non è sicuro che la famiglia Asinelli fosse proprietaria dell'omonima torre fin dalla sua posa in opera. Si identifica come pendente la Garisenda la cui inclinazione è ben visibile a occhio nudo, in realtà seppur in minor misura pende anche la sua inseparabile compagna. La base di entrambe fu edificata con uso di massicce pietre di selenite sopra alle quali poi si costruirono muri via via più sottili. La selenite risulta ben visibile osservando la base della Garisenda mentre sull'Asinelli il distinto porticato che la circonda stempera in parte l'essenzialità tipica delle torri di quell'epoca. Non che all'Asinelli fosse poi filato tutto liscio, addirittura in epoca rinascimentale venne colpita da una palla di cannone da otto libbre sparata da Piazza Aldrovandi nel corso di festeggiamenti evidentemente esagerati, la grande signora però se la cavò solo con uno sbercio nella muratura ben presto rattoppato, furono invece i fulmini il suo principale nemico, essi la colpirono nei secoli causandone numerosi incendi di cui il più grave comportò la completa distruzione delle scale, solo verso la metà del XIX secolo il problema fu risolto tramite l'applicazione di un parafulmine sulla sua cima, mentre risale al 1974 il posizionamento di una invalicabile grata di sicurezza sulla terrazza posta ad oltre novanta metri dalla quale è possibile ammirare un panorama mozzafiato, questa decisione venne presa per porre fine al triste fenomeno dei sucidi . Fu sempre l'Asinelli ad essere la più utilizzata tra le due quale vantaggioso punto di vedetta ed anche per lo studio dell'astronomia, ricoprì anche il ruolo di carcere e negli anni più bui del medioevo era dalla sua parete rivolta verso Strada Maggiore che veniva esposta una gabbia di ferro sospesa ad una altezza di venti metri dal suolo entro la quale si rinchiudevano i condannati. Per alcuni decenni le due torri furono unite tramite un ballatoio di legno che serviva per la ronda di guardia al sottostante Mercato di Mezzo, a volerla furono I Visconti Signori di Milano detestati dal popolo bolognese del quale temevano imminenti rivolte al punto di giungere ad erigere anche una possente palizzata attorno a Piazza Maggiore trasformandola in piazza d'armi. La brutta struttura che appesantiva le torri guarda a caso andò in fumo dopo appena trent'anni dalla sua installazione. Resta il fatto che Bologna viene comunemente citata quale città delle Due Torri immortalate da milioni di fotografie e ritratte impavidamente protese verso il cielo. Un'immagine che ogni bolognese custodisce orgogliosamente nel proprio cuore.

Capitolo 3

Primo di ottobre – San Remigio. C'era una canzonetta che faceva così: - " Noi siamo i remigini della prima elementare...ecc. ecc. " – Il dovere era alle porte. Pazienza, non disponevo di mezzi per sottrarmene. Classe mista Prima B, maestra Solidea Tesini. Scuola Elementare Enrico Panzacchi. Via Guglielmo Marconi. Bologna. Edifico posto proprio alla fine della via quindi all'angolo con Via del Porto. Un treno di cemento lungo, grosso e squadrato, davvero corposo e granitico, ben tenuto ma non certo invitante alla faccia della piccola scuola bianca di Renzo Pezzani, quella della poesia " La scuola di campagna" così idilliaca, linda e allegra. Le Panzacchi avevano l'aspetto di un casermone tendenzialmente grigio e non solo nelle tinte, piano rialzato, piano primo e seminterrato. Una costruzione adornata da un giardino abbastanza spazioso che ne conchiudeva due lati concedendone gli altri due alla strada. Non so se venne edificato in epoca fascista, della quale il suo stile pareva figlio, ma nel caso fosse stato costruito a conflitto finito appariva fin troppo evidente che il progettista fosse ancora molto influenzato dalle forme rigide e pesanti del ventennio. Grembiule tutto nero con una riga orizzontale rossa sul braccio destro ad indicare l'anno di studio, il primo, colletto bianco a parte, un orpello inutile da chiudere attorno al collo tramite un bottoncino e un'asola. Ma non potevo lamentarmi, la nostra Signora Maestra era l'unica di tutta la scuola che permettesse ai propri alunni maschi di non indossare il patetico fiocco blu appuntato come un cravattino; le femmine invece in grembiule candido e fiocco rosa alcuni dei quali di dimensioni spropositate ricordavano quelli delle uova di Pasqua. Tutte le bimbe dovevano portarlo, anche Clarita H.C. che son certo lo detestasse, un caschetto di capelli neri e luminosi a incorniciare lineamenti esotici illuminati da occhi scuri e vivissimi; il suo nastro rosa era tra i meno vistosi e di colore pallido ma la maestra non ebbe mai nulla da dire al proposito.

A scuola si andava a piedi, arrivati al secondo palazzo superato l'incrocio con Via Riva Reno ci si fermava al numero 45 al cospetto di un innovativo e voluminoso orologio le cui ore e minuti venivano scanditi tramite numeri che comparivano allo stesso modo di quelli che scattano sul contachilometri di una auto in corsa, quindi niente lancette. Di forma rettangolare sbucava dal muro perpendicolare alla longitudine del portico sorretto da robuste braccia d'acciaio e leggibile su entrambi i lati. Ivi giunti mia madre suonava il campanello della Gianna premendo il relativo pulsante sul citofono e la voce pacata della signora Tonelli rispondeva: - " Arriviamo! " – Qualche istante d'attesa e madre e figlio ci raggiungevano sotto al portico. Giancarlo era l'unico dei miei amici di Via Montebello che avevo ritrovato nella mia stessa classe alle scuole elementari e ciò bastò a rasserenare il mio umore che per rendere l'idea poteva paragonarsi a quello di un giovanetto richiamato alla leva che parte per il fronte. Cartella rossa dotata di bretelle assai utili per metterla in spalla come fosse uno zaino buono per ridurre la fatica e raddrizzare le giovani schiene. La scuola all'apice dei suoi lati esterni ostentava due imponenti cancellate che avrebbero dovuto dare accesso al giardino, mai viste aperte una sola volta in cinque anni, al parchetto scolastico si accedeva solo dall'interno della struttura e salvo rarissime eccezioni esclusivamente per compiere l'annuale rito della foto di classe. Con noi portavamo una merenda che si mangiava durante i dieci minuti di ricreazione che obbligatoriamente si passava seduti al proprio posto. Inizio lezioni tra le otto e le otto e trenta, termine alle dodici e quaranta; c'era pure il refettorio, un ambiente spazioso dove pranzavano i bambini che si fermavano al doposcuola, invero pochi perché la maggior parte delle loro madri non lavorava. Si viveva discretamente o bene anche con un solo stipendio in famiglia, e per chi avesse la mamma lavoratrice c'era spesso una nonna a prendersi cura del nipote durante il pomeriggio. A bere ed ai servizi ci si andava una volta sola nel corso di tutta la mattinata e ciò accadeva secondo turni predeterminati; si procedeva in fila per quattro accompagnati dalla maestra coadiuvata da una di una coppia di bidelle che dal banco del loro bureau dirigevano il traffico. Poi potevi anche provare a chiedere alla Signora Maestra il permesso di uscire al bisogno ma la Solidea era donna che sorrideva poco, aveva uno sguardo sempre serio e un'espressione stampata sul viso che avrebbe intimorito anche un lupo mannaro. Severa ma onesta, decisamente all'antica, nell'acconciatura, nelle fogge, nel metodo e nel rapportarsi agli alunni, ma assolutamente capace di svolgere il proprio ruolo, insegnare. Durante le sue lezioni regnava un silenzio assoluto che nessuno osava interrompere. A scuola si entrava varcando due portoni di cui uno posizionato circa di fronte all'abitazione di Giancarlo e l'altro alla fine della Via Marconi da questa separati da un ampio marciapiede tale da permettere a chi aspettasse i piccoli al termine delle lezioni di evitare fastidiosi assembramenti, tra questo spazio e la strada correva una fila di alberelli cinti uno ad uno da una bassa ringhiera tondeggiante dipinta di verde speranza. Diversamente dagli scolari al passar delle stagioni gli alberelli non crescevano mai, restavano sempre uguali, stentorei e affaticati, molto probabilmente a causa della bassa qualità dell'aria avvelenata dagli scarichi del convulso traffico di automobili e autobus che giunti alle fermate si ammassavano uno dietro l'altro formando un serpentone di metallo vibrante. Per giungere a destinazione traversavamo la via passando sulle strisce pedonali, non c'erano mai vigili né volontari assistenti al traffico a presidiarle ed era normalissimo che i conducenti dei mezzi di trasporto si fermassero sempre per dare la precedenza ai pedoni. Il nostro ingresso era quello all'angolo con Via del Porto, agevole e dritta rampa di scale al termine della quale si oltrepassava una porta di legno color cremisi dai vetri sottili e tintinnanti così puliti e limpidi che sembrava che nemmeno ci fossero e si accedeva al piano rialzato, quello in cui erano situate le classi prime, seconde e parte delle terze; mentre al primo ed ultimo piano si trovavano le aule delle classi quarte e quinte. I due piani della scuola avevano la medesima disposizione degli ambienti, sulla destra la "trincea" dei bidelli, un bancone lungo quattro metri sopra al quale scorreva a tutto campo una vetrata alta e spessa fornita qua e là di buchi rotondi tramite i quali si parlava con gli assistenti scolastici (bidelli), dietro a questa barriera ampio magazzino a vista ordinatamente organizzato ove era accatastato tutto il materiale necessario per le pulizie, per la manutenzione e per soddisfare le esigenze di insegnanti ed allievi, ovvero gesso per la lavagna, cancellini, sedie, banchi e fine della storia. Essenziale, ben lungi da venire i distributori automatici di bevande e di cibarie confezionate. Quindi a destra non si poteva voltare, difronte erano i servizi igienici gioco forza si girava a sinistra per procedere lungo un corridoio il cui aspetto già di per sé stemperava la sensazione troppo cupa ed opprimente offerta dalla vista della facciata esterna. Una galleria interminabile pavimentata da lisce mattonelle color vinaccia, aerosa e ben illuminata da generose vetrate su tutto un lato, dall'altro una lunga serie di porte beige equidistanti davano accesso alle aule, sul finire del corridoio sempre dal medesimo lato due porte della stessa fattura ma più distanziate tra loro per accedere ad un locale di notevoli dimensioni destinato all'uso ginnico ed allo svolgimento delle lezioni di canto. Ultima in fondo una porta alta fino al soffitto fornita di quattro ante ripiegabili dal telaio grigio, l'ambulatorio medico. La passeggiata interna terminava nello stesso modo in cui era iniziata, altro bureau dei bidelli, altra porta per i servizi igienici e dalla parte opposta l'accesso alla seconda rampa di scale di cui era dotata la struttura. I muri mostravano per un'altezza di circa un metro e mezzo una verniciatura verdolina, granulosa e lucida atta a resistere a scarpate e facilmente lavabile per poi proseguire verso lil soffitto in una classica tinta bianco panna, a dividere le due diverse colorazioni ci pensava a tutto corpo una fila composta da appendiabiti dal modello condiviso da ogni istituto scolastico di ordine e grado presente sull'italico sacro suolo le cui fogge risalivano quantomeno ai tempi di Edmondo de Amicis, di stampo antico, classico e un po' romantico. Assi di legno pieno dalle venature lucide e levigate larghe circa trenta centimetri per uno spessore di due ed una lunghezza che si perdeva elegantemente verso l'ignoto. Una coppia di viti dorate inchiodava al legno un grazioso arnese di ottone lavorato e curvato ad arte tanto da formare un appiglio per il copricapo nella sua parte superiore ed un ulteriore supporto a ventaglio in quella inferiore per agganciarvi il soprabito. Un'icona che nelle sue versioni originali rappresenta oggigiorno un complemento d'arredo ricercato e di un certo valore. Al soffitto lampadari essenziali e pendenti forniti di una cappa metallica e una lampadina dalle forme bombate la cui resistenza incandescente sapeva propagare una luce calda e rassicurante. A volte le lampadine esplodevano in un ciocco sordo simile a quello di un petardo. La signora Tesini rimase alla nostra guida per due anni, esame di seconda elementare compreso. Le classi erano composte in media da trentacinque alunni ma sufficientemente capienti per contenerne anche quaranta. In particolare nel primo biennio le bocciature fioccavano abbastanza di frequente e chi le subiva l'anno a seguire veniva chiamato ripetente. I ruoli erano ben definiti, la maestra aveva sempre ragione e se a scuola andavi male a casa erano guai seri. La nostra maestra era già operativa dal secondo dopoguerra e quindi aveva prestato la sua opera a vantaggio di classi formate ancora unicamente da femmine oppure da soli maschi quando ancora gli ingressi erano separati e riportavano sulla muratura sopra ai relativi portoni una scritta in rilievo con scritto in grande " Femmine " o piuttosto " Maschi ". Questa probabilmente fu la motivazione per cui io potei prendere posto nel banco a doppia seduta assieme a Giancarlo, alcuni erano di fattura recente con gambe metalliche, tavolo ricoperto in formica e seggioline separate, altri ancora " vecchi archibugi " da libro Cuore, dei transatlantici monolitici in legno pieno ed il pianale del banco pitturato di nero pece, zeppi di incisioni e di scheggiature. Ma sia i più antichi che i più moderni sul pianale in corrispondenza del braccio destro di entrambi gli alunni erano perforati da due buchi rotondi per la posa della boccetta di vetro contenente l'inchiostro rigorosamente nero. Trovammo posto verso il fondo della fila di sinistra, i più bassi di statura più avanti e i più alti dietro. Così le quattro file di posti a sedere venivano a formare una specie di scacchiera bianca e nera e tutti ne furono contenti, maschi e femmine. Anteposta ai banchi la cattedra in legno e formica dalla fattura semplice e lineare immancabilmente sopraelevata da una predella, così la maestra riusciva a controllare tutti dall'alto in basso in posizione di predominanza fisica e psicologica. La predella era alta almeno trenta centimetri e le insegnanti ci si inerpicavano sopra con attenzione anche per il fatto di essere tutte signore di una certa età; le Scuole Panzacchi erano posizionate quasi nel centro città, in periferia e ancor di più in campagna andavano le maestrine a farsi le ossa mentre in città rimanevano le più anziane che le ossa rischiavano invece di rompersele inciampando sul dislivello formato da quel palco sopraelevato. Dietro la cattedra appeso al muro ci stava il crocefisso con Gesù e nessuno mai si sognò di discuterne il suo tradizionale significato né mai niuno si dichiarò offeso dalla sua presenza, anzi, in un certo senso ci sentivamo benevolmente protetti pregando che la maestra non ci interrogasse o non si accorgesse dei castroni che combinavamo con l'inchiostro. Quasi tutte le maestre ormai permettevano l'uso della penna bic punta fine ma sempre esigevano che l'inchiostro fosse nero e questo già dalla prima classe così che i loro fortunati alunni potessero imparare a scrivere senza ansie e patemi. La signora Tesini invece rimase ligia al metodo tradizionale la cui unica evoluzione nei secoli era stata il passaggio dalla penna d'oca al canotto con pennino di rame così ci toccava di immergerne la punta nel calamaio per intingerla nell'inchiostro e dovevi essere dotato di una certa abilità perché se esageravi il nero liquido sgocciolava imbrattando il banco o peggio ancora i fogli del quaderno. Il pastrocchio che ne usciva si chiamava " macchia " e con essa macchiavi indelebilmente anche la valutazione del tuo profitto. Il canotto affusolato dalle colorazioni personalizzate e l'elegante pennino risultavano molto piacevoli alla vista e decisamente meno nell'utilizzo. La macchia ti fregava anche se cercando di scrivere o di esercitarti nel disegnare il bastone del nonno calcavi troppo la mano, e allora il malefico pennino si spuntava in un sinistro lamento e una maledetta goccia d'inchiostro andava a segnare il tuo destino. La maestra durante la dettatura del compito era solita camminare tra le file, procedeva lenta e minacciosa e ti sbucava alle spalle repentina. Alla vista del danno ci prendeva un orecchio tra le dita e lo torceva con forza fino a farlo divenir rubizzo e bollente. Un dolore non da poco e l'animo in subbuglio. L'attrezzatura per imparare a scrivere trovava nel foglio di carta assorbente il suo imperfetto completamento. Infatti benché assorbisse l'inchiostro in eccesso esso non risolveva affatto il danno da questo causato. Però dovevi necessariamente averlo e tenerlo in bella mostra sul lato destro del tuo banchetto. Per i mancini era un problema serio e il mio compagno di banco presto se ne accorse. Tutti quanti dovevano obbligatoriamente imparare a scrivere con la mano destra, una tortura del tutto immotivata. Alle spalle della cattedra imperava la lavagna con la sua scannellatura per riporre il gesso e il cancellino che era composto da un rotolo di feltro scuro. La lavagna della nostra aula non era fissata al muro ma assicurata a un cavalletto d'acciaio ed inclinabile tramite la rotazione di un pomello di plastica nera e veniva utilizzata anche nel suo lato posteriore dove la maestra spediva in castigo chi si comportava male o si facesse cogliere sul fatto mentre chiacchierava. Il reo confesso doveva restare in piedi dietro alla lavagna a tempo indeterminato, una forma benevola della gogna medioevale, ma solitamente si trattava di pochi minuti perché la signora Solidea in cuor suo non era una cattiva persona. A destra e a sinistra del crocefisso non c'erano i due ladroni bensì le due Italie, quella fisica e quella con le regioni. Due cartelloni appesi al muro con un chiodo formati da un rettangolo di carta telata due metri per uno. Ci stavano bene e facevano colore ma nelle prime due classi la geografia e la storia venivano trattate saltuariamente, l'obiettivo da perseguire consisteva nell'insegnare agli alunni a leggere, scrivere, contare, fare le operazioni e imparare un minimo di tabelline. Poi c'erano le poesie da " mandare " a memoria, l'educazione civica e il disegno. L'Italia fisica mostrava lo stivale e le isole nelle sfumature più o meno intense del marrone, chiaro se si trattava di zone a bassa quota e via via più scuro salendo con l'altimetria. A noi piccoli padani sembrava strano e ci stupimmo nel constatare quanto la nostra nazione fosse montuosa, ma la carta geografica parlava chiaro, il verde delle pianure risplendeva solo in val Padana oltre che in uno spazio risicato al di là degli Appennini sul quale stava scritto Maremma Toscana. La carta che impropriamente era detta anche " politica " mi piaceva decisamente di più, le regioni per meglio essere distinte tra loro erano colorate in tinte diverse in modo che mai una ne avesse la stessa di un'altra con essa confinante. Giallo, verdino, celeste e rosa. Bello. Metteva di buon umore e in ambo le carte la nostra penisola risultava abbracciata per tre lati dal mare azzurro, più cupo ove più profondo, più chiaro vicino a terra. Nel quarto lato la catena montuosa delle Alpi a proteggere il suolo nazionale, perché di là sapevamo ci fossero i tedeschi con i quali nel secolo in corso ma pure in quelli precedenti avevamo intrattenuto rapporti affatto amichevoli. L'aula era ben illuminata da tre grandi finestre a doppia anta che spaziavano appena sopra ai termosifoni di ghisa a loro sottostanti fin quasi al soffitto, quindi ancor più grandi delle carte geografiche. Le vetrate di ogni anta divise in tre riquadri incorniciati dal solito legno color cremisi, telai dalle forme dolci e stondate, impugnatura dorata per aprire e chiudere, azione che poteva compiere esclusivamente la maestra. Durante la bella stagione stavano aperte così che entrasse un po'della piacevole brezza che filtrava tra gli alberi dei quali potevamo osservare le rigogliose chiome. La Via Marconi era sul versante opposto quindi il rumore del traffico giungeva soffuso, un brusio di suoni ovattati proveniente da una realtà che sembrava lontana. Nelle stagioni più fredde le finestre rimanevano costantemente chiuse e il tepore dei termo giungeva a riscaldarmi così piacevolmente che quasi mi sembrava d'essere ancora a letto avvolto da coperte e plaid. Il mio posto a sedere si trovava a brevissima distanza dall'ultima finestra in fondo all'aula, allungando un braccio potevo toccare il termo e anche scostare con un dito lo spesso tendone che mi negava la vista dei rami spogli e del cielo molto spesso grigio e nebbioso. Una tenda di stoffa ruvida e pesante a smorzare gli spifferi gelidi i cui aliti più audaci trasformati dal calore in gocce di vapore scivolavano lenti giù per le anse bollenti del termosifone. Mi veniva un po'sonno e la voce della maestra mi sembrava anch'essa lontana e ovattata ma stavo ben attento a non rimbambirmi del tutto per ciò salvo sbirciate laterali in cerca di una fantasiosa libertà tenevo lo sguardo fisso in avanti così la signora Tesini poteva pensare che io stessi seguendo con interesse le sue schematiche spiegazioni. La finestra e ancor più la sua tenda tinta di quel rosso così morbido e avvolgente facevano casa, quasi ne percepivo il profumo, un odore dolciastro e maturo. Un colore che nelle sue infinite sfumature incontravo spesso camminando per le vie del centro storico e che mi saltava agli occhi balenando da mille finestre le cui tende parevano accese dal fuoco di un sole che ancora brucia sul farsi della sera. La signora Tesini era molto riservata ma mia madre molto portata a socializzare, una imbonitrice di prim'ordine che presto riuscì ad entrare nelle grazie della mia austera maestra il cui marito faceva il pittore di mestiere senza per altro ottenere le soddisfazioni desiderate, soprattutto quelle economiche. Tesini era il cognome del marito, al tempo si usava così, quando una ragazza si sposava perdeva il suo cognome o meglio lo manteneva solo in riferimento alla sua famiglia d'origine. Anche la mia maestra se la cavava bene con gli acquarelli e le piaceva istruirci nell'arte del pennello pur senza pretendere chissà cosa. Per facilitarci l'impegno artistico ci spiegò brevemente in che cosa consistesse la pittura dei macchiaioli ma le nostre opere tutt'al più riuscirono a rappresentare una pessima fattispecie della pittura astratta. Fatto sta che quando portai a casa qualche lavoro pasticciato con gli acquarelli mia madre s'incuriosì e contemporaneamente si preoccupò a causa dei miei voti appena sufficienti. Ne chiese conto alla maestra dimostrandosi molto interessata artisticamente parlando e addirittura la invitò varie volte a casa nostra per due chiacchiere e una cioccolata in tazza. La maestra accettò, forse anche per il fatto che lei e mia madre svolgessero il medesimo lavoro. Mamma aveva insegnato nelle scuole di campagna prossime a Chioggia nella seconda metà degli anni "50, si svegliava alle sei balzava in sella alla bicicletta e muscolarmente ben dotata senza troppo affaticarsi raggiungeva di buona lena la sua destinazione fosse la vicina frazione di Sant'Anna o la più popolosa e distante cittadina di Cavarzere. Nulla la fermava, neppure la neve che in quegli anni durante l'inverno cadeva copiosa ad imbiancare le terre di pianura molto più di oggi. Sposatasi nel "59 sospese l'insegnamento per riprenderlo a Bologna negli anni "70. Se ne rimanevano in salotto a chiacchierare per ore seppur mantenendo una certa formalità dovuta ai loro rispettivi ruoli nei miei confronti. Il pittore Tesini dipingeva vedute della Bologna medioevale e rinascimentale cavandosela abbastanza bene, almeno così sosteneva mia madre nel mentre che mio padre fosse intento a piantare due chiodi sull'unico muro del salotto buono libero dai pannelli di palissandro. Due opere del pittore bolognese vi trovarono rapida collocazione adornate da una bella cornice lignea anticata. A me risultavano gradevoli in particolare grazie al gioco di luci ed ombre tra i colori pastello delle vie e delle case in contrasto con l'azzurro intenso del cielo. Ci stavano proprio bene e ne ero anche abbastanza orgoglioso, avevano regalato a quella stanza dal mobilio serio un po' di luce e di personalità. Quando venne mio nonno ingegnere a trovarci, ottimo disegnatore a china e a matita capace di far risaltare i dettagli dei monumenti e dei palazzi che ritraeva quasi più che nella realtà, non riuscì ad esimersi dal commentare. –"…Hanno la prospettiva sbagliata e messe lì di fianco ai quadri di Pagan (maestro chioggiotto di prim'ordine tra i pittori contemporanei) sembrano dipinti da un alunno delle scuole medie. " - Troppo severo. La maestra prese l'abitudine di chiamarmi alla cattedra durante le ore di disegno mentre eravamo impegnati ad imbrattare i candidi fogli di carta ruvida a grana grossa, in vero non tutti perché tale Cristina Boeri era davvero brava sia con l'acquarello che con le matite colorate. Osservava brevemente il mio lavoro, mi lanciava un'occhiata perplessa e intinto il pennello nei colori della sua personale tavolozza ritoccava con pochi sapienti colpetti la mia mediocre opera rendendola apprezzabile. Così passavo tra quelli artisticamente più dotati al punto che ogni tanto uno dei "miei" disegni venisse esposto sul muro di fronte a quello con le finestre assieme al pitturato di chi realmente lo meritasse.

Alla ginnastica dedicavamo solo un'ora alla settimana, mancavano gli spazi. Un'unica sala grande il doppio di una normale aula che veniva utilizzata da tutta la scolaresca. Completamente spoglia e pavimentata come il corridoio, mattonelle color vinaccia dalla scivolosità elevatissima, così la nostra brava maestra evitava di farci correre per paura che ci facessimo male. Ci metteva tutti in fila lungo le pareti e piazzatasi a centro sala ci mostrava gli esercizi da eseguire svolgendoli lei stessa assieme a noi. Respirazione con rotazione delle braccia semi tese dal basso verso l'alto e viceversa, braccia aperte a croce che poi dovevamo flettere per portare le mani a sfiorare le spalle, braccia tese in avanti e slanci alternati verso l'alto e per terminare una bella marcetta al passo in fila per quattro. Questa era la ginnastica e si praticava senza togliersi nemmeno il grembiule anche perché dover rimettere i minuscoli bottoni nelle asole senza l'aiuto di mammà sarebbe stato un dilemma. I più vivaci mentre uscivamo in fila indiana dal vano ginnico cercavano di rimanere in coda e profittando dell'assenza della maestra già in attesa nel corridoio si producevano in lunghe scivolate imitando i pattinatori sul ghiaccio. A nessuno sarebbe mai venuto in mente di presentarsi a scuola con le scarpette blu da ginnastica, bisognava vestirsi decorosamente e le Superga si mettevano solo per andare a giocare al pallone ai giardini pubblici. Le nostre calzature avevano immancabilmente la suola di cuoio quindi per gioco o per forza imparammo tutti a scivolare con grazia divertendoci molto e cadendo quasi mai.

In qualche modo la scarsa attività ginnica dei propri figli preoccupava le loro madri, in particolare quelle che non avessero problemi di maggiore entità. Da pochi anni a Bologna era sorto in un'area compresa tra Via Riva di Reno e Porta San Felice il Palazzetto dello Sport di Piazza Azzarita, struttura avveniristica nella quale si svolgevano le partite e gli allenamenti delle più importanti squadre cittadine di Basket e di Volley. Il campo di gioco fu progettato in modo che risultasse sopraelevato di qualche metro rispetto al livello della strada così che nello spazio sottostante trovò posto una pista di atletica in terra rossa al cui interno sopra una pavimentazione di gomma nera erano state inserite una postazione attrezzata per il salto in lungo ed una per il salto in alto. L'attività dell'atletica leggera veniva gestita in appalto da alcune associazioni sportive che tra le loro iniziative propagandarono con l'ausilio degli Istituti scolastici anche un corso riservato ai bambini di prima elementare. L'allenatore dei baby atleti era un omaccione benevolo portato all'indottrinamento dei bambini capace di presentare l'atletica leggera come fosse un gioco e quindi attratto da aspetti più ludici che sportivi assieme ad altri tre miei compagni di classe accettai senza resistenze di partecipare al corso. Bella struttura, la pista un cerchio perfetto e la terra battuta sempre ben levigata. Ci piaceva correre come puledri e sfidarci sotto l'occhio vigile del simpatico signore in tuta blu. Alla struttura si accedeva tramite una porta a vetri posta lateralmente ad uno degli ingressi del palazzetto poi si scendeva per una rampa di scale ben illuminata fino a giungere in un atrio dal quale continuando dritti si raggiungevano gli spogliatoi mentre girando a destra ci si trovava in uno spazio ricavato al limitare della pista di atletica riservato ai genitori e agli accompagnatori. Panchine verdi in metallo verniciato di fresco. Lì s'accomodavano le signore Tonelli, Falamelli e Martinello oltre a mia madre ben contenta di potersi intrattenere tra loro aspettando il fine delle nostre fatiche. Lunedì, mercoledì e venerdì. Ad accoglierci era l'onnipresente custode, era sempre lui a dare informazioni, avere cura che tutto fosse in ordine e controllare che i marmocchi presenti non combinassero malefatte. Un giovane signore alto e moro con addosso un grembiule nero ben stirato. Si chiamava Andalò ed era destinato a divenire un personaggio amato e conosciuto da tutti gli appassionati di basket della città turrita. Negli anni il suo ruolo assunse aspetti sempre più complessi e articolati che sapeva gestire con grande diligenza e professionalità. Noi piccoli lo temevamo un po' ma spesso gli strappavamo un sorriso anch'egli padre di un ragazzino circa nostro coetaneo. Per qualsiasi cosa già allora dovevi rivolgerti ad Andalò e potevi star certo che lui ti avrebbe risposto in maniera chiara ed esauriente. Così iniziammo a scorrazzare sulla terra rossa con la sabbia della buca per il salto in lungo come diversivo. Assieme a me e Giancarlo s'iscrissero al corso Uberto Martinello e Maurizio Falamelli. Il primo era figlio di un conosciuto giornalista che si occupava in particolare di cronaca sportiva mentre Maurizio era figlio del dottor Falamelli titolare della Farmacia Due Torri; per questa collocazione dell'attività di famiglia reputavo Maurizio molto fortunato. Due ragazzini svegli, Uberto estroverso, bravissimo a scuola e dotato di una personalità da leader, Maurizio più riservato, anch'egli eccellente nel profitto e più esclusivo nella scelta delle amicizie. Due bravi ragazzi, educati e dalle buone maniere. Con loro mi rapportai spesso anche in situazioni diverse da quella scolastica o sportiva in particolare frequentando festicciole di compleanno organizzate dai genitori o comunque ritrovi meno affollati ma sempre all'interno delle mura domestiche. Tutti abitavamo vicino alle Panzacchi. Maurizio anch'egli in Via Marconi e Uberto in un appartamento situato nell'ambito di un elegante palazzo edificato alla fine del XIX secolo in Piazza dei Martiri, venti passi da casa e già saliva per le scale della scuola. Uberto era tranquillo, serio, acuto e competitivo e questa sua ultima caratteristica mi portava spesso ad avere con lui confronti diretti sempre comunque gestiti nel reciproco rispetto. La prima cosa che faceva mia madre nel vedermi al termine delle lezioni era chiedermi che voti avessi preso, la seconda che voti avesse preso Uberto Martinello che già nei primi anni di scuola presentava pubblicamente alla scolaresca le sue poesiole e che durante le lezioni trovava pure il coraggio per porre alla nostra autoritaria maestra quesiti affatto banali. Aveva anche già iniziato a prendere lezioni di pianoforte disciplina musicale in cui presto dimostrò le sue capacità, un po' teatrale durante la ricreazione fingendo che il banco fosse un pianoforte mimava con le mani e i movimenti del busto l'esecuzione dei brani. Sosteneva che lo facesse per esercitarsi. C'era tra noi un rapporto di sfida e di concorrenza a volte anche spigoloso calmierato però da una reciproca ammirazione. Rimasi molto colpito quando raccontò a tutti dell'intervista che suo padre si era fatto rilasciare ospitando a cena nientemeno che il famosissimo comico Oliviero Noschese, star della Televisione Italiana in bianco e nero. Di questo episodio mi narrò i particolari mentre facevamo merenda nella cucina del suo appartamento di Piazza dei Martiri. Le rare volte che ci trovammo solo noi due come d'incanto i nostri rapporti si facevano più rilassati e amichevoli ma in presenza di Clarita e Viviana Zambani, le due bimbe più corteggiate della classe, la brace sopita si riaccendeva di colpo e nessuno dei due accettava di essere meno dell'altro.

Nei pressi della scuola non c'era mai stato nulla di storicamente rilevante se non un tratto delle mura del XIII secolo che il piano regolatore del 1889 condannò alla demolizione. Fino ad allora in fondo a Via Marconi era una zona verde ricca di orti rigogliosi prima possesso della famiglia Poeti e poi acquisiti dai Garagnani anch'essi sacrificati per fare posto a Piazza dei Martiri che fino alla caduta della Monarchia era intitolata a Re Umberto primo di Savoia. Il progetto prevedeva la costruzione di una piazza rotonda al cui centro fu edificato un giardinetto impreziosito da una fontana, tutt'attorno, influenzati dai boulevard parigini, si era pensato di realizzare dei viali alberati e aerosi che si distendessero a raggera. La realizzazione della piazza con cinque grandi arterie che si propagano in diverse direzioni non poteva però tener conto del fatto che nel corso dei decenni successivi il traffico di autoveicoli a motore e l'immediata vicinanza della Stazione Ferroviaria avrebbero trasformato i tranquilli e rilassanti viali che si immaginava percorsi unicamente da romantici calesse in caotiche vie di circolazione, inoltre in sede di costruzione spinti dalla crescente e continua richiesta si preferì costruire caseggiati ad uso abitativo piuttosto che piantare alberi. Tuttavia Piazza dei Martiri mantiene un certo fascino seppur appesantita negli anni ''60 del secolo scorso dalla costruzione di un edificio massiccio dalle forme e dallo stile assolutamente fuori luogo. Resta un importante snodo stradale tra il centro città e i quartieri più periferici accerchiato per la maggior parte da palazzi imponenti e classicheggianti serviti da ampi porticati.

Gli insegnanti della Scuola Panzacchi godevano di autorevolezza ed erano tenuti in grande considerazione dai genitori degli alunni. Alcuni presenti da molti anni erano assai conosciuti. La teutonica maestra Griffith contendeva alla signora Tesini il primato della severità e pare che tra le due non corresse buon sangue; la maestra Brasolin la cui figlia Bea era mia compagna di classe, una signora materna di chiare origini venete che portava occhiali dalle lenti spesse e la montatura pesante, poi tra gli altri spiccavano la maestra Camposanpiero, insegnante di lungo corso e il maestro Gaiardi, un omone pasciuto con la barba alla Giuseppe Verdi ma completamente nera, serissimo eppur capace da un momento all'altro di esplodere in sonore risate. In generale nonostante gli ambienti relativamente recenti si respirava ancora un'atmosfera velatamente solenne e carica di contenuti patriottici dovuta al fatto che tutti o quasi gli insegnanti presenti fossero nati nel primissimo ''900 e che di quell'epoca serbassero i ricordi eroici e tragici della Grande Guerra, della gloriosa vittoria, delle nobili e coraggiose gesta di centinaia di migliaia di giovani pronti all'estremo sacrificio pur di liberare i fratelli trentini e giuliani dal barbaro oppressore. E non si ammalavano mai, sempre indefessi e imprescindibili, giustamente convinti dell'importanza del loro ruolo e del loro compito. Ma la Scuola provvedeva anche alla salute dei propri alunni, non per niente esisteva un ambulatorio medico dotato di due lettini, un armadietto per i medicinali, la bilancia, il metro, una scrivania e un intenso odore di cloro. Il dottore però si vedeva solo in occasioni programmate durante le quali si provvedeva alla vaccinazione contro alcune pericolose malattie. A turno in date e orari prestabiliti ogni classe si metteva in fila lungo il corridoio davanti alla porta grigia dell'ambulatorio, una crocerossina in camice bianco, golfino blu e cuffietta con la croce rossa faceva entrare un bambino alla volta, se andava bene rimanevi vestito e il dottore ti porgeva una zolletta di zucchero sul quale aveva testé versato qualche goccia di un liquido rosso, quasi un dolcetto. Si ringraziavano e salutavano medico e infermiera come ci aveva raccomandato la maestra e si usciva per mettersi nella fila di ritorno così da non rischiare una vaccinazione multipla. In un paio di occasioni però non andò bene per niente, bisognava vaccinarsi anche contro il vaiolo e allora una volta entrati ti facevano restare in canottiera in piedi vicino al tavolo del dottore, la crocerossina ti disinfettava generosamente con alcol purissimo per mezzo di un batuffolo di cotone e il dottore ti graffiava la spalla con un arnese che non ho mai avuto il coraggio di guardare. Faceva abbastanza male. Cerottone e via andare. Chi usciva dall'ambulatorio cercava di darsi un tono così da dimostrare ai compagni quanto fosse stato impavido e coraggioso ma non tutti ci riuscivano e qualcuno riguadagnava il corridoio coi lacrimoni agli occhi, allora la maestra lo chiamava a sé e lo rincuorava con affetto. Dopo una settimana si poteva togliere il cerotto sotto al quale sulla pelle si era formata un'impronta tondeggiante che sembrava impressa da una monetina, andava esibita con orgoglio ogni qualvolta se ne verificasse l'occasione, specialmente nei mesi estivi dove in spiaggia chi potesse mostrare agli amici ben due " monetine " stampate sulla spalla veniva considerato un eroe.

Le massime cariche della scuola erano rappresentate dal Signor Direttore Benini e dal Segretario Neri, quest'ultimo bussava alla porta ed entrava in classe senza preavviso alcuno per i motivi più vari ma pur sempre inerenti allo svolgimento dell'attività scolastica, per lo più si trattava di brevi comunicazioni alla maestra riguardanti disposizioni di servizio o ancora relative alle festività ricorrenti nell'arco dell' l'anno scolastico, oppure raccomandazioni generiche provenienti dalla direzione scolastica. Un signore non molto alto sulla cinquantina, brizzolato nella capigliatura e nei baffetti impomatati che amava vestirsi in maniera un po'stravagante. Un uomo simpatico che non mancava mai di intrattenere brevemente e allegramente la scolaresca. Le visite del Signor Direttore invece venivano fissate in anticipo in modo che la signora maestra avesse il tempo necessario per catechizzare i suoi alunni. La maestra Tesini viveva queste occasioni con grande trasporto e ci teneva tantissimo che le facessimo fare una buona figura. Il giorno della visita del Signor Direttore era necessario mantenersi costantemente pronti e attenti, un occhio alla maestra e l'altro alla porta. –" Toc toc "-. Il signor Benini apriva l'uscio chiedendo educatamente permesso, un passo e si fermava per omaggiare ad alta voce la maestra per poi salutare la classe per via di un gioviale buongiorno. Completo blu e cravatta scura, sempre molto elegante, i pochi capelli ben ordinati e corti a corona della calvizie incipiente. Sapevamo che in tutta la scuola solo a lui fosse possibile incontrare il Provveditore agli studi, un misterioso personaggio il cui potere e ruolo erano così elevati da poter scomodare pure gli angeli del paradiso. Non si trattava di brevi visite formali, il direttore si fermava fin quasi alla fine delle lezioni. Appena avesse terminato i saluti, appena avesse ripreso a camminare verso la cattedra per stringere la mano alla nostra insegnante era nostro dovere alzarci in piedi alla sinistra della nostra seduta, scattare sull'attenti ed esclamare in coro: - "Riverisco signor direttore! "– Al che lui senza smettere di camminare ci diceva di metterci comodi accompagnando le parole con un gesto della mano. Un signore distinto, autorevole ma non autoritario, dai modi posati e compiti. Le scarpe sempre lucidissime e di ottima fattura. Normale che per bambini di sei o sette anni non fosse proprio semplicissimo alzarsi in piedi, scattare sull'attenti e salutare all'unisono senza produrre un clangore assordante di sedie che strisciano sul pavimento e sbattono contro ai banchi. Questo era un problema e alla maestra Tesini non piaceva. Evidentemente la nostra insegnante ci pensò un po'su e seppur a malincuore decise per una forma di saluto meno plateale ma decisamente più semplice e composta: Il famoso attenti rimanendo seduti al posto. Credo che tale procedura fosse frutto del suo pensiero, posso sbagliarmi ma mai ne sentii parlare da allievi di altre classi. Si doveva restare a sedere mantenendo la schiena dritta, occhi sgranati e sguardo fisso in avanti mentre si pronunciava la suesposta frase di benvenuto a piena voce e contemporaneamente si stendevano parallelamente le braccia sul banco, tese e con i palmi delle mani rivolti in basso. Il giorno prima della visita la maestra ci raccomandava di venire a scuola con i grembiuli puliti e stirati, le scarpe buone e i capelli in ordine; il direttore mai arrivava prima delle nove quindi lei aveva tutto il tempo per controllare accuratamente il nostro aspetto. La prima cosa che si faceva giunti in classe era rivolgere le nostre preghiere al Signore Iddio, alla Madonna e al Bambin Gesù e ciò avveniva sempre in posizione eretta e alla sinistra della propria seduta, oppure uno a sinistra e l'altro a destra se si trattasse dei banchi monolitici anteguerra. Nei giorni della solenne visita finite le orazioni non ci potevamo accomodare al posto fin quando la maestra passando tra le file non avesse constatato che il nostro abbigliamento e le nostre pettinature risultassero conformi a quant'ella s'aspettasse. Attesa snervante, un po' di tensione c'era sempre e la maestra per stemperarla ingannava il tempo ponendoci quesiti generici riguardanti gli argomenti svolti nei giorni precedenti, si rispondeva unicamente per alzata di mano e lei concedeva la grazia prima agli alunni che ritenesse meno studiosi mentre a quelli più bravi poneva domande per ultimi tanto per farli contenti. Evitare di alzare la mano non era una furbata ma una bella fesseria, una silenziosa dichiarazione di beata ignoranza che la signora Tesini non avrebbe dimenticato e potevi star certo che entro qualche giorno ti avrebbe chiamato alla cattedra e interrogato a fondo. La brava maestra nonostante un rigido contegno mostrava segni di preoccupazione, la visita del Signor Direttore le causava un evidente stato d'ansia, passeggiava avanti e indietro con le dita delle mani intrecciate dietro la schiena, orecchie tese e rapidi sguardi lanciati in direzione dell'uscio. Il direttore non interferiva nello svolgimento delle lezioni e tanto meno durante le interrogazioni, si poneva quasi in disparte rimanendo rispettosamente in piedi, osservava ed ascoltava con estrema attenzione in modo da assimilare un quantitativo di dati e sensazioni che gli permettessero di elaborare un'adeguata valutazione non tanto nei confronti degli alunni quanto piuttosto del personale insegnante alle sue dipendenze. Le Scuole Enrico Panzacchi godevano di ottima fama, il signor Benini ne andava orgoglioso e si prodigava a fondo per mantenere al vertice il nome del suo istituto. La maestra doveva dimostrare le sue capacità tramite il sapere dei suoi pargoli e allora alla cattedra chiamava i più bravi: Piero Messini d'Agostini, l'immancabile Uberto Martinello, la studiosissima e aggraziata Viviana Zambani, la bionda e diligente Francesca Vaccaro, ma le comparse del signor Benini si susseguivano con frequenza mensile e quindi "la Solidea" doveva giocare abilmente le sue carte alternando ai suoi alfieri e alle sue torri anche qualche pedone in possesso di nozioni sufficienti che gli consentissero di non essere spazzato via dalla scacchiera con disonore suo e peggio ancora della sua regina in camice nero. Salvo i tre o quattro " somari " patentati al cospetto del direttore prima o poi ci finimmo tutti quanti e sempre rimediando figure discrete. Mi piace sottolineare quanto buona parte dei più irrequieti e meno studiosi fossero dotati di ingegno brillante e sopra alla media in attesa di una scintilla che riuscisse a catturarne l'attenzione. Per citarne uno su tutti ricordo Roberto " Gimmy " Kerkoc , un ragazzino vivace e simpaticissimo, pronto alla battuta e dotato di spiccate qualità oratorie che sapeva saggiamente dosare quanto bastasse per non destare le furibonde ire della nostra docente, una donna tutta d'un pezzo e ligia all'etichetta che tuttavia se soddisfatta dal sapere dei suoi discepoli a volte si lasciava andare a rari e brevi momenti di contenuta ilarità condivisa, magari parafrasando ironicamente e con malcelato sdegno le performance delle giovinette contemporanee impegnate ad esibirsi in danze alla moda che ella amava definire tribali e scostumate.

Nel mese di maggio i colli di Bologna si fan dolci e colorati, fin la metà del secolo passato terre scoscese e verdeggianti buone per chi avesse braccia per le attività rurali. Così vicini alla città che di essa stessa da sempre ne son parte. Nel secondo dopoguerra la crescita economica del Paese assunse ritmi elevati e le automobili e i mezzi motorizzati in genere divennero sempre più comodità accessibili anche a famiglie di lavoratori appartenenti al ceto medio centuplicando le loro possibilità produttive, minimizzando i tempi necessari agli spostamenti, e perché no permettendo loro di allontanarsi velocemente dalle proprie residenze per intraprendere piacevoli gite fuori porta. La natura, la pace, una realtà così diversa dall'urbe a dieci minuti di auto. Una strada che poche centinaia di metri passato il cassero di Porta Saragozza incontra l'arco del Meloncello e la via che sale verso i colli. Un'ascesa che parte secca e ripida, quasi irriverente, un biscione che s'inerpica costeggiando i Portici di San Luca, giunge alla basilica e prosegue ad arco in saliscendi che portano a Casaglia e a Paderno tra parchi e vegetazione rigogliosa che costeggiano la strada di chi va in cerca della primavera, o di un ristoro dalla calura estiva, un angolo ameno dove appartarsi, un prato per fare un picnic. E qua e là antiche ville che furono meta di villeggiatura della nobiltà cittadina, luoghi che passati gli orrori del secondo conflitto mondiale di cui portano ferite indelebili risorgono, tornano a vivere a buon mercato, ma solo per i più lungimiranti che già negli anni "80 del secolo scorso l'edilizia sospinta dalla crescita dei potenziali acquirenti le trasforma in abitazioni di prestigio che dominano dall'alto la metropoli distanti dal suo caos e dai suoi ritmi frenetici ma assai prossime a tutti i suoi servizi e le sue attrattive.

La domenica si fa festa e con la bella stagione la possibilità di passare una giornata in collina era desiderio di molti bolognesi. Mia madre guidava veloce, spingeva il motore della sua FIAT 600 blu quasi fuori giri, sicura e precisa affrontava i tornanti della salita che porta a Casaglia con decisione, allargava appena all'ingresso delle curve per poi chiudere la traiettoria nel migliore dei modi. Non è che ci fosse un gran traffico su per Casaglia le domeniche mattina del mese di maggio dell'anno 1968, anzi, al massimo s'incrociavano due o tre macchine, tutte utilitarie FIAT, una 850 verdolina oppure una vecchia 1100 rondine bicolore; la strada si presentava in ottime condizioni, la carreggiata sufficientemente larga e l'asfalto granuloso così da permettere un ottimo grip alle gomme Michelin appena montate sulla vetturetta della signora Gabriella, donna che amava guidare e che ottenne la patente ancor prima di diventare madre e ancor prima che la prendesse il marito. Sembra assurdo ma la percentuale femminile al volante in quei tempi era ridottissima, una signora alla guida faceva un certo scalpore. L'unica difficoltà del breve viaggio era riuscire a vedere per tempo l'ingresso della villa posto nel bel mezzo di una curva e infilarlo traversando al volo l'intera carreggiata. La prima volta tirammo dritti e si dovette tornare indietro, ma non la seconda, marcia scalata, rombo del bicilindrico e imbucata perfetta nel centro preciso del viale la cui cancellata rimaneva sempre aperta per favorire la manovra. La ghiaia che picchia sotto il telaio, pochi metri e si parcheggia nello spiazzo attinente alla bella e classica villa bolognese del XIX secolo dalla pianta rigorosamente quadrata. Un giardinetto curato con un pozzo, una esplosione di rose rosse in fiore sulla breve scarpata che scende dalla strada, un muretto di mattoni nostrani posti a losanga alto oltre un metro a separare la proprietà da un'altra di fattura contadina situata appena più in basso lungo il degradare del colle. Sul quarto lato un prato delimitato dal proseguire del roseto fittissimo supportato dalla vegetazione e qualche pianta ad alto fusto. Il telaio massiccio in ferro di una altalena biposto orfana dei sedili. Nove del mattino, la casa brulica già di vita, le voci giungono amplificate dai vani ampi coi soffitti alti quattro metri. La famiglia Tonelli aveva scovato questa accogliente casa padronale perfetta per passarvi le giornate festive e il dottor Carlo non aveva esitato a firmare il contratto di locazione. Un paradiso per i più piccoli e un luogo di relax per gli adulti. Due piani dieci metri per dieci, nulla era stato modificato della costruzione originale ma tutto era stato rinfrescato, lucidato, imbiancato e accessoriato ove ve ne fosse il bisogno. Come è tipico di queste dimore emiliane la struttura era dotata di due ingressi contrapposti congiunti tramite un generoso corridoio che tagliava in due tutta la casa, esternamente risaltavano i portoni originali a duplice anta in legno massiccio rinforzati da robusti serramenti in ferro battuto, il tutto impreziosito da una doppia cornice in muratura a rilievo simile a quelle che solitamente adornano l'ingresso delle chiese. Mura spesse quasi un metro, i pavimenti in mosaico levigato, una scala subito a sinistra entrando dall'ingresso principale per raggiungere il piano superiore ove erano collocate numerose camere da letto raggiungibili percorrendo un corridoio identico a quello sottostante. Al piano terra da un lato un salone enorme e una spaziosa cucina, dall'altro uno vasto tinello e i servizi. Ambienti freschi, ombrosi e illuminati da una luce morbida che filtrava dalle numerose finestre protette da scuri spessi appena dischiusi. Un'atmosfera distesa dal sapore vacanziero. Non c'erano i tendoni rossi, ma sbirciando fuori il rosso allegro dei fiori riempiva la vista e rallegrava il cuore. Sembrava che nelle domeniche comprese tra la Santa Pasqua e la fine di giugno non piovesse mai, il cielo sempre azzurro, poche nuvolette bianche a rincorrersi in quota sospinte dal vento tiepido che risaliva dai calanchi. Mia madre s'intratteneva con le sorelle Gioia fin quasi l'ora di pranzo sedute comode sui divani del salone, il giardino lo lasciavano a noi mentre mio fratello Vittorio e Pierluigi, fratello di Giancarlo, restavano appresso alle rispettive madri ancora troppo piccoli per lasciarli all'aperto senza controllo. Giancarlo conosceva benissimo il suo territorio fuori alle mura, non c'era angolo, passaggio o pertugio che avesse dimenticato di esplorare, nemmeno gli inesistenti sentieri in mezzo al roseto attraverso i quali mi conduceva, così intricati e angusti che a volte pure lui riusciva a perdere l'orientamento. Quando finalmente sbucandone ritrovavamo la luce piena ci sentivamo come due avventurieri sulle cui membra le spine dei cespugli violati avevano impresso decine di graffi di cui andare fieri. Io mi fermavo per il pranzo e a casa mi avrebbe riaccompagnato il dottor Carlo quando giunta la sera si serravano i battenti per ritornare in città. Noi bambini pranzavamo prima degli adulti accomodati uno di fronte all'altro in tinello serviti e accuditi dalla signora Gianna come fossimo il piccolo principe padrone del castello in compagnia di un suo nobile ospite. Sedie di legno impagliato a mano, un tavolo di quercia che diversamente dai nostri banchetti scolastici non lo spostavi nemmeno a spingerlo, una tovaglia di stoffa a quadri biancocelesti, la bottiglia di vetro con l'acqua Idrolitina del cavalier Gazzoni, fresca e frizzante. Un piatto di appetitosi spaghetti al sugo e una bistecca con le patate al forno. –" Mangiate un po' di pane che vi fa bene! Giancarlo, lo voi l'ovo? " – Chiedeva la Gianna al suo primogenito. – " Nooo!!! Lo sai che non mi piace! " - Il mio amico mangiava controvoglia sotto lo sguardo attento della madre che non se ne andava fin quando il figlio non avesse ingurgitato l'ultimo boccone, io divoravo le pietanze, particolarmente gli spaghetti al sugo che ci coloravano il mento e le guance prima di imbrattare il candido tovagliolo con disappunto della signora la quale per educazione riprendeva solo il figlio. –" Mo Giancarlo mangia come si deve e mastica per bene! "- . Ma lui mi guardava divertito e rideva così poi ridevo anch'io e allora la signora Gianna se ne andava in cucina scuotendo la testa. Se c'era sua sorella Lucia si faceva più " a modo " perché lei era brava e buona ma non ci scherzavi mica tanto, se c'era il signor Carlo si faceva " molto a modo " che se no le " noci " in testa fioccavano come la grandine, ma a fine pranzo l'allarme rientrava e volentieri restavamo ad ascoltare una delle sue storielle, brevi, ironiche e divertenti. Giusto il tempo per fare le quattordici e trenta e allora buongiorno! Non si poteva ritornare in giardino a giocare e nemmeno riposare all'ombra distesi sul prato; c'era la tappa del Giro d'Italia in TV e quindi era d'obbligo per volontà del mio amico posizionare le seggiole davanti allo schermo, accendere l'apparecchio e aspettare. Si rimaneva anche mezz'ora ad osservare intensamente una foto in bianco e nero della Maremma Toscana, oppure l'immagine di un gregge di pecore al pascolo sui Monti Sibillini mentre ogni tre minuti la voce metallica di una annunciatrice ripeteva la stessa frase fino a farti venir sonno: - " Siamo in attesa di collegarci con Recoaro Terme per trasmette la cronaca della nona tappa del cinquantesimo Giro d'Italia. " -

A tappa finita si ritornava in giardino, il telaio dell'altalena in disuso con un po' di fantasia poteva sembrare quello di una porta da calcio, la rete formata da un intrigo di arbusti alto tre metri, quindi la palla non la potevi perdere. Dall'altra parte del " campo " la porta corrispondeva a due crepe sul muretto di recinzione distanti tra loro circa quattro metri, qui invece se calciavi alto la palla la perdevi perché subito oltre il limite della proprietà iniziava un sentiero di terra, sabbia e sassi che scendeva a valle con una pendenza vorticosa, duecento metri, risalire era fatica e nessuno si offriva per andarla a cercare. Un pallone blu e nero di marca Telestar che immancabilmente ruzzolava fino in fondo per andarsi a nascondere tra le erbacce della radura sottostante. Il Telestar era una palla molto leggera di plastica blu con gli scacchi neri e a Giancarlo interista convinto piaceva molto quindi l'ipotesi di perderla non gli andava a genio. Allora scendevamo tutti insieme, ovvero lui ed io, di certo non sarebbe andato il dottor Carlo, palleggiatore dal tocco fine che si divertiva con noi per un quarto d'ora prima di tornare a dedicarsi ad altre faccende, anche perché lui il Telestar coi piedi lo sapeva trattare evitando che volasse via fuori controllo. Così si scendeva giù per il calanco a rovistare tra la sterpaglia in cerca della preziosa reliquia. Riconquistato il giardino di casa dopo aver bevuto una quantità industriale d'acqua si riprendeva il gioco ma si cambiava porta, meglio i rovi che l'arrampicata. Io tifavo Bologna ma il Telestar rosso e blu non l'ho mai visto, nemmeno al mare in quei negozi prossimi alla spiaggia che vendono un po' di tutto ma soprattutto palloni. Si poteva trovare anche bianco e nero oppure rosso e nero, non faceva una gran differenza perché nel giro di un paio di mesi si sgonfiava fino a raggiungere la dimensione di una pallina da tennis e a quel punto necessitava acquistarne uno nuovo. E poi c'era juventino, un gatto bianco e nero che stava accucciato e seminascosto ai margini del prato seguendo col movimento della testa le traiettorie del pallone nell'attesa arrivasse il momento giusto per balzare in alto e piantarci unghie e denti. Partita finita. Un micio bello, coccolone e simpatico.

Qualche volta a Casaglia veniva anche Massimo Concato, cugino di Giancarlo, un bambino circa nostro coetaneo dai capelli biondi e ricci, con un occhio azzurro per intero e l'altro per tre quarti, il rimanente spicchio marrone. C'erano due biciclette, piccoline, ruota da diciotto, una gialla e l'altra blu, ottime per giocare al Giro d'Italia pedalando come pazzi intorno alla casa come fosse un circuito. Uno di noi faceva Adriano De Zan, mitico e insuperabile telecronista del Giro per tantissimi anni, e gli altri due sceglievano il nome di uno tra i loro ciclisti preferiti; Giancarlo era spesso Italo Zilioli oppure Franco Bitossi, corridori della Filotex, io mi fingevo Gianni Motta della Molteni oppure Felice Gimondi, Cucine Salvarani. Massimo faceva sé stesso e per tutti andava bene così. Grandi discussioni all'arrivo particolarmente in caso di tappa a cronometro. Ma il pallone regnava sovrano e noi continuavamo a scendere fino alla radura ogni qualvolta la sfera decidesse di abdicare. Capitò che una volta prendesse una ruzzola così veloce che lo trovammo ai margini della spianata, là dove la terra riprende a crescere verso l'alto nascosta dagli alberi e da una vegetazione fittissima. Trovammo il pallone ma ad un metro di distanza notammo tra i fili dell'erba matta e le ortiche una cosa strana dal colore turchese, una specie di piccolo cilindro di plastica col fondo chiuso da un tappo di metallo spesso e brunito. Una cartuccia! Subito ci infiliamo nel bosco e più saliamo e più cartucce troviamo, rosse, blu, verdi, gialle. Cercavamo con cura come andar per funghi e nel mentre ci addentrammo sempre più circondati da alberi maestosi dalle grosse radici che si allungavano come tentacoli a fior di terra. Rumore secco: - " Pum! " . – Mezzo metro di corteccia dell'albero a noi più vicino esplode in mille pezzi che volano via come schegge impazzite. Una frazione di secondo a guardarci in silenzio con gli occhi sbarrati dal terrore, corsa folle a perdifiato giù per le balze e i dislivelli scoscesi fin quando il bosco è alle nostre spalle e gli occhi guardando in alto vedono con sollievo la villa che troneggia sulla cima. Risalita a tempo di record. Mai più oltre la radura.

Qualche volta sul farsi della sera veniva a recuperarmi mio padre, si metteva da un lato e ci guardava giocare a pallone, alle sue spalle i raggi del sole calante si specchiavano rossi e aranciono sui vetri delle finestre, un incendio che si spegneva lento scivolando via mellifluo e denso come miele sulla fiamma. Il profumo delle rose rosse al tramonto era intensissimo, fiori dal bocciolo grande come una mela. L'aria rinfrescava appena mentre l'ombra delicatamente toglieva spazio alla luce. Era l'ora in cui qualcuno da dentro casa accendeva le lampade esterne fissate sopra ai portoni d'ingresso mentre ci si ritrovava tutti per salutarci e rientrare in città. Il tonfo sordo delle portiere della macchina che si chiudono, mio padre al posto di guida con la sigaretta già accesa, la cenere che ad ogni tiro brucia e si consuma.

Capitolo 4

A Bologna un detto dice: - " Se mi va bene anche questa volta vado a San Luca a piedi! " – Un voto scaramantico/religioso che si usa pronunciare quando si lotta contro una sorte avversa oppure quando s'invoca il concretizzarsi di un fatto difficilmente realizzabile. Una frase che ogni tifoso del Bologna Football Club ha pronunciato almeno una volta durante il corso della propria vita. Però l'impegno preso è bene che venga assolutamente rispettato diversamente secondo una vecchia leggenda lo spergiuro sarà perseguitato dalla disgrazia a tempo indeterminato e ciò vale non solo per gli appassionati di calcio ma per chiunque abbia per qualsiasi motivo dato voce alla fatidica frase. I portici che proteggono i pellegrini dalle intemperie e dal calore del sole estivo nascono prossimi al centro città e si sviluppano per 3,796 chilometri fino al raggiungimento dello stupendo santuario in stile barocco dedicato alla Madonna posto a trecento metri d'altitudine in vetta al Colle della Guardia, in esso è conservata da antica data una rappresentazione bizantina della Madonna. I Portici di San Luca, realizzati tra il 1674 e il 1721, sono stati recentemente eletti patrimonio culturale dell'UNESCO e sono composti da seicento e sessantasei arcate e quattrocento e ottantanove scalini. Storia e leggenda partecipano ad aumentare il fascino dei portici e del santuario. Si narra che la primavera del 1443 fosse stata particolarmente piovosa al punto di mettere in grave pericolo il buon esito dei raccolti e di causare ingenti danni alle vie di comunicazione e alle abitazioni, al che la popolazione col consenso del clero locale decise di chiedere grazia alla Madonna di San Luca portandone in processione la statua custodita nella chiesa posta in vetta al Colle della Guardia fino al centro dell'urbe. Si trattava di un edificio semplice le cui origini pare risalissero all'anno 1192 allorquando una nobildonna felsinea di nome Angelica chiese al vescovo della diocesi locale il permesso di edificare un luogo di culto a sue spese. La cima del colle era al tempo raggiungibile solo inerpicandosi lungo un tortuoso e angusto sentiero di terra battuta. La piccola chiesa venne demolita alla realizzazione del porticato e sostituita dall'attuale Santuario sorto tra il 1723 e il 1757 mentre la costruzione della maestosa tribuna esterna si concluse nel 1774. La Madonna il miracolo lo concesse, la pioggia si placò improvvisa e da allora tutti gli anni si perpetua la tradizione di portare in processione la sacra effige durante la settimana dell'Ascensione.

Credenza di popolo raccomanda ai fidanzati di non salire mai in coppia fin sulla cima del colle diversamente il loro amore sarebbe destinato a fine certa. Tutti gli archi che compongono il portico sono numerati tramite una targhetta ma di questa ne risultano dotati solamente seicento e cinquantotto e questo perché non si conteggiano gli otto di raccordo e di passaggio pedonale e stradale.

Alla storia e alla tradizione che riguarda il santuario sono legati anche i Cavalieri del Colle della Guardia che tutt'ora provvedono alla raccolta delle offerte durante le sacre funzioni e il santo pellegrinaggio indossando a divisa un elegante frac con punzonatura in argento. Questa confraternita laica esiste dal 1336 col nome di Compagnia dei devoti di Santa Maria della Morte e fin da allora i suoi membri per tradizione provengono dalle più illustri famiglie cittadine, essi tramite la raccolta di offerte e lasciti nei secoli passati riuscirono a realizzare strutture di ricovero per gli indigenti tra le quali di particolare rilievo risultava essere l'Ospedale di Santa Maria della Morte ove venivano curati e confortati i malati inguaribili e caritatevolmente assistiti i condannati a morte. Attualmente dove si erigeva l'ospedale ha sede il Museo Civico Archeologico mentre sotto al portico a pian terreno è situata dal 1931 la notissima Libreria Nanni frequentata da studenti, studiosi e uomini di cultura, tra essi spesso fu presente Pierpaolo Pasolini. Chiunque sia stato alunno degli Istituti Scolastici bolognesi dagli anni ''30 del secolo scorso in avanti ha immancabilmente fatto la fila per comprare i volumi necessari di fronte al bancone della libreria sita sotto al Portico della Morte.

Il mio primo libro di testo scolastico si chiamava "Sussidiario per la classe terza elementare ", Un volume dal grande formato composto da circa duecento pagine omnicomprensivo di tutte le materie di studio inserite dal programma a cura del Ministero della Istruzione. Nel suo stesso nome stava l'espressione della sua funzione specifica, ovvero fornire un supporto agli insegnamenti della maestra e contemporaneamente aiutare gli alunni a ricordarli tramite la lettura dei suoi testi. Era uso comune, o meglio obbligo, ricoprire fronte e retro del Sussidiario tramite una copertina plastificata generalmente azzurrina e stessa cosa bisognava fare riguardo ai quaderni relativi alle materie di studio. in linea di principio a tal proposito erano sufficienti quattro copertine, una gialla, una rossa, una blu e una verde. Per la matematica si usava il quaderno a quadretti mentre per l'italiano, la storia, la geografia e l'educazione civica i quaderni erano a righe orizzontali, una semplificazione di quelli utilizzati negli anni precedenti. L'apertura dell'anno scolastico 1968/1969 portò con sé una grande sorpresa, una nuova maestra che subito conquistò la nostra simpatia liberandoci da canotto, pennino e inchiostro a vantaggio della bic nera a punta fine, una penna biro gialla con un tappo nero. Unico neo da rilevare a svantaggio della nostra neo insegnante fu l'imposizione ai maschi del fiocco blu che comunque partecipò nel regalarci un indiscutibile aspetto da scolari senza più rassomigliare a dei preti in miniatura cosa che si rendeva ancora più evidente nel caso che una madre si dimenticasse di posizionare attorno al collo del proprio figliolo l'inutile colletto bianco. Della mia mancanza se ne accorse il solerte Uberto Martinello che nel mentre stessimo riponendo i rispettivi cappotti sull'appendiabiti del corridoio non perse l'occasione di colpirmi con una stilettata al fianco pregna d'ironia: - " Sembri un pretino senza il colletto! " – Resomene conto immediatamente venni assalito dal panico e senza pensarci un attimo abbandonata la cartella sul pavimento mi lanciai giù per la rampa di scale che portava all'uscita nella speranza di raggiungere mia madre di ritorno verso casa e rimediare all'imbarazzante situazione. Presi a correre come un forsennato cercando inutilmente cogli occhi mia madre e all'altezza dell'altro portone dell'istituto venni intercettato da un bidello intento a spazzar via le foglie secche dal marciapiede. Mi afferrò al volo per un braccio permettendo così alla sua collega che mi stava alle calcagna di raggiungermi e ricondurmi in classe. Triste e umiliato fui costretto a rendere conto dell'accaduto alla maestra; era l'insegnante che aveva sostituito la signora Tesini. Mi ascoltò con attenzione nel contempo cercando di tranquillizzarmi e vedendomi affranto fece telefonare a mia madre che nel giro di un quarto d'ora si presentò in classe per cingermi il collo col maledetto affare. Che brutta figura. I giovani scolari salvo qualche eccezione erano bambini molto disciplinati e ligi al dovere a cui si dettavano regole molto precise e poco flessibili, magari anche troppo ma tali da permettere di inquadrarli nell'ambito di un contesto dai contorni nitidi nel quale i ruoli risultassero stabili e definiti. Tanto baccano per un pezzettino di stoffa bianca dimenticato nei cassetti del guardaroba di casa, una situazione che oggigiorno non potrebbe mai verificarsi, peccato che come spesso accade si sia passati da una eccessiva rigidità ad un esagerato permissivismo concedendo certamente agli alunni di esprimere la propria personalità liberi da paure e remore ma d'altro canto privandoli in certi casi di punti fermi e di certezze, ancore e fari nel corso del loro percorso di crescita.

Maestra Signora Emilia Paltrinieri, insegnante, madre, nonna; donna dalle mille qualità, tanta esperienza, infinita creatività, ottime capacità d'insegnamento e grande equilibrio. Una signora dai lunghi e folti capelli dalla tinta nero corvino accuratamente acconciati sopra al capo, mi ricordava l'immagine dell'Italia incisa sulle monete, alta e prosperosa ma dalle gambe sottilissime che faticavano a supportare adeguatamente la sua struttura giunonica. Incredibilmente con lei scoprimmo che a scuola potevamo apprendere divertendoci, la Maestra Paltrinieri era a bravissima nel coinvolgere tutti i suoi allievi, non lasciava indietro nessuno, studiava con amore e passione la personalità dei suoi scolari e questa sua empatia e apertura mentale ci permise di uscire dal guscio, di cercare il sole e di goderne i suoi raggi tutti insieme. Si usava dire che i bravi insegnanti sapessero " forgiare " il carattere dei loro discepoli, lei dissipava i nostri timori, ci indicava la via e poi ci osservava correre a briglia sciolta ma pur sempre ben salda tra le sue mani. Ci faceva sentire importanti e ci insegnava quanto fossero importanti i nostri compagni. La classe tramite il suo impulso assunse una sua specifica identità, prese vita trasformando tanti piccoli studenti reverenti in un gruppo unito, dinamico e produttivo composto da tre realtà diversificate e tra loro in competizione ma proprio per questo bisognose di relazionarsi e confrontarsi continuativamente. Tre squadre senza un capitano, gialli, rossi e blu. Sul petto ognuno di noi ostentava un nastrino del colore della squadra a cui apparteneva. Spirito di gruppo. Certo continuava a valutarci assegnandoci voti conseguenti al profitto individuale ma fu l'assegnazione di punteggi corali a permettere i miglioramenti dei singoli impegnati a dare il massimo per aiutare la propria squadra a primeggiare sulle altre. Un gioco assai proficuo al cui termine quotidianamente ottenuti i punteggi di squadra la paziente signora Emilia apriva un pubblico dibattito concedendo agli esponenti delle rispettive formazioni di discutere tra loro per gestire al meglio le potenzialità dei singoli, diveniva interesse dei più bravi aiutare e stimolare i più svogliati i quali a loro volta inorgogliti e gratificati dall'attenzione ricevuta facevano di tutto per migliorare la qualità del loro apporto. Studiavano. E poi c'era la medaglia. La maestra era solita chiamarci uno alla volta alla cattedra per consegnarci i compiti in classe corretti e valutati, non pronunciava mai a voce alta il voto di ogni singolo alunno, non voleva umiliare i più scarsi né esaltare i migliori; ma terminata la processione chiamava il più meritevole alla cattedra e lo decorava con una vera e propria medaglia da tenere sul petto per tutta la giornata e riconsegnare al termine delle lezioni.

Tre erano le prove scritte in classe che temevamo maggiormente: Il dettato ortografico, ovvero una serie di parole difficili da scrivere e di uso per niente comune, proficuo, innocuo ecc. ecc., e si rimaneva un attimo indecisi nel terrore di scrivere una lettera C al posto della Q o viceversa. Ogni errore un voto in meno, con cinque toppate eri insufficiente. Il compito di bella scrittura, un testo semplice che dovevamo scrivere sotto dettatura impegnandoci al meglio nell'esecuzione della calligrafia. E per finire il più difficile e odiato dalla maggior parte degli scolari: Il Problemino di matematica, la cui difficoltà non stava nell'essere capaci o meno di fare le operazioni ma nel comprendere il testo che ci veniva dettato. -" Pierino apre il rubinetto della vasca, la vasca ha una capienza di cinquanta litri, l'acqua scende al ritmo di un litro ogni quarantacinque secondi. Quanto tempo deve attendere Pierino prima che la vasca sia riempita da quaranta litri d'acqua? ". Sentivo i miei compagni imprecare sommessamente mentre io stesso mi chiedevo per quale motivo per farmi un bagno avrei dovuto fare tutti quei calcoli astrusi...-" Basta riempire la vasca d'acqua, chi se ne importa quanto tempo ci mette a colmare la tinozza, l'importante è che sia calda!" – In quegli attimi di angoscia comunque una cosa mi appariva certa, da grande diversamente da mio nonno e da mio padre non avrei fatto l'ingegnere.

La maestra aveva un'amica che faceva la cartolaia, " Cartoleria Emy " diceva una scritta posta sopra l'ingresso della sua fornita bottega collocata nelle immediate vicinanze della scuola. Bastava prendere Via del Porto e percorrerla fino alla fine quando sbocca in Via Fratelli Rosselli, te la trovavi di fronte e non potevi sbagliare. Davvero quattro passi, esercizio commerciale in posizione strategica. La maestra ci diceva che cosa dovevamo comprare dalla Emy per svolgere l'attività scolastica quotidiana, giusto il necessario, però non era facile non rimanere ammaliati dall'esposizione dei prodotti esposti che naturalmente andavano ben oltre a ciò che sarebbe bastato per completare il corredo degli alunni. Cartelle da fare invidia alle borse di Borbonese, cuoio morbidissimo taroccato con tanto di riquadro in cavallino sintetico sul lato a vista, cioè quello con le fibbie dorate per la chiusura che più erano grandi e lucide e più facevano colpo. Il cavallino sintetico poteva essere nero oppure bianco ma ne esisteva anche un'edizione limitata bianco/nera pezzata che si doveva ordinare con almeno sei mesi di anticipo ed elevava il proprietario al Cavalierato scolastico. Le confezioni di matite colorate più economiche contavano dodici pezzi e costavano poche centinaia di lire mentre il top di settore era costituito dalla maxi scatola Caran d'ache in argento 800 contenente sessantaquattro matite che potevi pure usare come acquarelli intingendone la punta nell'acqua, il prezzo risultava abbastanza impegnativo ma firmando un paio di cambiali l'acquisto diveniva accessibile a tutte le tasche. Altro oggetto di culto era l'astuccio che nelle versioni di pregio aveva le dimensioni di una valigia con la quale condivideva i pacchiani rivestimenti esterni in finta pelle di coccodrillo dai colori improbabili, poi c'era il compasso grazie al quale oltre a pungersi i polpastrelli a sangue si potevano disegnare dei cerchi perfetti che però non servivano a nulla perché già stampati nelle pagine del Sussidiario e accompagnati da didascalie inerenti alle loro principali peculiarità ovvero Il raggio, il diametro e la circonferenza; in calce a queste evidenziata in grossetto stava una formula magica la cui corretta applicazione permetteva di ottenere buone valutazioni in geometria: raggio X raggio X 3,14. I fogli da disegno migliori erano di marca Giotto ed erano posti in vendita compattati in album da dieci o trenta pezzi; per usufruire di un singolo foglio lo dovevi staccare di netto dalla rilegatura tramite una linea appositamente traforata, azione dalla difficoltà notevole che erano in grado di compiere solo i più abili mentre i poveri scolari maldestri finivano per rovinare tre o quattro fogli prima di riuscirvi. Grande entusiasmo provocò il lancio sul mercato dei pennarelli, grossi tubi di plastica colorata contenenti un inchiostro vischioso dal colore corrispondente a quello del proprio contenitore, si usavano soprattutto per dipingere con maggior facilità rispetto agli acquarelli oppure per scrivere cartelloni leggibili anche a distanza in quanto risultavano inadatti per l'uso calligrafico, il tratto troppo spesso e marcato e il colore che immancabilmente finiva per imbrattare anche le pagine successive. Terminato di adoperarli andavano assolutamente richiusi per via di un tappo a scatto, se faceva " clic " potevi stare tranquillo diversamente il pennarello si seccava e ti toccava cestinarlo. Il colore del pennarello tingeva in maniera quasi indelebile, soprattutto le dita delle mani alla cui pulizia si provvedeva a casa strofinandole con l'ammoniaca, un liquido velenoso il cui pungente odore non so se fosse meglio o peggio di quello dell'inchiostro dei pennarelli, una zaffata vinilica che penetrava nel cervello. In ultimo c'era il tempera matite, in plastica colorata nelle versioni economiche e in metallo cromato in quelle più costose. Tutto ciò dimostra che anche negli anni "60 ostentare il superfluo consentisse di ricevere l'altrui ammirazione e considerazione, l'unica differenza rispetto all'oggi sta nel fatto che per ogni settore merceologico vi fossero in vendita tipologie di oggetti numericamente molto inferiori e che quindi la possibilità di scelta risultasse gioco forza limitata. Certo è che le miserie vissute dai nostri genitori durante il secondo conflitto mondiale avessero a loro inculcato il senso del risparmio e del sacrificio ma contemporaneamente anche il desiderio di regalare ai propri figli tutto ciò che a essi era stato negato.

La Emy era una signora di mezza età, gentile, allegra e ottima venditrice. Qualsiasi cosa tu volessi lei l'aveva e non ci fosse stata te la procurava nel giro di pochi giorni. Indossava un camice celeste rifinito in blu che alternava ad un altro più vistoso di colore giallo con le finiture in bianco. Capelli con la messa in piega che sembravano grigie onde di mare striate biondo cenere. Subito fuori dal suo esercizio spesso si formavano capannelli di mamme intente a scambiarsi consigli e a confrontare i rispettivi acquisti mentre i propri figli annoiati dall'attesa andavano a giocare a saltarello poco più in là utilizzando il fittone di cemento bianco e nero che impediva il transito delle automobili sul piccolo ponte in muratura che passava sopra al Canale del Navile e conduceva alla zona residenziale di Via del Rondone al posto della quale un tempo scorrevano le vie d'acqua che collegavano il porto di Bologna ai numerosissimi canali lungo i quali le imbarcazioni mercantili trasportavano le merci. Via del Porto dava accesso al principale scalo fluviale inurbato che grazie alla sua intensa attività tra il 1500 e il 1800 consentì a Bologna di sviluppare e consolidare la propria identità commerciale quale centro di smistamento di materie prime e piazza di primordine riguardo alla loro lavorazione e vendita al dettaglio. Tradizione che prosegue e che caratterizza la vita cittadina rendendola più dinamica e colorata particolarmente lungo le vie del centro storico meta preferita del passeggio e irrinunciabile attrazione turistica.

La maestra Paltrinieri invece ci guidò alla nostra meta lungo un percorso di studi triennale al termine del quale ottenemmo il Diploma di Licenza Elementare. Le ore di studio non di rado alternate a pause d'intrattenimento quali potevano essere generici dibattiti, appassionanti racconti di vita riportati dalla nostra insegnante oppure festicciole in classe in corrispondenza di specifiche occasioni. La signora Emilia era già nonna e capitava che a volte portasse con sé al lavoro la nipotina Samuela, una bimbetta tranquilla di tre o quattro anni le cui grazie gli alunni più ossequiosi e calcolatori si contendevano platealmente suscitando le antipatie dei compagni più timidi e onesti. Ma potevi indorare e incensare quanto volevi che tanto la maestra seppur lusingata non ne avrebbe tenuto conto durante le valutazioni dei compiti scritti e delle prove orali, se meritavi un quattro tale sarebbe inesorabilmente stato.

Da donna solare quale era l'Emilia amava il canto e quindi assai volentieri ci portava al cospetto dell'insegnante di musica, una signora che dovevamo chiamare però signorina perché era rimasta nubile. Un donnino piccolo, magro e scattante dalla voce potente e particolarmente acuta, capelli ricci, candidi e così vaporosi da sembrare una nuvola trafitta dal vento. Camicetta bianca con collettone di pizzo e monastica gonna blu notte fino a metà polpaccio. In mano teneva una corta bacchetta di legno chiaro che agitava freneticamente durante le nostre esibizioni canore accompagnandone i gesti con movimenti del busto e del capo. Esigeva una rigida disciplina e noi dovevamo cantare rimanendo in piedi perfettamente inquadrati sull'attenti. Una volta avessimo imparato le strofe e le tonalità della canzone lei si sedeva alla pianola e ci accompagnava cavandone note sonore e cadenzate. Era un servizio molto richiesto dal corpo insegnanti delle scuole Panzacchi riservato esclusivamente alle tre classi superiori e per soddisfare tutti l'ora di canto coinvolgeva due classi per volta purché di pari grado, le terze con le terze e via così. Alla maestra Paltrinieri piaceva molto seguire le nostre lezioni di canto e si beava del fatto che secondo lei i ragazzi della sua classe fossero musicalmente più dotati di quelli della collega signora Griffith. Ci teneva molto che facessimo bella figura e ci dimostrassimo educati e rispettosi così per migliorare le nostre performances canore prese a farci ripetere quanto ci insegnava la docente di musica anche in classe. Le canzoni erano quelle del sacro repertorio del primo dopoguerra, "Il Piave mormorava" e " Montegrappa tu sei la mia patria", raramente intervallate da canzonette allegre dall'arrangiamento tipicamente adatto a giovani scolari inneggianti al sole, la primavera, i fiori, le api e i pistilli. Nella classe della signora Griffith c'era una bambina dai capelli rosso Tiziano, lisci, luminosi e sempre ordinati. Con discrezione nell'arco degli ultimi tre anni di scuola elementare riuscii a raccogliere preziose informazioni. Si chiamava Emanuela e abitava in Via Bovi Campeggi, una strada nelle vicinanze subito oltre i Viali di Circonvallazione dal cui nome avevo dedotto si dovesse trattare di una zona dove pascolassero le mucche all'interno di un campeggio custodito, fu mia madre qualche anno dopo a spiegarmi che in quella via non ci fossero né bovini né recinti ma tutt'al più la sede cittadina della Motorizzazione Civile dove lei era prossima recarsi per il primo rinnovo della patente. Sul finire della quinta classe mi feci coraggio e mi avvicinai alla bambina dai capelli rossi all'uscita di scuola al termine delle lezioni, la salutai e lei mi sorrise ricambiando col gesto della mano, da lì in poi quasi ogni giorno trovai il modo di vederla davanti alla scuola lì dove le mamme chiacchierano e i figli le attendono. Qualche volta parlammo brevemente ma per timidezza non arrivai mai al punto di chiederle in quali giardini andasse a giocare nel pomeriggio. Insomma era una questione troppo complicata e poi io la mia simpatia femminile l'avevo già all'interno della mia classe, ancora più carina e molto più semplice da frequentare. –" Al mattino tutto splende intorno! La vita è bella e il ciel seren! Ma se piove oppure tira il vento cosa importa cantiamo così! Pieni di gioia e di felicità allegramente noi vogliam cantar! " – Così diceva il ritornello della canzone prediletta dalla Maestra Paltrinieri, i dieci più intonati in piedi sulla predella, cinque femmine e cinque maschi ad esibirsi con voce suadente e carica di pathos, il resto della classe in piedi di fianco al proprio banco a muovere la bocca senza proferire suono alcuno. La vita era davvero bella e il cielo quasi sempre sereno salvo quando io portassi a casa qualche insufficienza, accadeva di rado ma mia madre era già in possesso di potenti armi per rimettermi in riga. A otto anni mi iscrisse ad un corso di minibasket che aveva luogo allo Sferisterio, attempata ma ben tenuta struttura sportiva coperta situata tra la Via Irnerio e il Parco della Montagnola. Brutti voti niente basket, questa era la regola e dal momento che la pallacanestro mi piacque immediatamente con un certo sforzo presi a leggere le pagine del Sussidiario con maggiore attenzione e a svolgere i compiti a casa più diligentemente. Al basket ci si andava tre volte alla settimana assieme a Giancarlo, anch'egli rapito dalla palla a spicchi; quaranta bambini per corso tra i quali ritrovai molti dei miei amici dell'asilo di Via Montebello, Alberto Liverani, Mauro Cavara,

Fabio B. e Marco Santucci che continuava ad essere una spanna più alto di tutti.

Terminati i primi due anni di studio cambiammo aula trasferendoci al piano superiore che si raggiungeva tramite tre rampe di scale abbastanza lunghe, belle ampie, di ottima fattura e dotate di una robusta ringhiera protettiva in ferro battuto. La tromba delle scale aerosa e i soffitti alti contribuivano ad amplificare i rumori dei passi e il suono delle voci che rimbombavano piacevolmente partecipando a rendere l'atmosfera serena e spensierata. Le risa dei bambini, i richiami delle maestre e le raccomandazioni delle bidelle: - " Non appoggiate le mani alle pareti che le abbiamo appena lavate! " – Si trattava infatti di muri tinteggiati con la classica vernice lavabile e grumosa che si trovava un po'in ogni ambiente scolastico di frequente passaggio, lucida, brillante e ancora pregna del gradevole odore della pittura smaltata. Gli alunni salivano le scale come camosci di montagna, i più agili anche due gradini alla volta e senza la minima fatica, qualcuno un po'cicciottello andava su un po'più piano ma comunque senza sforzo apparente, chi invece a salire le scale faticava davvero era la nostra maestra, così su sua espressa richiesta durante l'ascesa la sollevavamo di ogni fardello avesse tra le mani mentre due alunni tra i più prestanti, uno per lato, si ponevano ai suoi fianchi e tenendola per mano la trascinavano su quasi di peso. La nostra nuova aula era praticamente identica alla precedente, solo la vista dalle finestre cambiava un po', pur sempre sul giardino ma spaziando anche sopra ai tetti di una villetta in stile tardo liberty che sorgeva subito di là dalla recinzione che delimitava la zona esterna di pertinenza scolastica. Una costruzione nel suo genere abbastanza semplice composta da due piani e tinteggiata in giallo ocra e arancione scuro, un pochino cupa nonostante i bei coppi di terracotta rossa, quelli di allora, pesanti e dalle forme curvilinee, posati con maestria l'uno ad incastrarsi sopra all'altro. E i comignoli alti e squadrati con le finestrelle rettangolari e la cima anch'essa ricoperta dai coppi. Lì sopra stavano i piccioni dalle mille sfumature di grigio e il bel collare di piume accese di viola e di verde e ancor più in alto nel blu del cielo da marzo a ottobre volavano le rondini. La maestra per migliorare ed accrescere i rapporti tra i propri alunni assegnò ad ognuno di noi un nuovo compagno di banco, almeno per qualche tempo sempre però rispettando la regola logistica dei più alti seduti in fondo e casualmente o forse no per me scelse un banco prossimo all'ultima finestra e un compagno con cui chiacchierare di meno durante le lezioni, un bravo bambino tranquillo, serio e studioso che presi saltuariamente a frequentare anche al di fuori delle mura scolastiche. L'anno seguente però col benestare dell'insegnante ognuno tornò in banco con l'amico di sempre anche perché le festicciole casalinghe si susseguivano con una certa frequenza a sancire compleanni, comunioni e via dicendo coinvolgendo più o meno tutta la classe contribuendo in tal modo a migliorare la socialità dei singoli non tutti inizialmente propensi a interagire con i compagni.

Fuori faceva freddo, un nevischio vorticoso e insistente nel cielo grigio, i tetti imbiancati. Dai comignoli un fumo nero e denso saliva a cercare le nubi. Ma in classe si stava bene, al caldo. Dai massicci termosifoni in ghisa il calore si espandeva avvolgente, i vetri appena imperlati dal vapore rimanevano comunque limpidi concedendo l'immagine di un acquarello invernale dalle tinte pallide e sbiadite. I tendoni tirati in alto, avvoltolati su sé stessi come il sipario di un teatro durante uno spettacolo. Ma il vento fischia insidioso e si infila furtivo tra le fessure che il tempo ha scavato tra i battenti di legno e i telai che li sostengono. Qualcuno stringe le braccia al petto e incassa la testa tra le spalle, la maestra se ne accorge e ordina al capoclasse di giornata di abbassare le tende, ci penserà la stoffa granulosa e spessa a porgere il fianco protettiva così che dentro possa continuare la festa. Di martedì grasso non si fa lezione, si ride, si scherza e si gioca, quasi tutti con la maschera sul viso e il costume carnevalesco addosso e a chi non ha né l'una né l'altro la buona Emilia consegna cappelli da cowboy in cartone e puntuti copricapi da fatina celesti spruzzati di polvere argentata con una lucida stella sulla cima. Nessuno resta senza, finiti i cappellini si distribuiscono mascherine dalle tinte vivaci, quelle col nasone oppure con gli occhi da gatto, si fissano dietro alla testa per mezzo di un elastico nero. La maestra organizza gare di indovinelli e poi fa passare davanti alla cattedra tutte le mascherine in fila indiana, chi non può sfoggiare il costume sta in giuria. La maestra alla lavagna scrive col gesso il nome dei bambini che passano in rivista e accanto il voto assegnato dalla giuria che va da 6 a 10. Niente insufficienze, è giorno di festa. Sulla cattedra file di vassoi di cartoncino dorato zeppi di ''sfrappole'' e raviole alla mostarda, ma ci sono anche i dolci fatti in casa e già tagliati a fette, la torta Tenerina, la torta di riso, una crostata di mele alla crema, la pinza con la marmellata di prugna. E da bere aranciata San Pellegrino, cedrata Tassoni e spuma all'arancio, al chinotto e al ginger. Le bottiglie sono di vetro, bisogna stare attenti a non farle cadere, le bevande le versa con grande attenzione il capoclasse coadiuvato da un assistente. Oggi niente lavagna divisa in due da una riga di gesso bianca, a sinistra i buoni e a destra i cattivi. La mattina vola via leggera e divertente come mai, l'unico divieto riguarda il lancio di coriandoli e stelle filanti, il Signor Direttore se ne era raccomandato di persona a mezzo di un ciclostile consegnato a tutte le classi il giorno precedente. Le confezioni di nailon rimangono sigillate, ma sol per poco, perché usciti dalla scuola queste regole non valgono più niente e allora si aprono al volo i contenitori e a mani piene si combatte tutti contro tutti lanciando manciate di coriandoli e chilometri di stelle filanti. Una volta tanto non saranno i bidelli a spazzare il marciapiede ma i netturbini a notte tarda quando le strade sono deserte e silenziose e la scuola dorme chiusa tra le sue possenti mura vegliate dai suoi portoni accigliati, le finestre e le porte tutte serrate, così può riposare serena dopo una giornata ancor più intensa del solito. Il suo respiro profondo da fuori si ode appena, i rari passanti infreddoliti che lo percepiscono mentre s'affrettano sul marciapiede lo confondono col ronzio delle caldaie.

I buoni e i cattivi li segnava alla lavagna il capoclasse quando la maestra correggeva i compiti seduta alla cattedra con gli occhiali calati sulla punta del naso, non doveva volare una mosca e il capoclasse non vedeva l'ora di beccare i bambini che gli stavano antipatici per segnare il loro nome sulla lista dei birboni mentre i suoi amici, si sa, finivano tutti su quella degli angioletti, ma questo lo sapeva bene anche la maestra che dopo un po' mandava il capoclasse al posto e ci imponeva il gioco del silenzio, se nessun rumore fosse giunto alle sue orecchie nessun compito da fare a casa, ma tanto qualche buontempone ci provava gusto e apposta chiacchierava sottovoce col compagno tanto per far dispetto fin quando il brusio prodotto non diventasse troppo forte tale da innervosire l'insegnante che allora di scatto alzava il capo, sfilava gli occhiali e li poggiava di lato sulla cattedra per guardarci severa fingendosi arrabbiata: -" Aprite il quaderno di Italiano e scrivete, Compito per casa," Pensierini "...A scuola abbiamo festeggiato il Carnevale."- " Domani mattina voglio qui sulla cattedra i quaderni di Brigo, Menna, Mioli e Gregori, e anche quelli della Franceschini e della Resca. Dopo di che vedrò anche di far leggere ad alta voce i propri elaborati anche a chi oggi si è comportato bene. " – Messaggio subliminale per chi pensasse di non fare i compiti.

In quarta e quinta abbandonammo i " Pensierini " per sostituirli col compito in classe d'Italiano, la maestra ci avvisava con qualche giorno d'anticipo giusto per darci il tempo di passare in cartoleria per acquistare un foglio protocollo che in pratica era composto da due grandi fogli a righe uniti tra loro per il lato più lungo. Sul foglio protocollo in alto a sinistra bisognava scrivere nome e cognome, a destra luogo e data, subito sotto al centro si scriveva " Compito in classe d'italiano "e ancora sotto il titolo del tema da svolgere. Nel parlare corrente si utilizzava il termine "Tema" per indicare la prova scritta d'Italiano. Gli argomenti su cui discernere erano sempre abbastanza generici e non necessitavano di particolare fantasia né di conoscenza specifica della materia trattata, tra i più scontati: " Il mio migliore amico " e "Il mio hobby preferito "; quest'ultimo titolo ci fu proposto dall'unica tirocinante delle scuole magistrali che frequentò la nostra classe per fare esperienza sul campo. Alla maestra Paltrinieri l'utilizzo dell'termine inglese hobby al posto del suo omonimo italiano passatempo non piacque, s'accorse subito che nessuno di noi aveva capito che cosa significasse e quindi riprese la signorina, così dovevamo chiamarla, chiedendole di tradurre e spiegare in Italiano il significato di quella parola di lingua inglese. La signorina fece del suo meglio senza però riuscire nell'intento forse perché confusa ed emozionata dalla sua prima esperienza d'insegnamento assistito. Tra passione e passatempo molti di noi s'ingarbugliarono e addirittura ci fu chi comprese che l'hobby fosse una caratteristica personale particolare come ad esempio avere una voglia di caffelatte sulla schiena o la seconda falange del dito pollice incurvata all'indietro. Fu un vero flop, che tradotto nella nostra lingua significa fallimento. La maestra, figlia del romanticismo del diciannovesimo secolo, non nascondeva le sue preferenze per le materie letterali nel cui insegnamento si mostrava ottimamente preparata con particolare attenzione riguardo alla grammatica e al corretto uso dei verbi. Suo desiderio era che imparassimo ad esprimerci in maniera sciolta e corretta e a tal proposito volle che acquistassimo il vocabolario dei sinonimi in modo da rendere le nostre locuzioni forbite e articolate. Il " Tema " assunse il ruolo di prova scritta per eccellenza e chi in essa ottenesse la migliore valutazione veniva glorificato e decorato con una doratissima medaglia al merito scolastico che l'Emilia soddisfatta appuntava sul petto dell'alunno meritevole il quale l'avrebbe ostentata con orgoglio fino al termine della giornata scolastica.

Grazie alle feste e festicciole casalinghe s'imparava a conoscere il territorio prossimo alla propria abitazione racchiuso grosso modo in un'area compresa tra Via Marconi, Via Lame, Via Riva di Reno e i Viali di circonvallazione prossimi a porta Lame, unica architettura di interesse storico compresa nella zona oltre a qualche rimasuglio delle mura della seconda e terza cinta. A Porta Lame abitavano Elsa R. e Clara H. C. che in realtà si chiamava Clarita, figlia di padre italiano e madre brasiliana, la più carina della classe. Stavano una di qua ed una di là dai viali, entrambi in palazzi costruiti negli anni "50/60 del secolo scorso, caseggiati solidi e senza tanti fronzoli a sviluppo principalmente verticale composti da due o tre appartamenti per piano, quella che si chiamava "edilizia moderna" e che consisteva nel costruire condomini composti da unità abitative di generose dimensioni raggiungibili tramite scale interne o per mezzo di un ascensore, tutte fornite di cantina ma nessuna di garage o posto macchina, una vera genialata. Clarita ed Elsa erano legate da profonda amicizia, vicine di casa e compagne di banco. Elsa era una ragazzina esile, dall'incarnato chiaro e i modi tranquilli e riservati, studiosa, gentile e molto educata. Clara era vivace, perspicace, estroversa, sveglia e straripante di energia. Le loro rispettive feste in maschera fatte in casa rispecchiarono esattamente le loro diverse personalità, quella di Elsa fu un ritrovo piacevole, composto e un po' formale, con la madre sempre presente e il fratello maggiore a controllare che non combinassimo danni. Ottima merenda e tante chiacchiere. La festa di Clarita invece fu proprio una vera baldoria durante la quale si ballava la quadriglia con la musica ad alto volume oppure ci si rincorreva sfrecciando attraverso le sale, le stanze e i corridoi. Una caciara davvero carnevalesca e divertentissima. La camera di Clarita si trovava in fondo al corridoio, entrando sulla sinistra alla parete sopra al suo letto stava appesa una grande bandiera del Brasile che risplendeva di verde smeraldo e giallo oro. Segretamente ma non più di tanto, perché lei se ne accorse, avevo deciso che raggiunta un'età adeguata le avrei fatto la corte ma ottenuto il diploma elementare negli anni a seguire ebbi la possibilità d'incontrarla solo casualmente quando andavo a giocare a pallone ai giardinetti dietro alla sua scuola media, la Scuola Gandino, una struttura recente costruita di fianco al Palazzetto dello Sport di Piazza Azzarita, vicinissima alla confluenza di Via Riva di Reno con Via San Felice. Io invece per forza e non per scelta frequentai le Scuole Medie Maria Federici poste esattamente all'altro capo della via che ancor oggi corre al di sopra di un ramo del fiume Reno, ciò perché al tempo per quanto riguardasse le scuole elementari e medie inferiori obbligatoriamente i genitori dovevano iscrivere i propri figli all'Istituto più vicino al proprio domicilio, quello indicato dal Ministero della Pubblica Istruzione. Salvo optare a favore di istituti privati.

Porta delle Lame venne edificata per la prima volta nel corso del XIII secolo, si trovava nei pressi del porto della città e della salaria (magazzino del sale) e uscendone addentrandosi in linea retta attraverso la pianura si raggiungeva la " bassa "ovvero il Trebbo di Reno, Castel d'Argile e Pieve di Cento. Già pochi chilometri fuori porta la zona veniva definita della Pescarola ad indicarne la possibilità di fare buona pesca lungo i suoi numerosi canali e profittando dei suoi molteplici specchi lacustri, questo toponimo rimane tutt'ora in uso per definire una popolosa zona abitativa che sorge oltre la Via Zanardi, naturale proseguimento di Via delle Lame. Il termine lame in latino significa palude e ciò sta a chiarire il grossolano equivoco che riconduceva il nome della porta ad una serie di supposte attività artigianali dedite alla produzione di lame, coltelli e armi da taglio in genere situate nelle sue immediate vicinanze. Originariamente aveva un cassero coperto e nel 1334 fu dotata di due ponti levatoi, uno per il passaggio pedonale e l'altro per quello dei carri. Negli anni '' 70 del XVI secolo venne completamente demolita e al suo posto fu edificato l'attuale edificio di fattura barocca. Gli ultimi lavori di restauro sono stati eseguiti tra il 2007 e il 2009 restituendo a Porta Lame l'antica magnificenza.

Durante il quinto ed ultimo anno di scuola elementare la Maestra Paltrinieri si preoccupò di migliorare ancor più il nostro bagaglio letterario portandoci alla conoscenza dei più importanti poeti e scrittori italiani operanti tra il XVIII e XIX secolo. Tra questi senz'ombra di dubbio occupava un ruolo di spicco Giacomo Leopardi, poeta, narratore e filosofo tra i maggiori esponenti del romanticismo italiano. Nato a Recanati da famiglia altolocata e insignita per nomina pontificia dei titoli di Conti di San Leopardo e Nobili di Recanati fu autore di opere ricche di sentimento e riflessione il cui struggimento portò erroneamente parte della critica a tacciarlo quale uomo affetto da profonda depressione oltre che malato di tubercolosi ossea. Certo era un uomo malato ma non nell'animo bensì nel corpo devastato da una spondilite anchilopoietica progressiva che ne compromise gravemente l'aspetto fisico probabilmente accentuando la sua inclinazione alla malinconia. Morì a Napoli nel 1837 durante una terribile epidemia di colera a causa di un edema polmonare o di una crisi cardiaca ancor prima di compiere trentanove anni. Una delle sue più famose poesie racconta la misera fine di una povera foglia frale (fragile) che il poeta compose con chiaro riferimento alla fragilità dell'essere umano e al suo triste ed inevitabile destino. La maestra colse metaforicamente al volo la foglia del Leopardi per saltare con stile dalle lettere alle scienze passando a raccontarci e istruirci riguardo ad un altro dei capisaldi del programma di studi relativo alla Scuola Primaria Elementare degli anni ''60, la fotosintesi clorofilliana. Una mattina di tardo ottobre la nostra docente ci fece mettere in fila per due e guidandoci lungo una retrostante scalinata esterna ci introdusse nel giardino di pertinenza scolastica. Una decina di alberi in tutto, platani, aceri e una coppia di betulle. Una giornata grigia e un po' ventosa, qualche chiazza d'erba a ciuffi qua e là, ma soprattutto già tante foglie morte dai mille colori ad ammonticchiarsi sulla terra sabbiosa. La maestra volle spiegarci quanto fosse importante il ruolo degli alberi per la vita dell'uomo e dell'intero pianeta e dopo averci condotto lungo una breve gimcana attorno ai loro fusti fornendoci spiegazioni preliminari ci fece sedere sui gradini della scalinata, aprì le pagine del Sussidiario e ci spiegò cosa fosse e come avvenisse la fotosintesi clorofilliana. La sua voce cristallina da mezzo soprano sembrava rimbalzare contro al muro alle nostre spalle come volesse tornando indietro ripeterci i concetti appena espressi. Egregia lettrice dalla pronuncia perfetta ci intrattenne per un buon quarto d'ora modulando i toni conseguentemente all'importanza delle parole pronunciate; l'ascoltavamo rapiti, non tanto per l'argomento trattato quanto per la sua capacità oratoria dalle sfumature fiabesche e avvincenti. Ci piaceva stare all'aria aperta durante l'orario di lezione come fuggiti dalla prigionia dell'aula, liberi dai nostri obblighi e dalla routine quotidiana…-" La fotosintesi clorofilliana consta in un processo chimico che coinvolge le piante attraverso il quale esse si procurano il nutrimento. Le piante verdi durante il giorno mangiano l'anidride carbonica presente nell'atmosfera e al suo posto emettono ossigeno. " – Ossigeno, tutti sapevamo che fosse necessario alla vita ma scoprire che in un certo senso fossimo vivi grazie agli alberi fu una sorpresa per gran parte degli alunni presenti. La signora Paltrinieri sottolineò quanto fosse importante sostituire gli alberi tagliati per utilizzarne il legno piantandone altri che crescessero al loro posto e quanto fosse di fondamentale rilevanza preservare le foreste evitando il disboscamento intensivo che aveva già provocato la perdita di grandi aree verdi. Per concludere incaricò due tra i ragazzini più studiosi, più o meno sempre quelli, di raccogliere dal suolo alcune foglie tinte e macchiate dagli splendidi colori autunnali e di consegnargliele. La maestra soffriva di un fastidioso mal di schiena e spesso era costretta portare il busto, i suoi movimenti apparivano evidentemente rigidi e faticosi in contrasto con la mobilità espressiva del volto e la vivacità dei suoi occhi. Dal mucchietto di foglie che teneva tra le mani ne scelse alcune, le più belle, grandi e colorate; rosse quelle dell'acero, gialle quelle del platano e marroncine quelle di betulla. Ci fece notare come la natura cercasse di intimorire l'imminente inverno liberando i suoi colori più accesi; mentre parlava faceva passare leggero il dito indice lungo le venature delle foglie, entro le quali, ci disse, fino a pochi giorni addietro scorreva ancora la linfa vitale come scorre il sangue nelle nostre vene. Un'immagine forte ma tale da imprimersi nitida nella nostra mente. Rientrati in classe volle che scrivessimo un componimento riguardo a quanto ci aveva appena spiegato e a quanto avessimo testé osservato, prima che iniziassimo a spremere le meningi concluse affermando che a suo parere fosse divertente e interessante collezionare foglie secche. In breve tra le pagine dei volumi enciclopedici che ogni famiglia in forme più o meno pregiate deteneva a casa trovarono alloggio numerosissime foglie che raccogliemmo volentieri nei dintorni delle rispettive abitazioni. Foglie presto dimenticate alcune delle quali ancora dormono serene tra le pieghe di un vecchio tomo impolverato abbandonato in soffitta.

La classe quinta era l'ultima del corso degli studi elementari e terminava con un esame al cui superamento si otteneva il diploma. Era una cosa abbastanza seria e impegnativa, la promozione per nulla scontata e non stupiva che qualcuno venisse respinto. Nessun genitore si sarebbe mai permesso di protestare ed era del tutto impensabile il ricorso alle vie legali contro la decisione degli insegnanti. L'esaminatore era un maestro proveniente da un altro Istituto Scolastico sempre comunque affiancato dal docente interno i cui compiti constavano principalmente nel relazionare il collega riguardo alle capacità, le peculiarità e le problematiche dei singoli alunni. Prove scritte tre: Italiano, Matematica e disegno a mano libera, e ognuna si svolgeva nell'arco di un'intera mattinata. Prova orale una, ovvero generica interrogazione alla cattedra che riguardava tutte le materie affrontate durante il corso di studi, musica e attività ginnica escluse.

Il maestro che ci esaminò era un signore di mezza età serio e posato, per molti aspetti ricordava il Direttore Benini, distinto nel suo completo grigio in fresco lino abbinato a camicia bianca e cravatta di un grigio dalla tonalità più scura. Seduta al suo fianco la Maestra Emilia Paltrinieri ci incoraggiava con parole e sorrisi stemperando la nostra tensione emotiva e pronta ad intervenire a nostro favore quando ve ne fosse bisogno. Al nostro esaminatore piaceva in particolar modo la matematica e amava terminare la prova orale sottoponendoci operazioni da risolvere mentalmente, si andava avanti fino al primo errore di calcolo, ogni quesito più difficile di quello precedente. Mia madre per motivi professionali era a conoscenza di questa pratica allora assai in uso e utile per testare la reattività, la prontezza e la freddezza dei piccoli esaminandi. Me ne mise al corrente con debito anticipo costringendomi a quotidiane e protratte simulazioni d'esame tra le mura domestiche. La stessa signora Emilia rimase stupita dalla sequela di calcoli esatti che sciorinai in risposta alle richieste del collega e al termine dell'esame posandomi affettuosamente una mano sulla spalla con un sorriso e gli occhi che le brillavano d'orgoglio si congedò da me esprimendo tutta la sua soddisfazione.

Non la rividi più, mia madre seppe per vie traverse che aveva ottenuto un trasferimento vicino alla residenza della figlia. Quel suo ultimo gioioso e amorevole sguardo resta indelebile nella mia mente molto più di qualsiasi altra poesia imparata a memoria.

Capitolo 5

La Chiesa di Santa Maria della Pioggia si trova all'incrocio tra Via Galliera e Via Riva di Reno, originariamente era conosciuta come Chiesa di San Bartolomeo di Reno, ciò perché durante il Medioevo accanto ad essa scorreva il Canale di Reno poi sotterrato. Il santuario custodisce una Madonna col Bambino attribuita al quattrocentesco pittore Michele di Matteo. In un certo senso può essere posta in antitesi alla Madonna di San Luca, i bolognesi infatti notoriamente devoti al culto della Beata Vergine nel corso del XVI secolo ad essa rivolsero le loro preghiere per il motivo opposto a quello per cui pregarono la Madonna conservata sul Colle della Guardia che miracolosamente pose termine ai violenti nubifragi che stavano compromettendo il raccolto. Alla Madonna del Tempietto della Pioggia chiesero invece la grazia diametralmente opposta ovvero abbondanti piogge ad interrompere un'inconsueta siccità primaverile che perdurava da mesi e anch'essa di gravità tale da compromettere la prosperità delle messi. La chiesa risultava incorporata nel complesso architettonico un tempo intitolato a San Bartolomeo di cui molti ambienti situati al primo piano sonno tutt'oggi accessibili tramite l'ingresso di Via Riva di Reno, queste sale ospitarono un orfanatrofio e l'oratorio ove si riuniva la Compagnia di San Bartolomeo la cui opera era rivolta ai bisognosi e ai nullatenenti. Si sale al piano percorrendo una elegante scalinata settecentesca le cui pareti sono affrescate da immagini raffiguranti un paesaggio ove staglia la figura del Santo. Scalini larghi, profondi e bassi tali da permettere vi fosse stata la necessità di adoperarli per mezzo di un cavallo, ciò si può supporre anche considerando l'ampiezza del pianerottolo in cui hanno termine le rampe. Le sale risultano impreziosite da affreschi databili attorno al 1500 e in una di esse è esposta una particolare scultura di terracotta opera di Alfonso Lombardi rappresentante San Bartolomeo. Nei secoli precedenti queste dimore funsero da ospizio per i poveri e da ricovero per i viandanti. Il Santuario per un certo periodo venne identificato anche col nome di Chiesa del Serraglio, infatti a breve distanza era la Porta detta di Castello facente parte della cinta muraria del 1200 i cui resti sono ancora ricordati da un'arcata a volta che si trova al termine della parte alta di Via Galliera e che dà accesso al Quadrilatero. La breve ascesa che si incontra superando l'arcata pare sia dovuta alla demolizione di un Castello edificato dai bolognesi a protezione della Porta e fatto abbattere per volontà dell'Imperatore Federico Barbarossa in segno di sottomissione al suo potere. Al piano terreno del complesso sono posti due interessanti chioschi, al primo si accede dallo stesso ingresso che porta allo scalone settecentesco procedendo lungo un androne il cui termine sfocia in una piccola corte protetta da alte mura, probabilmente al suo centro era un pozzo mentre non si scorgono segni che permettano di suppore vi fosse stato un porticato. Il portone d'ingresso al secondo chiostro si trova adiacente alla struttura posteriore della chiesetta della pioggia, qui gli spazi sono maggiori e su due lati attigui è presente un classico porticato a volta al cui vertice sono delle scale di recente costruzione che salgono ai piani superiori. Entrambi gli accessi in questione sono riparati da un imponente e voluminoso porticato anch'esso riconducibile al XVIII secolo che s'allunga nelle sue diverse fogge fino a Via San Carlo, ovvero la prosecuzione della più aristocratica Via Nazario Sauro.

Questi luoghi così ricchi di storia e di arte negli anni ''70 del secolo scorso risultavano destinati agli studi, essi infatti erano teatro delle attività della Scuola Media Statale intitolata a Maria Federici. In questo Istituto completai il triennio per ottenere la licenza media inferiore. Grossolanamente qualcuno ci raccontò che il complesso fosse stato nei tempi passati occupato da un convento il cui abbandono e la susseguente ristrutturazione permisero di convertire in sede scolastica soddisfacendo così la crescente domanda di aule da dedicare all'istruzione dei più giovani conseguente all'aumento delle nascite avvenuto durante il boom economico degli anni ''60.

Il primo giorno di scuola lo ricordo sempre piovoso, quello poi era il primo giorno di scuola media, tutt'altra faccenda rispetto alla scuola elementare. Sotto il porticato del cortile interno si raggruppavano le varie classi, sui muri erano stati affissi dei cartelli indicanti le rispettive sezioni. Sapevo di essere stato iscritto alla prima B, fu facile riconoscere l'assembramento dei miei nuovi compagni, appena passato il portone d'ingresso sul muro a destra era il cartello della prima A, pochi metri più avanti quello che mi riguardava.

Mattinata dal cielo fosco e lattiginoso, una fastidiosa pioggerella dalle gocce finissime e fredde andava a inumidire il selciato leggermente concavo del piazzale interno. Un quadrilatero con porticato sui primi due lati, il primo dei quali separava il chiostro dalla Chiesa di Santa Maria della Pioggia, sul secondo una moderna porta a vetri dava sulle scale per raggiungere le aule, poco oltre un'altra porta sempre a vetri ma dalle fattezze decisamente più datate. Il terzo lato occupato dall'abitazione del custode e capo-bidello Cazzoli, un uomo sulla quarantina piccolo e tarchiato con i capelli imbrillantinati pettinati all'indietro, un viso ingrugnito da cui ogni tanto sfuggiva un sorriso velatamente ironico. Riverente con gli insegnanti e un po' burbero con gli alunni, sua figlia Erminia era nella mia stessa classe, scura, timida e morigerata, una brava ragazza che a undici anni ne dimostrava già venticinque. Era così tranquilla che una professoressa di cui mai scriverò il nome me l'appioppò quale compagna di banco nella speranza che la sua riservatezza facesse da freno alla mia esuberanza ma anche col chiaro intento di farmi dispetto. Non ottenne alcuno dei suoi scopi perché dopo qualche settimana l'Erminia pur mantenendosi diligente e studiosa cedette alle mie battute e si lasciò andare a comportamenti divertenti e simpatici sorridendo spesso e forse per la prima volta così gioiosamente nel corso della sua vita. Dopo alcuni mesi la Prof. senza nome arresasi all'evidenza mi permise di tornare in banco con Giancarlo temendo che Erminia Cazzoli potesse perdere le sue inibizioni e si comportasse come era giusto che fosse per una giovinetta della sua età. Della mia nuova classe facevano parte alcuni miei ex compagni del corso elementare, oltre a Giancarlo c'era Piero Messini d'Agostini e Giuseppe Orefice, un ragazzino biondissimo figlio di emigrati siciliani di lontane origini normanne dotato di baluginanti occhi celesti che abitava nel palazzo adiacente alla scuola ; Alberto Pancaldo, Maria Cristina Caselli e la sua amica Gabriella Cingolanni sopranominata Cipolla senza che mai se ne scoprisse il motivo.

Nel cortile le cose andarono per le lunghe fin quando il bidello Cazzolli esasperato per non dire furibondo intimò alle molte madri presenti di tornare alle proprie faccende domestiche. I miei compagni ed io fummo raccolti dalla Prof. di cui sopra, una signora che doveva avere tra i quaranta e i quarantacinque anni, molto energica, determinata e poco affabile. Ci condusse in un'aula provvisoria situata al primo piano e ci fece accomodare dove e con chi ci paresse. Un rapido appello e subito prese a dilungarsi in una dettagliata descrizione delle diversità che avremmo riscontrato rispetto alle scuole elementari. Mentre parlava i suoi occhi cercavano tra di noi qualcosa di sospetto, le sue frasi si susseguivano ben studiate, ricche di pause e di citazioni ad effetto. Una donna dalla personalità esondante. Io rimanevo in silenzio, preoccupato da quanto stavo vivendo e attanagliato da sensazioni sgradevoli. Appena mi distrassi un attimo voltando il capo verso il mio compagno di banco per scambiare due parole sottovoce venni ripreso in maniera perentoria e sarcastica. A pelle non ci piacevamo e mai ci saremmo piaciuti, ed era una brutta faccenda perché il coltello dalla parte del manico ce lo aveva lei. Sono certo che l'atteggiamento parziale, aggressivo e a volte svilente che spesso utilizzò nei confronti di chi non rientrasse nelle sue grazie oggigiorno comporterebbe provvedimenti disciplinari. Ferire dei ragazzini inermi dall'alto di una posizione assolutamente dominante non contribuisce affatto alla loro crescita intellettuale e comportamentale in particolar modo quando il colpo di maglio giunge gratuito e ingiustificato. Inizialmente tentai anche di dimostrarle le mie intenzioni pacifiche ma presto mi resi conto quanto fosse per me dannoso sollecitare la sua attenzione e quindi decisi di lasciar perdere. Mai nessuno si permise di replicare alle sue frasi taglienti e fuori luogo evidentemente irrazionali e frutto di un sentimento d'antipatia dichiarata e sprezzante che giunse ad esprimere pubblicamente infierendo sui malcapitati davanti ai compagni di classe. Le sue ore di lezione si tramutarono per me in sofferenza e disagio, fortunatamente tutti gli altri insegnanti che incontrammo durante la permanenza tra le mura delle Scuole Medie Statali Maria Federici si rivelarono inappuntabili professionisti e soprattutto ottime persone.

Dopo qualche giorno ci assegnarono un'aula definitiva sempre al primo piano ma sul lato opposto dove si svolgevano abitualmente le lezioni della sezione B. Tre aule una attigua all'altra, prima, seconda e terza. Tutte finestrate verso Via Riva di Reno e raggiungibili dall'importante scalone settecentesco. Erano le stanze in cui aveva per secoli operato la Compagnia di Santa Maria della Pioggia. Dal pianerottolo al termine della scalinata oltrepassando un austero portone a due battenti si prendeva la sinistra procedendo per un breve corridoio dalla lucida pavimentazione in mosaico bianco, rosso e nero; tramite un secondo portone dalle linee più nobili e ricercate costantemente lasciato aperto si accedeva alla sala principale, un salone di ottanta/cento metri quadrati splendidamente affrescato e pavimentato da raffinato marmo dalle venature nero/verdi. Sicuramente il luogo in cui si tenevano le riunioni dei membri della Compagnia di Santa Maria della Pioggia perfettamente adattata nella così detta "sala professori", pur sempre di riunioni si trattava. Al centro un gigantesco tavolo d'epoca in legno scuro assistito da cinque eleganti sedie in noce per lato. Lo spazioso vano era a pianta rettangolare, da uno dei lati corti si accedeva alle aule, da quello di fronte ai servizi; dei lati lunghi uno era privo di pertugi mentre sull'altro spiccava una grande porta nera con tanto di cornici a rilievo, sul legno antico una targa d'ottone recava incisa una scritta a caratteri svolazzanti: " Presidenza ". Lì dentro ci stava il Preside, mai visto, ciò a dimostrare che nonostante alcune incomprensioni il mio rapporto col personale insegnante non si rivelò particolarmente problematico.

L'aula che occupammo il primo anno era molto più larga che lunga, gli insegnanti per tenerci sotto controllo costretti a girare in continuazione il capo a destra e a sinistra. Ancora una volta io me ne stavo in fondo vicino alla "mia" finestra. L'illuminazione artificiale costantemente accesa, sei lampadari a stelo provvisti di una grossa lampadina all'interno di una cappa circolare di metallo verniciata di verde pisello, tre per fila in senso latitudinale. Questa volta la visuale oltre i vetri risultava davvero limitata, la finestra dava sul porticato del quale potevo osservare le arcate infilzate dai tiranti d'acciaio, il colonnato possente e i piccioni ivi residenti impegnati in accese discussioni relative al possesso degli sbalzi dei capitelli. Per fortuna non mancava un'allegra tenda rossa dalle trame grosse.

Fin da subito notai un paio di cambiamenti in senso migliorativo rispetto alla scuola elementare, niente grembiule ma inspiegabilmente solo per i maschi, le ragazze non si sapeva perché dovevano continuare a portare quel mortificante camice nero sul quale almeno non compariva più il ridicolo fiocco. Una stupida discriminazione sessista imposta forse per nascondere la maturazione del corpo, il passaggio dalla pubertà all'adolescenza. Un indumento goffo e inutile. Anche la pausa ricreativa concedeva libertà prima impensabili, ci si poteva alzare e girare per la classe e pure uscire per recarsi ai servizi. Una valvola di sfogo utile per sgranchire le membra e svagare la mente. Piccole cose.

Durante il primo anno di scuola benché avessimo a nostra disposizione sei insegnanti una su tutti divenne il nostro punto di riferimento. La Professoressa Laura Palmeri, laureata in Lettere, gestiva le lezioni di Italiano, Latino, Storia e Geografia per un totale di dieci/dodici ore settimanali. Una donna bonaria, semplice ed equa nei modi e nelle valutazioni. Occhiali dalle lenti spesse e la montatura importante, i capelli quasi grigi acconciati sopra alle spalle, una figura sottile e un po' dimessa nella gonna blu scuro, le calze coprenti, le scarpe comode e il golfino anch'esso blu sulla camicetta bianca dal collo inamidato. Con lei l'unico problema serio era rappresentato dal Latino materia per la quale toccò anche acquistare il vocabolario per le traduzioni scritte, ostiche e faticose da digerire. Per fortuna esisteva anche una valutazione orale che consisteva nell'andare alla cattedra e ripetere a memoria le cinque stramaledette declinazioni o peggio dover declinare i verbi secondo il tempo richiesto dall'insegnante. Passato remoto, trapassato remoto, passato prossimo...che gioia! In realtà pochi di noi erano in grado di utilizzare correttamente le forme verbali nella lingua madre, figuriamoci in quella Latina. La professoressa Palmeri aveva cercato di suscitare il nostro interesse spiegandoci che fino alla nascita del Sommo Poeta Dante Alighieri, padre della lingua corrente, in Italia si parlava il Latino e che esso mantenne comunque anche dopo il diffondersi della lingua volgare lo status di verbo nobile e aristocratico riservato alle menti eccelse. Eppure la nostra professoressa dimostrava involontariamente di prediligere sì testi classici, ma in lingua italiana; molto brava e avvincente nella narrazione e nella spiegazione dei passi dell'Eneide, dell'Odissea e dell'Iliade sostituiti negli anni a seguire dalle vicende di Orlando, un cavaliere nobile nel sangue e nell'animo ma dai sentimenti burrascosi e conflittuali, egli infatti spesso veniva travolto da furie selvagge contrapposte a brucianti passioni amorose. Insomma una serie di personaggi epici le cui vicende rapivano i giovani alunni che in questi eroi finivano per immedesimarsi a tutto vantaggio della propria cultura. Che dire del Pelide Achille, bellissimo semidio impavido ma anch'egli spesso iracondo e furioso? O meglio Aiace, gigante buono dalla forza smisurata e il cuore puro? Come fossero favole la nostra prof. di lettere di queste ci raccontava scorrendo le pagine di un voluminosissimo tomo dal titolo di per sé affascinante: - " L'epopea classica e cavalleresca " – Lo sconforto di doversi dedicare allo studio del Latino trovava nella lettura di questi testi classici e avventurosi una compensazione naturale e gradevole il cui dosaggio la nostra docente sapeva calibrare con sapienza come andasse a zuccherare un caffè sbadatamente servito amaro. Prima il Latino e poi Ulisse che ne combina di tutti i colori con le sirene e con la maga Circe, eroe e guerriero dall'intelletto acuto e la scaltrezza senza fine che grazie alle sue trovate sconfigge avversari cento volte più forti di lui ma mille volte più tonti come il povero Polifemo. Poi se il tuo mestiere è viaggiare per mare, fai arrabbiare il Dio Nettuno ma riesci a salvare la pelle, tornare a casa e da solo annientare centootto Proci che ti vogliono fregare il trono e importunare la moglie allora diventi un idolo. A me però piaceva di più Aiace, più genuino, per nulla divino e non necessariamente dotato di furbizia e acume superlativi. Toccante ci commosse la storia di Argo, il cane di Ulisse che visse per oltre venti anni col solo scopo di rivedere un'ultima volta il suo padrone. Eppure non c'è nulla di più doloroso che guardar morire tra le proprie braccia un animale che ti è stato in vita amico fedele e amorevole compagno.

Logico proseguimento dell'ora d'Italiano diveniva quando possibile la lezione di Storia che presto comprendemmo fosse sempre zeppa di altri impavidi condottieri pronti a dar battaglia. La storia è scandita dalle guerre, è sempre bene approfondirne la conoscenza e le fonti per capire l'evolversi delle sue vicende e osservare il presente con cognizione di causa. Fatto sta che del sanguinoso contendere sempre e solo una ne esce vincitrice e questa non è una delle parti in lizza ma una signora scheletrica, altissima e allampanata avvolta da un mantello nero. Le sue orbite sono vuote perché le sia concesso di compiere il suo dovere senza assistere alla follia di chi le corre incontro. Stringe una falce tra le mani e con essa miete tranquilla ed instancabile messi dorate senza dar nulla in cambio, giovani vite che la stupidità dei figli di un Dio d'amore e di perdono le regalano stolti e sempre senza gloria.

La signora Laura molto difficilmente perdeva la pazienza, sempre composta, tono di voce moderato, nessun atteggiamento, una donna nata professoressa. Però c'era Frabetti, Luca Frabetti, un ragazzone biondo dal bulbo fluente, il vocione tonante e l'energia incontenibile. –" Ma zio bono Frabetti! –" Incredibile! Luca era l'unico che riuscisse a far saltare i freni alla professoressa Palmeri e per noi trattenere le risa diventava impossibile. Di studiare l'italiano Luca non ne voleva sapere e quindi la prof. lo obbligava a leggere in classe i brani degli antichi nella speranza che a forza di leggere e rileggere qualcosa gli entrasse nella capoccia ove non mancava per nulla l'intelletto ma del tutto la voglia di imparare il motivo de " L'ira funesta del Pelide Achille " e allorquando la brava insegnante gli pose la più facile delle domande riguardo l'eroe divino così rispose: - " Il ginocchio! Il ginocchio era il suo punto debole! ". Non andò meglio quando durante la lettura della Divina Commedia gli fu chiesto chi fosse tale Ciacco e in che girone dell'inferno questi fosse condannato dal padre della lingua volgare. Luca fece finta d'impappinarsi come se le parole gli si impuntassero sulla lingua senza riuscire ad uscire, una tecnica difensivista che utilizzava con furbizia fin quando liberatasi finalmente dal fasullo impedimento la sua voce esplodeva in un gutturale e animalesco ululato. A quel punto la Palmeri scuoteva il capo avvilita e sconfitta, tacitava Frabetti e passava il ruolo di lettore alla Simonetta R., scolara modello dal profitto più che eccellente e dalla dizione perfetta, non per niente soprannominata " la professoressa ", se vogliamo fare un appunto magari si può dire che il suo verbo assumesse un'imperiosità accademica come se le frasi contenessero ordini da impartire piuttosto che concetti da assimilare. Una leggerissima inflessione veneta con sfumature altoatesine. Mi sembra fosse originaria proprio della Serenissima città lagunare, una famiglia di un certo rango e di ottime tradizioni. Una ragazza bionda, brava negli studi e praticante l'atletica leggera; correva sulle distanze medio/lunghe con una falcatona ampia e cadenzata, difficilmente vinceva ma sempre si piazzava tra i primi. Personalità decisa e fare da amazzone. Abitava nella zona di Via Nazario Sauro in un bell'appartamento nobiliare con i soffitti alti e le rifiniture importanti, una dimora patrizia che frequentai assieme a molti dei miei compagni di classe in occasione delle feste per i suoi compleanni. Una tosta, educata e senza fronzoli. Tornando a Luca di Ciacco invece dimostrava avere l'appetito, alla ricreazione da sotto al banco tirava fuori un sacchetto di carta marroncina dal quale estraeva mezzo metro di crescenta, quella alta due dita, morbida e gustosa; quattro bocconi e la faceva sparire. Sotto al porticato della scuola pochi passi prima di raggiungerne il portone stava una latteria, una bottega di una volta, di quelle dove entri e senti il profumo delle cose buone, semplici e genuine. Una rivendita di latte, in particolare di marca Stella, bottigliozzi di vetro tappati con la stagnola, un'etichetta colorata con su scritto SteLat se contenente latte intero e SteMag se riempita di latte magro. Un banco in metallo e marmo bianco con una vetrina a tutta lunghezza atta a mostrare merende e leccornie, le pizze tonde e mollicce col pomodoro rosso slavato e i balocchi di mozzarella, la crescenta, la crescentina fritta, che potevi stare attento fin che ti pare che tanto ti ungevi da capo a piedi, e il biscottone stick dalle sembianze di un gelato Mottarello ma fatto di biscotto al caffè ricoperto di morbido cioccolato, una delizia. Poi c'erano i barattoloni di vetro col coperchio ripieni di Boeri incartati uno ad uno con la stagnola rosso scuro nella parte esterna e argentata in quella interna, cioccolatini ripieni di ciliegia che impastavano la bocca lasciando un buon sapore dolce/amaro. Non bisognava esagerare perché erano pieni di burro e chi ne trangugiasse più di un paio rischiava il mal di pancia. Altri barattoli contenevano le strisce di liquerizia e altri ancora biscotti grandi e tondi ricoperti di zucchero a velo. A volte c'era pure il calzone ma la lattaia non aveva modo di riscaldarlo e mangiato freddo costringeva a masticare per mezz'ora, il formaggio gommoso e il prosciutto secco e duro come la corteccia di un albero. Entrando nella latteria il bancone stava sulla sinistra mentre dritto in fondo una tenda blu nascondeva l'ingresso del piccolo magazzino, sulla parete sopra a questo un grande orologio a muro, rotondo e cromato, con le lancette nere e grandi come forchette, il suo tic-tac di sottofondo accompagnava le giornate della lattaia, sempre sola con l'abito celestino parzialmente protetto da un grembiule da cucina color panna, in testa portava una bustina di tela in tinta col vestito. Ci consegnava la merenda prescelta prendendola dal vassoio tramite una pinza di metallo grigio con le pale piatte, la poggiava su di un tovagliolino di carta e la inseriva abilmente in un sacchetto di carta da pane. Raccoglieva le nostre monetine ringraziando come se le avessimo fatto un favore. Sempre gentile e un po'materna. Tutta la zona era punteggiata di negozietti di questo tipo, piccoli, accoglienti e sinceri. Ogni tanto entrava una signora anziana, col cappotto viola scuro e una cuffia lilla in testa, abitava lì sopra e scendeva giù per prendere il latte, il pane e le uova che riponeva con attenzione dentro la sua borsa per la spesa, un sacchetto di rete rossa con le maniglie in cima, una versione in miniatura del sacco per i palloni che portava sempre con sé il mio allenatore del basket. Si fermava qualche minuto a parlare con la Rosa, la lattaia, raccontando dei suoi malanni e di quanto sentisse la mancanza del suo povero marito che le era morto in guerra tanti anni prima. Se ne andava sorridendo col suo sacco tutto avvolto e stretto tra le mani come fosse un tesoro prezioso da portare in casa prima che qualche malfattore glielo portasse via. Ma di malandrini allora in giro per il centro della nostra città non ce n'erano proprio, soprattutto durante il giorno e la notte la gente per lo più rimaneva in casa uscendo di rado magari per andare al cinema o al teatro, al Comunale o al Duse a vedere l'opera, i balletti o per ascoltare i concerti di musica sinfonica. Bologna s'addormentava presto, prima di mezzanotte, come una Cenerentola già divenuta principessa se ne andava sotto le coltri a riposare serena.

Il Teatro Comunale fu costruito da Antonio Galli da Bibbiena nel luogo in cui sorgeva Palazzo Bentivoglio distrutto nel 1507. La costruzione iniziò nel 1756 e il teatro fu inaugurato il 14 maggio 1763. Rimase incompleto fino al 1805 anno in cui si ultimò la zona retrostante alle quinte, mentre la facciata fu completata nel 1933. All'interno di svariati palchi esistono ancora le decorazioni che i palchettisti del XVIII e XIX secolo facevano fare secondo i propri gusti. La sua attuale capienza è di 1034 posti. Da sempre luogo di aggregazione del ceto medio/alto della società bolognese che durante gli intervalli degli spettacoli ama ritrovarsi nel suo foyer intrattenendosi presso il suo elegante punto di ristoro e negli spazi adiacenti per respirarne la romantica atmosfera barocca. Il foyer principale intitolato a Respighi si trova al piano terra affacciato su Piazza Verdi cuore della vita (e della movida) universitaria di Bologna e fa da anticamera alla prestigiosa Sala Bibiena. Corrispondente al terzo ordine del teatro esiste un secondo foyer dedicato a Rossini dal quale si può accedere alla luminosa terrazza. Curioso è ricordare che nei foyers fino all' ''800 si potesse praticare il gioco d'azzardo mentre in qualsiasi altro posto questa attività fosse vietata per legge.

Il Teatro Duse è tra i più antichi della città, sito in Via Cartolerie è considerato per tradizione uno scrigno della prosa. Ha una capienza di 999 posti e fu edificato nel 1822 su progetto dell'Architetto Antonio Brunetti. Nell'edificio che lo ospita, Palazzo del Giglio, era attivo dalla metà del XVII secolo il teatrino San Saverio utilizzato per le recite scolastiche di un collegio gesuita. Inizialmente la struttura portò il nome di Teatro Brunetti con un programma particolarmente incentrato sul Teatro dei burattini e le esibizioni circensi. Nel 1865 venne inaugurata la nuova sala dotata di illuminazione a gas, grande novità per quei tempi. Nel 1898 il teatro cambiò proprietario e nome e venne intitolato ad Eleonora Duse la più famosa attrice italiana all'epoca vivente. Fu ristrutturato nel 1904 e poi di nuovo per opera di Paolo Graziani negli anni''40 quando assunse l'aspetto odierno. Gli ultimi lavori di rinnovo risalgono al 2004.

Nuove materie di studio per gli allievi delle classi prime delle Scuole Medie Statali consistevano anche nell'apprendimento di una Lingua straniera e delle Applicazioni Tecniche, queste ultime insegnate in prima B dalla Professoressa Ponza alle femmine e dal Professor Vannacci ai maschi, ovviamente in classi e laboratori separati. Vannacci era un vulcanico abruzzese poco più che quarantenne, un uomo non molto alto ma tarchiato e vigoroso, spalle larghe e mani a spatola dalle dita tozze e grosse. Biondo/rossiccio di capelli vestiva in completi di lana o cotone dalle trame spinate o pied de poule, scarpe in tinta e camicia della quale mai chiudeva il bottone più vicino al collo taurino che si gonfiava paonazzo come del resto tutto il viso quando qualcuno gli faceva perdere le staffe. Villosissimo ma sempre col volto accuratamente rasato e profumato di dopobarba Acqua Velva Blue Williams, un liquido azzurrino molto alcolico che sapeva di mentolo contenuto in una bottiglietta di vetro trasparente il cui uso ad oggi resiste ancora. Ricordava un troll o comunque un uomo dei boschi ma istruito e beneducato. Durante le lezioni era solito inframmezzare i suoi esposti orali utilizzando alla noia lo stesso intercalare: - '' Non zo ze mi sbiego.'' La lettera esse mutava in zeta e la lettera p diventava una b. Al di fuori di questa breve frase la sua pronuncia riprendeva ad essere corretta come se l'uso del suo ripetere dipendesse da un retaggio dialettale di età giovanile. Un finto burbero che se di buon umore rideva di gusto delle sue battute rischiando di frantumare i vetri delle finestre a causa delle vibrazioni provenienti dalla sua cassa toracica. In classe ci si esercitava nel disegno geometrico e tutto aveva inizio con la quadratura del foglio, anche in questa situazione per chi volesse guardare con lungimiranza al mio futuro risultava evidente che non sarei mai divenuto ingegnere, architetto e nemmeno geometra. Però spiegava bene e sapeva ottenere la nostra attenzione, gli anni a seguire avrebbe aggiunto al programma di studi relativo alla sua materia lezioni di laboratorio e di disegno a mano libera. La docente d'Inglese era Miss Cesarina Cesaroni! Una donna cordiale, allegra, gioviale e non troppo esigente. Nubile e sempre fasciata da eleganti e colorati tailleur che la facevano sembrare davvero molto "inglese" sfoggiava con disinvoltura completi dalle tinte che svariavano dal giallo limone al celeste acceso. Gambe troppo sottili in contrasto col petto prosperoso a stento celato dentro camicette dal collo svolazzante chiuse dal primo all'ultimo bottone, capigliatura abbastanza corta e tutta riccia tinta di rosso scuro. Coinvolgeva tutti girando tra i banchi a passetti corti e rapidi: - "Who is in front of you? "- Domandava rivolta all'intera classe, e noi tutti in coro e con gusto rispondevamo: - " Miss Cesarina Cesaroni! " – Stava simpatica a tutti e difficilmente dispensava insufficienze gravi anche a carico dei più somari. Ci guardava con amorevole affetto e s'inteneriva facilmente, gli occhi le brillavano di gioia mentre ci rivolgeva le sue domande di routine alle quali molti di noi rispondevano con una pronuncia dalla chiara inflessione bolognese, ma Miss Cesaroni faceva orecchie da mercante già soddisfatta dai nostri più semplici progressi. Le lingue straniere occupavano solo due caselle del nostro orario scolastico che ognuno di noi aveva diligentemente trascritto sul diario personale, un quaderno voluminoso dalle pagine recanti le date del calendario nelle quali dovevamo segnare i compiti da fare a casa e utilizzato dai docenti per scrivere comunicazioni rivolte ai genitori da riportare il giorno a seguire firmate dal padre o "da chi ne fa le veci" secondo una formula di antica origine, le note. Prendere una nota non era una bella cosa perché si trattava sempre di attestazioni di biasimo o di demerito, erano logica conseguenza di un brutto voto in una prova orale o stavano a sottolineare un comportamento turbolento, svogliato, irriverente e comunque non consono a quello richiesto. Troppo piccoli per tentare di falsificare la firma dei genitori, guai mai! Il rischio di essere scoperti troppo alto e le conseguenze inimmaginabili. La Cesaroni le note non le dava e tanto meno le appioppava Vannacci mentre la prof. di Italiano e soprattutto quella di Matematica, le due materie principali, le dispensavano con una certa frequenza. La democratica insegnante di matematica e scienze era l'unica a dispetto del suo dichiarato spirito innovativo e anticonformista che assegnasse per motivi disciplinari i " compiti di punizione ". Di tutti questi provvedimenti tale Tommaso Salerno ne era il campione al punto che smisero proprio di dargliele che tanto a lui importava meno di zero. Un ragazzo ripetente troppo presto messo in disparte a causa della sua indolenza e del suo palese disinteresse, emarginato anche dai compagni un po' sciocccati dai suoi atteggiamenti plateali e sconvenienti. Perdere un anno voleva dire essere marchiati a fuoco e difficilmente si creavano le situazioni idonee a recuperare chi rimaneva indietro. Mia madre mi comprava il Diario di BC, non si andava più dalla Emy a fare acquisti per la scuola ognuno libero di recarsi nella cartoleria preferita o più vicina a casa. In Via Marconi sotto al portico di un palazzo adiacente a quello dove abitavo c'era un cartolaio molto ben fornito, i due gestori, marito e moglie un po' in là con gli anni, forse già nonni e per questo pazienti e affabili. Il marito quando si entrava appena dopo aver salutato ci diceva di stare attenti alla pesante porta d'ingresso che si richiudeva da sola e con forza tramite un pericoloso congegno a molla, per impressionarci ci mostrava il dito pollice della sua mano destra al quale diceva la porta malvagia avesse anni prima tranciato la falange unghiata. Il Diario BC non mi piaceva ma faceva il suo, costava il giusto ed era quanto passasse il convento.

Le festicciole casalinghe continuavano ad avvicendarsi con una certa frequenza cadenzata dai toni metallici di un mangiadischi di seconda generazione e quindi dotato di ben due pomelli, uno per regolare il volume ed uno per bilanciare i toni. La qualità del suono rimaneva comunque a livelli tragicomici ma i ragazzi della Prima B non se ne accorgevano neppure troppo intenti a ballare i primi lenti della loro vita con le proprie compagne di scuola. Alla distanza di almeno una spanna gli uni dalle altre ma comunque abbracciati giravano in tondo e quasi sempre a senso unico. Le ragazze stavano sempre attente che le mani dei loro cavalieri rimanessero in territorio neutrale, e d'altronde i cavalieri stessi contrariamente ai loro desideri non avrebbero mai avuto il coraggio di spostarle altrove. Le note di " Toast and marmelade for tea "sancirono per molti il passaggio dalla completa indifferenza ad uno strano e sconvolgente interesse nei confronti delle ragazzine. Naturalmente si trattava di ritrovi pomeridiani che si tenevano nel corso del weekend e terminavano non oltre le sette della sera. La stagione preferita era quella invernale, quando si stava meglio in casa e soprattutto quando la luce del sole scompariva all'orizzonte; allora qualcuno spegneva la luce artificiale nel tentativo di rendere l'atmosfera più intima con la speranza che la propria bella si lasciasse andare ad un atteggiamento partecipe e passionale. Ma non accadeva nulla di strano se non in rare occasioni che la dama protetta dalla penombra poggiasse delicatamente la fronte sul petto del proprio ballerino, ciò sanciva tacitamente un fidanzamento ufficiale con grande emozione e trasporto di entrambi. Purtroppo c'era sempre qualcuno scornato e scontento che non trovando una compagna disposta a ballare con lui si vendicava roso dall'invidia riaccendendo la luce a tradimento nonostante il rischio di pigliarsi un paio di calci sugli stinchi. Costoro richiedevano a gran voce " il ballo della scopa " così da riuscire a fare qualche giro di danza con una ragazzina carina che mai li avrebbe scelti come partner. Per questo motivo le scope, la cui particolare funzione veniva sponsorizzata dalle mamme preoccupatissime che potesse accadere chissà mai che cosa, finivano custodite a turno ben strette tra le mani di un guardiano che si alternava in quel ruolo con i compagni come lui desiderosi di ballare in pace con la propria " filarina " senza essere continuamente seccati da questi precoci rompiscatole senza speranza. Finiva però che spesso quasi tutti trovassero una damina con cui ballare, magari nella reciproca indifferenza ma comunque meglio che costantemente seduti a guardare gli altri. Questo si verificava in fretta perché i ragazzini più piacenti invitavano in pista le coetanee più attraenti a formare tre o quattro coppie che sarebbero rimaste incollate al proprio metro quadro di pavimento a strascicare appassionatamente i piedi fin l'ora di tornare ognuno a casa propria. La pubertà partecipava nel complicare le cose perché alcune ragazze già più mature dei propri compagni li sovrastavano in altezza di mezza spanna. La più alta di tutte era Eleonora Motta, una ragazza dai capelli lunghi e biondi dalle maniere gentili e il portamento distinto. Figlia unica abitava in Via Amendola in un bell'appartamento dagli spazi ben studiati, diventammo amici e spesso ci ritrovammo nelle nostre rispettive dimore per ascoltare musica e confidarci inenarrabili segreti. Finiva così che fossero le ragazzine più piccole di statura e già completamente sbocciate ad attrarre l'attenzione dei ragazzi sbalorditi da curve impensabili e inaccessibili che a scuola rimanevano prigioniere dell'apposito grembiule monastico. Il mangiadischi si pappava solo esclusivamente i 45 giri e te li restituiva automaticamente finita la canzone sputandoli fuori dalla sua bocca a fessura, esisteva anche un pulsantone a pressione che permetteva di interrompere la riproduzione del brano anticipatamente. I dischi erano di vinile nero nella loro parte esterna, quella che la puntina del mangiadischi utilizzava per leggere il pezzo da riprodurre, mentre quella più interna era sovente colorata in tinte vivaci sulle quali erano riportati il titolo del brano e il nome dell'interprete. Erano considerati un bene prezioso che lontano dal mangiadischi rimaneva a riposare all'interno della propria custodia di cartoncino a sua volta riposta dentro la valigetta porta dischi, un contenitore di plastica variopinta dotato di comoda maniglia e chiusura di sicurezza. Non tutti avevano la possibilità di acquistare in numero elevato i 45 giri il cui prezzo si aggirava intorno alle mille lire cadauno, così era uso che chi avesse la fortuna di possedere tutti i pezzi più in voga se li portasse appresso in occasione di ritrovi a casa degli amici. In teoria esistevano anche brani dal ritmo più veloce e tamburreggiante il cui ballo però non prevedeva affatto che si danzasse in coppia ma che ognuno si scatenasse singolarmente in mezzo agli altri, per questo motivo non venivano mai gettonati, prima di tutto perché non permettevano il corteggiamento e in secondo luogo perché molte delle ragazze, più timide e compassate rispetto ai coetanei di sesso opposto, si sarebbero sentite in imbarazzo ad esibirsi sotto lo sguardo rapito dei propri ammiratori.

Nel frattempo in classe si formavano e si cementavano nuove e vecchie amicizie tra i compagni di banco che appena nascosti dalle figure degli alunni seduti innanzi a loro bisbigliavano di tutto un po'e soprattutto delle proprie ambizioni amorose, molto spesso mai concretizzate. Mentre i maschi occupavano la massima parte delle sedute poste sul versante destro dell'aula le ragazze divenivano via via più numerose spostandosi in direzione del settore sinistro. Eleonora stava in banco con " la " Marisa Armeni, magrissima, gioviale e simpatica; Silvia Raimondi, una morona ricciuta, era al fianco di Mariangela Petrazzolo, una giovinetta così impressionabile da perdere i sensi alla vista di un volatile imbalsamato riposto sulla cattedra dall'insegnante di Scienze; poi c'erano Maria Cristina Caselli e la sua amica Gabriella, Adelaide Donini ed Emanuela Bonatti, Simonetta R. e Cecilia G. Tutte assieme costituivano un gruppo di amiche che si relazionavano tra loro anche al di fuori degli ambienti scolastici. I ragazzi più silenziosi e tranquilli avevano occupato gli scranni più prossimi alla porta, Gianni Sgaramagli, Alberto P., Marco Bellenghi, Federico M., Giuseppe Orefice, Fabio Morisi; l'unico fuori dal coro traccheggiava in prima fila, Franco Ausilio, un bambino vispo e ciacarone spesso zittito dalle insegnanti. Nella zona di centro/sinistra vicino al gruppo delle ragazze sedevano i fanciulli più vivaci. In prima fila Messini, per distacco il più studioso, Giampiero D., Luca Frabetti e il suo fido amico Paolo Dall'Uomo, e dietro ancora ci stavo io assieme a Giancarlo. Le mattinate passavano lente e purtroppo spesso noiose, i docenti competenti ma per la maggior parte non in grado di entusiasmare gli alunni a causa di un metodo d'insegnamento ancora molto statico e tradizionale. Mancavano di quel carisma necessario per attirare e sollecitare l'interesse; comunque sempre ligi ai propri doveri e quasi tutti imparziali e benevoli nei confronti della scolaresca. Spessissimo nel corso di quel primo anno e pure per quelli a venire accolsi con sollievo il suono liberatorio della campanella che sanciva la fine delle lezioni. Infilare il cappotto al volo, mettere la cartella in spalla e scendere le scale a precipizio per proiettarmi oltre al cupo portone d'accesso e tornare a riempire i polmoni di vita finalmente libero dal senso di oppressione causato dalla costrizione e dall'obbligo. Il problema non era studiare, ma doverlo fare per forza.

Capitolo 6

In seconda media ci assegnarono senza la minima spiegazione un'aula nell'ala opposta a quella che solitamente era riservata alla nostra sezione, ci spedirono al secondo piano della parte meno nobile di quell'antica dimora adattata a scuola. Giunti al primo piano si saliva al secondo tramite una scala in muratura ripida e stretta, lo spazio appena sufficiente per passarvi due alla volta. Come avessero fatto a portare lì sopra cattedre, predelle e lavagne rimase un mistero, giusto i banchi non erano più i catafalchi monumentali col buco per il calamaio, avrebbero dovuto segarli a mezzo. La nostra nuova aula era evidente frutto di una ristrutturazione operata durante i mesi estivi che aveva trasformato la soffitta in un ambiente adattabile all'uso scolastico. I soffitti risultavano abbastanza bassi a causa di una controsoffittatura costruita con assi di legno chiaro frettolosamente piallate e tirate con la calce bianca, entrando si sentiva ancora l'odore del legno lavorato di fresco e quello della vernice sulle pareti appena intonacate, un rinnovamento basico ed essenziale. La stanza che ci accoglieva era più lunga che stretta e la dirigente e guida indiscussa dei professori della sezione B, la docente di matematica e scienze alla quale dichiaratamente non stavo simpatico, mi ordinò di prendere posto nel primo banco di fronte alla cattedra sul cui retro appese al muro mancavano le rituali carte geografiche al cui posto era stata fissata una lavagna fornita di una nuovissima, spigolosa e luccicante mensolina d'acciaio per riporre gesso e cancellino. I bordi della mensolina privi di modanatura erano taglienti come lame di coltelli ben affilati a dimostrazione che tutto fosse stato preparato in tempi davvero ristretti. I banchi piccoli, singoli e di recente produzione avevano il piano ricoperto di formica verdolina, erano dotati di una scanalatura in plastica nera per poggiarvi penne e matite ed erano accoppiati a due a due secondo il classico schema. Il mio compagno di banco era Piero Messini che mai avrebbe rinunciato ad occupare il posto più prossimo alla fonte del nostro sapere. Per un certo periodo divenimmo buoni amici e la sua frequentazione in un certo qual modo stimolò la mia voglia di studiare contribuendo ad elevare la qualità del mio profitto. Un ragazzino altamente competitivo non supportato da un fisico atletico ma certamente dotato di un'eccellente testa ed un carattere coriaceo. Bei lineamenti ed occhi espressivi; quanto bastasse per far breccia nel cuore di non poche tra le nostre compagne. Le finestre mostravano con orgoglio infissi nuovi e candidi a cornice di vetrate trasparenti, solide, spesse e tali da poter spaziare con gli occhi e con la mente verso un cielo sovente luminoso, terso e azzurrissimo. Eravamo in alto, almeno quanto bastasse per osservare l'elegante batter d'ali delle rondini in volo e il susseguirsi frenetico e gioioso dei loro intrecci. Durante i mesi più caldi le finestre aperte permettevano di udire nitidi e acuti i loro richiami.

I miei buoni risultati scolastici mi portarono in dono di compleanno una splendida bicicletta Legnano da corsa, tipicamente gialla con cambio, moltiplica e ruote da ventotto, una bici da adulto di cu ero fiero e geloso. Pesavo meno di sessanta chili, alto, leggero e asciutto, temprato dagli sport che praticavo costantemente ormai da anni; correre in bici mi piaceva e mi riusciva facile, e facile fu ottenere il permesso dai miei genitori per poter andare a pedalare su per i colli di Casaglia assieme al mio compagno di classe Fabio Morisi. Salivamo agilmente e scendevamo a rotta di collo come due pazzi scatenati. Fabio abitava nei pressi di Piazza dei Martiri, mi invitò un paio di volte a casa sua a giocare a Subbuteo, un gioco da tavolo in cui viene riprodotto in miniatura il gioco del calcio, possedeva la versione al top della gamma, tante squadre con gli omini in casacca e pantaloncini e il terreno di gioco che occupava la pavimentazione di metà stanza. Aveva un fratello maggiore di cui andava fiero, faceva il fumettista e si era affermato illustrando le avventure di Teo Calì, giovane calciatore talentuoso dal cuore impavido. Fabio era abbastanza solitario, non uscimmo mai in gruppo, spesso discutevamo, a volte ci accapigliavamo ma senza mai arrivare a contrasti insanabili. Adorava i Rolling Stone e di loro ascoltava il suo brano preferito anche decine di volta in fila, s'intitolava " Satisfaction" e ripeteva all'infinito la stessa frase appena intervallata da poche altre parole: - " I can't get no satisfaction! ". Fabio non riusciva proprio a stare fermo mentre ascoltava lo schitarrare rock della sua band prediletta preso da un moto energico e convulso, uno sfogo di protesta e di rivendicazione la cui motivazione rimase a me sconosciuta.

Uscito da scuola raggiunto l'incrocio il cui traffico veniva regolato dai semafori abbandonavo la cerchia dei miei amici più stretti per procedere verso casa, parte alta di Via Marconi, l'unico che oltre a me facesse quella strada era Franco Ausilio. Media statura, capelli abbastanza lunghi, scuri e con la frangia sulla fronte, occhiali da vista calati sul naso a patata che gli conferiva un'aria simpatica e allegra. Franco abitava in Via San Felice, prossimo all'incrocio con Via Marconi. I suoi genitori gestivano un bar di passaggio dal nome buffo: " Bar Feliciotto ", sua madre dietro al banco a servire i clienti e il padre avanti e indietro dal retrobottega a preparare tramezzini per rifornire le vetrinette posate sul lato più interno del bancone. Una via di passaggio molto frequentata e ricca di negozi. Esattamente sopra l'esercizio era l'appartamento in cui risiedevano. Franco giocava a calcio nella Fortitudo, stessa società a cui era affiliata la mia compagine di basket. Capitava che assieme ad altri compagni di classe andassimo a sfidare a calcio gli allievi delle Scuole Medie Gandino, si giocava lungo un pezzo di strada chiusa larga e profonda che affiancava nella loro interezza i giardinetti pubblici posti sul retro della scuola dei nostri avversari. Accortosi che anche col pallone tra i piedi me la cavavo bene Franco mi propose di andare a giocare nella sua squadra. Detto fatto nei giorni a seguire convinta mia madre della mia nuova avventura acquistai un paio di scarpe da calcio con i tacchetti stampati non removibili presso il solito negozio di Tosi Sport, costavano cinquemila lire e per il campo di terra e sabbia della Salus, sito al termine di Via Frassinago procedendo verso Porta Saragozza, andavano più che bene. Giocai solo un anno tra i giovanissimi della Fortitudo Calcio costretto per motivi di tempo e di studio a dover scegliere tra il gioco del pallone e la pallacanestro. Fu una scelta difficile, probabilmente ero più bravo con i piedi, il mio fisico possente per essere un calciatore, ma la passione per il basket era più grande e i legami con i miei compagni della palla a spicchi già molto forti. Abbandonai il sogno di vestire un giorno la maglia rosso e blu del Bologna Football Club o più concretamente la speranza di divenire un buon giocatore semiprofessionista, ma il basket mi riservò comunque molte soddisfazioni e l'onore di vestire i colori di società prestigiose quali la SG Fortitudo Pallacanestro e Il Basket Gira targato Fernet Tonic.

Anche il buon Ausilio ci ricevette qualche volta a casa sua per un divertente ritrovo tra compagni di classe. Un gruppo abbastanza ristretto che comprendeva in tutto una mezza dozzina di ragazzi e altrettante signorine. Il mangiadischi suonava musica di Lally Stott, un cantante e compositore inglese della beat generation, un " capellone " prematuramente scomparso in un incedente stradale che nei primi anni ''70 ottenne anche in Italia notevole successo grazie alle sue canzoni dal ritmo incalzante e tamburreggiante, su tutte " Cheep Cheep ", un antesignano degli attuali " tormentoni estivi " al cui ritornello era impossibile resistere. Una volta arrivati tutti gli invitati ci si chiudeva in camera e ci si sedeva in cerchio sopra a un tappeto per il " gioco della bottiglia ", semplice e sciocchino ma tale da permettere di superare le proprie timidezze e nella più fortunata delle ipotesi di riuscire a baciare la bella o il bello in cima alle rispettive preferenze. Il bacio a stampo sulle labbra era il massimo a cui si potesse ambire, o meglio rappresentava la più alta richiesta che un ragazzo potesse fare ad una ragazza, quest'ultima assolutamente libera di accettare o rifiutare le attenzioni del proponente. La porta finestra della camera di Franco si apriva su di uno spazioso terrazzo piantumato incastonato tra i tetti delle case secolari edificate nel luogo in cui durante il Medioevo sorgeva Borgo San Felice. Uno scorcio dai colori caldi e avvolgenti nascosto dai palazzi signorili fronte strada.

La denominazione " Borgo San Felice " compare per la prima volta in un documento dell'XI secolo e tale si mantenne almeno fino alla costruzione della terza ed ultima cinta muraria del capoluogo emiliano. Il borgo sorgeva subito fuori dalla seconda cerchia di mura detta del Mille appena oltre al Serraglio di Portanova noto anche come Serraglio del Pratello o Voltone di San Francesco, ancora parzialmente visibile allo sbocco di Via Portanova su Piazza Malpighi. A poche decine di metri sulle odierne Via San Felice e Via Ugo Bassi si apriva anche il Serraglio di Porta Stiera demolito a cavallo del ''500. Le antiche cronache raccontano che durante il Medioevo il dialetto parlato dagli abitanti di Borgo San Felice fosse parecchio diverso da quello dei residenti entro porta; la maggior parte delle persone viventi in quell'epoca passava l'intera esistenza racchiusa entro un perimetro di qualche chilometro, costretta dalla povertà a condizioni di vita spesso umili e difficoltose. Gli spostamenti erano appannaggio delle classi più abbienti, dell'aristocrazia, dei commercianti e forzatamente dei militari per scopi difensivi e bellici. Numerosi erano al tempo i viandanti e i pellegrini obbligati dalla propria situazione ad una vita seminomade in cerca di un lavoro saltuario e di un tozzo di pane. Gli artigiani rarissimamente si assentavano dalle proprie botteghe la cui attività non conosceva soste se non quelle comandate. Il Borgo, almeno nei primissimi secoli, era formato da casupole e baracche, solo nel XII secolo si costruì un edificio di notevole importanza, la Chiesa di San Nicolò di San Felice, oggi sconsacrata. Situata e visibile esternamente in Via San Felice 39 angolo Via dell'Abbadia, la sua parrocchia nel 1375 si espandeva fino all'odierno quartiere Santa Viola. La chiesa fu ristrutturata nel 1570 da Pietro Fiorini e impreziosita da opere d'arte tra le quali una tela di Annibale Carracci ora conservata nella vicina Chiesa di Santa Maria della Carità che custodisce tra le sue mura anche un altro importante reperto di culto proveniente sempre dal vicino Santuario di San Nicolò, una croce di ferro posta originariamente lungo Via San Felice a simbolica protezione dell'urbe. L'ultimo rimodernamento e ampliamento fu ad opera di Francesco Dotti nel 1753. Durante la seconda guerra mondiale la Chiesa di San Nicolò fu vittima dei pesanti bombardamenti che colpirono la città nel tentativo di distruggere la Stazione Ferroviaria e i suoi fondamentali snodi accusando rimarchevoli danni. Nel dopoguerra si preferì rinunciare al suo recupero come luogo di culto e fu inizialmente adattata a palestra in cui si allenarono anche gli atleti della Società Sportiva Fortitudo ma negli anni a seguire venne inesorabilmente abbandonata. L'edificio è composto da un'unica navata dotata di nicchie laterali e presenta notevoli stucchi settecenteschi, il crollo del tetto ha accentuato il suo stato di degrado in attesa che venga presentato e approvato un progetto che ne consenta il riutilizzo. Quindi al momento tristemente inaccessibile al pubblico. Sempre in Via San felice è situata la sopra citata Chiesa di Santa Maria della Carità sede dell'omonima e prospera parrocchia. Edificata nel 1583 anch'essa su progetto di Pietro Fiorini utilizzando la struttura di un preesistente oratorio annesso ad un ospizio per viandanti. Nel 1680 fu ampliata dall'architetto Giovanni Battista Bergonzoni che vi aggiunse quattro cappelle laterali, di sua pertinenza sono anche i due cortili adiacenti e accessibili tramite un corridoio che scorre lungo il lato sinistro della chiesa, entrambi protetti da mura perimetrali; quello di minori dimensioni s'incontra per primo e negli anni ''70 del secolo scorso veniva utilizzato anch'esso per il gioco della pallacanestro secondo quella che è ormai considerata una radicata tradizione che tutt'ora caratterizza sportivamente parlando la Via San Felice. Altro stabile di primario interesse posto su questo tratto dell'antica Via Emilia è Palazzo Pallavicini già Palazzo Alamandini. Costruito nel Quattrocento fu proprietà di notabili e nobili famiglie bolognesi passando dai Sala, ai Volta e ai Marsili per essere poi acquistato nel

1557 dalla famiglia degli Isolani che dopo oltre un secolo incaricarono gli architetti Paolo Canali e Luigi Casali di ristrutturarlo integralmente. Ciò avvenne nel 1680 secondo i così detti " modi dell'architettura senatoria", fu realizzato lo scalone monumentale e il salone con soffitto a lanterna più alto della città. L'anno a seguire la proprietà fu acquisita dagli Alamandini. Nel 1765 vi si stabilì il maresciallo Gian Luca Pallavicini consigliere di Stato dell'imperatrice d'Austria Maria Teresa e governatore generale della Lombardia. Il Palazzo divenne sede di una Corte europea dedita ad una vivace vita sociale costellata da ricevimenti, banchetti e concerti. Il 26 marzo 1770 nella " sala della musica "si esibì un giovane di grande talento: Wolfgang Amadeus Mozart. Dal 2017 a seguito di un accurato restauro questa magnifica residenza è sede espositiva di considerevoli mostre e di eventi privati.

Via Frassinago collega Via Sant'Isaia a Via Saragozza, la sua prima documentazione risale al 1296, l'origine del suo nome deriva dal fatto che in zona fossero numerosi gli alberi di frassino. Fu sempre loco popoloso e popolare, privo di particolare pregio artistico e di nobili residenze ma ricco di umanità e di vita quotidiana. Un decreto del 1568 consentiva alle meretrici di abitare nel Frassinago da Saragozza fino alla via che va alla Rondine. In via Frassinago operava La Casa del Soccorso nota anche come il " Purgatorio "perché accettava infermi indigenti rifiutati da altri ospedali, rimase attiva fin circa al 1860 quando gli ultimi ricoverati furono smistati presso altre strutture. Dopo il 1862 questi locali furono utilizzati dalla caserma Boldrini. Il Palazzo dei Conti Pallavicini a chi ne osserva la facciata regala un'impressione d'eleganza, di solidità e di tipicità bolognese. Un edificio imponente ma pulito e distinto nelle sue linee decise e proporzionate, gli occhi subito rapiti dalle classiche tinte tipiche delle costruzioni secolari di cui la città fa sfoggio senza mai cadere nell'eccesso. Con calma, quasi in punta di piedi, mentre camminando piano per le vie e lungo i suoi vicoli ombrosi t'accorgi di quante meraviglie nascoste ci siano in quei luoghi dove sei cresciuto. Quante volte mi sono attardato sotto al portico di questa antica dimora inconsapevole dello splendore e della magia in essa racchiuse. Un ragazzino fermo lì sotto appena uscito dalla gelateria " da Ugo " con due coppette di gelato in mano, due cialde da cinquanta lire l'una perché messe insieme contenevano più gelato che una da cento. Cioccolato, crema e panna montata. E poi traversavo d'un balzo la via per potermi voltare ad osservare quelle maestose finestre dalle cornici possenti e austere ravvivate da corposi tendoni rossi che nascondono e insieme richiamano alla vita, alla storia, alla tradizione e alla quotidianità che scorre come un flusso di energia in una città il cui centro storico risplende finalmente indenne alle follie degli uomini.

La rosa dei nostri docenti venne integrata dall' l'arrivo della Professoressa Bordoni che sgravando i compiti della Professoressa Palmeri assunse a sé l'insegnamento della Storia e della Geografia, materie che entrambi mi piacevano, permettendo così alla collega di dedicarsi esclusivamente e con maggiore impegno all'Italiano e al latino, quest'ultimo tremendamente impegnativo da digerire specialmente riguardo le prove scritte. Vero è che potessimo consultare il vocabolario che quanto meno in relazione alla traduzione dal Latino all'Italiano una mano la dava, ma nel caso si dovesse tradurre dall'Italiano al Latino il supporto del massiccio tomo poteva tutt'al più essere utile a quei quattro o cinque latinisti in erba sorretti dall'amore per lo studio. Di vocabolari ne avevamo tre, uno per il Latino, uno per l'Italiano ed uno per l'Inglese; se malauguratamente fossero stati necessari tutti nella stessa mattinata era consigliabile utilizzare nel tragitto da casa a scuola la borsa per la spesa di ultima generazione, una capiente sacca di tela in tinta unita munita di rotelle che a causa del proprio normale utilizzo poteva ancora contenere qualche foglia di lattuga o peggio odorare di pesce. Comunque raggiunto l'edificio scolastico due piani con la sporta in spalla ci sarebbe toccato farceli. Volumi dallo spessore di dieci centimetri e più e dal peso di un paio di chilogrammi l'uno; sommati agli altri libri e scartoffie varie necessarie alle lezioni quotidiane la borsa compreso il telaio di metallo e le rotelle poteva superare i dodici chili. Oltre a sopportare la fatica si rendeva anche necessario affrontare le scale con presa salda e grande attenzione, se la sacca fosse sfuggita dalle mani scorrendo sulle ruote avrebbe percorso a ritroso l'intera rampa di scale col rischio di travolgere gli alunni retrostanti. Non amavo particolarmente i classici vocabolari ma adoravo il vocabolarietto dei sinonimi, un volume tascabile acquistato su consiglio della mia insegnante di scuola elementare, la maestra Paltrinieri, e che conservavo con affetto. Comunque la professoressa Bordoni si rivelò persona competente in grado di spiegare le sue materie in modo chiaro e semplice, senza tanti fronzoli e badando al sodo. La storia mi appassionava così come la geografia, non solo quella del nostro Paese bensì di tutto il mondo, e questo grazie al " Risiko! ", un gioco di strategia che poteva coinvolgere fino sei giocatori intenti a contendersi il pianeta lanciando i dadi grazie al cui risultato vincendo ricevevi in premio dei carrarmatini di plastica colorata che posizionavi sulle nazioni conquistate evidenziate dalla carta geografica da tavolo compresa nella confezione. Fatto sta che a me piaceva giocare da solo interpretando a turno i sei concorrenti, I carrarmati rossi avevo deciso rappresentassero le Forze Armate dell'Unione Sovietica, i gialli erano i cinesi, i neri rappresentavano gli Stati Uniti d'America, i verdi i Paesi sud americani, i blu quelli europei e i rosa le Nazioni del Terzo mondo, termine quest'ultimo che oggigiorno è bene non usare nel rispetto del " politicamente corretto ", concetto di molta forma e poca sostanza. Alla fine di ogni partita assegnavo un punteggio prestabilito a ciascun esercito conseguente al piazzamento ottenuto e mai tralasciavo di aggiornare le graduatorie che accuratamente riportavo su di un quaderno grosso quanto un vocabolario. Mia madre accortasi di questa mia solitaria interpretazione del gioco si rivelò un tantino perplessa in particolare quando affermai che così facendo mi divertivo assai di più, ma chiuse un occhio davanti all'evidenza indiscutibile degli ottimi voti che portavo a casa nelle materie di competenza della signora Bordoni. Questa professoressa era persona molto seria e riservata, qualità che apprezzai molto, si limitava ad essere ligia al suo dovere d'insegnante, spiegava la materia, ci testava e ci valutava. Una donna di mezza età anch'essa vestita col classico abbigliamento tipico delle professoresse di quel periodo, gonna al polpaccio, camicetta bianca e giacchetta di lana. Era severa ma assolutamente equa, otto era il voto più alto che concedesse e assegnandolo ci guardava compiaciuta sorridendo con gli occhi, appena un attimo, che le labbra sottili rimanevano sempre serrate, vuoi mai che le sfuggisse la minima emozione.

Al pomeriggio a volte mi recavo a casa del mio nuovo compagno di banco, Piero Messini D'Agostini, un interno nella parte bassa di Via del Porto, palazzina anni "50 alta cinque piani, facciata pulita color giallo senape. Figlio di una professoressa e di un musicista, sua madre una donna giovane ed empatica, mora come il figlio e dal bel sorriso radioso. Suo padre lo vidi solo in un paio di occasioni, un uomo asciutto dai lineamenti gradevoli e la capigliatura scomposta. Qualche volta di nascosto Piero entrava nella stanza ove il padre si esercitava con i suoi strumenti musicali e ne usciva con un flauto, di quelli veri, non di quelli di plastica e legno coi forellini, forse si trattava di un clarinetto, un oggetto metallico pesante costruito ed assemblato a mano. Allora il mio amico mi faceva vedere come si dovesse suonare e soffiandoci dentro riproduceva semplici melodie, poi cercava di spiegarmi quale fosse la tecnica giusta per tramutare il soffio dei polmoni in suono, invano, io soffiavo, provavo e riprovavo fino ad esaurire il fiato e intanto lui mi guardava con le lacrime agli occhi sbellicandosi dalle risate. Entrambi eravamo appassionati di calcio e dotati di una buona tecnica individuale, finiti i compiti abbandonavamo la sua stanza per andare in corridoio a giocare con la palla, come giovani e abili foche colpivamo il pallone con la testa, l'uno in fronte all'altro passandocelo in continuità. Riuscivamo a non farlo cadere per svariati minuti, l'ambiente illuminato da un neon fissato al soffitto, una luce vivida, fluorescente e bluastra. Un bel dì centrammo in pieno il neon staccandolo di netto dal porta lampada, cadde a terra producendo un ciocco simile ad una esplosione lasciando sul pavimento centinaia di frammenti sbriciolati. Noi del tutto incolumi ci guardammo sgranando gli occhi nel timore di ricevere una sonora sgridata, la signora Messini sopraggiunse in un baleno. Non ci rimproverò affatto, l'importante, ci disse, era che non ci fossimo fatti del male. Da quel giorno in poi sopraggiunse un esplicito divieto di giocare con la palla in casa immediatamente compensato dal permesso di scendere a divertirci in cortile. A casa di Piero per merenda c'era sempre una saporita crescenta farcita da pezzettini di mortadella o di prosciutto, alta, tenera, morbida e davvero gustosa. Migliorai di molto le mie cognizioni relative alla matematica e quando la professoressa innominabile mi chiamò alla lavagna per una interrogazione a sorpresa mi alzai dal mio posto sereno e senza timore sicuro del fatto mio. Mi interrogò a fondo cercando ogni modo possibile per cogliermi in fallo, non vi riuscì. Dovette ammettere che mi ero dimostrato ben preparato, lo affermò quasi stupita e velatamente indispettita. Si produsse in una lunga filippica affermando che comunque da me pretendeva di più e mi rimandò deluso e mortificato a prendere posto al fianco di Piero con una misera sufficienza in tasca. Ovviamente nessuno aveva il coraggio di intervenire a mia difesa reclamando una valutazione più adeguata, nessuno salvo Piero, l'allievo che per profitto ed interesse per la materia era senz'altro in cima alla lista dei preferiti della signora in questione. Sostenne brevemente e brillantemente il ruolo di avvocato difensore sottolineando che io non avessi commesso nemmeno un errore e che quindi meritassi più del voto assegnatomi. La docente lo ascoltava con un mezzo sorriso beffardo, sorpresa ma pure compiaciuta dall'energica arringa pronunciata dal suo discepolo favorito. Non cambiò la sua valutazione. Non ero l'unico bersaglio di questa insegnante, senza motivo umiliò impietosamente dinnanzi alla classe altri miei compagni di scuola, il tranquillo Dall'Uomo, raccontando che ne incontrava spesso il padre per il fatto che questi nello svolgimento delle sue mansioni lavorative si recasse a casa sua, situata nel rinomato quartiere Colli, per consegnarle le casse di acqua minerale. Ricordo l'espressione addolorata e triste sul volto di quel ragazzino inerme. E pure Franco Ausilio subì le sue ire, colpito duramente fino a causargli un pianto a dirotto, una scena tristissima, offesi pubblicamente lui e la sua famiglia accusati di essere titolari di un bar malfamato e mal frequentato. Voglio pensare che tali miserevoli episodi non fossero frutto di pura cattiveria ma di un equilibrio interiore sofferente e compromesso del quale sottotraccia venimmo a sapere qualcosa da una delle nostre professoresse spinta dalla necessità di renderci in qualche modo consapevoli di situazioni personali delicate che affliggevano e turbavano la sua collega. Questo accadde quando alcuni di noi di passaggio per la sala professori notarono casualmente l'insegnante di matematica e scienze piangere disperata attorniata dai docenti presenti. A casa raccontai a mia madre di questi avvenimenti che interiormente mi lasciarono un segno profondo, mamma mi disse di abbassare la testa e tirare dritto, mi parlò con un tono dolce e affettuoso, come si fa con un ragazzino che per la prima volta si scontra duramente con gli aspetti della vita meno piacevoli.

Piero Messini aveva due fratelli, Roberto, secondo genito, e Angelo, il più piccolo, anch'essi nel bene e nel male illuminati da acume intellettuale e doti artistiche sopra alla media. Anch'essi cresciuti e maturati nell'arco di un periodo storico difficile scosso da lotte politiche estreme, da rivendicazioni sociali e nuove correnti di pensiero. Cambiamenti repentini, perdita di ruoli, progressivo smantellamento di un sistema relazionale ed etico stantio e obsoleto retto da pretenziosi postulati travolti dalla crescita culturale e dalla presa di coscienza di una massa di persone per molti anni tacitate dalle sofferenze e dalle scorie intellettuali ereditate dalla guerra, vittime indifese di un surreale perbenismo di potere e di facciata.

Esisteva anche un aula/laboratorio di scienza che le classi di tutto l'istituto potevano occupare a rotazione. Un ambiente spazioso zeppo di alambicchi, strani macchinari e oggetti inconsueti alcuni dei quali un po'inquietanti. La predella su cui era posizionata la cattedra più spaziosa e alta del consueto come a scimmiottare le aule di un prestigioso ateneo e tale da invogliare alcuni insegnanti ad indossare fuori luogo i panni di eminenti luminari universitari. Addirittura ci fu chi tramite sapienti allusioni spinse indirettamente gli studenti ad applaudire al proprio ingresso in classe manco si trattasse di un famoso accademico. Applaudivo anch'io seppur controvoglia, costrettovi dal timore di subire rappresaglie contro le quali non avrei avuto mezzi per reagire, eppure molti dei miei compagni battevano le mani convinti. Al muro stavano appesi arazzi di tela che illustravano a grandezza naturale il corpo umano scuoiato e scotennato, impressionanti, i muscoli rossi in forte contrasto con quelli bianchi. Un finto scheletro dall'ossatura di plastica pendeva da un trespolo con i piedi sospesi a venti centimetri dal suolo, sulle mensole a lato della cattedra erano appoggiati vari teschi finti dalle ossa scomponibili. Alcuni poveri animali imbalsamati ci osservavano con sguardo grifagno dagli angoli dell'aula. E non poteva mancare il Becco Bunsen, un accidente di vetro che si usava per fare gli esperimenti, nelle sue immediate vicinanze erano posati strani aggeggi che mi ricordavano i condotti di una distilleria, i vasi comunicanti. Erano poi numerosi i contenitori di plastica trasparente che raccoglievano le pietre minerali, sassolini molto affascinanti che per chi fosse in possesso di fervida fantasia potevano ricordare i forzieri ricolmi del tesoro dei pirati. Teche contenenti farfalle e insetti infilzati da uno spillo. Natura morta, nulla che fosse vivo, salvo il solitario fagiolo germogliato dentro a un vaso di vetro contenete cotone imbevuto d'acqua.

La nostra professoressa di scienze organizzava in anticipo coi tempi manifestazioni per la salvaguardia della vita animale e vegetale, battaglie imbelli atte a denunciare il rischio di estinzione di molte specie viventi spietatamente cacciate e massacrate dal peggior animale della terra. Giusto riconoscerle il merito. Vantava conoscenze presso la stampa locale che aveva cura di avvisare riguardo il luogo, l'orario e il giorno in cui lei e i suoi studenti avrebbero pacificamente manifestato muniti di striscioni e cartelloni. Questa iniziativa si svolgeva abitualmente presso i Giardini Margherita e costantemente otteneva un trafiletto sulle pagine di cronaca cittadina del più noto quotidiano bolognese. Il problema era che tutto ciò si facesse sempre e solo di pomeriggio e quindi al di fuori dell'orario scolastico. Nessuno era obbligato a parteciparvi ma non presenziare comportava la disapprovazione della nostra insegnante che nonostante un'eventuale dichiarazione scritta a cura dei famigliari che sostenesse la giusta causa dell'assenza del figlio, tra l'altro assolutamente non dovuta, affermava pubblicamente di sentirsi snobbata accusando di scarso interesse e comportamento asociale chi mancasse all'appello. Non importava se tu avessi dovuto saltare una lezione di piano, un allenamento, una partita, un impegno famigliare. La maggior parte di noi andava, parecchi anche con entusiasmo, affascinati dall'estro della propria insegnante; alcuni facevano altre scelte. Il rapporto di forza tra gli alunni, le famiglie e gli insegnanti diametralmente opposto a quello attuale. Esasperazioni, eccessi estremi che difficilmente trovano al centro il giusto equilibrio nel rispetto delle parti.

Lo studio dell'Arte si limitava alle sole due ore settimanali definite dal Programma scolastico per le Scuole Medie Inferiori proposto dal Ministero dell'Istruzione. La materia portava il nome di " Educazione Artistica ". in realtà non ricevemmo alcuna educazione in tal senso, si disegnava a mano libera e nulla più salvo un superficiale accenno al significato ed uso della prospettiva, una scoperta rivoluzionaria che sapevo fosse comparsa qualche tempo dopo che Giotto riuscì nell'impresa di disegnare in un colpo di pennello un cerchio perfetto. La prospettiva si dimostrava tracciando sul foglio di cartoncino " Pigna " figure di diverse dimensioni tali da trasmettere a chi le osservasse il senso della profondità. La nostra insegnante era la Signorina Salotti, un donnone annoiato e provato dagli acciacchi dell'età. Alta e dalla struttura importante che mascherava sotto a un ampio camice di colore viola oppure lilla, ma anche rosa acceso o di un romantico rosa antico. In fondo ci stava perché sapeva dipingere bene e amava i colori. Prossima alla pensione, poco propensa a sopportare le problematiche e le discussioni delle colleghe, a volte scorbutica, come risentita, ferita nell'animo da un destino avverso. Arrivava in classe e si sedeva, si lasciava andare sulla seggiola, prendeva fiato e poi a mezza voce ci indicava il soggetto che avremmo dovuto rappresentare o più spesso ce ne lasciava la libera scelta. Si usavano le matite colorate, i pastelli, che i colori a tempera imbrattavano tutto e le nostre limitate capacità pittoriche ce ne impedivano un uso dignitoso. Quando il nostro chiacchierio aumentava troppo di volume era come se la signorina Salotti si destasse da un letargo psico-fisico per ritornare alla vita; s'issava in piedi e sbraitava brevemente in maniera secca e iraconda con la sua voce da soprano. Ma era una buona donna e le sue valutazioni non erano mai al di sotto della sufficienza conscia che il talento pittorico non ci appartenesse. Una materia a cui non si riconosceva la giusta importanza e che in lei non trovava lo spirito e la personalità necessarie per reclamare gli spazi e le attenzioni dovute. Abitava nei dintorni e capitava che a volte la incontrassi, sempre sola, specie quando mi ritrovavo con i mei vecchi amici di quartiere, quelli conosciuti all'asilo di Via Montebello. Scendevo da Via Riva di Reno giù per Via Avesella per incontrarmi con Mauro Cavara all'incrocio con Via Paglia Corta, poco oltre ci univamo ad Alberto Liverani per andare a giocare a calcio al Parco della Montagnola o a bazzicare nei dintorni, Via San Carlo e Via Polese. Via Paglia Corta è strada a fondo chiuso ma proprio al suo termine dava accesso, sulla sinistra, ad una autorimessa pubblica, di quelle con le pareti dipinte a strisce oblique blu e bianche. Era dotata di due ingressi, l'altro s'apriva su Via San Carlo e Mauro temerariamente ci guidò da un capo all'altro, nessuno ci disse niente e a noi sembrava di aver portato a termine con successo una pericolosa avventura quando appena varcato il portone d'uscita fummo pizzicati dal custode armato di ramazza. Fuggimmo come missili fino a trovare rifugio all'interno del cortile recintato adiacente alla Chiesa di San Carlo, ma guarda un po'pure lui adattato a campetto da basket. Non c'era mai nessuno e se non ti portavi il pallone da casa l'unica cosa che potevi fare era soffermarti a scambiare due chiacchiere con Daniele e Gianni Hing, due ragazzi cinesi più o meno nostri coetanei che abitavano lì vicino le cui famiglie sotto casa avevano affittato un magazzino dove producevano artigianalmente borse e valigie. Daniele era il più grande d'età, grosso, muscoloso e un po'scontroso; Gianni più giovane, magro e gentile. Penso rappresentassero le primissime avanguardie di cittadini della Repubblica Popolare Cinese migrati nella nostra città.

Via Avesella. Di qua passava il corso dell'Aposa o Avesa, Avesella ne è il diminutivo. Nel XIV secolo una documentazione definisce questa zona col nome d Borgo dell'Avesa. Il corso del torrente in data imprecisata fu spostato e il suo letto riutilizzato per farvi scorrere l'acqua di una derivazione del Canale di Reno.

Vicolo Paglia Corta deve il suo nome ai magazzini in cui si stipava la paglia che qui sorgevano numerosi per rifornire di foraggio le molte stalle presenti nei dintorni. Veniva citato anche come Borgo Mozzo con riferimento alla mancanza di sfogo del suo vicolo.

La Chiesa di San Carlo nelle sue attuali sembianze venne costruita tra il 1951 e il 1953 sulle rovine dell'antico santuario completamente distrutto nel 1944 nel corso di uno dei rovinosi bombardamenti che subì questa zona della città di Bologna il cui obbiettivo principale come già evidenziato era devastare la Stazione dei treni, i suoi snodi ferroviari e le sue molteplici tratte. Solo l'antico oratorio pur subendo danni parziali rimase in piedi e fu recuperato. La chiesa vantava antiche origini e per secoli fu importante luogo di culto e attività a fini benefici, tra le sue mura infatti operava una Compagnia di adepti il cui scopo era soccorrere e portare aiuto ai poveri, ai malati e ai bisognosi, attività che nel corso del XVII e XVIII secolo con l'edificazione dell'Oratorio ricevette ancor maggiore impulso anche grazie alla partecipazione di un'ulteriore Pia Confraternita e del beneficio ricevuto da cospicui lasciti privati. La zona era traversata da canali e corsi d'acqua che favorirono il fiorire di attività produttive tra cui molte artigianali i cui manufatti trovavano nel vicino porto fluviale un naturale viatico commerciale e un comodo punto di riferimento che permise loro di prosperare per lungo tempo. Tra la fine del XIX secolo e l'inizio di quello successivo secondo le direttive impresse dal Piano Regolatore del 1889, lo stesso che causò lo scempio di numerose torri e vasti tratti delle mura della terza cinta, tutti i corsi d'acqua vennero tombati e conseguentemente anche l'utilizzo dei mulini necessari a fornire l'energia produttiva ebbe termine. Nel 1973 fu restaurato l'Oratorio e nei due anni a seguire si fece lo stesso riguardo l'intero bene. Un ulteriore restauro riguardò l'Oratorio nel corso del 2001. L'urbanizzazione ad uso residenziale della zona causò gioco forza la progressiva chiusura o il trasferimento delle botteghe artigiane lasciando appena spazio a poche attività di rivendita e ristorazione che operano tutt'ora nelle Vie San Carlo e Polese. Quest'ultima secoli addietro era nota come Borgo Pollicino o Polesine ed era affiancata da un canale le cui acque scorrevano ove ora sorgono i voluminosi palazzi residenziali edificati negli anni "50 e "60 del secolo scorso in netto contrasto con le modeste costruzioni delle due stradelle parallele che rimangono abbracciate e ravvivate da facciate dai colori vivaci inframmezzate da palazzine più recenti ma comunque a ridotto sviluppo verticale. Il quadrilatero composto da Via Riva di Reno, Via Avesella, Via del Porto e Via Polese appare quasi schiacciato tra il prestigio dei palazzi storici di Via Galliera e gli imponenti caseggiati che si susseguono nella trafficata e rumorosa Via Marconi, come un'oasi dimenticata nei cui vicoli è ancora possibile passeggiare senza affanno, magari soffermandosi negli angoli più silenziosi oppure al riparo dei bassi porticati eretti senza pretese artistiche ma non privi di un certo antico fascino dalle rimembranze rurali.

Nel mese di maggio la primavera era già matura, le giornate luminose e l'aria ormai tiepida. Sentivo la voce pacata della professoressa di Lettere ma pur guardandola non ne vedevo il volto perché i miei occhi erano già straripanti di sogni e di colori estivi. Dalle vetrate a quadri della finestra filtrava l'azzurro intenso del cielo portando con sé il desiderio di fuggire, di correre incontro alla spensieratezza, al mare, alla sabbia bianca sulla quale quasi un anno prima avevo lasciato impresse le mie impronte come fossero una promessa. La signora Palmeri fece una pausa, bastò a riportarmi alla realtà. Poi riprese a parlare, mancavano pochi minuti al termine della sua lezione, i ragazzi delle prime file richiusero i quaderni sui cui avevano diligentemente preso appunti, quelli delle ultime tornarono a nascondersi e a chiacchierare sotto voce, il busto incurvato come fossero in trincea, un gomito appoggiato al banco e la mano raccolta a pugno davanti alla bocca per celare i movimenti delle labbra. –

" ...Profittando della ricorrenza del 24 maggio, giorno in cui come tutti saprete cinquantanove anni fa il nostro esercito passava eroicamente il Piave, il Provveditorato agli Studi ha indetto un concorso, si tratta di una prova scritta, un tema. Anche la nostra scuola parteciperà inviando i componimenti migliori, quelli che sapranno evidenziare lo spirito eroico e patriottico con cui i nostri impavidi ragazzi sprezzanti del pericolo affrontarono il nemico e lo sconfissero in una battaglia che fu decisiva per giungere di lì a poco alla vittoria, alla redenzione di Trento e Trieste e alla conquista del Sud Tirolo fino al confine naturale del Brennero. Per ogni classe del nostro Istituto verranno selezionati due alunni che la settimana prossima muniti di foglio a protocollo si ritroveranno in un'aula appositamente liberata per lo svolgimento di un tema nel quale dovranno esprimere i loro pensieri e le loro considerazioni. I tre migliori componimenti saranno inviati al Provveditorato per essere giudicati e classificati. I due alunni di questa classe che prenderanno parte alla prova sono Piero e Mario. Entro un paio di giorni vi sapremo dire la data e l'orario esatto. Sono certa che vi farete onore. " – Rimasi decisamente stupito ma in fondo la prova scritta d'Italiano da sempre era la mia favorita, trasformare i miei pensieri e le mie sensazioni in parole impresse a biro sul foglio protocollo mi riusciva naturale e poi non comportava alcuna preparazione e non mi causava l'agitazione e la tensione con cui viceversa sostenevo le interrogazioni orali.

Qualche giorno dopo prendevo posto in un banco a fianco di una ragazza della terza B, quindi più grande di me di un anno. Nell'aula regnava un'atmosfera rilassata, i docenti presenti per nulla preoccupati di controllare che gli studenti potessero copiare l'elaborato dai compagni più vicini, anzi, lo scambio di opinioni sull'argomento veniva considerato utile alla comune causa. Questa allieva di terza mi disse di chiamarsi Nicoletta, fu lei a rompere il silenzio io troppo timido e riservato. Appena la vidi ne fui affascinato, dimostrava qualche anno in più rispetto a quelli anagrafici, già nel fior fiore della sua femminilità. Una ragazza suadente, educata, affabile, disinvolta e accattivante. Occhi azzurri, un bel sorriso e niente grembiule monastico sopra le vesti. Indossava un paio di jeans chiari e attillati e un maglioncino celeste scollato a vu. Ascoltandola parlare mi accorsi di sentirmi assolutamente a mio agio come se la conoscessi da tempo. Finimmo entrambi il nostro compito in poco più di due ore e passammo quelle rimanenti a parlottare sottovoce. Abitava in Via Amendola, un'arteria che collega Piazza dei Martiri ai Viali di Circonvallazione in prossimità della Stazione Ferroviaria, la madre era titolare di un piccolo negozio di antiquariato situato sotto allo stesso porticato della nostra scuola.

Al suono della campanella mi venne del tutto naturale continuare a dialogare con lei, aveva tanti argomenti e sapeva svilupparli in modo coinvolgente. Mi sembrava davvero grande, in senso di maturità, sicura di sé e affatto timida pur rimanendo umile. L'accompagnai per pochi metri fino a raggiungere l'esercizio di sua madre, una signora mora e giovanile che subito comparve sulla soglia. – " Dai Niki entra che mi dai una mano a spegnere tutto così chiudiamo e andiamo a casa a pranzare ". – Io salutai entrambe e rimasi qualche secondo ad osservare gli oggetti esposti in vetrina, una poltroncina Luigi XVI, molto aggraziata e in eccellenti condizioni, un tavolino dell'"800 col piano rotondo intarsiato tirato a lucido, un orologio da tavolo di stile parigino, due arazzi sapientemente adagiati a drappeggiare parte del mobilio, una coppia di candelabri a tre fiamme in argento massiccio e tanti piccoli oggetti, porcellane preziose, cristalli e vetri di Murano. Mi piacque molto, un'immagine che mi regalò una sensazione di serenità e pacata raffinatezza. Belle cose del mondo passato custodite dietro una lastra di vetro. Le luci della vetrina si spensero mentre ero ancora lì, in testa tanti pensieri da riordinare, nell'animo nuove emozioni da gestire. Mi mossi giusto in tempo per non farmi trovare da madre e figlia come un'ebete che fissa una vetrina attardandosi senza motivo, ma da quel giorno in poi, passando, non mancai mai di dare un'occhiata a quel piccolo scrigno colmo di oggetti preziosi e soprattutto ricchi di storia. Ogni tanto a scuola incrociavo Nicoletta, un sorriso e un saluto al volo, lei era " grande ", apparteneva ad una realtà per me ancora inaccessibile. Negli anni a seguire avrei ritrovato la mia nuova amica tra le mura dello stesso Liceo Scientifico, il IV Liceo Scientifico Statale (poi Liceo Sabin) succursale di Via Schiavonia, davvero a due passi dalle Scuole Federici, una laterale a sinistra risalendo Via Nazario Sauro. Ci saremmo poi frequentati nell'ambito della stessa compagnia di ragazzi anche durante il periodo degli studi universitari. Nicoletta Nobili era la più cara ed intima amica di una mia compagna di classe, Eleonora Motta. Passammo tutti assieme un periodo bellissimo della nostra vita alla quale Nicoletta fu strappata troppo presto da una crudele e maledetta malattia lasciando in noi un vuoto profondo e un dolcissimo, indelebile ricordo.

Trascorremmo l'ultimo mese di scuola prima delle vacanze estive sui banchi di quella che avrebbe dovuto essere la nostra aula fin da ottobre finalmente dichiarata agibile nonostante fosse fatta come una bottiglia dal collo troppo lungo e stretto. Si accedeva traversando un corridoio, che dico, un tunnel o meglio ancora uno stretto budello che ricordava i passaggi cupi e angusti che scendono alla tomba di un faraone. S'imboccava direttamente dall'aula professori, una porticina di legno antico pitturata di nuovo, così bassa che gli alunni più alti per passarla dovevano chinare il capo, piccola, stretta e pesante; i suoi perni grandi e grossi come i proiettili di un cannoncino infilati nei cardani di ferro spessi due dita e alti tre. Pareva il portoncino di una prigione e si apriva su di un corridoio a volta il cui apice al massimo raggiungeva i due metri mentre la sua larghezza sarà stata appena più di un metro. Nessuna finestra, mi ricordava i " Piombi di Venezia o le prigioni di Silvio Pellico e temevo una volta superatolo che non avrei trovato un'aula ma una piccola cella col Conte di Montecristo in catene. Raccapricciante. Ma questo era e dopo poco ci si abituava anche perché grazie a Dio almeno era ben illuminato dalla luce elettrica. Lungo una decina di metri, su di un lato la lunga fila degli appendiabiti in legno, quelli con la testa di leone in ferro battuto, ben fissi nel muro. Al termine del vetusto e austero passaggio s'incontrava un'altra porta, simile a quella precedente; poi l'aula, che almeno lei non aveva nulla di particolarmente strano. Dotata di due finestre ampie e ad altezza d'uomo con vista sul soffitto del portico e del colonnato parallelo alla via sottostante. Sarebbe stato un salto di almeno quattro metri calandosi giù dalle finestre se per qualche malaugurato motivo il tunnel d'ingresso improvvisamente non fosse stato utilizzabile quale via di fuga nel caso si fossero verificate delle situazioni di serio pericolo tali da dover sgomberare l'aula con la massima urgenza. Naturalmente al tempo nessuno si poneva simili problematiche compresi insegnanti, alunni e genitori. In classe invece il soffitto stava bello in alto, come soleva essere nei palazzi rinascimentali e gli spazi a terra risultavano generosi, i banchi non troppo accalcati tra loro. La solita cattedra di legno, metallo e formica sulla predella ad attendere i professori che solitamente arrivavano qualche minuto dopo i loro allievi. Uno degli ultimi giorni di lezione la professoressa Palmeri ci consegnò le pagelle chiamandoci uno alla volta alla cattedra. Un gran silenzio, nessuno fiatava, compresa l'insegnante. Si afferrava il cartoncino verdino pallido composto da due fogli, quattro facciate in tutto e si andava a posto, ci si sedeva, si riempivano i polmoni d'aria e si apriva, perché la pagina di facciata conteneva solo le formali indicazioni, nome e cognome dell'alunno, classe, sezione, scuola ed anno scolastico mentre l'ultima pagina comprendeva solo note prestampate di poco conto. I voti sulla pagella erano scritti a mano, solitamente con l'inchiostro nero. Non sapevamo di chi fosse la bella scrittura in corsivo svolazzante ma di certo doveva trattarsi di una penna specificatamente prescelta per scrivere del nostro destino con caratteri eleganti e imperiosi. Sulla sinistra le materie, dall'alto in basso secondo la loro presunta importanza, in cima l'Italiano, sul fondo il comportamento, la musica, l'educazione artistica e l'educazione fisica comunemente detta " ginnastica ". Era un momento solenne e temuto. Era andata bene, ero soddisfatto, il voto più basso, manco a dirlo, il sei in matematica, poi qualche sette e molti otto e nove, dieci in ginnastica. Nelle ultime settimane avevo avuto delle diatribe con Piero riguardanti le competizioni sportive e pure quelle amorose, per quanto lo possano essere a tredici anni d'età. Lui se l'era un po'presa ed evidentemente masticava amaro in attesa di assaporare la rivincita sul terreno che gli era maggiormente amico, quello del profitto. Fu anche per questa situazione che entrambi senza proferir verbo quando abbandonammo l'aula del secondo piano per tornare agli spazi di competenza della nostra sezione cambiammo con disinvoltura compagno di banco avendo cura di porre tra noi anche la massima distanza fisica possibile. I professori volutamente non trovarono nulla da obiettare, l'anno prossimo al termine, e comunque l'unica e sola che pretendeva e decideva a suo piacimento dove e con chi ti dovessi accomodare era la professoressa di Matematica, i suoi colleghi scevri da questo autoritarismo.

Mancavano pochi minuti al termine dell'ultima ora delle lezioni quotidiane, avevo appena letto i voti coi quali ero stato promosso alla terza classe e me ne stavo moderatamente soddisfatto e del tutto tranquillo seduto al mio posto. Trilla la campanella, la professoressa si alza, ci saluta e infila il corridoio di uscita, tutti noi abbandoniamo la nostra scomoda e legnosa seduta e scambiando due chiacchiere con i compagni vicini riguardo all'esito dei rispettivi voti riportati in pagella iniziamo a riempire la cartella pronti per andare a casa. Alzo gli occhi dal mio banco e mi ritrovo Piero davanti, mi guarda e gentilmente mi chiede se può dare un'occhiata al mio cartoncino verdino ancora poggiato sul banco. Non ho nulla da obiettare, lui apre il documento e velocemente fa scorrere gli occhi sul suo contenuto. Pochi attimi e mentre sto per mettere la cartella in spalla girandomi verso di lui incontro il suo sguardo deliberatamente ironico. Mi restituisce la pagella e allontanandosi dà voce alla sua vendetta: - " Complimenti! un gran bel pagellino! ..." Oserei dire poco più che mediocre. " - E si allontana ridacchiando soddisfatto. Ci rimasi male, molto male, e ferito nell'orgoglio mi precipitai anticipandolo giù dalle scale per affrontarlo al di fuori del contesto scolastico. Quando lo vidi sbucare sul portico con far voluto lasciai cadere al suolo la borsa dei libri e lo fissai negli occhi. Non ero ben certo di ciò che avrei fatto ma lui mi corse incontro col pugno chiuso come a volermi colpire, cercando di non fargli troppo male lo mandai a gambe levate tre o quattro volte fin quando stanco dal doversi rialzare se ne andò via prendendo strade diverse da quelle che gli erano solite. Il giorno dopo la professoressa di matematica debitamente informata chissà mai da chi dell'accaduto appena giunta in classe mi accusò di essere un marcantonio prepotente che se la prendeva gratuitamente con i più deboli e che per tale motivo per me era bello e pronto un corposo compito di punizione con una nota in allegato che avrei dovuto fare firmare dai miei genitori. Ma la classe insorse, tutti sapevano com'era andata e in molti vollero dare la propria versione al Giudice Monocratico voglioso di comminare la sua pena. Al termine delle varie testimonianze la professoressa di Matematica tornò faticosamente sulle sue decisioni, altro non avrebbe potuto fare. Piero ed io qualche tempo dopo ci riappacificammo ma era evidente a entrambi che il legame che ci univa si fosse irrimediabilmente allentato. In quell'età in cui il tempo scorre lento e amico e pochi giorni bastano per andare oltre e pensare ad altro. A me da pensare non rimaneva che la vacanza estiva, tre mesi al mare a Sottomarina di Chioggia, dei compiti per le vacanze me ne sarei liberato nella settimana che mi separava dalla partenza così da chiudere definitivamente il capitolo relativo all'anno scolastico appena terminato e lasciare in città tutti quei pensieri che mi avevano tormentato per nove mesi. Non mi piaceva andare a scuola ma era un dovere e comunque capivo che quel sapere sarebbe stato fondamentale per il mio futuro e per il proseguimento dei miei studi.

Capitolo 7

Per il terzo anno consecutivo il nostro insegnante di " ginnastica " sarebbe stato il Professor Berardi; per nostro intendo per i maschi in quanto allora si riteneva corretto e conveniente che ragazzi e ragazze svolgessero l'attività fisica separatamente, i primi seguiti da un insegnante uomo e le seconde seguite da una insegnante donna secondo le dettagliate indicazioni fornite dal Ministero dell'Istruzione. Ci sembrava naturale e scontato, una separazione preventiva per evitare " pericolose " commistioni. Berardi era un uomo piccoletto ma energico, deciso e pure simpatico, e si dava da fare. La palestra era al piano terra e vi si accedeva da sotto il porticato del cortile principale, la si utilizzava solo in caso di mal tempo o di temperature troppo basse per svolgere l'attività fisica nel cortile che grazie ai suoi spazi decisamente più ampi permetteva lo svolgimento di molteplici sport. La sala ginnica era composta da un unico vano di circa cinquanta metri quadri a pianta rettangolare con i soffitti altissimi, questi si potevano raggiungere arrampicandosi su per la pertica o risalendo la corda. Chi arrivava almeno a metà scalata era valutato con una sufficienza, chi saliva fino in cima meritava un sette; e poi c'erano i pochissimi eletti che riuscivano ad arrivare a toccare il soffitto tenendo le gambe in squadra e allora ti portavi a casa un nove, dieci all'allievo che ci riusciva nel minor tempo. Al nostro professore piaceva la competizione, e pure a molti di noi, abituati tutti a giocare a calcio nei parchi e nei giardini mentre non pochi avevano la fortuna di praticare attività presso società sportive, i più bravi addirittura gratuitamente. In palestra si svolgevano anche i tornei di lotta libera secondo regole ben precise e tali da evitare traumi e lesioni, sul pavimento si collocava un tappeto di dieci metri quadri simile al tatami utilizzato per le arti marziali. Chi atterrava l'avversario vinceva, il professore sapientemente ci divideva in squadre in modo che il coinvolgimento degli spettatori assumesse anche aspetti un po' folcloristici soprattutto quando al termine di ogni incontro eravamo chiamati a manifestare sia per il vincitore che per lo sconfitto gradimento o viceversa disapprovazione, non solo applausi ma anche boati, fischi da stadio e sonore pernacchie. Berardi se la rideva e noi ci divertivamo come matti, ovvio che risultasse molto simpatico e apprezzato. Era un tipo tosto e si mormorava che durante le riunioni dei professori il suo parere avesse un peso molto maggiore rispetto a quello di molti suoi colleghi insegnanti la sua stessa materia. Sempre all'interno si poteva alzare la rete da pallavolo nonostante le misure del campo risultassero affatto regolamentari. I muri di fondo fino all'altezza di un metro erano dipinti da una vernice grumosa e lavabile dalla tinta verdolina, se la palla anziché cadere sul terreno di gioco avesse colpito il muro nella sua parte colorata sarebbe stata comunque considerata frutto di una azione vincente. C'era in dotazione anche qualche vetusto e mastodontico attrezzo, l'immancabile quadro svedese che stava lì a fare il complemento d'arredo, mai utilizzato, un trampolino da ginnastica, pure lui messo in un angolo ad ammuffire e un cavallo senza maniglie che pareva il corpo del toro meccanico, quello che usano i cowboys per allenarsi al rodeo. Il cavallo senza maniglie stimolava l'immaginazione del nostro insegnante, mai ce lo saremmo aspettato ma venne il giorno in cui posizionò l'attrezzo al centro della sala affiancato da un lato da una scaletta di legno e dall'altro da un tappeto alto e soffice, quello utilizzato nel salto in alto per intenderci; poi ci ordinò di metterci in fila e passò a spiegarci quale prova temeraria avremmo dovuto affrontare. – " Dovete salire in piedi sul cavallo utilizzando la scala e poi produrvi in una capriola volante per atterrare sul tappeto ". – Una buona parte di noi affrontò il " salto mortale " senza patemi ma per alcuni, fisicamente meno dotati, la richiesta del professore si rivelò un serio problema. Quando fu il turno di Gianni Sgaramagli lo vedemmo salire in groppa al cavallo d'acciaio molto teso e preoccupato. Guardava il tappeto con gli occhi lucidi e sgranati ma di lanciarsi nel vuoto non se la sentiva proprio, Berardi lo esortava e lo incoraggiava ma Gianni restava fermo immobile evidentemente terrorizzato dall'idea di doversi produrre in un esercizio che mai aveva affrontato precedentemente. Il professore iniziò a spazientirsi e il povero allievo ad arrossire mostrando segni di cedimento emotivo. Venne naturale a tutti i presenti di incitarlo a gran voce, Gianni in un sussurro chiese al docente il permesso di rinunciare alla prova ma la sua richiesta servì solo a far perdere le staffe all'insegnante. A quel punto quel ragazzino timido, buono e un po'sovrappeso esplose in un ululato degno del signore delle foreste e si lanciò nel vuoto a testa in giù. Centrò il materassino come un tuffatore che entra nell'acqua perfettamente in verticale. Fortunatamente non subì alcun danno, molto agitato si issò in piedi ritrovando la tranquillità nel cemento della pavimentazione tra gli applausi dei suoi compagni. Berardi chiese e subito ottenne il silenzio, era simpatico e divertente ma anche uomo di polso. – " Bravo Sgaramagli, non m'importa che tu non sia riuscito a fare la capriola, ciò che conta e che hai dimostrato è stato il coraggio con cui hai superato i tuoi timori. " – Da quel giorno il mio amico Giancarlo si rivolse al nostro compagno chiamandolo " Lupo " a ricordo e in onore della sua impresa.

In cortile era fissato alla parete un canestro, il tabellone fatto di assi di legno grigio e il ferro del canestro era bello robusto e assolutamente rigido, un cimelio dei primi anni '' 50. Così giocammo anche a basket e pure a volley usufruendo di un campo dalle misure accettabili. Le colonne del porticato distanti circa tre metri l'una dall'altra erano poi perfette per giocare a " calcio ", lontana ancora da venire l'idea del Calcetto, e si potevano utilizzare anche come porte per le partite di pallamano. Quell'uomo ancora giovanile col ciuffo e i baffetti da sparviero ci fece trascorrere sempre ore divertenti e spensierate, una pausa, una boccata d'ossigeno e di libertà, come puledri al galoppo che corrono gioiosi e senza meta lungo immaginarie praterie dopo essere rimasti per troppo tempo chiusi dentro un box. L'attività ginnica si praticava indossando una regolamentare tuta blu nei mesi più freddi mentre col sopraggiungere del caldo si faceva lezione in pantaloncini neri e maglietta bianca, tutti quanti con ai piedi le Superga basse blu e bianche, piatte come un ferro da stiro e fornite di una suola di gomma zigrinata che durante il movimento e ancor più nel caso di arresto improvviso fischiava come la sirena di un treno in corsa.

Il Professor Berardi mancò all'appello una sola volta colpito dalla perdita del padre. Era molto riservato e riprese il suo ruolo sorretto dall'abituale buon umore. In sua assenza svolse la lezione un supplente, un ragazzo giovane, atletico e un po' nervoso. Portava i capelli lunghi e vestiva in jeans, maglione nero a collo alto, giubbino in pelle e stivali texani. Una noia, ci mise in fila e ci fece correre intorno al cortile arrestandoci di tanto in tanto per farci tirare il fiato. Mentre arrancavamo ai suoi ordini le nostre compagne terminata la loro lezione passarono sotto il porticato per fare ritorno in classe. Mi accorsi che lo guardavano come fosse un Adone e nei giorni a seguire non mancarono di esprimere il loro disappunto quando impararono che l'aitante giovanotto che aveva sostituito il nostro amato professore non lo avrebbero più rivisto.

Il Professor Vannacci ci guidò lungo i tortuosi corridoi scolastici fino ad una porta di legno color cremisi con tre vetrate orizzontali sulla parte superiore, stranissima e di provenienza sconosciuta, infilò le chiavi nella serratura ma invano, la grande chiave di ferro ruotava a vuoto senza fare presa. Noi fermi in corridoio. Da dentro la stanza proveniva un odore particolare, un misto tra truciolato, segatura e limatura di ferro. Vannacci in breve perse la pazienza, la fronte arrossata già imperlata da goccioline di sudore che gli scendevano lungo le guance rasate. Al fine tirò a sé la porta con uno strattone e contemporaneamente fece ruotare la chiave, calcione alla base dell'uscio e porta aperta. Entrammo in una saletta, due finestrelle sullo stesso lato posizionate alte come si faceva un tempo nelle stanze adibite a servizi igienici in modo che nessuno potesse vedere all'interno guardando da fuori. Aula di Applicazioni Tecniche, non c'erano né sedie né banchi ma sgabelli e robusti tavolacci da lavoro in legno chiaro dalle gambe tozze a base rettangolare con il pianale zeppo di morse d'acciaio. Cacciaviti, martelli, seghetti, incudini e un'infinità di lime. Aperto un armadio a due ante il professore consegnò ad ognuno di noi un grembiule marrone di stoffa ruvida e grossolana, di quelli che s'indossano passando un anella di tessuto attorno al collo e annodando due bande dietro la schiena, ci disse che si chiamavano camici da lavoro e che abitualmente venivano usati nelle botteghe dei fabbri e dei falegnami. A me ricordarono le statuine del presepe che mia madre allestiva in corridoio utilizzando due bauli posti uno accanto all'altro. Il camice da lavoro lo indossava il fabbro dalla barba folta e la chioma fluente, le braccia muscolose e gli occhi neri fissi sull'incudine che teneva ferma schiacciandola sul bancone col palmo della mano sinistra; nella mano destra un grosso martello alzato al cielo pronto a colpire. Poi c'era l'arrotino, praticamente il gemello del fabbro nei tratti somatici e nelle vesti. lo riconoscevi perché tramite uno stantuffo a pedale azionava una ruota di metallo molto affilata che gli serviva a rifare la lama del grosso coltellaccio che teneva tra le mani. Di quello si trattava, lavorare il legno e il metallo. Un calvario, per gli alunni e per il buon Vannacci che mentre passava tra un tavolo e l'altro per osservarci all'opera borbottava sottovoce alzando ripetutamente gli occhi al cielo. Dovevamo costruire un attrezzo che si chiamava " raschietto ", ciò voleva dire ricavare dalle assi di compensato che ci vennero fornite una specie di rasoio Bic al cui capo al posto della testina dovevamo applicare una fascetta metallica gratinata. Senza il diretto intervento del professore nessuno di noi sarebbe stato in grado di eseguire il lavoro richiesto, noi tutti figli della Bologna centraiola per nulla abituati a sporcarci le mani. Dopo alcune lezioni passate appunto ad applicare le tecniche, così come richiesto dalla materia, portammo a termine il nostro raschietto. Ultimo passaggio, forse il più interessante, riguardò la definizione dell'ipotetico prezzo di vendita al pubblico, costo della mano d'opera più costo dei materiali. Mediamente il prezzo fu fissato attorno alle centocinquanta Lire, una miseria che mi fece subito pensare che dedicarsi a quel genere di attività lavorativa avrebbe comportato un'esistenza grama. Il raschietto lo portammo a casa, io non dissi nulla e lo nascosi in un angolo del ripostiglio dietro un mucchio di scatole e scatoloni che sapevo nessuno avrebbe mai spostato di lì fino ad un eventuale trasloco.

Nel corso della seconda parte dell'anno scolastico il docente ci illuminò relativamente alla composizione e funzione degli alti forni che avevano la forma di un acquedotto ma contenevano metallo fuso che poi sarebbe stato fatto colare all'interno di stampi per dar forma ai " pezzi ", componenti di motori o di macchinari, ma pure oggetti più semplici di uso quotidiano e domestico. Anche l'alto forno non fece breccia nei nostri pensieri futuribili, costringeva a lavorare in condizioni difficili e faticose a temperature sahariane e con il rischio di ustioni causate da una manovra sbagliata o dal cattivo funzionamento di un macchinario. Il Professor Vannacci volle illustrarci alla lavagna quanto ci aveva spiegato, nel giro di pochi minuti col gessetto disegnò l'alto forno e tutto quanto gli si dovesse affiancare per giungere dalla colata di metallo al pezzo finito e pronto per essere commercializzato. Poi ci disse di munirci di un cartoncino Stabilo, matite e pennarelli per disegnare noi stessi quant'egli avesse appena raffigurato sulla lavagna. Disegno a mano libera, e quindi libero da compasso, squadra e righello feci del mio meglio sorprendendo il mio docente che piegatosi sul mio banco con in mano la biro rossa impresse a margine del mio disegno un fantastico otto e mezzo. Il mio stupore fu forse maggiore del suo, Vannacci sorrideva, e pure io fin quando per rimarcare la sua soddisfazione prima di procedere a controllare quanto fatto da altri alunni mi appioppò una sonora pacca sulle spalle. Una mazzata ciclopica. Una volta a settimana veniva un sacerdote per l'ora di religione, allora assolutamente obbligatoria e considerata materia di studio. Un docente tutto vestito di nero, giacca, pantaloni, scarpe e camicia; salvo il rigido colletto di plastica bianchissima. Più che spiegare ci esortava a porgli delle domande relative a nostri eventuali dubbi riguardo al culto cattolico cristiano. Interessanti e pacifiche chiacchierate. Il dieci in pagella era pane per tutti, per ottenerlo bastava dimostrassimo un minimo di attenzione.

L'aula della musica non c'era proprio, non si suonava e nemmeno si cantava, le lezioni si svolgevano in classe. Un'anziana signora dai capelli bianchi appena sfumati d'azzurro si prodigava a indottrinarci sul pentagramma e le sette note della scatola diatonica, era la Professoressa Piertamerici. Arrivò anche a spiegarci le basi del solfeggio e l'uso della Chiave di Violino. Prove in classe sia scritte che orali ma comunque abbastanza semplici e alla portata di tutti salvo di chi, come il povero Tommaso Salerno, non avesse la minima voglia di studiare e nessun incoraggiamento a farlo da parte della famiglia. Scuola dell'obbligo, e l'obbligo consisteva per i genitori nel mandarci i propri figli. In classe si respirava un'atmosfera decisamente diversa durante lo svolgimento delle materie comunemente ritenute importanti rispetto a quelle considerate accessorie; le prime si affrontavano con una tangibile tensione e a volte con estrema preoccupazione, gli insegnanti molto seri, mediamente severi, esigenti e per la maggior parte poco propensi a sorridere e dare confidenza agli alunni. Le lezioni di Musica, Educazione Artistica, Applicazioni Tecniche ed Educazione Fisica passavano via leggere in una atmosfera quasi famigliare che permetteva alle parti in causa di relazionarsi con naturalezza e senza apprensione. Ma alla fin fine erano le Lettere e la Matematica a fare la differenza, in queste materie bisognava trovare il modo di avere il vento a favore anche perché le rispettive insegnanti godevano di una autorevolezza e di un potere decisionale pressoché assoluto.

L'aula della terza classe appariva decisamente più piacevole e importante rispetto alle altre due, molto ampia, luminosa, dotata di termosifoni nuovi e ottimamente funzionanti, i banchi più moderni e ben tenuti, le carte geografiche appese alla parete finalmente plastificate e quella dell'Italia fisica pure tridimensionale. Finestre dai vetri più recenti e spessi e illuminazione al neon. Come a voler lasciare negli alunni il miglior ricordo possibile della vecchia scuola vestita a festa e incipriata per nascondere le rughe. Non esistevano molte delle cose che oggi rendono gli ambienti scolastici sicuri e piacevoli da vivere. La regolamentazione sulla normativa antincendio all'interno degli Istituti Scolastici è del 1992, parlare di strutture antisismiche fantascienza, se non ti portavi la merenda da casa rimanevi digiuno fino al termine delle lezioni, chi aveva sete beveva a collo dai rubinetti del bagno, la carta igienica nel caso servisse le mamme la infilavano nella busta esterna delle cartelle schiacciando il rotolo di cartone che diversamente non ci sarebbe entrato. Era un mondo semplice ma comunque funzionale dove ogni aspetto era definito in modo tale da non lasciare spazio a discussioni. Probabilmente una scuola ancora più vicina a quella del Regno d'Italia che a quella attuale ma dotata di programmi di studio precisi e concreti, una scuola che ti raccontava e ti parlava di ciò che avevi attorno. Una scuola assolutamente reale e realistica.

Alla fine di Via Milazzo adiacente ai Viali di Circonvallazione negli anni ''80 fu costruito un giardinetto con annesso un campo da basket, prima di ciò esisteva solo uno spiazzo di terra battuta misto a sassi probabile frutto della rimozione e dello smaltimento delle macerie di un palazzo colpito da una bomba d'aereo durante la Seconda Guerra Mondiale, ancora negli anni ''60 dove Via Amendola sfocia sui vilai rimanevano in piedi i resti di uno stabile bombardato. Lo spiazzo in fondo alla via durante la primavera veniva occupato da un piccolo Luna Park; un paio di baracconi per il tiro a bersaglio, il Castello delle Streghe, la giostra del Calcio in culo, una sala prefabbricata di vetro e acciaio stipata di flipper e calciobalilla e i soliti marchingegni mangiasoldi per mettere alla prova la forza dei ragazzotti del quartiere, riuscire a piegare le corna del toro un'impresa impossibile. Poi c'erano gli Autoscontri, l'attrazione principale a cui era riservata la parte migliore della spianata. Io ci andavo col motorino da cross, regalo per il mio quattordicesimo compleanno, un Aprilia Scarabeo 50 cc. con la carrozzeria in vetroresina lucida e dorata. Lo parcheggiavo davanti alla pista degli autoscontri in modo che se per caso avessi deciso di regalarmi qualche corsa potessi tenerlo d'occhio, per sicurezza lo chiudevo per mezzo di due lucchetti in treccia d'acciaio plastificata, quello rosso sulla ruota anteriore e quello blu sulla posteriore, i colori scelti in onore della mia squadra di calcio del cuore, il Bologna Football Club. Farsi fregare il motorino era un attimo, il Luna Park era frequentato sostanzialmente da ragazzi per bene ma anche da alcuni ragazzi "di strada" pronti a cogliere l'attimo per balzare in sella e sparire a tutto gas. I motorini rubati venivano smontati e le varie parti rivendute come pezzi di ricambio. Avevi un bel da denunciare, una volta andato non lo recuperavi più, le telecamere si usavano solo per girare film e documentari. Di per sé la zona era abbastanza tranquilla e i ragazzi che la bazzicavano si conoscevano tutti. Roberto Poli abitava sull'altro lato della strada, scrutava da dietro la finestra e appena avvistava qualcuno dei suoi amici o compagni di scuola si fiondava giù per le scale. Uno a cui piaceva scherzare, spesso aveva addosso una maglietta in stile marinaro, la versione moderna di quelle che andavano di moda per i bambini delle famiglie altolocate nei primi decenni del "900. Ne possedeva tre, della stessa foggia ma dai colori diversi, blu e bianca, gialla e blu, rossa e bianca e tutte mostravano stampata sulle maniche un'ancora e sulla schiena la riproduzione di una mantellina. Una via di mezzo tra Pierino e Giamburrasca, un'immagine che contribuiva ancor più a infilargli l'abito del ragazzino in cerca di guai. Lingua pronta e tagliente, ciuffo ribelle e andatura dinoccolata. Sua madre sapeva bene di che pasta fosse fatto il suo pargolo e sistematicamente si affacciava al balcone per controllarlo e ciò bastava, almeno in parte, per raffreddarne i bollenti spiriti. Non era affatto un giovane rissoso, anzi, se non riusciva ad avere la meglio verbalmente pur mantenendosi spavaldo aveva cura di rispettare le distanze giuste e preservare le vie di fuga più rapide per infilare di corsa il portone di casa. Da Via Amendola in poche falcate giungeva il biondo Pierre Caffaggi, ragazzino vivace ma equilibrato, un bel " cinno "dal fare riservato. C'era anche qualche ragazza carina, Rossella, affabile e tranquilla, Francesca Mastelli, la più carina delle due gemelle che vivevano nella palazzina adiacente a quella di Roberto; una zazzera di capelli neri e scarmigliati, occhi scuri e profondi e un bel sorriso; ma non c'era nulla da fare, si narrava che avesse un fidanzato diciottenne estremamente geloso e poco accomodante. Rossella invece un giro sugli autoscontri lo faceva volentieri, si stringeva forte al mio braccio e ogni tanto con noncuranza poggiava la testa sulle mie spalle.

Un pomeriggio grigio ma non piovoso arrivai a cavallo della mia moto fino alla giostra degli autoscontri, erano di poco passate le quattordici e ad inzuccarsi sul rettangolo nero erano solo poche automobiline; spensi il motore e rimasi lì a cavalcioni ad osservare chi c'era. Dalle casse acustiche usciva musica ad alto volume inframmezzata dalla voce microfonata del giostraio che teneva cassa all'interno di un camioncino sul quale si apriva un bancone laterale provvisto di vetrata. – " Una corsa cento lire! Tre corse duecento lire! Avanti giovani il divertimento è garantito! " – Un imbonitore professionista ma molto ripetitivo, un giovinastro certamente piantato lì dai più adulti per farsi le ossa. Tu gli davi le monetine e lui ti metteva in mano l'equivalente in gettoni di plastica da infilare nell'apposita fessura di cui erano provviste le piccole spider dalla livrea bicolore e le linee americaneggianti. Mi accorsi che a bordo di un bolide bianco e turchese alla guida stava Renè T., circa mio coetaneo lo avevo conosciuto anni prima frequentando i corsi di Judo presso il Kodokan Club di Galleria Cavour. Al fianco aveva una ragazzina davvero carina, portava i capelli castani raccolti in due leziose codine laterali, una spruzzata di lentiggini sul viso e i lineamenti finemente disegnati, sua sorella Carolina. Pierre, Roberto ed io la guardavamo come tre baccalà mantecati, lei quando ci sfrecciava vicino a bordo della sua spider ci sorrideva pure. L'unico che ebbe il coraggio di invitarla fare un giro sulla giostra fu Roberto, lei ringraziò rifiutando. La vidi in qualche altra occasione sempre a bordo di una vetturetta, non smontava mai, come se fosse in possesso di un malloppo colmo di gettoni. Mi accorsi che sul tardo pomeriggio lungo la strada asfaltata che correva parallela alla nostra giostra preferita si fermava una macchina scura di grossa cilindrata, un'elegante berlina da cui scendeva una signora bionda a richiamare i suoi figli, una gentildonna appartenente alla più alta e storica nobiltà bolognese che poteva vantare il titolo di Marchesa. C'erano altri ospiti fissi dello spiazzo del Luna Park che una volta liberato dalle giostre rimaneva buono per giocare al pallone anche se la maggioranza dei ragazzini della zona preferiva cimentarsi in combattute partite presso altri lidi, il giardinetto delle Scuole de Amicis oppure il Parco della Montagnola. Ma Emanuela la rossa e la sua amica Lucia abitavano anch'esse proprio sopra lo spiazzo e quindi quasi immancabilmente lo occupavano, le prime ragazze che vidi giocare a calcio, e Lucia in particolare se la cavava egregiamente, menavano di brutto e tenevano testa a tutti. Emanuela era di qualche anno più adulta rispetto a noi, quindici o sedici anni, aveva seni pesanti e labbra rosse, come la ragazza della canzone di Ivan Graziani. Non era bella ma aveva la battuta pronta e le piaceva farsi notare così da potersi burlare delle nostre espressioni sbigottite che le provocavano eccessi di risa fino alle lacrime, poi buttava un braccio attorno al collo della sua amica Lucia e se ne andavano insieme soddisfatte continuando a sghignazzare in allegria.

Spesso era presente Salvatore detto " Salva ", un ragazzo ormai adulto coi capelli neri, lunghi e ricciuti, non alto di statura ma dal fare baldanzoso del Ras del quartiere. Soffriva di un'evidente zoppia di cui nessuno mai si permise di chiedergli la causa. Spaccone di ruolo ma in fondo bonario e pronto al gioco. A Salva piaceva Emanuela la rossa e quando la incrociava non esitava a girarle attorno come un moscone dalla galanteria primordiale. Ciclicamente cercava di convincermi a prestargli il motorino per un breve giro nei dintorni pur sapendo benissimo che avrebbe avuto una risposta negativa. A Bologna lo conoscevano tutti, capo tifoso delle V nere del basket felsineo sempre in prima fila sugli spalti del Palazzetto dello Sport di Piazza Azzarita, magari di basket ci capiva pure poco ma la sua teatralità durante le partite faceva parte dello spettacolo, i tifosi della Fortitudo durante il derby cittadino gli dedicavano cori ironici e impertinenti a cui Salva rispondeva tutto contento col gesto dell'ombrello godendosi i suoi momenti di gloria.

Via Milazzo fu creata nel 1889 nell'ambito del noto Piano Regolatore che portò alla costruzione di Piazza dei Martiri. Curioso è sapere che in questa via nel 1904 fu inaugurata la prima vasca natatoria ad uso pubblico dalla trasformazione di un lavatoio comunale, poteva considerarsi erede naturale del Bagno della Grada situato dal 1889 su di un tratto del Canale Reno. In questo modo si intendeva ovviare agli scandali e altri inconvenienti provocati dalla consuetudine popolare di fare il bagno senza indumenti nei canali di Bologna durante i mesi più caldi. Il nuovo impianto per dimensioni e modernità era secondo solo a quello di Piazza Garibaldi a Milano. Diversamente non ebbe seguito il progetto di un'altra pubblica vasca situata all'interno dei Giardini Margherita. La piscina di Via Milazzo sarà utilizzata a " comodo " dei cittadini fino agli anni "20 quando sarà costruito il nuovo centro polisportivo del Litorale dopo di che si pensò di trasformarla in palestra senza però dare seguito al progetto. Nel 1941 il Comune venderà l'area a società private per l'edificazione di civili abitazioni con impegno degli acquirenti di demolire le strutture esistenti.

Il termine del secondo conflitto mondiale e il desiderio comune di ritornare ad una vita che comprendesse anche piaceri, gioie e benessere favorì il recupero di numerose zone della città. Galleria Cavour nasce al termine degli anni "50 del secolo scorso quando Bologna superate le incertezze dell'immediato dopoguerra guarda al futuro con ritrovata fiducia. Il progetto desta grande attenzione perché prevede la costruzione di un centro commerciale nel pieno del centro storico. La nobile famiglia Sassoli de Bianchi incarica il famoso architetto milanese Guglielmo Ulrich di realizzare il progetto della porzione di Galleria che prevede l'ingresso da Via Farini e si estende fino al quadrivio centrale che risulta incastonato all'interno dello splendido Palazzo patrizio Vassè Pietramellara edificio simbolo dello sfarzo rinascimentale. Nell'autunno del 1959 aprono i primi prestigiosi esercizi commerciali. Per porre in opera il progetto fu necessario ricostruire quasi da zero gli edifici che compongono la Galleria gravemente colpiti dai bombardamenti. Fino al 1962 la galleria portava il nome del preesistente Vicolo Bocca di Ragno e solo allora venne intitolata a Camillo Benso Conte di Cavour prendendo spunto dalla piazza antistante. Galleria Cavour da oltre sessant'anni è luogo di elegante passeggio e shopping di assoluto livello. Teatro di numerose iniziative ed eventi è punto abituale di ritrovo della così detta Bologna bene.

Il famigerato esame di terza media sul finire dell'anno scolastico occupò gran parte dei pensieri e delle preoccupazioni degli alunni della terza B e dei loro genitori. I professori ci spiegarono brevemente in che cosa consistesse la prova da superare, un tema, un compito di matematica e una interrogazione orale comprensiva di tutte le materie e quindi alla presenza di tutto il Corpo Insegnanti di riferimento. Non ci fu una vera e propria preparazione all'esame da parte degli insegnanti, né per quanto riguardasse le materie né soprattutto a livello psicologico. Semplicemente agli alunni si raccomandò di ripassare a casa tutto il programma svolto nell'anno in corso. I docenti delle principali materie trovarono comunque modo di creare una certa tensione emotiva negli allievi dilungandosi in una relazione orale a chiosa del lavoro svolto durante l'ultimo anno di studi condita da espliciti riferimenti personali riguardanti tutti gli alunni; lodi ai migliori, poche parole di circostanza nei confronti di quelli dal profitto mediocre e blandi incoraggiamenti alternati a esplicite considerazioni negative per i meno studiosi e più indisciplinati. Nel corso delle prove d'esame In tutte le situazioni me la cavai discretamente salvo matematica dove alla complessa e troppo prolungata interrogazione orale seguì in continuità una dura e pesante reprimenda personale da parte della docente in materia basata non tanto sull'esito della prova appena conclusa quanto piuttosto sulle mie presunte e mal viste mancanze di interesse e di partecipazione, sul mio atteggiamento poco conforme a quello richiesto e lo spirito asociale manifestato in relazione agli eventi proposti. Anche nel compito scritto della medesima materia non feci bene disperso tra parentesi tonde, quadre e graffe senza trovare la via d'uscita. Non le piacevo proprio e quando il Professor Berardi prendendomi repentinamente da parte mi disse di non preoccuparmi riguardo all'esito dell'esame perché una sola materia insufficiente non poteva bastare a causare la bocciatura il mio sollievo fu solo parziale. Terminai il mio iter scolastico tra le mura delle Scuole Medie Maria Federici ottenendo la Licenza con un voto al di sotto delle aspettative, soprattutto di mia madre che ci rimase malissimo. L'imbarazzo crebbe ancora quando come ultimo passaggio ai genitori venne consegnato il libretto personale degli alunni contenete consigli e indicazioni riguardanti il loro futuro. Mia madre volle mostrarmelo perché mi rendessi conto del giudizio poco lusinghiero ricevuto, si consigliava senz'altro il proseguimento degli studi ma preferibilmente di impegno non troppo elevato. – " E io che volevo iscriverti al Liceo Classico! "- esclamò la Gabriella. – " E io che sono solo contento di non andarci! " – fu la mia insolente risposta. Gli occhi verdi e luminosi della mia genitrice lampeggiarono di quella luce bella, intensa e pericolosa che ben conoscevo. Ci mise un po'a mandarla giù, io molto di meno, dispiaciuto ma felice di essermi finalmente liberato da un conflitto impari a cui ero stato costretto mio malgrado. La mia inclinazione naturale agli studi propendeva decisamente per le materie umanistiche ma terrorizzato dalle difficoltà e il malessere che mi avrebbero provocato lo studio della Lingua Greca e di quella Latina paradossalmente optai per il Liceo Scientifico, comunque una Scuola che avrebbe soddisfatto e concesso lustro alle ambizioni e l'orgoglio di mia madre. Avevo anche accarezzato l'idea di dedicarmi agli studi magistrali, il pensiero un giorno di insegnare le basi del sapere ai bambini stuzzicava la mia fantasia ma non ne feci parola onde evitare ulteriori problematiche domestiche. Certo che allo Scientifico la matematica mi sarebbe stata bene come una palla di piombo incatenata al piede ma non vedevo altre materie di sicura sofferenza quindi supportato anche dal fatto che la mia scelta fosse condivisa da alcuni ex compagni di classe e numerosi amici di quartiere già prima della partenza per le ferie la questione venne definita e archiviata. Non era più il tempo di pensare alla scuola, ma alle vacanze estive al mare con la moto al seguito. Una favola. Mi dispiaceva invece dire addio alla mia scuola come edificio, alle sue mura spesse e rassicuranti, ai suoi colori caldi, ai suoi ambienti carichi di storia e di pregevoli architetture, alle sue finestre dalle tende rosse la cui vista mi scaldava il cuore come la fiamma che danza nel focolare. Ma troppe avventure attendevano me e i miei ormai ex compagni della sezione B. Ci aspettava un mondo nuovo che sapevamo molto diverso e assai più avvincente e interessante di quello che lasciavamo. Ci attendeva quella magica stagione della vita che si chiama adolescenza così ricca di sogni e di passioni prima impensabili, di libertà a lungo bramate, di conoscenza e di orizzonti dai colori intensi. Non rividi mai più nessuno dei miei insegnanti delle scuole medie salvo l'innominabile signora cui alcuni ex allievi vollero appena iniziata l'esperienza liceale far visita convincendomi a seguirli. Benché titubante sposai l'idea di sostenere ancora una volta il suo sguardo, forse proprio perché non più succube del suo potere, forse nella speranza di in un cenno di distensione e di pace. Ma non andò così. Eravamo in quattro o cinque, in piedi all'interno della Sala Professori, fermi sul pavimento dal marmo nero, al fianco del grande tavolo di quercia. Io stavo un po' in disparte alle spalle dei miei compagni senza proferir verbo. Lei parlò brevemente con tutti tenendomi ancora una volta volutamente per ultimo. Pensavo comunque che mi avrebbe rivolto solo brevi frasi di circostanza e di incoraggiamento come aveva appena fatto nei confronti degli altri ragazzi presenti invece quasi ridendo affermò che avevo fatto una scelta sbagliata e presuntuosa, che non ero in possesso delle basi e delle qualità necessarie per portare a compimento gli studi liceali. Evidentemente pensava di essere in grado di leggere nel futuro o forse più semplicemente mancava di quel minimo di sensibilità necessario per non ferire le persone, o peggio assai ci provava gusto.

Capitolo 8

Dala terrazza dell'appartamento dei miei nonni vedevo i tetti delle case sottostanti racchiuse tra Via delle Lame e la parte vecchia di Via San felice, i coppi di terracotta rossi dai toni variegati, lo scorcio su qualche stradina antica con le sue tipiche costruzioni a due piani, massimo tre. Intravedevo il complesso dell'Ospedale Militare. Una visuale genuina senza nulla di particolare su cui soffermare piacevolmente lo sguardo. Erano i primi di settembre e i miei genitori e mio fratello ancora in vacanza fuori città, io invece a Bologna avevo già fatto ritorno per presenziare fin da subito agli allenamenti della squadra di pallacanestro in cui giocavo che si tenevano al Palazzetto dello Sport di Piazza Azzarita e presso la Palestra Furla di Via San Felice 103, entrambe a poche centinaia di metri da Via delle Lame 55, quinto ed ultimo piano di un palazzo progettato da mio nonno che anziché in denari preferì che il suo compenso fosse onorato in mattoni, uno dei due appartamenti al quinto piano che molto probabilmente oggi le agenzie immobiliari definirebbero un attico. Un bel terrazzo a elle complessivamente lungo una dozzina di metri e largo tre con un contro muretto a formare una fioriera alta oltre un metro e profonda altrettanto che fungeva anche da parapetto, tutto in mattoni pietra vista e mattonelle rosso vinaccia, i muri no, nonna li aveva voluti giallo ocra in ricordo del colore delle pareti esterne della casupola di Vicolo Viazzolo in cui era nata e cresciuta, una strada stretta in prossimità della cinta muraria adiacente a Porta Castiglione, secondo e ultimo piano, poco più che una soffitta. Così raccontava ricordando la sua giovinezza, quinta dei nove figli messi al mondo dal signor Sergio Verzieri e signora. Il bisnonno era operaio delle Ferrovie e la madre nonostante la prole cercava di dare una mano lavorando da sartina in uno stanzino di pochi metri quadri al piano terra, un interno umido e ombroso. Non appena le due figlie più grandi terminarono gli studi elementari si misero all'opera al fianco della madre dando impulso allo sviluppo della piccola sartoria che traslocò nel locale adiacente, più vasto e dotato di finestre. Erano in undici in famiglia e per campare tutti fin da ragazzini dovettero darsi da fare, lo stipendio del padre insufficiente a sfamare le tante bocche. Niente corrente, lampade a petrolio, la ritirata nel cortile interno era in comune con gli inquilini del primo piano così come lo era la vasca di selenite da cui si prendeva l'acqua per bere, lavarsi, pulire e cucinare anch'essa posta di fianco al pozzo. Il signor Verzieri oltre alle poche lire portava a casa anche sacchi di juta colmi di carbone, i depositi della Ferrovia ne erano pieni e i blocchi dai granuli neri e luccicanti facevano parte della paga. Costruì una stufa da alimentare a carbone favorito dal fatto di abitare in un sottotetto dal quale fece uscire una canna fumaria al riparo di un comignolo provvisto di copertura. Ci si arrangiava. Il signor Sergio lavorava dodici ore al giorno e rientrava a casa nero di carbone e unto di olio dalla testa ai piedi, in cucina c'era una tinozza che lo aspettava, non appena fosse arrivato la moglie e le figlie l'avrebbero riempita di acqua bollente rovesciandola da due pentoloni di metallo lasciati a borbottare sulla griglia della stufa l'uno accanto all'altro. Ma la sua pelle seppur lavata, rilavata e strigliata a lungo con un trancio di sapone grezzo bianca non ci tornava mai, come se avesse assorbito l'olio e il carbone di cui si era macchiata. Così i suoi occhi verdi brillavano come fari anche alla luce fioca delle candele. I pasti erano frugali, minestrone di verdura, riso in brodo, pane, verdura e solo al pranzo della domenica compariva sulla tavola un po'di carne, un cosciotto di pollo o una fetta di tacchino a testa. Si mangiava in due turni perché undici persone assieme non ci stavano, prima il padre con i quattro figli maschi e poi la madre con le cinque figlie femmine. Due bicchieri di vino, solo per il capofamiglia che li centellinava come fossero un elisir degno degli dei dell'Olimpo; a piccoli sorsi tenendo a lungo il tozzo bicchiere di vetro grosso tra le dita callose. Nonna mi raccontò che si ricordava di un Natale di quando era bambina, suo padre le regalò un arancio, un dono meraviglioso, così bello e prezioso che non trovò mai il coraggio di mangiarlo e che conservò a lungo secco e avvizzito nascosto sotto al suo cuscino. Le stanze da letto erano solo due, grandi abbastanza per contenere nove pagliericci ricoperti da teli di canapa intrecciata, una per i maschi, l'altra per le femmine, moglie e marito dormivano in cucina accomodati in un letto alla francese dalla struttura di legno solida e squadrata, era appoggiato alla parete e da quel lato dormiva il signor Verzieri perché al canto del gallo la prima ad alzarsi doveva essere la moglie.

Il secondo versante della terrazza era a vista cieca, l'altissimo e plumbeo Palazzo del Gas obbligava ad ammirare le sue pareti esterne lisce e levigate. Nemmeno il terzo ed ultimo lato regalava paesaggi da cartolina ma dalla grande fioriera in muratura avvinghiate ad una griglia di legno lavorata a losanghe salivano al cielo le rose di mio nonno, un vero spettacolo, ne aveva una cura certosina, rosse, rosa e bianche screziate di scarlatto. Mia nonna diceva che preferiva i garofani e allora ogni tanto suo marito per farla contenta scendeva giù. Sotto al portico del Palazzo del Gas dove Via Lame si sfiora con Via Marconi stava il chiosco del fioraio, era una bottega molto piccola e zeppa di fiori, una struttura di metallo sottile a tenere assieme le spazose vetrate, come fosse una serra, dietro la porta nell'unico spazio libero dai fiori su di una sedia di legno con lo schienale stondato stava rannicchiata una signora di mezza età. Mio nonno si fermava di fronte all'uscio e sorridendo la salutava col gesto della mano, lei si alzava e spariva addentrandosi tra il verde delle piante e i colori sgargianti dei fiori e dopo pochi attimi ricompariva con un mazzo composto da undici garofani, cinque bianchi e sei rossi.

La nonna era un'ottima cuoca, ma debole di bronchi si ammalava abbastanza spesso, specialmente quando rimaneva al freddo in terrazza a litigare con i piccioni che le sporcavano il " piancito ", oppure quando si beccava gli spifferi dalla porta a vetri mentre in una nicchia ricavata tra il terrazzo e la cucina pigiava coi piedi sul pianale della sua vecchia Singer. E allora per sopperire alla mancanza delle sue tagliatelle al ragù e delle sue frittelle di mela il nonno mi portava a mangiare fuori, pochi minuti scendendo per Via Lame e attraversata la Via Riva di Reno sotto al portico sulla destra si entrava nel ristorante da Bertino, un cult della tradizionale e più genuina cucina bolognese fin dal 1957. Una sala calda e accogliente dalle pareti rivestite in legno, un ambiente rilassato e famigliare dove il nonno si trovava bene e soprattutto dove mangiare molto bene. Lasagne, tortelloni, tortellini, le tagliatelle, il carrello dei bolliti, gli arrosti, i dolci fatti in casa e il buon vino da tavola. Un'eccellenza culinaria tutt'oggi viva e operosa più che mai.

Mi piaceva molto dormire e vivere con loro, l'importante era che fossi puntuale a pranzo e a cena per il resto mi lasciavano libero di andare dove volevo ovvero a giocare a basket, fossero allenamenti, partite o tre contro tre sui campetti nascosti dentro i cortili delle chiese. La sera naturalmente non avevo il permesso di uscire ma non mi pesava affatto, la mattina mi svegliavo presto e dopo una ricca colazione a base di caffelatte zuccherato e ciambella fatta in casa accompagnavo mio nonno a fare la sua quotidiana passeggiata, una maratona lungo i Viali di Circonvallazione che lo portava a passare in rivista i luoghi più cari della sua gioventù. Da Piazza San Francesco imboccavamo Via De Marchi per sbucare in Via Sant'Isaia e arrivati al suo termine traversavamo i viali per una puntatina in Via Andrea Costa onde sostare qualche attimo davanti allo stabile in cui aveva vissuto con la famiglia fino allo scoppio della Seconda guerra Mondiale. La abbandonò solo a causa dei rovinosi bombardamenti alleati che si abbatterono sulla città per migrare in quel di Chioggia, magnifica perla della Laguna Veneta sul versante opposto rispetto a Venezia. Breve sosta col naso all'in su e il sorriso sulle labbra. – " Va bene Marietto, possiamo andare. " – E allora si ripartiva per la meta successiva, Viale Aldini, al fianco della caserma dei Vigili dal Fuoco sorgeva una distinta palazzina inizio " 900 che fu dimora della sua più fresca gioventù prima di prender moglie. Lì in un vasto appartamento sito al quarto piano e raggiungibile anche usufruendo di uno dei primi ascensori installati nelle costruzioni ad uso civile aveva vissuto dal 1918 in poi. Orfano del padre, Generale di Divisione ucciso non dagli austroungarici ma dall'influenza spagnola, rimase in quella casa fino al 1929 in compagnia della madre Anna e della sorella Antonietta e ne uscì con due lauree in tasca brillantemente ottenute tra il 1921 e il 1924. Quando abbandonò la dimora della famiglia d'origine esercitava la libera professione già da cinque anni. Un giovin signore, distinto, colto ed elegante, molto galante e impareggiabile oratore. Amava acquistare gli abiti in sartoria appositamente tagliati su misura, cuciti e finiti dopo averne personalmente acquistato i tessuti...Sì, fu così che conobbe la sua futura moglie, lui di famiglia aristocratica rapito dagli occhi smeraldini e le prorompenti curve di una sartina che lavorava in un bugigattolo oscuro di Vicolo Viazzolo, e proprio lungo questo vicolo si doveva passare per procedere nel quotidiano passeggio mattutino. A Porta Castiglione si proseguiva tagliando per i Giardini Margherita, nome di battesimo della moglie, per uscirne dal cancello prossimo a Porta Santo Stefano oltre al quale immancabilmente il nonno si fermava e mi chiedeva – " Cosa dici Marietto scendiamo per Via Santo Stefano o completiamo il giro dei viali? " – Ovvia la mai risposta: - " Giù per Via Santo Stefano " – La camminata a quel punto aveva già stimolato il mio appetito e non vedevo l'ora di tornare a casa per il pranzo. Passavamo sempre per la magnifica Piazza delle Sette Chiese e a quel punto se la pancia che brontolava non fosse più stata unicamente la mia capitava che il nonno entrasse in una cabina telefonica per avvisare la nonna di non preparare il pranzo, donna Margherita le pentole le aveva già sul fuoco ma in fondo non sarebbe stato un problema, ben sapeva come conservare le vivande fino a cena. Vicinissimo alla Chiesa di Santo Stefano circondato da antichi e prestigiosi palazzi era un altro ristorante caro al nonno, al numero civico 19 di Via Santo Stefano. La Cesarina, tradizione della cucina nostrana in un ambiente storico e raffinato, ma al mezzodì mancava ancora un'oretta così il nonno, grande intenditore di vini, per ingannare il tempo mi portava in Strada Maggiore 104 da Scaramagli nella cui esposizione sfilatosi gli occhiali dalle lenti rotonde spesse un dito passava in rassegna file di bottiglie di pregiati vini e rinomati liquori. Se ne usciva con due o tre " bocce " custodite all'interno di una piccola cassetta di legno imbottita di paglia fine che prima di muovere un passo mi consegnava tra le mani. – " Stai attento a non farla cadere! " –

Dopo pranzo riposavo un'oretta disteso sul divano/letto foderato di morbido velluto verde, il nonno si accomodava nella poltrona accanto, accendeva la grossa radio a transistor e la sintonizzava su Radio Londra. Passati pochi minuti si appisolava e allora attento a non svegliarlo provvedevo a spegnere l'"apparecchio" quindi recuperato il mio divano riprendevo a dormicchiare sereno. Al pomeriggio presto ero già fuori, una corsa a prendere il motorino dal garage di Via delle Casse e partenza a razzo verso un campo da basket. Tra allenamento, partite e campetti giocavo anche cinque ore al giorno e tornavo a casa giusto in tempo per buttarmi nella vasca da bagno, lavarmi, asciugarmi e sedere a tavola. Gli asciugamani della nonna erano di lino, grandi come un lenzuolo e tutti bianchi, profumavano di pulito e di violetta e questo sentore si mischiava a quello del talco contenuto da una scatola di stoffa color crema poggiata sulla mensolina di vetro sopra al lavandino. A cena desinavamo con calma, il ragù della nonna tirato con la besciamella si sposava perfettamente con le tagliatelle gialle fatte a mano, carni tenere accompagnate da patate arrosto, flan di spinaci oppure purè al formaggio. Una massaia bolognese DOC. Il nonno provvedeva a sparecchiare, volevo aiutarlo ma la nonna diceva che ero loro ospite e nipote e quindi voleva che rimanessi comodo perché a ingombrare la cucina ci pensava già suo marito. Il pasto terminava col caffè bollente e le caramelle al rabarbaro, poi il nonno se ne andava in sala per immergersi nella lettura, la stanza in ombra salvo un cono di luce proveniente da una lampada a piantana, fida e anziana compagna della poltrona che le stava accanto. Io restavo in tinello assieme a mia nonna, sedevamo di fronte a un mastodontico televisore in bianco e nero il cui esterno era composto da simil legno e bachelite, per accenderlo e cambiare canale bastava sfiorare gli appositi pulsantini metallici luminescenti, una TV di ultima generazione. Donna Margherita amava la danza classica che ai tempi occupava abbastanza spesso i palinsesti della RAI nelle fasce serali, così rimanevo al suo fianco per tenerle compagnia. Quando trasmettevano lo Schiaccianoci con Carla Fracci quale prima ballerina si commuoveva e dalla manica del golfino estraeva un fazzoletto bordato di candido pizzo per asciugarsi le lacrime. – " Il mio balletto preferito, e poi guarda com'è bella e aggraziata Carla Fracci, cercati una " morosa " come lei e fammela conoscere prima che io muoia..." –

Le notti passavano quiete e silenziose, su al quinto piano i rumori provenienti dalla strada giungevano appena, lontani e ovattati. Ottobre era ormai prossimo, le vacanze finite e un banco della succursale di Via Schiavonia del IV Liceo Scientifico Statale mi stava già aspettando.

Vicolo Viazzolo fu aperto a spese della Confraternita degli Angeli che acquistò nel 1475 una casa in Via Castiglione e la demolì onde edificare una chiesa tutt'ora esistente a capo della via. Porta da Via Castiglione a Via degli Angeli. Fino al XVII secolo il vicolo veniva chiamato Via della Ghisiola o Chiesuola ma genericamente anche Borgo della Chiesuola. Caratteristico stradello bolognese le cui antiche ed umili costruzioni pur rimanendo tali da non dover rinunciare alla loro storicità si mostrano oggigiorno in buona parte accuratamente restaurate.

Via Sant'Isaia deve il suo nome alla antichissima Chiesa di Sant'Isaia documentata già nel IX secolo. Di borgo di Sant'Isaia si hanno notizie certe dal VII secolo. Il sostantivo " borgo " stava ad indicare un raggruppamento esteso di case al di fuori della cinta muraria dell'urbe, in questo specifico caso al di fuori della seconda cerchia detta dei Torresotti. Con l'edificazione della terza ed ultima cinta il borgo come tale perse la sua identità divenendo zona compresa nel territorio cittadino. La via fino al 1568 era priva di sfogo fuori dalle mura, la porta fu costruita tra il 1567 e il 1568 demolendo la chiesa della Compagnia di San Pellegrino; questa poi venne riedificata subito dentro porta. IL primo nome della porta fu Porta Pia in onore di Papa Pio V appartenente alla famiglia bolognese dei Ghisilieri. Porta Sant'Isaia purtroppo venne demolita nei primi anni del "900 del secolo scorso a seguito dello scellerato desiderio di modernizzazione sostenuto dalla maggioranza politica e amministrativa in ambito comunale che s'impose alla corrente conservatrice distruggendo importanti simboli, fortilizi e monumenti plurisecolari. La porta si apriva sull'importante arteria che portava alla Certosa per poi proseguire fino a Casteldebole e terminare a Zola Predosa. Nel 1903 la struttura difensiva si trovava in cattive condizioni tanto che il crollo di una parte del suo cornicione ferì seriamente una donna, questo fatto sancì la sua definitiva condanna inglobandola nelle opere di smantellamento del Piano Regolatore del 1889.

In prima Liceo ritrovai nella mia stessa classe alcuni compagni con cui avevo condiviso gli anni all'interno delle aule della sezione B delle Scuole Medie Maria Federici. Non fu un caso, le rispettive madri desideravano per quanto possibile che i figli potessero continuare il loro percorso di studi assieme ai ragazzi che già conoscevano. Oltre a Giancarlo risultavano iscritti alla mia classe Marco Bellenghi, Federico M., Alberto P. e Gianni Sgaramagli, un quartetto di bravi ragazzi diligenti e studiosi che formavano un gruppo a sé stante anche al di fuori degli ambienti scolastici. Mentre erano solamente due le mie ex compagne delle Federici che seguirono il nostro stesso destino; Maria Cristina Caselli, i cui genitori avevano instaurato con i miei un rapporto di amicizia dovuto al fatto che mio fratello e suo fratello studiassero privatamente pianoforte presso la stessa insegnante, una distinta signora che abitava al piano terreno di un edificio dallo stile classico e importante sito in Piazza dei Tribunali. La signora Trebbi assai nota nell'ambiente musicale cittadino proponeva le esibizioni dei suoi allievi presso le sale e i teatri del Circolo della Stampa, del Circolo dei Farmacisti e del Circolo Ufficiali. Ambienti sfarzosi nell'ambito di prestigiosi palazzi d'epoca tardo medioevale o rinascimentale collocati nel pieno centro della città turrita. L'altra era Eleonora Motta. Naturalmente già legate da uno stretto rapporto di amicizia presero posto nello stesso banco come del resto feci io con Giancarlo avendo sempre cura di accaparrarmi una postazione in ultima fila cosa che del resto passava del tutto inosservata a causa della notevole statura di entrambi. Dal portone di casa a quello della nuova scuola camminando di passo tranquillo impiegavo meno di due minuti, ciò mi permetteva di dormire fino le otto meno un quarto, mezz'ora più che sufficiente per passare dal sonno profondo a un faticoso risveglio tra le mura quattrocentesche del Liceo. La prima campanella trillava alle ore otto e segnalava l'apertura dell'Istituto agli studenti, la seconda alle otto e dieci minuti e annunciava l'inizio delle lezioni. In realtà presto ci accorgemmo che fino alle otto e un quarto le inappuntabili e simpatiche bidelle in camice azzurro lasciavano entrare, a volte anche più tardi ma solo dopo che il ritardatario avesse tempestato di pugni la porta già serrata. La " dada " apriva appena quel tanto per sbirciare fuori e in quell'attimo si infilava un piede a mo' di grimaldello per garantirsi l'accesso. Brontolavano un po' sparacchiando nel vuoto minacce di ogni genere ma tutto secondo copione. Arrivare in classe per ultimo mi riusciva benissimo. Era stato un convento di cui però non ho mai conosciuto l'ordine religioso, gli ambienti scolastici occupavano una parte di un palazzotto di due piani più rialzato alto almeno come quattro piani degli edifici moderni, soffitti altissimi. L'ingresso alla scuola era interno, da fuori tramite una breve scalinata varcando un austero portone ad arco si accedeva ad un corridoio ampio e buio, freschissimo d'estate e gelido d'inverno, sul lato sinistro si notavano le entrate di alcuni appartamenti, dritto in fondo dietro ad una vetusta porta a vetri era una sala che teoricamente avrebbe dovuto essere utilizzata come palestra ma tale destinazione d'uso nonostante la saletta risultasse già attrezzata non venne mai concessa così il locale che fu dispensa delle monache veniva utilizzato solo per le assemblee d'Istituto, o meglio di quella parte d'Istituto perché trattavasi di una succursale, la sede centrale era in Via Santo Stefano. Da fuori l'edificio si mostrava serio e imponente, i muri tinti di un fu giallo ocra o forse di morbido arancione, la parte più bassa dalle sfumature più scure che scemavano via via verso il marroncino. Insomma avrebbe avuto bisogno di una sana rinfrescata ma la commistione tra proprietà pubblica e privata cui era soggetto lo stabile rendeva difficile e farraginosa la gestione di ogni faccenda riguardo ad eventuali opere di ripristino. Guardando all'in su, e bisognava piegare assai il collo all'indietro, si potevano osservare i cornicioni sporgenti e spioventi che cingevano il tetto, uno scivolo per la neve che si scioglie al sole a cui stare attentissimi, i candidi blocchi cadevano giù veloci e improvvisi e non di rado centravano gli incauti studenti che attendevano in strada l'ora di andare in classe, capitò anche che qualche distratto automobilista parcheggiasse proprio lungo il muro nella tarda mattinata di un giorno sereno successivo ad abbondanti nevicate, soldi per i carrozzieri in arrivo. Appena entrati nell'androne/corridoio del piano rialzato per raggiungere gli ambienti destinati agli studi liceali fatti pochi metri si prendeva la destra per inerpicarsi su per una scalinata tanto stretta quanto ripida composta di gradini alti e scivolosi, lì però la destinazione d'uso l'avevano concessa ma parliamo di nulla se consideriamo che al termine delle due anguste rampe si trovava un portoncino di legno dalle ante pesanti e molto strette. Era l'unica via d'accesso oltre alle finestre per chi fosse dotato di ali. Le finestre sul lato interno dei corridoi del secondo piano una via di fuga tramite i tetti dei caseggiati adiacenti l'avrebbero anche permessa ma naturalmente risultavano protette da massicce inferriate degne del Carcere di Regina Coeli, vuoi mai che le sorelle traverso quei varchi consentissero al demonio la via per le loro stanze. Le aule in tutto saranno state una dozzina delle quali una utilizzata dalle bidelle come deposito e magazzino e un'altra quale ufficio della Vice Preside. Stanze spaziose e ben illuminate dalla luce naturale che giungeva dalle finestre che non sto a descrivere perché gemelle a quelle delle aule scolastiche della scuola che avevo lasciato appena tre mesi prima. Banchi idem, pareva che avessero ivi trasbordato quelli delle Scuole Federici, insomma una somiglianza architettonica nel mattone e nelle suppellettili davvero impressionante. I servizi anch'essi figli di una ristrutturazione basica e solo parziale ma almeno quelli del secondo piano si dimostravano diversificati e spaziosi. Però i corridoi erano davvero spettacolari larghi tre metri e forse più, buoni per i momenti di pausa tra una lezione e l'altra perché al Liceo diversamente che alle scuole medie ad ogni cambio d'ora in attesa che giungesse il professore era concesso abbandonare la classe così come durante la ricreazione che durava quindici minuti teorici ma almeno venti reali. Un altro pianeta, ne ero entusiasta.

Eravamo una classe itinerante. Alla fin fine i conti erano stati fatti male e così risultava che in Via Schiavonia per la sistemazione di tutte le classi degli studenti mancasse un'aula. Toccò alla mia classe spostarsi da un'aula all'altra lasciata vuota per qualche ora dagli alunni " residenti " per i più svariati motivi, ore di ginnastica, Laboratorio di scienze, lezioni di Educazione Artistica fuori sede e via dicendo. All'inizio questi continui traslochi crearono una certa confusione, alunni e professori impiegarono qualche tempo per memorizzare la localizzazione della classe nel corso della settimana e le bidelle spesso giravano a vuoto prima di trovarci onde consegnare ai docenti comunicati e missive di servizio. Le lezioni si svolgevano dal lunedì al sabato, quasi sempre cinque ore al giorno. La classe composta appena di ventitré alunni s'accomodava facilmente ovunque e spesso un terzo dei banchi rimaneva vuoto perché tutte le aule, salvo una, erano molto più capienti di quanto ci potesse servire. Quell'unica che pareva fatta su misura per noi era al primo piano, appena superato il portoncino d'ingresso la prima porta a sinistra, a tutto legno verniciata bianco panna, di quella tinta che a secondo della luce tende al giallino velato oppure al beige chiarissimo. Per accedere si doveva superare un gradino quasi da stadio a conferma che l'antico stabile prima della trasformazione in edificio scolastico dovesse avere una disposizione degli spazi assai complessa. Era una stanza con finestre su due lati, uno che dava su Via Schiavonia e l'altro con vista sopra ad uno strettissimo vicoletto ad uso privato, così stretto che allungando un braccio fuori dalla finestra con la punta delle dita si riuscisse a toccare il muro rossiccio della casa vicina. Questa finestra l'avevo esattamente alle spalle e inclinando la sedia all'indietro, come avevano fatto migliaia di studenti prima di me, facevo poggiare lo schienale alla parete. Le gambe anteriori della seggiola rimanevano sollevate da terra di parecchi centimetri, la posizione risultava comoda ma bisognava rimanere immobili perché si trovava un equilibrio decisamente precario; a me non capitò mai ma a qualche altro mio compagno sì...un capitombolo rovinoso e rumoroso che suscitava reazioni diverse, gli scolari a ridere a crepapelle e gli insegnanti furibondi. Le ragazze erano in netta inferiorità numerica e questo in teoria avrebbe dovuto preoccupare i maschietti ma così non fu perché le signorine presenti i coetanei li guardavano appena attratte dai ragazzi più grandi delle classi superiori alcuni dei quali già diciottenni, salvo rarissime eccezioni. Avremmo dovuto attendere almeno un anno in modo da poter sperare nelle attenzioni delle " primine " verso le quali avremmo potuto mostrare un'anzianità di servizio sufficiente.

A tenerci a battesimo il primo giorno di scuola fu l'insegnante di Lettere, il Professor Martaglia, un trentenne anconetano di bell'aspetto dai capelli biondi e arruffati. Jeans e maglione, ai piedi le Clarks color sabbia coi lacci volutamente annodati lenti. Svolgeva bene il suo compito e presto ci accorgemmo che oltre che nel sapere amasse valutare i propri allievi testandone con nonchalance la quantità di materia grigia. Voci di corridoio sussurravano che il bel Martaglia avesse una tresca con una sua collega che insegnava nella vicinissima succursale di Via Santa Maria Maggiore, la Professoressa Valli, una giovane donna bionda, fascinosa ed elegante. Notizie comunque poco attendibili e mai confermate. Certamente i due presunti amanti rapivano le fantasie di molti dei loro discepoli che li osservavano così come la volpe guardava trasognante e frustrata i succosi chicchi d'uva che mai avrebbe potuto raggiungere. Romanticismo adolescenziale fine a sé stesso. Nel banco davanti al mio sedeva un ragazzo dai capelli lunghi e gli occhiali dalla montatura di metallo grigio, uno in gamba, di quei pochi che pur eccellente in tutte le materie di studio dimostrasse di essere vivace, brillante e divertente. Presto facemmo amicizia trovandoci in sintonia di pensiero e di ideali. Giovanni abitava in Via Belle Arti all'ultimo piano di uno stupendo palazzo rinascimentale che concedeva parte dei suoi spazi al Consolato di Monaco. Se poteva a scuola ti dava una mano volentieri, gli piaceva aiutare gli altri, e dal momento che a parte il Tema gli altri compiti in classe fossero appositamente comminati per file alterne in modo da evitare che i compagni di banco potessero copiare delle sue capacità ne faceva tesoro il compagno alle sue spalle, io. Per par condicio l'anno a seguire dietro a Giovanni prese posto Giancarlo. Tuttavia questo escamotage difficilmente portava i frutti sperati perché durante l'interrogazione orale i professori si rendevano presto conto che quello studente che pochi giorni prima aveva riportato un ottimo voto nello scritto della materia in oggetto in realtà " non ne sapesse mezza ".

Il mio sogno di libertà facilona s'infranse molto rapidamente, conclusi il primo quadrimestre con Inglese, matematica e latino insufficienti. Allarme rosso. Mia madre prese provvedimenti – " Adesso vai a lezione privata di Inglese e di Latino mentre la Matematica te la spiega tuo padre. Se non porti a casa delle buone valutazioni al basket non ci vai più! E idem per la gita in Sardegna che organizza la tua scuola, ci vai se prima dimostri che ti sei messo a studiare! ". Non avevo scelta, la pallacanestro era la mia vita e in gita ci volevo andare tutti costi, avevo saputo dagli alunni delle classi superiori che la organizzasse tutti gli anni il Professor Pini, che tra l'altro era il mio docente di Educazione Fisica, l'unica materia in cui potevo vantarmi di essere il primo della classe. Seppi anche che a questo esodo di massa in terra sarda avrebbero partecipato alunni di ogni età e sezione tra quelli presenti nelle due succursali. Pini tre o quattro tra i più affidabili ragazzotti di quinta cercava sempre di coinvolgerli in qualità di angeli custodi dei ragazzi più giovani, ciò gli permetteva di concedere la libera uscita serale a tutti e questo fatto bastava di per sé a fomentare ancor più il mio desiderio di volare sopra al Mar Tirreno. Buon viso e cattiva sorte recuperai in tempo. Il Professor Pini era patito per l'astronomia, da qualche parte in città aveva affittato un'altana e nelle notti serene ci rimaneva ore, gli occhi incollati ai suoi preziosi telescopi. I corpi celesti e l'isola che sorge al fianco della Corsica erano le sue passioni dichiarate. Piccoletto, scattante, spassoso ma ove fosse necessario severo e diretto; baffetti ben curati e un cappottone di pelle nera di stile militare. Le lezioni di ginnastica si svolgevano in Via Irnerio presso l'impianto dello Sferisterio, lo stesso dove quattro pomeriggi alla settimana andavo ad allenarmi assieme ai miei compagni del basket, la mia seconda casa. Questo centro sportivo era dotato di un campo da hockey a rotelle buono anche per giocare a calcio o a pallamano, un campo da volley adattabile a campo da tennis e un campo da pallacanestro. Il tragitto andata e ritorno lo facevamo in piena autonomia, veloci all'andata per non perdere preziosi minuti di sport e lenti e dispersivi al ritorno così da limare una buona mezz'ora alla lezione che ci attendeva a scuola. Era una consuetudine che provocava qualche blanda lamentela del docente di turno ma nulla più. Per le vie di Bologna durante le ore del giorno giravano da soli anche ragazzini di nove o dieci anni, non succedeva mai nulla di preoccupante anche se le lotte politiche e di classe, gli scioperi e le manifestazioni dei lavoratori già mostravano una preoccupante escalation di violenza che di lì a poco sarebbe esplosa negli " anni di piombo " i cui tristi e cruenti episodi avrebbero coinvolto direttamente anche la nostra città privando i suoi figli di quella atmosfera pacifica e serena che le era proverbiale.

Allo Sferisterio nel pomeriggio praticava sport anche Marco Bellenghi, specialmente durante i mesi più freddi. Era un ottimo tennista, un mancino molto veloce dai colpi secchi, potenti e precisi. Il campo da pallacanestro era l'ultimo in fondo così spesso per raggiungerlo mi capitò di vedere Marco intento a menar bordate, la pallina giallo fosforescente schizzava via dalla rete della sua racchetta con traiettorie velenose e difficilmente l'avversario riusciva a raggiungerla. Lo salutavo chiamandolo a voce e lui si girava sorridente alzando al cielo la racchetta per ricambiare. Studente modello, riservato, educato e produttivo. Ai primi di maggio lui era solito aver già chiuso i conti in ogni materia di studio, si offriva sempre volontario nelle interrogazioni orali che solitamente erano tre per quadrimestre. Così le rimanenti settimane di scuola poteva passarsele tracheggiando in tutta tranquillità certo che nessuno lo avrebbe più chiamato alla lavagna. Per questo lo ammiravo molto e anno dopo anno mi ripromettevo di emularlo in questa sua scelta tattica riuscendovi in vero molto raramente. Lui un espresso che correva sui binari, io una moto da cross a saltare tra le dune.

Via Schiavonia porta questo nome dal 1624, precedentemente, come risulta da un rogito del 1294, si chiamava Via d'Ungaria ma la strada esiste da tempi ancora più lontani e ciò si evince dal fatto che essa ricalchi un decumano d'epoca romana. Percorrendo Via Schiavonia in direzione di Via Galliera si incontrano interessanti antiche corti, la prima, sul lato destro vicino alla bretella che unisce Via Schiavonia a Via Santa Maria Maggiore, è composta da due piazzali comunicanti che formano una elle mentre per giungere alla seconda necessita proseguire dritto là ove la strada si restringe per poi subito riaprirsi a destra su di una piccola e aggraziata corte a pianta quadra. D'effetto è il basso voltone lungo pochi metri che sfocia dalla corte sul fianco della Chiesa di Santa Maria Maggiore con vista sulla Via Galliera. Molto probabilmente entrambi le corti nei secoli passati erano munite di murature e pesanti portoni atti a proteggerle nelle ore notturne così come fornito di serramenti doveva essere anche il voltone citato che appare opera con caratteristiche tipicamente difensive. Specialmente in epoca medioevale era solito che le famiglie altolocate proprietarie di edifici ad uso abitativo li mettessero in sicurezza ove fosse possibile tramite strutture in grado di custodire la residenza principale; le faide familiari dovute alle lotte di potere interne alla città erano molto frequenti in particolare tra le famiglie di fazione guelfa, maggioritarie e a favore del potere della Chiesa, in antitesi a quelle Ghibelline fedeli all'Imperatore del Sacro Romano Impero.

Via Belle Arti nasce dall'unione di due antiche strade: il Borgo della Paglia e il Torresotto di San Martino. Burgus Pallee è denominazione documentata dal XIII secolo e tale rimase fino alla riforma del 1873/77 con la quale fu unito alla Via del Torresotto di San Martino e ribattezzata con l'attuale odonimo di Via Belle Arti. Risale a tale riforma il tentativo (fallito) di nominare la strada col nome di Via Bentivogli in riferimento alla famiglia dei Bentivoglio il cui ramo non dominante ebbe qui il suo splendido palazzo tuttora esistente. L'Opinione che va per la maggiore sostiene che la via si chiamasse Borgo della Paglia perché anticamente vi fosse in questa zona il mercato della paglia e del fieno. Vi fu anche chi sostenne che in quest'area esistessero case e capanne dal tetto di paglia. Il Torresotto di San Martino, demolito nel 1842, doveva il suo nome alla vicina Chiesa di San Martino.

A cavallo delle vacanze di Pasqua Giancarlo, Mauro R. ed io partimmo per la Sardegna assieme ad una trentina di altri ragazzi del nostro Istituto sotto l'attenta guida del dinamico Professor Pini. Mauro era un ragazzino biondo, non molto alto e un po' in carne amichevolmente detto Ciccio, abitava a Borgo Panigale, stava al gioco ma fino un certo punto. Nel giro di qualche anno divenne un omone di quasi un metro e novanta. Un ragazzo allegro dalla battuta pronta. Il ritrovo era in Via dei Mille, ore cinque della mattina ci aspettava un torpedone blu da trentasei posti a sedere più quello dell'autista.

Ancora notte fonda ma noi ragazzi svegli ed eccitati pronti per l'avventura. Molto meno svegli i genitori che ci accompagnavano benché turbati da quel minimo di preoccupazione di chi magari concede per la prima volta ai figli un viaggio di alcuni giorni senza la famiglia appresso. Stipati dentro al pullman di riprendere il sonno non se ne parlava neanche, Mauro era seduto subito dietro a me e Giancarlo al fianco di un ragazzo di terza, un certo Pariscoli, figlio di un Ufficiale dell'Esercito, e in considerazione della sua età mantenevamo un certo rispetto nei suoi confronti nonostante lui cercasse fin da subito di approfittare del suo rango. Niente di che, con me e Giancarlo salvo l'atteggiamento un po' guascone non ci provò neanche, lo sovrastavamo di molti centimetri, mentre col Ciccio faceva un po' il bulletto ma in modo simpatico e mai manesco, comportamento che durò poco perché presto facemmo amicizia. Negli spazi aperti lo chiamavamo " Briscoli ", lui se la prendeva e cercava di rincorrerci ma era come se un rinoceronte pretendesse di inseguire una gazzella e quindi desisteva subito tossicchiando il fumo della sigaretta che faceva parte della sua mano come ne fanno parte le dita. Un torello dal fiato corto. Il più grande tra i presenti era Melcolcelli, un alunno di quinta alto e dalle spalle larghe come un armadio, un bel ragazzo moro sicuro del fatto suo che abitava nel mio stesso stabile. Vigilava su tutti pronto ad intervenire ve ne fosse il bisogno. Mi raccontò di possedere un'Honda CB 500 Four, ne rimasi molto impressionato ed ancor più lo fui al ritorno dalla Sardegna quando una mattina mentre davanti a scuola attendevamo l'ora d'entrare mi disse di seguirlo. Pochi metri dopo l'edificio scolastico era un garage a pagamento, procedemmo all'interno fino a giungere di fronte ad una moto coperta da un panno antipolvere. Con gesto un po'plateale tolse la copertura; magnifica, fine, potente, un sogno. L'Honda risplendeva, la carrozzeria dalla vernice metallizzata beige/bianco/oro, le marmitte cromate, la linea filante e imponente. Era un ragazzo serio e bravo, un esempio per i più giovani. Arrivammo a destinazione in tarda serata e tutti in piena forma, l'unico un po'provato era il Professor Pini, aveva gli occhi stanchi e gonfi, probabilmente aveva fatto venire l'orario della partenza ancora una volta incollato ai suoi cannocchiali telescopici. La cittadina si chiamava Alghero ed era di antiche origini risalenti al 1102 anno in cui la famiglia genovese dei Doria iniziò in loco la costruzione di una fortezza, la sua posizione orientata verso le coste spagnole conseguentemente all'intenso commercio marittimo influenzò l'architettura delle abitazioni e lo stile di vita dei suoi abitanti al punto da regalare a chi la visita nella sua parte storica la sensazione di percorrere le strade di una borgata spagnola. Ancora vige il detto che sostiene che la più bella spiaggia della Spagna sia quella di Alghero.

L'alberghetto non era male, a cena ci rimpinzammo di paella e frittura di pesce e salimmo in camera che erano quasi le undici. Noi compagni di classe in una stanza di tre letti più servizi. Chiusa la porta presi dall'entusiasmo frutto della lontananza da casa e della voglia di divertimento ci lasciammo andare a piccole e stupide bravate come bimbi sfuggiti al controllo materno, ma la stanchezza ci colse improvvisa. Alle ore sette del mattino successivo Pini bussò energicamente alla porta per darci la sveglia cogliendoci ancora profondamente assopiti tra le braccia di Morfeo, ma ci bastò spalancare la finestra per destarci all'istante. Nevicava, in Sardegna alla metà di aprile. Ma ci voleva ben altro per fermarci, in tre giorni dovevamo visitare metà isola, non avevamo tempo da perdere.

I fiocchi di neve cadevano fitti e farinosi; venivano giù lentamente come se planassero per giungere ancor più lievi sulle pietre millenarie dei nuraghi; come carezze che sfiorano appena il volto di un grande vecchio dormiente, con amore e rispetto nel timore di svegliarlo. Uno spettacolo indimenticabile. Tornavo in Sardegna dopo dodici anni, la terra dove ho vissuto il primissimo periodo della mia vita. A Platamona, ad Olbia e a Nuoro. Ricordi di ricordi, immagini sfuocate che risalgono dai meandri più profondi dell'anima e riprendono colore. Mio padre e mio nonno dal 1961 fino alla primavera del '63 lasciata temporaneamente Bologna approdarono sull'isola per avviare una piccola impresa edile, ma la vita, la realtà e soprattutto la terra nella sua essenza si mostrarono troppo diverse da quelle lasciate sul continente, troppo differenti dalla Valle Padana, in particolare da quella zona ove la pianura argillosa e grassa, fertile e odorosa s'incontra con le prime rampe degli Appennini. Un mondo che a mia madre appariva selvaggio e misterioso, affascinante ma crudo come cruda scorreva la vita di molti tra i suoi abitanti. Tornammo a Bologna con un paio di maschere di legno scuro da appendere alle pareti di casa, un arazzo giallo e bianco e una madia sarda anch'essa di legno nero intagliato a rilievo secondo i tipici decori della Gallura. Il vento a tratti s'alzava d'improvviso fischiando tra le torri dalla forma conica portando via la neve in vorticosi mulinelli. Un paesaggio esattamente uguale da migliaia di anni.

Il secondo giorno Pini ci portò in Costa Smeralda, correva l'anno 1975, in una giornata di sole assolutamente diversa da quella precedente, tiepida e luminosa. Porto Rotondo e Porto Cervo, le piazzette tutte per noi così come le vicine spiagge di sabbia bianca e fine e il mare dai colori così incredibili che il cielo invidioso scende giù fino all'acqua per rubarne le tinte. Qualcuno scova un pallone, quattro corse a piedi nudi, la sabbia tra le dita, il sapore del sale nell'aria sembra cercare le labbra. Si torna ad Alghero, siamo via da due giorni ma ci sembra di essere lontani da casa da un mese calati nei panni di giovani esploratori avidi di immagini, profumi, rumori e luci che giungono a colpire i sensi in modo deciso e irriverente. In albergo a tavola ci offrono una cena tipica delle tradizioni locali, ti aspetti il pesce ma i vassoi sono colmi di carni perché la pastorizia e l'allevamento sono ancora tra le attività più produttive, e poi formaggi pastosi e nutrienti, dal sapore forte, genuino e salato. Il pane è strano, si chiama pane carasau ma a noi abituati alla rosetta, la ciabatta e la crescenta sembra una piadina romagnola senza strutto e senza lievito, secca e friabile. Mangiamo in fretta perché ci attende una serata in discoteca e per molti è la prima volta, un avvenimento che a casa risulterebbe irrealizzabile, addirittura impensabile. Il locale è a pochi minuti a piedi dall'hotel, una via di mezzo tra una discoteca e un night club ma il Professor Pini conosce bene i gestori e quindi non c'è nulla di che preoccuparsi, quattro o cinque ragazze vestite da sera sono sedute sugli sgabelli davanti al bancone del bar, sono sgabelli alti con la struttura di metallo cromato e la seduta rotonda, spessa, soffice e ricoperta in pelle rossa; con loro c'è un gruppetto di uomini del posto, parlano e ci guardano divertiti. Fino a quella sera avevo ballato solo durante le festicciole casalinghe, musica lenta che usciva un po'distorta e gracchiante dal mangiadischi appoggiato sopra una mensola. I ragazzi e le ragazze più grandi si lanciano in pista, dalle casse gigantesche di cui è avvolto il locale il suono esce forte e nitido, i bassi pestano profondi come tamburi tribali. Una ragazza di terza se ne sta in disparte su di un divanetto viola, piange disperata e una sua amica la consola. Melcolcelli è un ragazzo serio e soprattutto fidanzato. Era una serata di un giorno infrasettimanale, quasi hanno aperto per noi, c'è chi si dà un tono, come Pariscoli che sta in piedi contro a una colonna a specchio a sorseggiare un Martini bianco. Io bevo Coca cola, Mauro prende il Martini pure lui e si piazza di fianco a " Briscoli " ad osservare le ragazze di terza, quarta e quinta che ballano in pista, ognuna a modo suo, John Travolta in Italia sarebbe arrivato l'anno seguente. Finalmente mettono i lenti, Giancarlo mi fa coraggio, puntiamo due ragazze di seconda e andiamo. Balliamo con due allieve del nostro stesso liceo ma appena conosciute, emozione, un po'd'imbarazzo. Una biondina dai capelli folti e gli occhi chiari, lineamenti delicati; mi arriva appena alle spalle ma è asciutta e proporzionata. Non riesco a spiccicare una parola ma lei ha un anno più di me e lo sa. – " Dai, andiamo a sederci comodi così ci conosciamo meglio! " – Parliamo, i suoi occhi hanno un bel taglio obliquo e sono di un celeste chiaro e intenso. Arriva imprevisto un cameriere e ci chiede che cosa prendiamo da bere. Non voglio fare la figura del bamboccio così ordino anch'io un Martini bianco, lei una cedrata. Quel poco d'alcol contenuto nel bicchiere zeppo di cubetti di ghiaccio è sufficiente a sciogliermi la lingua, parliamo un po', lei mi dice che è in seconda G in Via Santa Maria Maggiore e che abita in Via Nazario Sauro vicino alla Chiesa di San Gregorio e Siro, la mia parrocchia. Quando le dico che io sto in Via Marconi strabuzza un po'gli occhi. – " Io però in chiesa non ti ho mai visto, come mai? Frequenti un'altra parrocchia? " – Ed io – " Sì certo, da quando mio fratello ha fatto la Prima Comunione nella parrocchia di San Carlo vado lì pure io. " – Era vero, però ho mancato di dirle che a San Carlo ci andavo solo per giocare a basket nel campetto di pertinenza della chiesa, il mio rapporto con l'Ignoto tra ecclesiastiche mura interrotto prima della Cresima e ripreso quasi mezzo secolo dopo quando un po'stanco di ciò che mi aveva fino allora entusiasmato ho iniziato a guardare dietro agli specchi.

Fine serata, e che serata, ce ne torniamo in camera, io, Mauro e Giancarlo parlando fitto fitto, carichi come la molla di un orologio stretta fin quasi al punto di rottura e andiamo avanti a chiacchierare fino a tarda ora, ognuno a dipingere con più colore del dovuto le proprie imprese by night.

La mattina seguente a colazione vedo la " mia " biondina, ci salutiamo e mi sorride, mi riprometto di parlarle ancora, magari verso sera, dopo cena passeggiando sul lungomare Dante, la passeggiata di Alghero. Si sale tutti sul torpedone, l'ultima gita è dedicata alle compere e ai souvenir, Il nostro prof. di Educazione Fisica è sardo di adozione, conosce un sacco di commercianti che hanno la bottega incastonata tra le viuzze dalle case di pietra tipica dei paesini delle zone più interne; loro saranno contenti perché a quei tempi in aprile dal continente in Sardegna non c'andava anima viva; noi pure perché a casa non si poteva tornare a mani vuote. Tre o quattro soste lungo strade tortuose e ripide, il paesaggio intorno a noi è abbastanza brullo, pochi alberi dai rami distorti e le foglie ancora da venire, arbusti spinosi, ciuffi di verde, qualche macchia gialla di ginestre in fiore tra le chiazze di terra color sabbia e i sassi che stanno un po'ovunque. I muretti a secco a delimitare le singole proprietà. Pelli di pecora e di mucca conciate, non ci penso nemmeno, i mascheroni neri, ma a casa ne abbiamo già due, e i soliti oggetti ricordo che si trovano dappertutto, posacenere con l'illustrazione di un paesaggio marinaro oppure con i nuraghi e la scritta Sardinia. Ma l'ultima sosta si rivela quella buona, ci fermiamo da un produttore e rivenditore di vini locali, so che mio padre è un appassionato in materia e che gli piace il vino rosso e corposo; ne vendono uno che si chiama Canonau, Pini mi dice che è il vino più famoso dell'isola e me ne consiglia l'acquisto, un nettare rosso rubino che invecchiando tende all'aranciato, profumato e dal sapore sapido e caratteristico. Ne compro due bottiglie, l'ingegner Giuliano ne rimarrà contento. Lì vicino c'è un negozietto di souvenir e articoli da regalo, acquisto un foulard dalle tinte bianche, celesti e beige. A mia madre piacerà e lo indosserà spesso, soprattutto nelle fresche sere d'estate seduta con mia zia Lola e mia nonna Eugenia al caffè della Marisa lungo il Corso principale della sua città di nascita. Chioggia.

A pomeriggio inoltrato eravamo sul torpedone diretti in albergo, l'indomani saremmo partiti per rientrare a Bologna, si sperava che il buon Pini ci concedesse un'ultima uscita serale e per convincerlo tutti quanti eravamo iniziammo a cantare in coro: - " Professore stasera andiamo fuori! Professore stasera si esce ancora! " – Allora il professore, che sedeva subito dietro all'autista, afferrato e acceso il microfono solitamente ad uso delle guide turistiche dopo averci battuto sopra varie volte con la mano per ottenere il silenzio prese la parola – " Domani torniamo a Bologna, dobbiamo svegliarci all'alba quindi stasera dopo cena si va a letto, è ancora presto per ciò una volta giunti in albergo chi lo volesse può fare una passeggiata in città ma alle venti precise dovete essere tutti a tavola. " – Niente bis in discoteca dunque, però qualcuno propose due passi sul lungomare e in molti dopo aver riposto in camera gli oggetti acquistati ci ritrovammo nella hall pronti per uscire. C'era anche la biondina con cui avevo ballato la sera prima, passeggiammo lentamente fianco a fianco sul lungomare, il sole dipingeva il tramonto di colori infuocati che colavano sul mare come lava che scende dalle pendici di un vulcano. Ci sedemmo su una panchina per guardarci in silenzio lo spettacolo, all'orizzonte l'arancione e il rosso si stavano sciogliendo in tinte più tenui e chiare, rosa e giallo crema, si faceva sera e già si accendeva qualche lampione. Prima di alzarci per andare a cena parlammo un po'. – Mi prometti che rimaniamo in contatto vero? " – ed io risposi: - " Certo, un giorno che a scuola finisco a mezzogiorno vengo a prenderti all'uscita della tua succursale. " – Nemmeno ci scambiammo il numero di telefono, timidi e un po'confusi, tuttavia varie volte mi recai in Via Santa Maria Maggiore nella speranza di intercettarla ma la fortuna non mi arrise. Un sogno durato tre giorni.

Arrivati a Bologna il pullman ci scaricò esattamente nello stesso punto in cui ci aveva prelevato alla partenza, era quasi ora di pranzo e avevo una fame da lupo. Mi incamminai verso casa assieme a Giancarlo, oltre la fame iniziavo a sentire anche la stanchezza, quando entrai in casa la trovai vuota a parte la Cila, il cocker di famiglia che appena entrato mi riempì di feste impazzito dalla gioia come se fossi stato via per mesi con quella spontaneità senza veli di cui gli umani sono difficilmente dotati. Erano da poco passate le dodici così decisi di andare in camera a riposare un'oretta in attesa che tornasse mia madre e fosse pronto il pranzo; mollai in mezzo al corridoio il borsone da viaggio così che chi entrasse capisse che ero in casa. Il mio letto aveva il telaio di legno laccato di verde brillante, il copriletto di lana grossa a strisce orizzontali rosse e verdi mi piaceva molto ma lo trovavo fastidioso perché quando mi stendevo sul letto a pancia sotto mi irritava la pelle del viso. Chiusi la porta della camera nel timore che a breve rientrasse mio fratello e si mettesse in salotto a pestare sul pianoforte, abbassata la tapparella e spenta l'abat-jour mi stesi a pancia sotto con le gambe distese e le braccia lungo i fianchi. Chiusi gli occhi pensando che avrei fatto meglio a togliere il cuscino da sotto il copriletto per evitare il contatto con la lana. Un po' più tardi nel sonno sentii la voce di mia madre che con tono delicato mi diceva di svegliarmi e di andare a tavola. Era ora di cena.

In un attimo la primavera scappò via per lasciar posto all'estate, cieli azzurri, sereni e luminosi; a scuola si andava in maglietta, chi poteva permetterselo con la polo Lacoste a maniche corte, costava tanto e rappresentava uno status symbol a cui ambiva la gioventù benestante, non è che vi fossero molti colori tra cui scegliere, inizialmente si trovava solo bianca e la usavano i tennisti ma ben presto divenne un capo alla moda e quindi le rare rivendite del marchio col coccodrillo esposero in vetrina le prime Lacoste in tinta unita, blu, rossa e verde bottiglia. Solo qualche anno più tardi la ditta di abbigliamento francese sull'onda di un successo in continua crescita prese a commercializzare moltissimi altri colori. Gli ultimi giorni di lezione filarono via lisci, avevo già recuperato in tutte le materie e la promozione era assicurata, il destino di ogni singolo studente già deciso e chiunque era a conoscenza dei nomi degli alunni che non avremmo ritrovato l'anno venturo. Specialmente nel biennio le bocciature decimavano le classi il cui numero di scolari sarebbe comunque stato reintegrato da qualche ripetente. La testa già in vacanza e gli stivali nella scarpiera sostituiti dalle scarpe da tennis o da basket ma qualcuno già calzava delle strane scarpette di tela grezza colorata con la suola di corda, le prime Espadrillas prepotentemente tornate alla ribalta dopo secoli. Queste calzature infatti venivano prodotte artigianalmente in Spagna ed erano di uso comune nella zona dei Pirenei a partire dal XIV secolo soprattutto indossate da contadini e pescatori. Anche i docenti si erano adeguati al clima vacanziero, tenevano lezione in allegria pronti a condividere qualche momento di ilarità con gli allievi. Latino ce lo insegnava la Professoressa Mettieri, una donna piacente tra i trenta e i quaranta, un caschetto di capelli neri e lisci fino alle spalle, camicette di buona fattura e pantaloni aderenti. Era una brava insegnante; severa il giusto e caparbia nel metodo cercava di coinvolgere tutti e durante la spiegazione della materia amava porre quesiti a sorpresa. Abbandonava la cattedra e si posizionava in piedi con la schiena contro al muro rivolta verso la classe, era il segnale che annunciava l'inizio dei quiz. Negli ultimissimi giorni prima delle vacanze estive si divertì e ci divertì fingendo di voler torchiare uno dei suoi pupilli, Valerio Spinedi, un ragazzo studioso e disciplinato ma capace di lasciarsi andare ad atteggiamenti spassosi, gli piaceva imitare un personaggio del repertorio di Paolo Villaggio e ci riusciva anche bene, per questo motivo lo chiamavamo " il generalissimo Franz ". La Mettieri invece amava chiamarlo per nome specialmente quando poneva i suoi quesiti ruotando nel vuoto il dito indice per poi indicare il prescelto: - " Chi me lo dice? Me lo dice, me lo dice, me lo dice...Valirio! " – Perché la vocale "e " le usciva così stretta da sembrare una " i ". Ormai sapevamo che avrebbe rivolto la domanda a Spinedi e a mezza voce tutti assieme le facevamo eco mentre ne pronunciava il nome. – " Valirio! " – Cercavamo inutilmente di contenere le risa ma rideva pure l'interrogato che nel frattempo per aumentare la teatralità della scena si era alzato in piedi forte del fatto che la sua risposta sarebbe stata certamente corretta.

Il primo anno di Liceo fu in complesso gratificante, non che il mio sentire fosse radicalmente mutato, la scuola rimaneva un dovere e avrei preferito restarmene a letto a poltrire anche se spesso tra le mura del secolare ex convento riuscivo a divertirmi nonostante le scorie del rigoroso imprinting comportamentale ricevuto alle Scuole Medie.

La Chiesa di Santa Maria Maggiore sorge nella parte alta di Via Galliera ed è citata da una bolla papale del 1073 che la dichiara già esistente nella prima metà del VI secolo, era situata all'interno di un convento di monache benedettine ed orientata con l'abside rivolto ad est. Verso la fine dell'XI secolo fu completamente rifatta. Nel 1464 venne ingrandita prolungando le navate verso Via Galliera e realizzando una nuova abside. Nel 1665 la chiesa fu sottoposta ad un insieme di importanti lavori diretti dall'architetto Paolo Canali che le conferirono l'aspetto attuale con la nuova facciata porticata aperta sulla Via Galliera. Al posto della vecchia facciata fu costruito il presbiterio, il soffitto quattrocentesco a cassettoni fu rimpiazzato da una serie di volte a botte nell'ambito di una generale ristrutturazione secondo lo stile barocco, nel 1750 fu ampliata la cappella maggiore. Sconsacrata in epoca napoleonica tornò ad essere elevata a parrocchia nel 1876. La parte superiore del prospetto compreso il frontone triangolare fu realizzata nel1955. Danneggiata dal terremoto del 2012 fu sottoposta ad un notevole restauro e riaperta al culto nel 2019.

Capitolo 9

La succursale di Via Santa Maria Maggiore occupava il primo piano di un edificio di stampo moderno dalla facciata in pietra vista composta da mattoni dal colore rosso/aranciato allineati tra loro in senso longitudinale. Superato il primo ingresso ci si trovava al di sotto di un porticato che sfocia sul cortile interno di un palazzo d'epoca il cui accesso è rivolto verso Via Riva di Reno e il cui portone durante l'anno scolastico restava sempre aperto fino al termine delle lezioni in modo da permettere agli studenti di usufruire di una seconda entrata. L'ingresso vero e proprio del Liceo era protetto da una porta a vetri a doppia battuta oltre la quale dopo un breve pianerottolo iniziava una scalinata dai larghi gradini in muratura ricoperta di granito grigio chiaro. Raggiunto il primo piano sulla destra era un altro portone a vetri identico a quello sottostante che immetteva direttamente nell'unico ampio corridoio esistente al cui lato esterno erano posizionate sei stanze uso aula per gli studenti, una saletta professori e un piccolo magazzino riservato ai bidelli. Per gli operatori scolastici era stato posizionato di fianco all'unico accesso esistente anche uno spazioso tavolo di legno col piano ricoperto in formica abbinato a due seggiole in modo che potessero comodamente controllare gli ingressi e le uscite. Ai capi estremi del corridoio pavimentato a lastroni chiari erano i servizi, uno riservato alle femmine e l'altro ai maschi, professori e bidelli compresi. L'ultima aula in fondo prendendo la sinistra era stata riservata alla nostra classe per il nuovo anno. La seconda liceo iniziava, e sarebbe terminata, tra le mura della piccola succursale di Santa Maria Maggiore, unici della nostra sezione le cui rimanenti classi restavano tutte in Via Schiavonia. Esuli. Due bidelle presidiavano costantemente il corridoio pronte a zittire gli alunni chiassosi e a intimare a chi bighellonava in giro di ritornare in classe. La nostra aula era spaziosa, moderne finestre dal telaio d'acciaio zincato e vetrate isolanti di ultima generazione, pavimentazione in marmo nero striato di bianco, quando tirato a lucido una vera pista da pattinaggio sul ghiaccio, sarebbero state indicate calzature dalla suola di gomma ma la moda prevedeva scarpe e stivali col fondo di cuoio e in un paio di situazioni durante l'assenza dei docenti facendo il mio numero mi trovai a gambe levate come del resto quasi chiunque si movesse senza estrema precauzione. Al soffitto, in vero abbastanza basso, erano fissate delle brutte e fredde lampade al neon sostenute da un telaio rettangolare di metallo nero così che più che all'interno di una scuola pareva di stare dentro a un ufficio o nella sala d'aspetto di un poliambulatorio. Tutto funzionale, discretamente attuale e molto impersonale. Una scuola senz'anima e senza storia. I banchi erano recenti, metallo, legno e formica azzurra sul pianale; le sedie quelle classiche che ancora oggi si trovano in molti istituti scolastici. Non mi piaceva, nulla a che fare con la succursale di Via Schiavonia, una scuola viva, colorata e spaziosa. Le altre classi presenti facevano tutte parte della stessa sezione così noi rimanemmo un po'esclusi da quel minimo di relazioni sociali da corridoio, alla biondina della gita in Sardegna non ci pensavo più da mesi e nemmeno lei a me, la vidi per mano di un ragazzo all'uscita da scuola e quando le passai vicino mi accorsi che volse lo sguardo verso il suo intimo amico come volesse evitare di salutarmi.

Qualche coetaneo della sezione G in verità lo conoscevo e anche abbastanza bene, C'era Mirko Rocchi, giocatore della Fortitudo Basket, Eugenio E. della Virtus e Michele Giannattasio che giocava per una società meno importante ma comunque molto bene e che a volte incontravo anche nei campetti di quartiere.

Le finestre già brutte negli infissi mancavano di tende, nei mesi caldi per proteggerci dai raggi solari avremmo dovuto chiudere parzialmente le orribili tapparelle purtroppo considerate dal costruttore dello stabile più gestibili e meno impegnative rispetto agli scuri di legno i quali d'altronde non si sposavano con le linee moderne delle strutture edificate negli anni ''60/70. Ma le tapparelle non erano ancora di quelle fatte di plastica leggera resistente e colorata ma composte da pesanti listelli di legnaccio povero appena passati da una mano di spento beige tenuti assieme da fragili giunture metalliche. Le cinghie di trazione erano di corda che si sfilacciava e spezzava di frequente così che le tapparelle rimanevano per mesi storte e bloccate a metà corsa. Dopo essere state sistemate varie volte le bidelle consegnarono in classe una circolare nella quale si pregavano alunni, professori e inservienti di lasciare le tapparelle alzate e non toccarle mai più. Fortunatamente per noi Via Santa Maria Maggiore come la maggior parte delle laterali di Via Nazario Sauro era stretta abbastanza da consentire al sole di arrostire le finestre solo nelle ore centrali delle giornate.

Degli insegnanti dell'anno precedente ritrovammo solo il Professor Martaglia e complessivamente i nuovi arrivati si mostrarono da subito parecchio esigenti e severi, in particolar modo la docente d'inglese e peggio ancora quella di matematica. Meglio invece la Professoressa Grossi titolare della cattedra di Latino e Storia, una signora gioviale, equilibrata e coinvolgente, subito ben voluta e disponibile alla programmazione delle interrogazioni diversamente dalla competente ma spigolosa Professoressa Tomelli che in classe si limitava a parlare esclusivamente la Lingua Inglese e della sua collega di Matematica Professoressa Troccoli, una donna ancora giovane ma grigia e per nulla empatica. Esigevano che noi fossimo sempre pronti. Loro interrogavano a caso quando e come volevano concedendoci la gentilezza di informarci appena in anticipo riguardo alle date delle prove scritte anche perché diversamente nessuno avrebbe portato con sé il foglio protocollo necessario, che fosse a righe o a quadretti rimaneva quale simbolo di angoscia e preoccupazione. In particolare durante le ore della signora Troccoli almeno la metà degli alunni maschi risultava assente corsi a rinchiudersi all'interno dei servizi prima dell'arrivo della temuta professoressa. I più agili e terrorizzati pronti a raggiungere la strada scivolando lungo al tubo della grondaia. Non si rivelò comunque né cattiva d'animo né troppo severa nelle valutazioni di fine anno promuovendo la quasi totalità degli alunni tra i quali anche coloro che non fossero pienamente sufficienti. La signora Tomelli invece perdeva la bussola molto facilmente, diveniva una furia iraconda, gli occhi dall'iride chiarissimo e gelido pareva volessero schizzar via dalle orbite; strillava stizzita e non tollerava interdizioni. Bontà e compassione non le appartenevano, brava sì, ma se non eri sufficiente gli diventavi antipatico e ti tartassava senza pietà.

I freni inibitori propri della pubertà ormai erano completamente saltati, mediamente studiavamo ma il nostro comportamento in classe spesso oltrepassava il limite di sopportazione degli insegnanti. Durante la ricreazione scoppiava il caos, palle di carta, elastici e pezzi di pane volavano da un banco all'altro, qualcuno tra i più tranquilli diventava sistematicamente vittima delle attenzioni dei più vivaci anche se di fondo regnava un reciproco rispetto e mai nessuno subì atti di bullismo. Anche durante le lezioni l'atteggiamento di una parte della classe oltre che essere distratto non mancò in alcune occasioni di rivelarsi poco rispettoso. Niente di che, ma fare gli stupidi tra di noi mentre il professore si dilungava negli approfondimenti dell'argomento in oggetto ci aiutava ad ammazzare la noia. Passati i primi dieci minuti la nostra capacità di concentrazione si esauriva senza riserva e mentre i più compassati giocavano a tris o alla battaglia navale i più molesti arrivavano a scambiarsi boccacce e smorfie ridicole; anche quelli più studiosi. Le ragazze facevano mondo a sé, sempre tranquille o tutt'al più impegnate a chiacchierare sottovoce.

Martaglia alzò gli occhi dal testo che ci stava leggendo e ci colse sul fatto. Senza che noi ce ne accorgessimo ci osservò affranto mentre ci divertivamo a imitare le scimmie, Giovanni, Michele C., Giancarlo ed io. Non ci diede nemmeno il tempo di fiatare che già si era alzato in piedi, raccolte al volo le sue scartoffie e buttate dentro la sua logora borsa da lavoro prese la porta e se ne andò. Il giorno dopo avevamo nuovamente lezione col professore di Ancona, ci sentivamo un po'in colpa, era una brava persona, un libero pensatore che cercava di essere innovativo; ci ripeteva spesso che la realtà non va unicamente osservata e giudicata ma che bisogna avere il coraggio di proporre e trovare delle soluzioni. Ci comportammo bene cercando di dimostrargli il nostro pentimento.

Intensificai il mio rapporto di amicizia con Giovanni, non eravamo più ragazzini e non passavamo il nostro tempo libero esclusivamente a fare gli stupidi o a praticare sport. A entrambi piaceva scrivere, introversi e un po'umorali ma bisognosi di confrontarci riguardo a quegli ideali e ai quei valori che andavamo cercando al di fuori di noi stessi. Ancora troppo giovani per riuscire a leggere tra le righe, a interpretare la realtà razionalmente senza essere condizionati dalla morale, dal senso di giustizia e soprattutto dai sentimenti. Una lotta intestina tra la voglia di vivere la nostra giovinezza liberi da ogni pensiero e il bisogno di crescere e di capire. Finita l'epoca dei ritrovi tra le mura domestiche ci incontravamo in centro a metà strada tra la sua e la mia abitazione all'incrocio tra le Vie Indipendenza, Augusto Righi e dei Falegnami per poi dirigerci verso il cuore della nostra città, Piazza Maggiore.

-" Mamma esco con Giovanni! Andiamo a fare un giro in centro, sto via un paio d'ore tanto oggi non ho allenamento e posso studiare quando torno! " - - " Va bene! Visto che vai in zona ti dò i soldi e mi vai a comprare il pesce fresco alla

Pescheria del Pavaglione. " - - " Sì va bene ma non so dov'è. " - - " Ma se ti ho già mandato la settimana scorsa! Comunque è in Via Pescherie Vecchie, quando ti chiedo di fare qualcosa dopo pochi giorni ti sei già dimenticato di averlo fatto! " -. E figurarsi se non mi appioppava una commissione. Lei che di origini marinare al pesce non poteva rinunciare. La mamma da qualche anno aveva perso il gusto di andare in centro a fare compere, aveva dovuto riprendere l'insegnamento perché non voleva che ci mancasse nulla, mio padre aveva chiuso lo studio quando mio nonno raggiunta e superata l'età pensionabile aveva detto basta per dedicarsi a una delle sue passioni redditizie, tradurre testi di ingegneria dall'Italiano al Francese e viceversa. L'Ingegner Giuliano di mandare avanti da solo lo studio tecnico di Via Parigi non se la sentiva, troppo misantropo e serioso per relazionarsi con i clienti e sprovvisto della cordialità e la disponibilità necessaria, decise quindi di dedicarsi all'insegnamento della Topografia e ottenuta in breve l'abilitazione dopo qualche anno di lavoro passato a Modena ricevette la nomina di ruolo presso un Istituto per geometri cittadino, il Pacinotti. Lo stipendio era discreto e sicuro ma certamente inferiore agli introiti che gli aveva reso l'esercizio della libera professione così la Gabriella che non amava affatto fare la casalinga colse la palla al balzo. Al pomeriggio mamma ormai restava quasi sempre in casa ad accudire e controllare gli studi del suo secondo genito sognandone ad occhi aperti una mirabolante carriera di pianista, appassionata di musica classica prese a comprare 33 giri in vinile al Disco d'oro, un negozio specializzato ove io stesso andavo ad acquistare i dischi di musica leggera. Un bell'esercizio molto rifornito a due passi da casa che oggigiorno opera in Via Galliera e continua ad essere un punto di riferimento e d'incontro per gli appassionati di musica di qualsiasi genere. Io ci andavo volentieri, si potevano ascoltare i dischi nuovi in cuffia e spesso ci passavo una mezz'ora in beata solitudine senza spendere una lira.

Di passaggio per Via dei Falegnami capitava che avessi in tasca un po' di moneta e allora affascinato dalle sue vetrine mi fermavo davanti a un negozio di dolciumi a rimirarne le leccornie esposte. Sembrava una bottega appartenente a un mondo magico e fuori dal tempo. La Drogheria della Pioggia, ci potevi trovare un po' di tutto specialmente quegli articoli di nicchia ad uso quotidiano che non si trovavano più da nessuna parte. Io ci andavo per le caramelle, quelle contenute nei barattoli di vetro allineati a decine e zeppi di delizie di produzione artigianale. Ci trovavamo sotto al portico, capelli lunghi, blu jeans aderenti, così aderenti che per infilarli bisognava distendersi sul letto e quando ti alzavi dovevi verificare che non stringessero da far male; maglione a collo alto, giubbotto scuro e stivaletti di pelle neri con la cinghia. Prima di procedere verso la piazza a volte facevamo una puntata da Altero, doppia pizza al taglio, buonissima e dal sapore unico e inconfondibile, spesso ci toccava metterci in fila e aspettare che sfornassero una nuova teglia perché le pizzette sparivano in un attimo. Una sosta immancabile per chi passa da Via Indipendenza. Si usciva dal negozio stringendo tra le mani un cartoccio bollente e goloso e ci si incamminava, perché si faceva così, si mangiava passeggiando lentamente al riparo dei portici. In Piazza ci soffermavamo a guardare tutto lo splendore che ci circondava, lì vicino, in una stradina nascosta tra la Chiesa di San Petronio e la Via D'Azzeglio, era un esercizio di una signora la cui figlia mi raccontava Giovanni fosse molto attraente, una misteriosa ragazza della nostra età che tale rimase. Mai vista. A seguire tre o quattro vasche sotto al portico del Pavaglione, tutte le ragazze più affascinanti ed eleganti di Bologna passavano di là. Giovanni una volta rimase colpito da una giovane donna, una mora dai capelli luminosi e fluenti e gli occhi di brace. Indossava un cappotto nero di lana con la cintura stretta in vita e gli stivali alti col tacco da dodici. Ci fermammo di botto come fulminati ad osservarla mentre ci sfilava accanto. Dopo qualche secondo di silenzio Giovanni mi piantò lì per raggiungere di corsa la ragazza che certamente una decina di anni più di noi doveva averli. Bella era bella e al di fuori dal comune ma non riuscivo a capire che cosa sperasse di ottenere il mio amico, indiscutibilmente un bel tipo ma nel caso specifico davvero troppo giovane. Lo guardai mentre riagguanta l'improbabile preda le si parò davanti sorridente e loquace. Bravo lui. Io me ne rimasi fermo sul posto dove il mio amico mi recuperò passati alcuni minuti. – " Ma che cosa le hai detto? " – Gli domandai ancora allibito. – " Nulla, le ho semplicemente detto che è bellissima, mica mi vergognavo tanto per lei noi siamo due sbarbi liceali. " – Riprendemmo il nostro girovagare per dirigerci verso una sala giochi incastrata tra Via Oberdan e le Due Torri. Allora di giochini elettronici ce ne stavano ancora pochini, si andava li soprattutto per le partite a calciobalilla e in particolare per le sfide a ping-pong, ambe due tiratissime e sempre avvincenti. Fin quando guardando un attimo di là dai vetri ci accorgevamo che si era fatto tardi, il cielo cupo e le luci di strada già accese. Si pagava il dovuto e si scappava fuori prendendo vie diverse per rincasare, lui giù per Via Oberdan, io tagliando verso Via Indipendenza. – " Ci vediamo domani a scuola! " - - " Ok, cerca di studiare un po' di Matematica che prima o poi la Broccoli ti pesca! " – Lui in matematica era un fenomeno, io nonostante l'aiuto di mio padre non ci capivo nulla ma in classe c'era anche chi ci capiva meno e quindi mi sentivo abbastanza tranquillo. Tra noi c'era un rapporto di competizione ma anche di reciproca ammirazione, così diversi eppure molto simili. Di quelle amicizie che si vivono solo durante l'adolescenza, profonde, spontanee e sincere. Poi il tempo e le situazioni cambiano le persone.

Anticamente Via dei Falegnami e Via Augusto Righi erano considerate una unica via. Alla fine d l XVI secolo con Via Imperiale si indicava un percorso che andava da Via Galliera a Via delle Moline. In questa zona erano presenti molti artigiani che lavoravano il legno probabilmente a causa della vicinanza del Canale di Reno che veniva utilizzato per il trasporto mediante fluitazione dei tronchi d'albero. Il Canale di Reno azionava anche molte segherie ad energia idraulica.

Via d'Azeglio, adiacente a Piazza Maggiore, è sempre stata luogo importante in relazione alla vita politica, sociale ed economica della città. Fino al 24 gennaio 1866 questa strada veniva chiamata Platea Major poi il Consiglio Comunale approvò la proposta d'intitolare la via al Marchese Massimo Taparelli d'Azeglio genero di Alessandro Manzoni e commissario per le Romagne. In questa strada si affacciano pregevoli palazzi storici a cornice dei numerosi esercizi commerciali di rilievo che costituiscono uno dei più importanti centri dello shopping cittadino. Il famoso cantautore Lucio Dalla ha qui dimorato per parecchi anni.

In Via Oberdan dal 1777 fino al 1977 era collocata sul davanzale di una finestra di Palazzo Bersani la statua del cane Tago voluta in sua memoria dal Marchese Tommaso de Buoi, un bracco tedesco Weimaraner che il nobiluomo aveva trovato abbandonato in campagna. Tornato il Marchese da un lungo viaggio il suo fedele amico dalla felicità di rivederlo si lanciò dalla finestra per andargli incontro perdendo la vita schiantandosi al suolo. Il de Buoi affranto dal dolore per riconoscenza volle che la terracotta raffigurante il suo cane fosse posizionata proprio davanti al davanzale dal quale era caduto. La statua passati duecento anni trovandosi in cattive condizioni fu oggetto di un accurato restauro ed ora si trova esposta presso le Collezioni Comunali d'Arte del Comune di Bologna. Era usanza dei bolognesi passare per la via e fermarsi un istante ad osservare la scultura di Tago la cui commovente storia viene tutt'ora tramandata di generazione in generazione.

Via dell'Indipendenza. IL Progetto di una strada che unisse il centro città con la zona nord divenuta di grande importanza a causa della presenza dello snodo ferroviario sulla tratta Bologna-Ancona fu approvato nel 1862 ricevendo la dichiarazione di pubblica utilità nel 1865 negli stessi anni della proclamazione del Regno d'Italia da cui prende il nome. I lavori dopo lungaggini e interruzioni si completarono nel 1888 mediante smembramenti e rimaneggiamenti di antiche e contorte stradine ammassate lungo la direttrice indicata nel progetto d'opera. La creazione della monumentale e rettilinea arteria contribuì a riqualificare in maniera significativa una zona precedentemente tra le più degradate dell'urbe. Oggi è probabilmente la via di passeggio per eccellenza grazie alla presenza di numerosi e raffinati esercizi commerciali le cui vetrine si aprono al riparo dei caratteristici portici che l'accompagnano da un capo all'altro. Provenendo da nord Via Indipendenza al suo termine regala un pittoresco e indimenticabile scorcio su Piazza del Nettuno con sullo sfondo parte di Piazza Maggiore e della Basilica di San Petronio.

Il Professore di Religione era Don Sergio Livi, Priore della Comunità monastica di Santo Stefano e Rettore della Basilica delle Sette Chiese. Un toscano verace di Bucine, uomo di ottima cultura e di spessore, carismatico e lungimirante. Un religioso moderno dalla profonda spiritualità dotato di una eccellente capacità di analisi. Simpatico, ironico, buono ma tosto. Occhiali squadrati dalle lenti grosse, spesso sorridente, ottimo ascoltatore. Un punto di riferimento per i suoi alunni dalla cui totalità era benvoluto e da molti cercato non solo come docente ma anche come padre spirituale e maestro di vita. Sapeva indicare la via, sapeva portare luce e conforto calandosi direttamente nel quotidiano. Durante le ore " buche " si rendeva disponibile per chi avesse bisogno di una sua parola o di un suo consiglio, riceveva gli alunni in sala professori e nessuno del corpo insegnanti mai si lamentò del fatto che così facendo Don Livi distogliesse gli studenti dalle lezioni in corso di svolgimento. Partecipava spesso alle gite di classe felice di condividere esperienze extra scolastiche con i suoi discepoli. Chi aveva bisogno di lui sapeva sempre dove trovarlo. Piazza Santo Stefano, la Basilica delle Sette Chiese, un posto carico di storia, di cultura e di magia; un gioiello di arte e architettura. Bastava entrare in chiesa e chiedere di lui ai confratelli e il " Don " veniva a prenderti, difficilmente vestito col completo nero, la camicia grigia e il rigido colletto bianco, gli abiti che portava a scuola. All'interno della Casa del Signore indossava l'abito monastico, la cocolla di pesante stoffa bianca pieghettata. Professore e uomo di chiesa, un connubio che riusciva a gestire con grande equilibrio e naturalezza. Ti faceva strada lungo i sacri ambienti plurisecolari, il profumo d'incenso e quello dolciastro della cera che si scioglie; un senso di pace, di quiete, d'ombrosa serenità pacatamente illuminata dalla fiamma delle candele ma qua e là trafitta dai raggi solari che giungono dall'alto come lame di luce traverso i vetri delle finestre ad arcata singola. Poi all'aria aperta al di sotto del porticato dello splendido chiostro sul cui colonnato si possono notare alcuni capitelli composti da immagini inquietanti e grottesche: La figura di un uomo schiacciato da un enorme masso e la rappresentazione di un volto con la testa girata di centottanta gradi. Nel suo studio le pareti intonacate di fresco, i libri, i quadri, la solida scrivania toscana del XV secolo dal legno scuro e le gambe lavorate a torciglione.

Non insegnava tanto la religione quanto piuttosto cercava di dipanare ai nostri occhi la realtà carpendola nella sua essenza e mediandola tramite un percorso interiore che alleggeriva l'anima dal peso e dai dubbi che porta con sé l'adolescenza. Veniva a scuola a piedi con la sua busta di pelle sotto braccio e nell'altra mano quasi sempre un ombrello perché diceva che nulla su questa terra dura in eterno, soprattutto le belle giornate di sole e allora un riparo dalla pioggia bisognava averlo, così come dalla neve che d'inverno a Bologna fioccava abbondante e volentieri. Qualche volta s'arrabbiava e le sue guance si facevano rosse come il Chianti delle sue terre, pochi secondi e riusciva a tornare in sé dispiaciuto di non essere stato in grado di trattenersi perché l'ira, affermava, non porta mai con sé niente di buono. Un personaggio pubblico e conosciuto per la sua schiettezza e il coraggio di non nascondersi mai dietro l'abito che portava.

Alla Santa Messa di Natale, quella notturna a cavallo della mezzanotte, ci si andava in tanti e la Chiesa maggiore di Santo Stefano, quella a cui si accede direttamente dalla piazza, era sempre stipata di giovani, in particolar modo di studenti liceali o di chi lo fosse stato tra le mura del IV Liceo Scientifico. Una festa, una tradizione che si perpetrava negli anni. Bisognava andare presto e già era un successo riuscire ad entrare, trovare posto ai banchi impossibile salvo arrivare con un'ora e più d'anticipo. Finita la funzione si usciva e ci si fermava sul piazzale di rimpetto alla facciata per scambiarsi gli auguri e magari accordarsi per fare qualcosa insieme durante le festività natalizie. I ragazzi ben calati nel cappotto di Loden blu o color biscotto, magari grigio e difficilmente verde che era il colore prescelto dagli adulti; oppure avvolti dal giaccone di montone. Le mani in tasca, le sciarpe a proteggere il collo e le orecchie dal gelo. Le ragazze più eleganti fasciate dai cappotti con la cinta in vita, i più lussuosi in lana di cammello. I più giovani attesi fuori dai genitori, le signore in pelliccia e i signori col trench o il soprabito elegante, i guanti di pecari e il cappello a tesa larga. Lungo la via di casa si salutavano gli amici e prima di andare a dormire una volta rientrati tra le mura domestiche ci si scambiava di nuovo gli auguri nell'intimità familiare brindando con lo spumante, l'Asti Gancia o il Cinzano; e poi s'affettava il panettone mentre le mamme portavano in tavola le tazze fumanti di cioccolato caldo. Le vacanze di Natale duravano sempre troppo poco e segnavano la fine del primo periodo dell'anno scolastico, quello durante il quale studiavano davvero solo i " secchioni ", ma alla ripresa delle lezioni bisognava che tutti cominciassero ad aprire i libri di testo perché il quadrimestre stava per finire e anche chi fino ad allora fosse riuscito a schivare le interrogazioni e saltare i compiti in classe sapeva che l'ora dei conti si stesse facendo sempre più vicina. Bisognava recuperare, cercare di ridurre al minimo il numero delle materie insufficienti o quantomeno alzare la media dei voti già ricevuti per dimostrare ai vari insegnanti che ci fosse la volontà di mettersi in riga. Magari se in una materia eri tra il cinque e il sei prima degli scrutini potevi chiedere udienza a Don Livi e lui certamente avrebbe perorato la tua causa convincendo chi di dovere a regalarti quel mezzo punto in più per ottenere la sufficienza in pagella. Ma non tutti i professori avevano orecchie e cuore per le suppliche del Priore di Santo Stefano, non certo la professoressa Tomelli che i voti li arrotondava sempre per difetto. Un'amabile signora.

Nel secondo anno di studi liceali lasciammo sul campo solo un paio dei nostri compagni di classe. Passare indenni il biennio era già un bel successo.

Pochi giorni prima del termine delle lezioni noi ragazzi di Santa Maria Maggiore fummo ufficialmente sfidati da quelli di Via Schiavonia, una partita di basket, un derby sentitissimo organizzato dal Professor Pini e dal suo collega Professor Zalla. Attorno al campo dello Sferisterio si erano divise le due folte fazioni di tifosi, la squadra della nostra piccola succursale era data per sfavorita, un gruppetto di giocatori di ottimo livello ma tutti di quindici o sedici anni che avrebbero dovuto scontrarsi con ragazzi quasi tutti di quarta e quinta di cui molti giocavano anche in formazioni seniores, tra loro era anche Stefano Michelini un mancino non molto atletico ma ostico, spigoloso e dal tiro piazzato micidiale che molti anni dopo avrebbe commentato le partite di basket per la Radio Televisione Italiana. Gli avversari ci presero sottogamba e incredibilmente Il team di Santa Maria Maggiore in pochi minuti creò un solco tra le due formazioni chiudendo il primo tempo con un buon margine di vantaggio (i tempi regolamentari erano due di venti minuti l'uno). Nella seconda frazione la compagine di Via Schiavonia mise in campo il suo quintetto migliore certa della vittoria finale. Si faceva sul serio e si giocava duro, Michele Giannattasio fu protagonista di una prestazione eccellente ed io infilai una serie di sospensioni dalla distanza sotto lo sguardo stupito dei più esperti e massicci avversari. Due secondi alla fine settanta pari, Michele salta l'uomo e appena il mio difensore corre a chiudere su di lui mi scarica la palla, vado a canestro da sotto ma il loro centro pur di non farmi segnare mi molla una spallata che mi manda fuori dal campo. L'arbitro fischia, due tiri liberi. Vado in lunetta un po' teso, fin lì diciannove punti realizzati. I tifosi avversari urlano e fischiano come pazzi, una bolgia infernale. Il primo tiro balla sul ferro e quando sembra entrare prende un effetto beffardo ed esce. – " Oh! Questo le devi mettere! " – . Mi urla Michele. Va dentro. Vinciamo di uno. Giannattasio (Atta per gli amici) è il miglior realizzatore della partita con ventidue punti a referto.

Ultimo giorno di scuola, ultima campanella. Ci si fionda giù dalle scale mentre già volano i gavettoni, palloncini precedentemente riempiti d'acqua. Poca roba, la battaglia vera avrà luogo a metà strada tra noi e i ragazzi di Via Schiavonia. Ci incontriamo dietro la Chiesa di Santa Maria Maggiore, noi un gruppetto e loro uno squadrone. Non c'è storia, ci rovesciano addosso un diluvio universale, catinelle d'acqua a iosa, avevano sottratto i secchi per le pulizie dal magazzino delle bidelle! Una piccola rivincita.

Chiesa di Santo Stefano: Secondo la tradizione il nucleo originale del complesso fu elevato nel corso del V secolo d.C. per volere del vescovo Petronio sulle rovine di un antico tempio pagano dedicato alla dea Iside. Realizzato con l'intenzione di imitare la struttura del Santo Sepolcro di Gerusalemme si sviluppò progressivamente in un complicato e affascinante dedalo di edifici collegati tra loro che lo rendono uno dei monumenti romanici più interessanti di Bologna. Ogni porta d'ingresso alle diverse chiese che lo compongono regala un viaggio attraverso il tempo. Tutti gli edifici presenti portano segni di influenze romane, bizantine, longobarde, franche, ottomane e benedettine avvolte da un'atmosfera romantica conseguente ai restauri avvenuti tra la fine del milleottocento e l'inizio del millenovecento.

Capitolo 10

Sul farsi dell'estate Giancarlo informò Giovanni e me che suo cugino Massimo stava organizzando una festa nella taverna di casa sua e ci chiese se fossimo disponibili a partecipare e a dare una mano riguardo all'allestimento del locale. Sulle prime ci mostrammo un po' titubanti ma Giancarlo calò dalla manica l'asso decisivo per ottenere senza riserve il nostro consenso. – " Guardate che sarà pieno di penne! (ragazze nel gergo bolognese anni "70). – Il pomeriggio seguente ci trovammo tutti e tre in Via Marconi davanti all'ingresso dello stabile in cui abitava la famiglia Tonelli. Giovanni in sella alla sua Vespa Primavera 125 ET3 grigio argento., io col mio DKW 125 cc bianco e Giancarlo con una Vespa Primavera 125 dal tradizionale colore blu. Partenza verso Via Guidotti, la seconda trasversale sulla destra fuori porta Saragozza. Una zona elegante e alberata composta per lo più da distinte ville in stile neoclassico costruite tra la fine del XIX secolo e l'Inizio del XX. Passiamo sotto l'arcata carrabile del portico che corre verso San Luca e imbocchiamo la via percorrendo un tratto di leggera discesa, sulla destra adiacente al portico è un palazzo degli anni "60 alto sei o sette piani dalla tinta giallo ocra nel rispetto dei colori rosso/aranciati di Via Saragozza. Subito dopo ci fermiamo difronte ad una larga e robusta cancellata in ferro battuto pitturata di grigio. Siamo arrivati, sopra le nostre teste le fronde ricche e prosperose degli ippocastani, passato qualche mese là sotto sarebbe stato meglio prestare attenzione alla caduta effetto grandine delle castagne matte e dei loro involucri spinosi. Oltre alla barriera un cortile ghiaioso abbastanza vasto che gira tutt'attorno alla villa a pianta quadra, la parte bassa dei muri esterni è rinforzata da lastroni di cemento grigio a rilievo allineati in senso orizzontale sopra ai quali l'intonaco dai colori pastello dona un tocco di raffinatezza e di sobria eleganza al caseggiato. Una costruzione di tre piani solida e ben proporzionata, Massimo e famiglia occupano tutto il piano rialzato e la taverna sottostante da cui è stata ricavata e separata una camera con servizi a cui si accede da una scalinata in legno che scende dal corridoio d'ingresso dell'appartamento, la camera di Massimo, ultimo nato di quattro figli maschi. La villa eretta nel 1923 fu acquistata dal padre del nostro amico, il Dottor Gerolamo Concato, originario di Villadose in provincia di Rovigo, laureato in Farmacia e titolare di due farmacie posizionate in pieno centro storico, una in Via Barberia e l'altra in Via Mentana. Al piano superiore risiedevano i cugini della famiglia Concato mentre l'ultimo, dotato di una spaziosa terrazza, fu ristrutturato ad uso abitativo sul finire degli anni "80. All'appartamento posto al piano rialzato si accedeva tramite una comoda scalinata in muratura composta da alcuni gradini supportati ai lati da un muretto obliquo che terminava formando un parallelepipedo su cui ci si poteva sedere a chiacchierare. Una villa dalle finestre luminose e incorniciate, i davanzali spaziosi, gli scuri spessi e le vetrate sempre lustre. Giancarlo suonò al campanello del cugino che subito apparve sulla soglia di casa. – " Mettete i mezzi dentro al cortile, è una zona tranquilla ma non si sa mai. " – Verissimo. La Vespa negli anni "70 era il due ruote più in auge tra i sedicenni e oltre ed era ricca di accessori facilmente smontabili oggetto delle mire dei ladruncoli e i furbastri. Sportellini, parabrezza, specchietto retrovisore, portapacchi, sella…potendo ti portavano via tutto, a Giancarlo nella vicina via Andrea Costa capitò di ritrovare la sua Piaggio da poco parcheggiata priva della ruota anteriore. Sì c'era il blocco a sterzo, ma per romperlo bastava un colpo secco e se volevi assicurare la Vespa a un palo o ad una inferriata dovevi munirti di un robusto lucchetto ed una catena chilometrica da far passare attorno al pianale poggia piedi, considerando che gli anelli che la componevano non erano quasi mai d'acciaio temprato e che gli allarmi non fossero ancora in commercio il pericolo di furto al di fuori di luoghi chiusi rimaneva sempre elevato. Assieme a Massimo comparvero sulla porta altri tre ragazzi, Alberto Ospitali, che abitava nel palazzo sopra descritto, e i gemelli Massimo e Lele S. Fatte le presentazioni il padrone di casa ci guidò lungo un lato della villa nel cui mezzo era un secondo portone che dava su di un pianerottolo da cui si accedeva ad una scala interna che serviva tutti e tre i piani della costruzione, mentre scendendone una mezza rampa di gradini ci si ritrovava difronte alla porta della taverna. Un ambiente abbastanza spazioso che i fratelli di Massimo avevano utilizzato per gli stessi scopi prima di noi quindi già sufficientemente accogliente per lo svolgimento delle feste private. Prima cosa da fare era spostare in un locale adiacente il pesante calciobalilla da bar posizionato al centro della stanza ma qualcuno lanciò la sfida, si formarono le coppie e si diede inizio ad un torneo. I gemelli si dimostrarono subito affiatati e grintosi, ma pure molto litigiosi tra loro. Vietato il " calcino " ovvero auto-passarsi lateralmente la pallina da un ometto all'altro per poi scaricare un missile verso la porta avversaria. La sfera dipinta di bianco dentro o fuori bersaglio colpiva a ripetizione il lucido legno del calcetto producendo un tonfo sordo e gratificante, soprattutto quando entrava in porta. Si stava facendo tardi e decidemmo di sbarazzarci del giocattolo per passare a discutere di come volessimo allestire l'ambiente. In discoteca nessuno di noi ci aveva ancora messo piede però sapevamo vi fossero le luci colorate e intermittenti oltre naturalmente a posti a sedere e un impianto stereofonico. Lungo le pareti della taverna erano accostate delle capienti panche di legno tra l'altro poco ingombranti così da lasciare il maggior spazio possibile per ballare, quindi passammo al secondo punto, come fare musica. Massimo possedeva un vecchio giradischi bicolore portatile di marca Lesa, quello che sembrava il coperchio a protezione di piatto, braccio e puntina era in realtà la cassa acustica già collegata all'impianto tramite un cavo elettrico, bastava sganciarla e posizionarla. Si trattava di un apparecchio vecchio di quasi vent'anni che riproduceva un suono di bassa qualità ma abbastanza potente. Sapevamo però che i D.J. per suonare utilizzassero due piatti in modo da poter mixare in continuità un brano con l'altro. – " Io a casa ne ho uno uguale a questo, l'unica differenza è che questo è bianco e verde e il mio è bianco e blu, lo porto volentieri a patto che mi lasciate fare il D.J. " – Dichiarò Giovanni. Nessun ebbe nulla da ridire al proposito. La plastica colorata che ricopriva la struttura dei giradischi Lesa era nel suo strato superficiale gommata e porosa, di colore opaco e spento; i giradischi risultavano esteticamente brutti eppure costruiti e assemblati con cura. Riguardo alla musica potevamo essere certi che avremmo fatto un'ottima figura, io possedevo un centinaio di dischi recenti e Giovanni quasi altrettanti, tutti 45 giri in vinile, disco music, qualche pezzo retrò tipo twist e molti romantici lenti. Però volevamo le luci colorate e intermittenti, avrebbero stupito gli ospiti e reso l'ambiente più accattivante e coinvolgente. Colletta, si mettono insieme otto sacchi (ottomila lire). Partecipammo tutti, ognuno secondo le proprie possibilità, unico esentato Massimo, ci metteva la casa e certo non potevamo chiedergli altro. Ci incamminammo sotto al portico di Via Saragozza seguendo Alberto che ci guidò fino ad una vicina piccola rivendita di materiale elettrico. Davanti al minuscolo banco c'era appena lo spazio necessario per accoglierci tutti e sette. Il fatto di essere in sette aveva già scatenato la nostra fantasia e prendendo in prestito il titolo di un famoso film western all'Italiana ci autodefinimmo "I magnifici sette". Il negozietto straripava di oggetti, tra gli articoli ammassati e fissati agli scaffali metallici una serie di potenti faretti colorati lampeggiava al ritmo della musica sparata a parecchi watt. Il titolare era un signore sulla sessantina, magro, piccolo e dai capelli lunghi e grigi pettinati col " riporto " nel tentativo di mascherare una calvizie incipiente. Decidemmo per quattro faretti, uno rosso, uno giallo, uno verde ed uno blu; li avremmo fissati sulle pareti ai quattro angoli della taverna. La vetusta età del nostro impianto acustico escludeva a priori che lo potessimo collegare direttamente ai faretti in modo che questi lampeggiassero al ritmo scandito dagli altoparlanti, quindi giocoforza optammo per l'intermittenza, un eccellente palliativo a basso costo. Il signore in camice blu scuro che stava dietro al banco chiedeva ottomila e duecento lire. Alberto dopo una trattativa di alcuni minuti riuscì a limare il prezzo giusto entro al nostro budget. Tarda serata di un lunedì di fine giugno, ormai giunta l'ora di andare a cena, il mercoledì successivo nel pomeriggio ci saremmo nuovamente ritrovati da Massimo per allestire la sala, gli inviti erano stati diramati per il primo sabato a venire, non avevamo molto tempo da perdere. Lasciati gli acquisti in custodia al cugino di Giancarlo ci salutammo dirigendoci ognuno verso la propria abitazione; Alberto a pochi passi, Giovanni, Giancarlo ed io entro le mura, Lele e il suo gemello Massimo, detto Scotch per non confonderlo con l'altro Massimo, diretti a Casalecchio di Reno in sella ai loro Testi Cricket, scontatamente identici in tutto e per tutto. Avrebbero spremuto i loro cinquantini a fondo in continua competizione e il primo ad arrivare a casa si sarebbe burlato dell'altro fino allo sfinimento. Erano coetanei e compagni di classe di Massimo presso il Liceo Scientifico Augusto Righi, una sgraziata costruzione eretta lungo ai Viali di Circonvallazione in prossimità di Porta Saragozza. Un edificio dalle forme opprimenti tipiche del ventennio costruito tra il 1937 e il 1940; un Istituto Medio Superiore che godeva di una discreta fama dovuta alla qualità del corpo insegnanti comunque tristemente noto agli studenti a causa della sua severità di giudizio. Alberto Ospitali invece frequentava l'Istituto per Ragionieri Pier Crescenzi sito in Via Garibaldi all'interno di un palazzo dallo stile neoclassico costruito nel 1862 che molti anni dopo venne accorpato agli Istituti Pacinotti e Sirani.

Una bella e calda giornata. Primo pomeriggio, ci siamo tutti seduti sui gradini della scalinata esterna di casa Concato. C'è Alberto dal bulbo biondo e fluente con il ciuffo sugli occhi, in un gesto abituale scuote la testa all'indietro per recuperare una visuale completa. I due gemelli seduti uno per lato, capelli rossi un po' crespi, statura media, asciutti e ben piantati. E gli altri quattro, Giovanni indossa una delle sue camicie a righe verticali, ne ha una serie, il bianco di base accostato a colori vivaci, le ampie mezze maniche scendono fin quasi ai gomiti. I capelli castani portati lunghi, la paglia tra le labbra. Giancarlo è l'unico che sta in piedi, ci informa riguardo ad una ottimistica previsione del numero degli invitati che avrebbero confermato la loro presenza, molte donne e pochi uomini, ci mancava solo che noi organizzassimo la festa per far contenti emeriti sconosciuti col rischio di rimanere con la candela in mano. Massimo ascolta mentre sgranocchia una mezza pagnotta, la camicia gialla in tinta unita con i primi bottoni slacciati, la catenina d'oro al collo, sta seduto in alto con la schiena attaccata al muro. Il cielo azzurro occupa gli spazi vuoti lasciati dai rigogliosi rami degli ippocastani creando un abbinamento di colori tipicamente estivo. Ho sete e anche già un po' di appetito, propongo un salto al bar Firenze, di là dalla strada, vende delle ottime paste alla crema con le mele glassate e assieme a un cappuccio ci stanno da Dio. – " No niente da fare! " – Dice Tonelli. – " Dobbiamo darci una mossa giù in taverna, prima di sera deve essere tutto pronto. " – Ma Alberto ha caldo e voglia zero di andare di sotto a sfacchinare. – " Facciamo prima un salto dall'omaccio per una coppetta di gelato! " – Pigramente alziamo le chiappe dai lastroni di cemento liscio e ci avviamo verso il parallelo Viale Audinot, pochi passi sotto al porticato e raggiungiamo la meta, appena passato l'arco sulla destra c'è la " baracca " di Benito detto l'omaccio. Un piccolo chiosco quadrato in muratura con due lati attigui provvisti di un pianale di marmo grigio venato di bianco sui quali immancabilmente ristagna una pozzetta d'acqua rimasta lì a seguito di una passata veloce col burazzo inumidito. – " Dai " raga " sediamoci un attimo, vi fate sto gelato e io mi faccio una paglia. "- Dice Giovanni già stravaccato sopra una sedia ricoperta da strisce di plastica rossa, le gambe allungate fasciate dai Levi's. Quattro tavoli, di quelli tondi col piano di latta argentea tutto ammaccato, due fioriere di granito lunghe un metro con un po' di siepe giusto da permettere agli avventori quel minimo di privacy. Ma oltre a noi non c'è nessun altro e la strada sembra deserta. L'omaccio non serve ai tavoli, ti aspetta dentro la baracchina seduto sul suo sgabello col faccione imbronciato. I gelati non sono niente male, specie i gusti alla crema. Uno alla volta ordiniamo la nostra coppetta, il gelataio prende la paletta cromata e la riempie senza lesinare, prima che abbia il tempo di mollarla sulla pozzetta è meglio allungare la mano ed afferrarla al volo. Si paga in anticipo. Sornione Alberto ordina per ultimo, un sorrisetto furbesco gli illumina il viso. – " A me fa una coppa da cento lire Banana e Maroni! " - Il gelataio lo guarda confuso, non è un fulmine di guerra. " - - " La banana l'ho finita e i maroni non ce li ho! " - . Ci pieghiamo in due dal ridere mentre il poverino prima arrossisce e poi s'incupisce, i suoi occhi si fanno piccoli e torvi ma noi tutti abbiamo già recuperato la distanza di sicurezza. L'omone mastica amaro ma ben presto si libera del suo malumore, siamo pur sempre clienti. Alberto si riavvicina al bancone e ordina una coppetta dai gusti più classici. Non vola una mosca ma appena il nostro amico stringe il suo agognato gelato tra le dita non riesce a trattenersi...- " Senta, ma i maroni le arrivano oppure le mancheranno per sempre? " – Nemmeno stiamo a vedere la reazione di Benito, in un attimo siamo già sotto ai portici di Via Saragozza.

Giovanni con l'elettricità, i cacciaviti e il trapano ci sa fare, io gli passo i faretti e lui li installa. Massimo e gli altri rovistano nella cantina a cui si accede scostando un telo di juta che ne nasconde l'ingresso, stanno cercando di recuperare un tavolo e due sedie, formeranno la postazione del D.J. – " Mi insozzo i jeans nuovi! " – si lamenta Alberto. – " Va mo' di là e mettiti da una parte! " - gli dice Giancarlo sbuffando. Alberto non se lo fa ripetere due volte, sbuca da dietro la tenda e sfoderando il suo celeberrimo sorriso raggiunge una panca su cui avevamo provvisoriamente posizionato i Lesa, ne agguanta uno e infila la spina nella presa, piglia l'unico 45 giri presente portato per verificare il funzionamento della nostra consolle, lo mette sul piatto e col volume a canna inizia a ballare da solo nel mezzo della stanza. Il brano si chiama " I'm Your Boogie Man" eseguito da Kc. & The Sunshine Band, un riempi pista dal ritmo veloce e irresistibile che sceglieremo come sigla della festa e della nostra estate. I gemelli escono dalla cantina con la polvere tra i capelli reggendo un tavolo quadrato con le gambe di metallo arrugginito ed il piano ricoperto da formica beige, seguono Giancarlo e suo cugino con una vecchia seggiola da ufficio e uno sgabello di fattura industriale. Proviamo i faretti e le intermittenze, tutto perfetto, due colpi di straccio e la postazione del D.J. è in ordine. Posizioniamo i giradischi mentre Massimo sale di sopra in cerca di un altro 45 giri perché Giovanni deve prendere la mano con i pomelli del volume che rappresentano gli unici congegni disponibili per eseguire il mix. L'effetto globale risulta meglio di quanto mai avremmo sperato, i faretti sparano verso il centro della pista il loro fascio luminoso e colorato, i Lesa fanno il loro dovere, siamo soddisfatti. L'estate passata durante le mie vacanze in Trentino ero stato alcune volte in un localino, una stanza per il bar e una saletta attigua con i divanetti lungo le pareti, il jukebox in un angolo e luci variopinte per fare atmosfera. Mi era sembrato un posto meraviglioso ma la tavernetta appena allestita reggeva bene il confronto. Nelle località turistiche i miei genitori mi consentivano già di uscire dopo cena, coprifuoco alle 23,30; non potevo lamentarmi. Prima di tornare al piano superiore e riprendere possesso dei gradini fronte viale scovammo un vecchio tavolino di legno verniciato di celeste, lo avremmo utilizzato per riporvi le bottiglie di Coca e di Fanta con i bicchieri di plastica impilati e incellofanati; nel giro di un'oretta le bibite benché tenute in frigo fino all'ultimo sarebbero diventate tiepide, ma questo pensiero non ci preoccupava affatto. Avevo lasciato il DKW in garage, era passato a prendermi Giovanni con la Vespa, guidava con prudenza ed era l'unico di cui mi fidassi. Raramente lasciavo la moto a riposo, una volta però rientrando da una gita sui colli mi toccò salire in Vespa con Alberto pure lui proprietario di una Primavera 125, Giovanni aveva il posto del passeggero occupato, da qualche tempo aveva preso ad uscire con una nostra compagna di classe, Cristina Caselli. Temevo che Ospitali avrebbe fatto il fenomeno, non era uno che badasse ai consumi... – " Guarda che gobbe (curve) che tiro adesso! " - La prima la passammo liscia ma la controcurva la approcciò troppo veloce e troppo larga, me ne accorsi in anticipo. A lato della strada niente fossato ma un prato dall'erba alta e la terra soffice. Atterrammo sulle zolle senza farci troppo male, una bottarella e qualche graffio. Il casco lo usavano solo i piloti durante le gare e chi lo indossasse ad uso privato veniva additato come fosse un cretino.

Giunti sotto casa mia Giovanni issò l'ET 3 sul cavalletto. – Domani c'è il compito in classe di matematica però dovrebbe esserci sciopero, quei tipi di quinta durante la ricreazione sono passati in tutte le classi a dire che faranno il picchetto e non permetteranno a nessuno di entrare. " – Affermò Giovanni. – " Sì ho sentito, con me possono stare tranquilli, io non entro di sicuro! " – Fu la mia perentoria risposta.

Nella seconda metà degli anni " 70 nelle scuole superiori la politica era di casa, ormai da qualche tempo montava la rabbia delle lotte di classe, gli operai rivendicavano maggiori diritti e migliori condizioni lavorative mentre nell'ambiente scolastico e universitario cresceva il numero degli studenti desiderosi di fornire il loro sostegno partecipando alle manifestazioni di protesta. Gli alunni politicizzati delle classi superiori cercavano di convincere tutta la scolaresca a seguirli in piazza per prendere parte al rituale corteo ma per quanto ci riguardasse nonostante alcuni di noi fossero più o meno interessati alle vicende politico-sociali ci guardammo bene dal farci coinvolgere. A casa i rispettivi genitori avevano redarguito a dovere i propri figli, la tensione stava salendo e le Forze dell'Ordine presenziavano numerose indossando l'equipaggiamento antisommossa durante le manifestazioni pronte ad intervenire nel caso scoppiassero tafferugli provocati dallo scontro tra militanti di opposte correnti politiche. Attoniti ed increduli la sera noi ragazzi seduti assieme ai familiari davanti alla tv seguivamo il telegiornale; filmati in bianco e nero mostravano i primi duri confronti tra manifestanti e celerini. L'anno successivo nella nostra città alcuni gruppi di studenti di sinistra irruppero nell'Ateneo bolognese con l'intenzione di impedire lo svolgimento di un'assemblea indetta dai tesserati di Comunione e Liberazione. La situazione prese una piega pericolosa, gli animi si accesero al punto che per evitare il peggio qualcuno decise di chiedere l'intervento delle Forze dell'Ordine le quali procedettero allo sgombero delle aule. Ciò provocò una decisa reazione di protesta da parte dei simpatizzanti della sinistra che dilagò nelle vie e nelle piazze del centro fomentata in particolar modo da frange estremiste ed extraparlamentari. Gli scontri più aspri degenerarono in guerriglia urbana coinvolgendo la zona di Via Irnerio e di Via Mascarella, auto e cassonetti dell'immondizia vennero dati alle fiamme, vertine dei negozi frantumate e alcuni mezzi della Polizia furono centrati e incendiati dal lancio di bottiglie Molotov. Nel mezzo di una confusione apocalittica mentre i cittadini terrorizzati cercavano rifugio all'interno degli esercizi commerciali e degli androni dei palazzi si udirono colpi di arma da fuoco. Era l'11 marzo del 1977, lo studente di Medicina Pier Francesco Lo Russo, già militante di Lotta Continua, colpito da un proiettile si accasciò al suolo, soccorso dai compagni in gravissime condizioni di lì a poco perse la vita. Quel giorno ignaro di quanto stesse accadendo risalendo Via Marconi per rincasare dopo una partita di basket tra amici incrociai un mio conoscente, un ragazzo di una ventina d'anni. Camminava a passo svelto, questa fu la sua risposta al mio saluto: - " Vai a casa! Stanno sparando ad altezza d'uomo! " – Scioccato infilai di corsa il portone condominiale.

In breve le Forze dell'Ordine massicciamente intervenute anche tramite l'utilizzo di cingolati a scopo intimidatorio recuperarono il pieno controllo, la tensione rimase comunque palpabile per svariati giorni durante i quali si verificarono arresti e interrogatori per poi a scemare gradatamente. La mia città era stata colpita, una ferita che mi segnò profondamente lasciando nel mio animo un ricordo doloroso che a distanza di quasi mezzo secolo ancora mi impensierisce. Una pagina tristissima della nostra storia.

Sabato pomeriggio, subito dopo pranzo ci trovammo da Massimo per sistemare i dischi nell'ordine prestabilito, prima la musica da discoteca e poi i lenti, il ballo di coppia. Ognuno invitava a ballare la ragazza che lo attraeva di più il cui rifiuto, pur gentile e carino, avrebbe chiarito immediatamente le cose: Non ne voleva mezza. Conseguentemente si cambiava obiettivo a scalare sperando di ricevere una risposta affermativa il più presto possibile. Alle quindici la taverna era già occupata da una quarantina di persone la cui maggioranza era di genere femminile. Presente la compagnia di San Giuseppe, folto gruppo di giovani che frequentava la vicina parrocchia, arrivarono tutti assieme trovatisi probabilmente in anticipo all'interno del piccolo parco compreso tra Via Saragozza e il sagrato della chiesa. Due ragazze spiccavano tra le altre, una mora dai capelli lunghi e ricci e una biondina elegante ed aggraziata. C'erano anche alcuni nostri compagni di scuola superiore e media, Eleonora, Cristina, Silvia Raimondi e Luca Frabetti, altri sopraggiunsero invitati da Giancarlo. Tutti presero posto sulle panche mentre Giovanni si apprestava a togliere la musica di sottofondo e aumentare i watt per lanciare il pezzo d'apertura. Qualcuno si era già servito e col bicchiere in mano scambiava due battute con gli amici più intimi. La compagnia di San Beppe, numericamente maggioritaria, si era schierata in fondo alla sala, i ragazzi in piedi e le ragazze sedute strette e vicine l'una accanto all'altra. Uno dei gemelli mi disse che doveva arrivare anche sua sorella Clara più giovane di due anni rispetto ai fratelli, loro erano venuti in motorino mentre la sorella l'avrebbe accompagnata il padre con la macchina. Continuava ad arrivare gente, posti a sedere sold-out mentre ai bordi della pista iniziavano a formarsi capannelli di persone. Giancarlo era già immerso in conversazioni d'approccio e con lui anche Massimo e Alberto che conoscevano quasi tutti i presenti, i gemelli un po' timidi rimanevano un passo indietro; Giovanni ed io in console, per l'occasione entrambi vestiti completamente in nero, Jeans aderenti e stivali texani, io in Lacoste e lui in camicia a mezze maniche. Al segnale prestabilito il padrone di casa spense la luce del lampadario centrale che illuminava la sala, contemporaneamente io mettevo in funzione i faretti intermittenti; i presenti ne rimasero così impressionati da gratificarci con un caloroso applauso. Musica, dopo un attimo di stasi nell'attesa che qualcuno si mettesse a ballare per primo un gruppetto di ragazze sedute in fondo sollecitate da Alberto ruppero gli indugi presto seguite da molti altri. Luca, biondo pure lui, già impegnato a dialogare con una ragazza testé conosciuta, Giovanni ed io troppo e volutamente concentrati nel nostro ruolo. Una tattica ben studiata, le ragazze si avvicinavano per chiederci un brano musicale, niente di più semplice per rompere il ghiaccio. Improvvisamente notai Lello parlare con una ragazza dai capelli rossi alta appena meno di lui, molto carina pensai, nel mentre Giovanni mi urlò in un orecchio: - " Quella è Clara, la sorella dei gemelli. " – Indossava un abitino bianco decorato da verdi foglie d'edera stampate sul tessuto e sandali chiari con la suola spessa. Osservandola meglio mi accorsi come il suo vestito aderente non riuscisse a nascondere le sue curve "pericolose". Allora mi passi un disco o ti sei inebetito d'un botto? " – M'apostrofò il D.J. Gli passai subito il vinile ma in effetti mi sentivo un tantino frastornato. Clara non ballava, se ne stava al fianco del fratello muovendo appena i piedi al ritmo della musica. Una ragazza posata, educata e gentile. –"

Partiamo con i lenti, è ora. " - - " Ok, però per un po' ti arrangi, io ho da fare. "
Risposi al mio amico. Sulle prime note di " I'd love you to want me ", notissimo
pezzo da " intorto " cantato da Lobo risalente a qualche anno addietro, una
mezza dozzina di baldi giovanotti si mosse lungo la direttrice che portava verso
la " punta " preferita. Io rimasi bloccato da un attimo di incertezza, avrei
voluto andare ma le gambe non si muovevano. Persi qualche secondo prezioso
lasciando così il tempo ad un ragazzotto alto con gli occhiali e i capelli
impomatati di anticiparmi. Vestito da damerino, la camicia azzurra a maniche
lunghe coi polsini d'oro (!), i pantaloni beige con la piega perfettamente stirati
e ai piedi un paio di scarpe in pelle marrone con tanto di fibbia. Pochi istanti e
lo vidi tornare da dove era venuto. Lele se la rideva, ne approfittai per
avvicinarmi e scambiare due chiacchiere così vedendomi arrivare non poté
evitare di presentarmi la sorella. Scherzando gli domandai il permesso di
poterle chiedere se mi concedeva un lento. –" Chiedilo a lei! ". - Mi rispose in
tono canzonatorio, e poi sottovoce – " Se ci provi ti taglio le gomme della moto
"-. Mi presentai cercando di apparire sicuro di me stesso, temevo che avrebbe
detto di no anche a me. Mi sorrise e mi disse di sì. Grande emozione, ballammo
assieme per oltre mezz'ora scambiando qualche parola, lei di tanto in tanto
sorrideva. Distanza regolamentare di trenta centimetri, le mie mani sui suoi
fianchi e le sue posate sulle mie spalle. Verso le sette i primi invitati iniziarono
ad accomiatarsi, l'altro gemello, Massimo, mentre ancora ballavamo ci si
avvicinò per dire a Clara che il padre la stava aspettando in cortile per
riportarla a casa.

Erano ormai le otto quando la taverna serrò i battenti, nonostante fosse già
tardi ci sedemmo qualche minuto sui gradini a raccontarci le reciproche
fantasmagoriche conquiste, nessuna delle quali certificata da prove
inoppugnabili. Eravamo comunque contenti e soddisfatti. Di lì ad un paio di
settimane ottenuto il permesso dei genitori saremmo partiti tutti insieme per
andare in vacanza a Punta Ala, sulla costa toscana del Mar Tirreno, ci avrebbe
accompagnato col pulmino della ditta un dipendente della zia di Giancarlo, la
signora Lucia Gioia. In campeggio a poca distanza dalle nostre tende dai
finestrini della sua roulotte il Dottor Boris S. avrebbe vegliato su di noi; con lui
la moglie, il piccolo Marco, un bimbetto di cinque anni coccolatissimo e molto
vivace, e Clara. Per i gemelli era riservata una brandina all'interno delle nostre
tende. Non rividi Clara prima di aver poggiato i piedi sulla fine sabbia dorata
della spiaggia di Punta Ala.

La Chiesa di San Giuseppe Sposo si trova in Via Bellinzona, le origini del convento risalgono al 1254, inizialmente fu dimora dei monaci cluniacensi, poi delle suore agostiniane e infine di quelle domenicane. Fu intitolata a San Giuseppe nel 1566 quando entrò nel possesso dei Servi di Maria. In seguito all'occupazione napoleonica la legge di soppressione degli Ordini religiosi del 1810 sancì la fine della vita della comunità monastica fin quando nel 1818 i Cappuccini presero possesso della sede di San Giuseppe così restituendo al complesso la perduta sacralità. La chiesa, e in seguito anche il convento, furono requisiti nel 1866 e destinati ad uso militare per poi riaprire al culto nel 1873 anche se il riacquisto completo del convento si ottenne solo nel 1892. Nel 1926 in occasione del VII centenario della morte di San Francesco il patio attiguo al piazzale della chiesa fu trasformato in giardino pubblico nel cui centro si pose una scultura bronzea raffigurante il Santo. Durante la seconda guerra mondiale il convento fu pesantemente danneggiato dai bombardamenti che tra l'altro causarono la dolorosa perdita di 20000 volumi ivi custoditi. La chiesa fu elevata a Santuario il 18 febbraio 1943 e il 15 agosto 1959 l'arcivescovo di Bologna Giacomo Lercaro la eresse a parrocchia, possiede un'unica campana montata su di un campaniletto a vela costruito nella parte posteriore dell'edificio, da sempre suonata a corda e solo recentemente automatizzata. Del complesso fanno parte il cinema Bellinzona e un campetto da calcio posto sul retro. Negli anni "70/80 del secolo scorso grazie alla sua posizione e agli spazi accessori la parrocchia divenne punto d'incontro di molti giovani residenti in zona.

Capitolo 11

L'attività scolastica era ripresa da diverse settimane, agli alunni della terza classe della sezione H, ritornati con soddisfazione nella succursale di Via Schiavonia, era stata assegnata una vasta aula collocata al secondo piano, la prima a destra al termine delle scale che fortunatamente risultavano meno ripide e più larghe rispetto a quelle che portavano dal piano rialzato al primo. Poco più di venti studenti occupavano solo metà dello spazio disponibile ottimamente illuminato dalle finestre poste su due lati della stanza. Tenendo fede alle nostre abitudini Giancarlo ed io ci posizionammo nell'ultimo banco della fila di sinistra che risultava praticamente poggiato lateralmente alla parete in prossimità di una finestra e di un radiatore in ghisa; caldo, ventilazione e vista tetti assicurati. In classe si notava qualche faccia nuova, scolari ereditati a causa di bocciature o trasferimenti a scopo preventivo da altri Istituti liceali tra cui Sandra R., una bionda e bella ricciolona dagli occhi azzurri e intensi solo apparentemente appartenente a correnti politiche ben definite trattandosi più di look e atteggiamento che di reale coinvolgimento intellettuale. Ai piedi portava solo Clarks scamosciate, ne possedeva una mezza dozzina e amava abbinarle ai colori delle sue camicione di flanella che indossava abbondanti e slacciate sopra ad una maglia volutamente a tono con i jeans azzurro chiaro dall'orlo appena sfrangiato. Una persona interessante ma con la testa lontana, da noi e dagli studi. Tale Andrea Sonini, anch'egli ripetente e svogliato; buono e tranquillo ma del tutto refrattario all'istruzione prese posto tra i ragazzi come lui provenienti da Borgo Panigale o da Anzola dell'Emilia: Maurizio Pastelli, Mauro R. e Paolo Zoni. La classe di per sé risultava unita e coesa, ovvio che la vicinanza di quartiere incidesse nella composizione al suo interno di gruppetti di ragazzi portati a relazionarsi tra loro. Sandra, Sonini e Zoni li perdemmo per strada al termine dell'anno scolastico. Paolo Zoni non era affatto stupido ma viveva anch'egli una quotidianità diversa, nel suo caso d'altri tempi. Abitava ad Anzola Emilia i cui ragazzi diversamente da quelli attuali vivevano all'interno di una comunità principalmente agricola o comunque di campagna. Portava sempre i pantaloni col bordo sopra alla caviglia lasciando interamente scoperte le scarpe, grosse, robuste e squadrate; era timido e quando fosse costretto a parlare il costante rossore che mostrava sulle gote gli si espandeva fin sulla fronte. Appassionato di moto possedeva un Malanca 50 cc dal serbatoio verde, un motociclo dei primi anni "60 probabilmente ereditato dal padre. Lo manteneva con cura maniacale, me lo mostrò con orgoglio illustrandomi tutte le modifiche che lui stesso aveva apportato. Andai a trovarlo varie volte e mi accorsi quanto si mostrasse diverso e a suo agio calato nella genuina realtà della sua terra, semplice, magari monotona ma certamente concreta e refrattaria alle mode e ai repentini cambiamenti imposti dal ritmo frenetico della città.

Federico M. detto Burt il nostro nuovo insegnante di storia e filosofia non se lo reggeva proprio. Un ragazzo come lui, silenzioso, mai fuori dal seminato, calmo e riflessivo, restio a rivelare le proprie emozioni e le proprie idee si mostrò improvvisamente bisognoso di dimostrare ai compagni l'antipatia che provava per il Professor Padovanelli, un uomo morigerato che parlava con un filo di voce, poco empatico, poco esigente e del tutto innocuo che purtroppo aveva la sgradevole abitudine di raschiarsi spesso la gola producendo un suono acuto simile al verso delle galline. Una specie di rantolo gracchiante che indisponeva Federico oltre misura. In vero Padovanelli un che di strano e d'inquietante lo manifestava, vestiva come fosse un prete, unicamente di nero o grigio scurissimo, giacca, pantaloni e maglioncino a collo alto, colori che ben esprimevano la sua personalità triste e defilata. Burt appena l'uomo in black terminata la sua lezione abbandonava l'aula balzava in piedi e si esibiva in una perfetta imitazione del sibilo fastidioso che caratterizzava il nostro insegnante dopo di che infilava la porta per guadagnare il corridoio quasi avesse bisogno di cambiare aria per liberarsi di quanto avesse dovuto sopportare. Ma a guardar bene, per chi lo conoscesse, anche Federico non era scevro da abitudini e comportamenti quanto meno inusuali. Burt non era alto ma asciutto e proporzionato, un ragazzo introverso che parlava poco, molto rapidamente e sottovoce. Un soffio di vento. Correva veloce e non si stancava mai, camminatore seriale lo incontravo lungo le vie prossime a casa, non era facile vederlo perché avanzava lungo ai muri e se vi fosse stato un portico lo percorreva nella sua parte più interna; procedeva sfiorando le pareti col suo passo rapido e allungato, sciolto nei movimenti, lo sguardo basso, l'atteggiamento schivo. Se lo incrociavi non si fermava, salutava e tirava dritto, pareva assente ma vedeva tutto perché sapeva osservare con attenzione e grande discrezione. Lo conoscevo fin da bambino e mai gli ho sentito pronunciare qualcosa di sciocco; frasi brevi, sensate, chiare e precise. Percepiva gli stati d'animo altrui come una tortora che percepisce il nascere del sole prima dell'alba. Partecipava alla vita della classe, agli scherzi di gruppo, ai cori, ma sempre di contorno e mai in prima fila. Uno studente dal profitto lineare così come lo erano i suoi passi cadenzati che sfioravano appena i pavimenti antichi dalle piastrelle lucide, un frusciar soffuso. Ti volti ma lui non c'è più, è già altrove, ha già svoltato l'angolo, ha infilato un portone, ha trovato un passaggio che non conosce nessuno. Ma domattina alle otto sarà lì in fondo, ai margini della ressa di liceali che attendono che suoni la campanella, salirà in fretta i gradini, agile e leggero come un gatto nero. In classe rarissimamente perdeva la bussola ma se di cattivo umore sfogava il suo malessere in modo alquanto strano. Senza batter ciglio non appena il professore avesse lasciato l'aula fulmineo raggiungeva la lavagna. Gesso in mano, schiena alla classe. Pianta deciso il gessetto bianco sulla lastra nera e spinge forte tracciando una linea che si spezza in più punti. Il gesso grida il suo dolore e stride di quel rumore irritante e insopportabile che perfora i timpani e vibra nel cervello. Fin quando qualcuno gli urla di smetterla, allora Federico si volta quasi sorpreso alza un attimo gli occhi e torna al posto come se nulla fosse. A lui piaceva l'urlo del gessetto, lo faceva sentire bene, ma non insisteva perché non voleva storie.

Ormai da mesi io e alcuni dei miei compagni chiedevamo insistentemente ai nostri genitori di lasciarci uscire di sera, almeno al sabato. – " Quando avrai diciott'anni farai quello che vuoi…''- Era la tipica e scontata risposta. Presa di posizione comune ai genitori di una volta. Tuttavia raggiunta la maggiore età nessuno faceva ciò che avrebbe voluto perché automaticamente entrava in vigore il secondo paragrafo dell'articolo di legge che regolava i rapporti tra genitori e figli: - '' Questa casa non è un albergo, ci sono delle regole e vanno rispettate, quando andrai a vivere da solo farai quello che vuoi. " Lapidario. Questa manfrina aveva anche un altro preciso scopo, ovvero allentare le catene ma solo un po'alla volta in modo che ai ragazzi la concessione delle prime uscite serali sembrasse il raggiungimento di un traguardo sofferto e a lungo bramato. Di anni ne avevamo diciassette quando Giancarlo, Giovanni, Michele C. ed io dopo prolungato consulto telefonico tra le nostre madri ottenemmo il permesso di uscire il sabato sera; rimanendo vicino a casa, muovendoci rigorosamente a piedi e promettendo solennemente che saremmo rincasati almeno un'ora prima rispetto a Cenerentola. Un'ora prima dello scoccare di mezzanotte.

In Via Montegrappa sotto al porticato circa di rimpetto al cinema Medica era attiva la pizzeria " Da Ferruccio ", una sala con una dozzina di tavoli al piano terra, un bancone da bar con la macchina da caffè e la cassa, il forno a legna posizionato subito dietro. Il soffitto alto tipico dei palazzi d'epoca aveva permesso anche l'aggiunta di un ballatoio stretto e lungo al quale si accedeva tramite una scala di legno, pochi tavoli in linea retta posizionati vicini alla balaustra permettevano appena il passaggio della clientela e dei camerieri. Attratti dalla piccionaia salimmo su per la scala e prendemmo posto felici e contenti come avessimo appena vinto al totocalcio. Pizza e Coca per tutti. Un paio d'ore volano veloci e divertenti, si parla, si ride, si scherza. Si parla molto di donne, un po' di sport e nulla più. Michele, che suonava il pianoforte, abbozzò un discorso velatamente impegnato citando per nome i suoi compositori preferiti, solo un paio poiché prima che potesse continuare fu investito da insulti, ululati e tovagliolini di carta macchiati dal pomodoro. Si arrese subito per adeguarsi al contesto e quindi ci confessò di essere attratto da una nostra compagna di classe citandone le grazie che lui solo riusciva a vedere. Ricevette un'altra serie di offese accompagnate da una mezza dozzina di coppini sulla nuca, cosa che davvero mal sopportava perché i capelli perdevano la piega e il ciuffo gli scendeva tra la montatura e gli occhi. Così il discorso cadde sulla metamorfosi che aveva colpito nell'aspetto un'altra nostra compagna, Laura Cammarone. Questa ragazza prima dell'estate appena passata di femminile aveva davvero poco, sembrava ancora una bambina secca e magra, lo sguardo sempre basso, i capelli corti da maschietto e un abbigliamento da collegiale. Il sole e il mare, o più semplicemente il passare del tempo ne avevano trasformato non solo la figura ma pure il viso, l'espressione, gli occhi, le movenze e il modo di fare. La storia del brutto anatroccolo che muta in splendido cigno. Una ragazza simpatica, di una bellezza particolare e l'animo venato di quel pizzico di follia che non guasta. Per Giovanni fu la seconda conquista nell'ambito della nostra classe. Mentre a tavola cresceva l'euforia guardando casualmente in basso mi accorsi che al banco del bar era sopraggiunto un signore grande e grosso. Lo vedevo di schiena, un cappotto spinato sul grigio gli calava sulle spalle larghe quanto un armadio a due ante, stava bevendo un caffè, nell'altra mano tra le dita una sigaretta accesa. Un sorso di caffè e un tiro alla Marlboro, o forse a una MS. Ero certo riguardo alla marca di sigarette perché quell'omone era mio padre e conoscevo i suoi gusti. Guardai l'ora, erano le ventidue e quarantacinque, appena il tempo per pagare il conto e precipitarci a casa. Libertà vigilata.

Imboccammo Via Nazario Sauro, Giancarlo ed io prendemmo la prima laterale a sinistra e costeggiammo il giardinetto Pincherle per giungere alla mia abitazione da Via delle Casse, ci salutammo e lui proseguì per Via Marconi, due minuti ed anche lui sarebbe arrivato a casa. Michele e Giovanni proseguirono per Via Nazario Sauro fino al suo termine per poi svoltare a destra per Via Riva di Reno e dirigersi verso il quartiere Irnerio. Mi coricai prima di mezzanotte e mi addormentai subito, la domenica mattina mi aspettava una partita di basket, Trofeo Primavera, alle nove dovevo trovarmi coi miei compagni di squadra in Piazza Azzarita, ci aspettava un Bedford arancione che ci avrebbe portato al Palazzetto Rodriguez di Casalecchio, l'incontro era previsto per le dieci e trenta. Ero un ragazzo fortunato, praticavo sport agonistico ad un certo livello e avevo molti amici oltre ai miei compagni di scuola, i componenti della mia squadra, tra essi c'era Marco Santucci, e come sempre era il più alto di tutti. Quando il tempo lo permetteva andavo a Casalecchio in moto, partivo in netto anticipo sull'orario d'inizio dell'allenamento e passavo qualche ora a casa di Clara, suo padre Boris inizialmente in caso vi fosse qualcuno in visita mi presentava come un amico di famiglia. Una villetta a schiera di grandi dimensioni con un bello spazio verde sul retro la cui parte più vicina alle porte finestra era stata ricoperta da lastroni di granito. Durante la bella stagione veniva utilizzata dai gemelli per giocarci a ping-pong e ad essi nel week-end si aggregava tutto il gruppo dei magnifici sette per interminabili sfide all'americana. L'abitazione della famiglia di Clara distava meno di cento metri dal vecchio Lido del fiume Reno lungo il quale in epoca più recente fu realizzato un parco pubblico.

Il Professor Marcello Martaglia aveva chiesto e ottenuto un trasferimento che gli consentisse di avvicinarsi a casa e la sua cattedra fu rilevata dal Professor Baldini, insegnante tranquillo e simpatico non privo di capacità di aggregazione. Svolgeva le lezioni con cura addentrandosi in dettagli interessanti e curiosi, eccellente metodo per coinvolgere anche i più svogliati. Era un uomo apparentemente sui trentacinque anni, la folta barba impediva una definizione più precisa della sua età. Un docente classico, conformista e ideologicamente moderato. Completi casual giacca, pantaloni, camicia e cravatta. Non poteva dirsi un bell'uomo, si presentava leggermente sovrappeso ed era un po'goffo nei movimenti, però era abbastanza alto, dotato di una calda voce baritonale e di un fascino discreto che lo rendevano una persona gradevole e rassicurante. Un prof. che piaceva, in particolare a qualcuna delle mie compagne di classe che durante le sue spiegazioni lo seguivano più con gli occhi che con la mente. Baldini spiegava passeggiando disinvolto tra i banchi e questo suo modo di fare lo rendeva originale e ben voluto; lasciava la cattedra, scendeva dalla predella, si calava fra i suoi alunni e ci rivolgeva la parola come stessimo discorrendo tra amici. Organizzammo un paio di uscite collettive e decidemmo di invitarlo a venire con noi a fare una pizzata, accettò con entusiasmo e passò la serata ridendo e scherzando, spesso tenendo banco ma sempre entro i limiti di una certa discrezione. Possedeva una Fiat 850 coupé azzurro cielo splendidamente tenuta. Un pomeriggio lo incontrai sotto casa, lo vidi mentre usciva dalla sua auto appena parcheggiata sul bordo della carreggiata, mi fermai qualche istante a scambiare due battute sulla sua piccola vettura sportiva, pareva davvero appena uscita di fabbrica. Mi disse che si stava recando a scuola per un consiglio di classe così lo accompagnai fino all'ingresso del Liceo, il garage ove tenevo il mio DKW era situato subito dopo, era la fine di ottobre ma il cielo si mostrava sereno e la temperatura ancora gradevole.

Tra i nuovi arrivati c'erano anche due ragazzi provenienti dal Liceo Augusto Righi fuggiti in cerca di un ambiente meno severo che gli permettesse di affrontare gli studi senza patemi. Si piazzarono in un banco della terzultima fila, davanti a Michele e Giovanni. Vestiti bene, educati e molto disciplinati, almeno fin quando si accorsero che al IV Liceo non fosse richiesta la condotta dovuta nei collegi militari. Gianni Z. più timido e taciturno e Gilberto P. più brillante e comunicativo. Si creò subito un buon feeling e gli accogliemmo nel nostro gruppo di amicizie più ristrette. Gianni abitava in Via Irma Bandiera nei pressi dello Stadio Comunale (ora Dall'Ara) e frequentava il vicino bar Pasticceria Billi di Via de Coubertin situato a pochi metri dall'Arco del Meloncello e prossimo alla salita che porta a San Luca. Un'ambiente dinamico e accogliente frequentato dalla bella gioventù della zona e non solo, infatti trovandosi all'ombra delle gradinate dello stadio annovera tra i clienti anche molti tifosi del Bologna Football Club 1909, la gloriosa squadra di calcio cittadina. Perfetto punto d'incontro per chi volesse salire fin sulla cima del Colle della Guardia risultando quindi anche ottimo punto di ristoro per chi viceversa terminato il pellegrinaggio volesse rifocillarsi comodamente seduto. Gilberto veniva dalla Croce di Casalecchio, abitava in un appartamento all'interno di una palazzina moderna dalle tinte verdi e grigie lungo la Via Porrettana. Buon giocatore di calcio ed eccellente oratore, un ragazzo spiritoso e allegro. Conosceva mezza città ed era molto amico del mio ex compagno delle elementari Maurizio Falamelli e della sorella Nicoletta, una ragazza carina, pure lei rossa di capelli, molto brava nel disegno. l'anno a seguire ebbi modo di conoscerla meglio invitato da Gilberto alle feste in villa organizzate dai suoi amici. La Professoressa De Fabricis, nostra insegnante di educazione artistica, rimase piacevolmente stupita dai miei improvvisi progressi nel disegno a mano libera. Settimanalmente le ore di " disegno " previste dal nostro programma di studi erano appena due e venivano utilizzate dalla nostra insegnante quasi esclusivamente per le lezioni di Storia dell'Arte, conseguentemente le rappresentazioni dei palazzi e dei monumenti che ci illustrava in classe le eseguivamo a casa utilizzando il solito foglio di cartoncino ruvido muniti di matita o di penna a china. A me le faceva Nicoletta e grazie a lei non solo la mia valutazione in materia passò da sufficiente a ottima ma colpito dall'eleganza e dalla bellezza dei suoi schizzi mi appassionai un po'alla volta prima al disegno, poi alla pittura e infine all'arte in generale.

Anche Gilberto e Gianni possedevano la Vespa 125 Primavera della Piaggio alla quale avevano cambiato la sella sostituendola con una più confortevole dalla elegante tinta beige e inoltre avevano fatto riverniciare la carrozzeria di un colore diverso da quello originale, accorgimenti che conferivano stile e fascino al proprietario del mezzo. Insomma, a diciassette anni chi non avesse una due ruote 125 cc sotto al sedere veniva considerato out e farsi vedere ancora in giro seduti sul " cinquantino " comportava la squalifica a vita; a quel punto era meglio spostarsi a piedi magari raccontando agli amici, e alle amiche, che appena raggiunta la maggiore età si sarebbe presa la patente B e acquistata un'automobile. A cavallo della Vespa anche i due ex studenti del Righi iniziarono a presentarsi ai cancelli di casa Concato che nel frattempo era diventata l'abituale luogo di ritrovo degli uomini della compagnia perché chi aveva la fidanzatina la frequentava a parte e chi ancora non l'avesse era costretto ad attendere le festicciole in taverna che continuavano a svolgersi a ritmi sempre più sostenuti solleticando anche l'interesse del più giovane dei fratelli di Massimo, Vittorio, che aveva una decina d'anni più di noi e quindi si intratteneva solo saltuariamente e per pochi minuti. Un giovane simpaticissimo e allegro che si mormorava avesse rubato il cuore ad oltre cento donzelle. Comunque fosse nell'ambito del poco tempo che ci concedeva conquistava immediatamente il centro della scena raccontandoci episodi dal contenuto esilarante e spassoso. Quasi riuscì a farci credere che fumando le Marlboro dopo qualche tempo si riuscissero a vedere le donne nude attraverso ai vestiti. In un'altra occasione ci narrò di quanto fosse stato abile nell'uso della cerbottana, che assieme alla fionda era considerata un'arma da esibire con orgoglio. L'importante, ci disse, era evitare di utilizzarle in maniera pericolosa limitandosi ad un uso sportivo che non potesse provocare danni e lesioni a persone, animali e cose. Non facemmo neanche in tempo a metabolizzare le raccomandazioni ricevute allorché Massimo, appena il fratello se ne andò per i fatti suoi, volle metterci al corrente che anni prima il bel Vittorio si era divertito ad inseguirlo in giardino con la cerbottana caricata a dardi forniti di un ago in punta sparacchiando nelle sue vicinanze per intimorirlo. Una volta però sbagliò mira e centrò Massimo nel fondo schiena. Credo che i due fratelli decisero di comune accordo di non far parola dell'accaduto; sono certo che se il Dottor Gerolamo ne fosse venuto a conoscenza il suo terzo rampollo avrebbe passato un bruttissimo quarto d'ora. Sandro e Giorgio, i due fratelli più grandi, li vedevamo di rado, il primo era già sposato e quindi viveva altrove, il secondo invece pur ancora residente con la famiglia d'origine aveva parecchi anni più di noi e si dimostrava assai riservato, un po'introverso e solitario ma buono, gentile e sensibile. Giorgio amava passare il tempo libero dedicandosi a lunghe passeggiate attraverso i boschi in cerca di funghi nei pressi di Montorio ove suo padre a metà degli anni " 70 aveva fatto edificare una villa dagli spazi generosi in modo che in futuro figli e nipoti avrebbero potuto soggiornarvi comodamente tutti assieme.

L'Arco del Meloncello edificato nel 1732 su disegno di Carlo Francesco Dotti segna l'inizio del tratto di portico che sale fino al Santuario di San Luca. Al centro della trabeazione campeggia lo stemma in rame della famiglia Monti Bendini in ricordo del notevole impegno economico profuso nella costruzione del portico lungo il quale si susseguono ad intervalli quasi regolari quindici tabernacoli. Agli inizi del XX secolo su progetto eseguito da Tito Azzolini l'arco fu rialzato di alcuni metri per consentire il passaggio di un treno sottostante.

La voce del professore arrivava alle mie orecchie come fosse una nenia, come una cantilena lontana che accompagnava i miei pensieri trasognanti. Dalla finestra osservavo i fiocchi di neve farinosa che scendevano dolcemente danzando; batuffoli bianchi stagliati sullo sfondo rosso pastello del muro della casa accanto. Mi piaceva quel contrasto di colori così netto eppure tanto ben assortito, faceva Natale. Il capo girato quel tanto da potermi permette la visione dello spettacolo senza che il professore se ne accorgesse. Ogni inverno attendevamo la neve le cui manifestazioni più intense avrebbero impedito a molti alunni ed insegnanti di raggiungere la scuola il che avrebbe significato per tutti una giornata di vacanza perché salvo qualche secchione durante le nevicate intense la soglia dell'austero portone non la oltrepassava nessuno, nemmeno io che abitavo a cento metri di distanza. Quel giorno la precipitazione cristallina era iniziata in tarda mattinata quando già da alcune ore eravamo tra le mura scolastiche, era sabato e quindi non potevamo nemmeno sperare di saltare le lezioni del giorno seguente perché grazie a Dio la domenica le scuole da sempre restano chiuse. Ora di lunedì gli spazzaneve avrebbero invaso già da tempo le vie della città innalzando trincee di ghiaccio grigio e sporco ai lati della carreggiata bloccando a decine le automobili parcheggiate ai margini della strada.

A breve sarebbero iniziate le vacanze natalizie, una quindicina di giorni a casa. Sì perché la maggior parte delle famiglie bolognesi per tradizione secolare le sante festività le passava nella propria dimora tra le luci colorate delle punte di abete cariche di palline e festoni e quelle del presepe che si cominciava a preparare almeno con un mese d'anticipo. " Natale con i tuoi e Pasqua con chi vuoi ", più che un detto un dogma. Erano giorni allegri e sereni, il Natale ci entrava nel cuore attraverso i sensi foriero di emozioni e sensazioni soffuse. Il suono delle cornamuse raccontava di storie lontane nel tempo, gli addobbi ad illuminare a festa le vie, il maestoso albero in Piazza Maggiore, il Presepe animato nella Basilica di San Francesco. L'acquisto degli oggetti da regalare che avvicinandosi il venticinque dicembre si accumulavano vivacemente impacchettati tra gli aghi d'abete caduti dai rami dell'albero di casa. I nostri alberi natalizi profumavano di bosco, dalla cucina si diffondeva alle altre stanze l'aroma della cioccolata calda. In tinello Il piano della ottocentesca tavola di quercia intagliata veniva ricoperto da una tovaglia rossa e verde decorata da ricami a tema, le renne che tirano la slitta, Babbo Natale col sacco in spalla, i fiocchi di neve stilizzati; e sopra a questa una mezza dozzina tra panettoni e pandori. Il centro tavola d'argento zeppo di fichi secchi, di datteri e dei cioccolatini Fiat prodotti dalla ditta Majani.

Era caduta la giusta quantità di neve, quella che imbianca i tetti ma non inzacchera le strade. Le lezioni erano terminate, era l'antivigilia e in famiglia ci si adoperava per gli ultimi acquisti. Mia madre mi aveva messo tra le mani un piccolo gruzzoletto di banconote da diecimila lire, fogli di filigrana marroncina grandi quasi come un fazzoletto. Le avevo rotto le scatole già da tempo, avevo visto un maglione invernale di lana grezza fatto a mano e lavorato a treccia dal classico colore bianco avorio. Pezzo unico esposto in vetrina in Via Indipendenza da Fini Sport, il più importante e prestigioso negozio di articoli sportivi della città. A occhio mi era sembrato della mia misura così un paio di settimane prima ero entrato per provarlo e chiederne il prezzo. Davvero bello e caldo, un capo esclusivo dal costo elevato ma più che giustificato dalla sua qualità. La taglia era perfetta, appena abbondante così come si usava. Il contatto con la lana grezza mi infastidiva un po'ma avrei sopportato volentieri. Ben imbacuccato a passo svelto mi avviai alla meta, una passeggiata molto breve, un'occhiata alla vetrina e un sospiro di sollievo, il mio maglione era ancora lì. Non pensavo che mia madre sarebbe stata disposta a farmi un dono natalizio così costoso ma quando le spiegai dettagliatamente di cosa si trattasse le si illuminarono gli occhi, ogni tanto le piaceva regalarci qualcosa d'importante e il mio profitto nella prima parte dell'anno scolastico era il migliore che mai avessi avuto nel corso degli studi liceali. Lasciai gli eleganti ambienti degni di una boutique stringendo in mano le asole plastificate di una voluminosa sporta di nylon bianco con la scritta Fini Sport stampata in blu su ambo i lati, pesava così tanto che il segno dell'impugnatura mi s'impresse sul palmo della mano. Era tardo pomeriggio e Via Indipendenza brillava in tutto il suo splendore, sotto i portici tantissima gente, nell'aria un'euforia tangibile. In un attimo raggiunsi il numero due di Via Marsala, da qualche anno aveva aperto un esercizio commerciale di cui mio nonno decantava lodi a non finire, il posto adatto per acquistare un cadeau per mio padre, l'Enoteca Italiana. Una scelta di vini infinita e raffinata. Mi concentrai sui rossi perché all'Ingegner Giuliano piaceva il vino corposo e maturo, una coreografica esposizione di bottiglie copriva un'intera parete. Barolo, sapevo che non avrei sbagliato, papà ogni tanto se lo concedeva, lo versava con cura in un grande calice dal vetro sottile che poi alzava a livello del viso per sentirne il profumo e osservarne il colore, col polso imprimeva una leggera spinta rotatoria in modo che il liquido rosso rubino prendesse a girare lentamente, prima di sorseggiarlo lo rimirava a lungo affascinato dalle cento sfumature che l'essenza assumeva nel movimento.

La signora Gabriella appena rincasai volle vedere il mio prezioso maglione. – " Che bello! Sportivo ma elegante. Per il pranzo di Natale è perfetto, ora sfilatelo che lo piego, lo impacchetto con la carta da regalo e lo metto sotto l'albero! " –

Bologna è una bella signora distinta e matura pigramente distesa tra i colli e la sua verdeggiante pianura. Decanta i suoi pregi dai mille balconi affacciati alle piazze; le notti d'estate sussurra alla Luna e alle stelle e quando la nebbia le porta l'inverno rifugia davanti a un camino dai ceppi già accesi. Lasciva e accogliente ci attende seduta all'interno di nobili stanze e saloni affrescati. La cogli nel mentre che osserva la fiamma, si volge e suadente racconta dei suoi secolari misteri, di antichi segreti sepolti dal tempo, di storie di gente e di fatti curiosi.

In Via Marsala sorge Palazzo Grassi che insieme a poche altre residenze storiche quali Casa Reggiani e Casa Isolani costituisce una delle rare testimonianze rimanenti dell'assetto urbano medievale. Il portico è sostenuto da travi in legno dalla caratteristica forma a stampella mentre il portone principale mostra una ghiera a sesto acuto, le finestre a monofora presentano decorazioni in terra cotta. Il quattrocentesco cortile interno è impreziosito da intagli attribuiti alla scultrice Properzia de Rossi e da una Madonna con Bambino in terracotta risalente al XVI secolo. Nella cappella gentilizia le decorazioni in stucco sono state eseguite da Giuseppe Mazza e gli ornati che risalgono al 1704 sono opera di Ercole Graziani. Il palazzo fu restaurato tra il 1910 e il 1913 e attualmente ospita la Sede del Circolo Ufficiali.

Al ritorno dalle vacanze di Natale le bidelle ci informarono che il Professor Baldini era a casa in malattia e che per un periodo abbastanza lungo, che fu di circa tre mesi, sarebbe stato sostituito da un supplente. Accettammo la nuova senza particolari aspettative confidando nel fatto che solitamente i supplenti svolgevano il proprio compito secondo indicazioni ricevute dal collega mancante cercando di relazionarsi alla classe con discrezione e senza incidere particolarmente sulle valutazioni personali. Dei traghettatori che per quanto bravi dovevano limitarsi a far scorrere il battello lungo il fiume evitando incidenti di percorso.

Ancora una volta entrai in classe per ultimo, ancora una volta dopo aver bussato insistentemente al portoncino del primo piano che la bidella di turno aveva già chiuso a doppia mandata. La dada aprì l'uscio appena di una spanna e vi infilò la testa per vedere chi era rimasto fuori, vuoi mai che si trattasse di un insegnante. – " Ah sei tu...sei sempre in ritardo, adesso resti fuori ed entri alla seconda ora così ti segnano assente e domani porti la giustificazione firmata dai tuoi genitori! " – Ma prima che la porta mi venisse chiusa sui denti avevo già guadagnato l'ingresso. Una leggera e improvvisa pressione sull'anta aperta era stata sufficiente a fare arretrare il cerbero in grembiule azzurro, che tale in realtà non era, lei come le sue altre due colleghe. Posso affermare che di operatori scolastici uomini lungo tutto il mio iter di studi ne incontrai uno solo, il bidello Cazzoli delle Scuole Medie Maria Federici. Erano brave donne, pazienti e accomodanti che alzavano la voce solo quando fosse davvero necessario. La più anziana fungeva da punto di riferimento per le altre due, un donnino piccolo, dinamico e deciso che a volte provava a fare la faccia severa ma che troppo in fretta si affezionava ai ragazzi che vedeva crescere anno dopo anno. Doveva avere una cinquantina d'anni perché sfoggiava un'acconciatura un po' vintage con i capelli cotonati e la messa in piega stile anni "60. La mediana di età era forse la meno simpatica, niente di che, badava a fare il suo lavoro e dava poca confidenza, non sorrideva mai e probabilmente non pronunciava più di dieci parole al giorno. Quella più giovane invece di anni ne aveva venticinque, era simpatica, carina e alla mano. Impeccabili nei propri compiti armate di spazzone e secchi colmi di segatura nei giorni di pioggia provvedevano ad asciugare i pavimenti e a rendere agibili le scivolose scale dell'edificio. La segatura inumidita rimaneva attaccata sotto le scarpe così che camminando la portavamo in giro dappertutto; nell'aria si diffondeva l'odore dolciastro e gradevole che si respira nelle segherie di montagna che in qualche modo contribuiva a mitigare quello molto meno piacevole prodotto dal fumo delle sigarette. Ogni mattina trovavamo gli ambienti puliti e ordinati, i servizi sapevano di ammoniaca, di alcol e di detersivo.

Trovai la porta della classe aperta e i miei compagni ancora in piedi a chiacchierare, erano le otto e venticinque e il supplente d'Italiano non si era ancora visto. Un minuto dopo la bidella " capa " varcava la soglia della terza H. - Mettetevi a sedere che l'insegnante sta per arrivare. " – Un attimo dopo fece il suo ingresso una giovane donna dai capelli ramati tagliati a carré, una spruzzatina di lentiggini sul viso dai lineamenti " francesi ", occhi celesti e un sorriso radioso. Silenzio. Ticchettar di tacchi, una figura alta e slanciata, gonna aderente con piccolo spacco laterale, gambe lunghe e caviglie sottili, un corto soprabito rosso sopra a un maglioncino nero e lucido. Tre passi per raggiungere la cattedra e sistemarvi sopra il registro e uno zainetto alla moda. Rimase un attimo in piedi con le dita della mano destra a carezzare il piano della scrivania. – " Buongiorno ragazzi, sono la Professoressa Lizzarini, sostituirò il vostro professore per due mesi, forse tre. Riprenderemo il programma esattamente da dove siete arrivati. " – Con movenze flessuose s'accomodò a sedere. – " Oggi inizierò a parlarvi della Letteratura Provenzale e di quella Romanza, della Lingua d'Oc e della Lingua d'Oil. " –

Non ricordo che cosa ne pensassero le mie compagne di classe ma rammento senz'ombra di dubbio che a me e a tutti gli altri ragazzi presenti la Professoressa Lipparini piacque, chissà mai perché, fin da subito. L'Italiano era una delle materie che amavo di più e per questo e per altri motivi ascoltai con interesse e attenzione le spiegazioni della nostra novella docente. Ci sapeva fare, preparata e disinvolta frammentando la Letteratura alla Storia ci guidò attraverso a foreste incantate e antichi manieri narrandoci di cavalieri coraggiosi, sovrani lungimiranti e menestrelli di corte. Di poeti e narratori che decantavano le gesta dei Paladini e lodavano le grazie di virtuose principesse. Le due ore volarono in un batter d'ali. – " Bene ragazzi, chi di voi per la prossima volta mi porta una " ricerca " su quant'oggi vi ho spiegato? " – Immediatamente dagli ultimi banchi rispose una voce maschile: - " Io professoressa, la materia m'interessa e vorrei approfondire. " – Giancarlo s'abbassò sul banco sghignazzando il meno rumorosamente possibile mentre Giovanni si voltò all'indietro guardandomi con un sorrisetto d'intesa. Quella voce era la mia.

A casa una mensola del salotto sopportava da anni il peso dei dodici volumi 30X20 di cui era composta " L'Enciclopedia Universale "; ogni volume conteneva oltre mille pagine. Quando mia madre entrò nel salone e mi vide seduto alla scrivania di mio padre con un paio di grossi volumi aperti e una matita in mano per sottolineare quanto andavo cercando rimase a fissarmi incredula per cinque minuti. – " Ti deve piacere proprio questa supplente d'Italiano! Ma è così brava? " - - " Sì mamma, è bravissima, quando spiega non perdo una parola. " –

La scrivania di mio padre per quei tempi era un mobile dalle linee moderne lineari e spigolose dotata di una serie di cassetti con impugnatura metallica a rientrare. Essenza di palissandro, un legno pregiato rosso scurissimo con venature nere. Faceva un odore strano, di limone, di tabacco e di olio per mobili, pungente. La sedia invece era più dozzinale, un legno povero ben levigato e tinto di scuro. La seduta in tessuto rosso un po' liso. Con lo sguardo cercavo un block-notes su cui riportare i passaggi evidenziati a matita sulle pagine dei volumi appena consultati. Stava alla mia sinistra, un blocco di carta 22X15, cartoncino arancione sulla copertina frontale e al naturale sul retro; fogli a quadretti piccoli, i primi due ricoperti di calcoli matematici scritti con una penna dall'inchiostro nero, per me del tutto incomprensibili. La grafia minuta e ordinata, in calce alcune note dai caratteri nitidi, eleganti e appena inclinati verso destra. Il tratto leggero come fosse uno schizzo composto da parole. Al fianco del notes era il portapipe, un oggetto gommoso, flessibile e traforato, studiato per posizionarvi le pipe in bella mostra; l'Ingegnere ne aveva una mezza dozzina, un paio erano di manifattura sarda, se le era acquistate prima di abbandonare l'isola per fare ritorno sul continente. Un lungo cannello di legno stagionato che infilava il fornello di terracotta rappresentante il volto di un uomo col capo coperto dalla " berrita " e lo sguardo accigliato, volti dai lineamenti marcati solcati da rughe profonde. Meglio che il sigaro, diceva mia madre, io le trovavo arcaiche e un po' imbarazzanti. Dietro il portapipe la tabacchiera di ceramica rossa lavorata a losanghe fasciata al centro da una cintura di cuoio marrone. Alcuni scovolini sparsi nei dintorni sovrastati da un piccolo oggetto metallico multifunzione che ricordava vagamente un temperino svizzero. Un capiente portacenere in vetro di Murano dai colori accesi e miscelati tra il rosso e il viola, un bell'oggetto. Era un uomo colto e introverso che si celava dietro i fogli del Resto del Carlino e le nuvole di fumo azzurrognolo prodotto dalle pipe e dalle sigarette. Un uomo di una volta a cui era stato insegnato che non bisogna mai manifestare i propri sentimenti.

Ripresomi dalle mie riflessioni iniziai a imprimere sui fogli a quadretti il canovaccio della mia " ricerca ", un lavoro di un paio d'ore. Il pomeriggio seguente avevo concluso l'opera, due fogli protocollo, otto intere pagine di relazione sulla narrativa Romanza e Provenzale, sull'ultima facciata le mie considerazioni.

_ " Professoressa le consegno la ricerca! " – Le dissi avvicinandomi alla cattedra. – " Molto bene! " – Mi rispose lei sorridendo. – " Siediti qui in prima fila così ne discutiamo assieme mentre la leggo ai tuoi compagni. " – Ero a un metro da lei. Nel suo lato frontale la cattedra era appositamente riparata da un inserto di legno fissato all'intelaiatura metallica della struttura ma tra la parte superiore di questo e il pianale del mobile rimaneva uno spazio vuoto alto una spanna. Turbamento. Faticavo a rimanere concentrato nel timore che tutti si accorgessero del mio imbarazzo, tenevo il capo eretto e cercavo di guardarla negli occhi ma pure questa manovra mi scombussolava interiormente. Sono certo che se ne accorse e bontà sua mi pose solo pochi quesiti prima di procedere nella lettura ad alta voce del mio componimento. Al suono della campanella mentre i miei compagni si riversavano in corridoio la Professoressa Lizzarini mi chiamò a sé. – " Ottimo lavoro ragazzo! Ti ho messo un nove sul registro. " – Mi disse sorridendo contenta con gli occhi pieni di luce. Era bella e attraente e lo sapeva, come già sapeva benissimo di poter annoverare un altro studentello tra i suoi ammiratori.

Il mio profitto nella sua materia raggiunse livelli inimmaginabili, durante le sue ore con le buone o con le cattive trovavo posto di fronte alla cattedra sempre pronto ad interagire con la mia insegnante preferita. Un sottile gioco velato fatto di sguardi impossibili e di fantasie senza speranza. Quando si congedò da noi mi dispiacque più di quanto avessi pensato. Mi ero profondamente affezionato a lei…Avevo preso una cotta pazzesca.

La salutai per ultimo e mentre mi intratteneva per pochi istanti in un gesto d'affetto strinse la mia mano tra le sue, prima delicatamente e poi con forza.

Terminato il suo incarico incontrai casualmente la Professa Lizzarini in alcune occasioni, il centro di Bologna non è poi così grande. Scambiammo più di due parole. L'ultima volta che la vidi stava salendo sulla sua Mini Minor verde bottiglia, stava diluviando. – " Dai, sali in macchina che mi racconti come va a scuola! " – Parlammo una mezz'oretta ridendo confidenzialmente, gli anni che ci separavano non erano molti, sette, forse otto, ma comunque sempre troppi per pensare anche lontanamente che l'avrei rivista con cognizione di causa. Il tempo a mia disposizione era terminato. – " Ciao ragazzo! Non sta bene che uno studente stia in macchina a ridere con la propria insegnante! " – " Ha ragione prof., anche perché se avessi dieci anni di più le avrei chiesto di uscire con me! " – La salutai cercando di mostrarmi allegro ma probabilmente non abbastanza da farle credere che quanto avessi appena affermato fosse solo una battuta. Per un attimo i nostri sguardi s'incontrarono, passò qualche altro lunghissimo secondo di cui mi resta solo il ricordo di un ricordo. Sceso dall'auto riparai sotto al portico e mi fermai a guardare la Mini che coi tergicristalli in funzione e i fari tondi dalla luce gialla accesi spariva nel traffico. Un sospiro profondo e m'incamminai per le vie del centro nascosto tra migliaia di persone e geloso dei miei pensieri.

Una mattina di aprile trovammo un folto gruppo di studenti a fare picchetto davanti al portone della scuola, non si passava proprio, erano in molti ma del nostro Istituto ne individuai pochi, la maggior parte erano studenti universitari, alcuni tra le mani reggevano un bastone a cui intorno era avvolta una bandiera. La situazione non prometteva niente di buono. Noi liceali stavamo ad arco sull'altro versante della strada, un po' alla volta a piccoli gruppi iniziammo ad allontanarci. Ero già sotto al portichetto di una casa ben tenuta, un edificio con due o trecento anni sulle spalle che faceva angolo con Via Nazario Sauro verso la quale mi stavo dirigendo. Dietro di me era Roberto Massa, un ragazzo di quarta alto un metro e novanta, lo conoscevo bene perché era molto amico di Mauro Cavara e Marco Santucci. Massa stava perdendo la pazienza, uno studente appartenente al " Collettivo " lo stava rampognando accusandolo di essere un borghese retrogrado e conservatore. Ero assieme a Giancarlo, ci voltammo e ci fermammo per capire meglio cosa stesse accadendo. Roberto alla fine non riuscì a trattenersi. – " Meglio che vai a fare il tuo corteo, ti conviene perché se resti qui ancora rischi di non trovare più la strada di casa. " – Parole pronunciate a mezza voce. L'altro ragazzo rimase un attimo in silenzio a fronteggiarlo poi voltò sui tacchi e se ne andò via. A quel punto ognuno riprese il suo cammino, Giancarlo ed io indecisi sul da farsi venimmo affiancati da un nostro compagno di classe, Marco Balugani, un ragazzo che giocava a pallacanestro in una squadra dal nome spiritoso: Lindo & Sano. Ci invitò a seguirlo fino alla Chiesa dei Santi Filippo e Giacomo dicendoci che nel cortile interno della sua parrocchia c'era un campo di basket e che sicuramente il prete ci avrebbe dato il pallone per fare due tiri. Era una giornata serena ma ventosa, la temperatura sfiorava i dieci gradi. Freddino. Alle otto e trenta della mattina il mio organismo si trovava ancora in fase di sonno REM, pensieri macchinosi e muscoli rigidi come la pietra. Ai piedi calzavo un paio di stivaletti eleganti in pelle chiara con due o tre centimetri di tacco, non il massimo per praticare sport. Comunque accettammo e seguimmo " Balu " fino a raggiungere il Santuario di San Filippo e Giacomo. Arrivati ci infilammo attraverso una porticina esterna di servizio, di quelle che in passato si aprivano di fianco all'ingresso principale, appositamente basse e strette in modo che si riuscisse ad entrare solo uno per volta e facendo attenzione a non picchiare la fronte contro l'intelaiatura superiore. Quasi al termine di un lungo corridoio scarsamente illuminato voltammo a destra, oltrepassammo una porta a vetri e accedemmo al cortile il cui spazio era quasi interamente occupato da un campo da basket regolamentare. Marco sparì in sacrestia e poco dopo riapparve con la palla arancione tra le mani scortato da un giovane sacerdote in abito talare. Con loro c'era anche un ragazzotto circa della nostra età. L'uomo di Chiesa si fermò a pochi metri da me e Giancarlo, magro e dritto come una pertica. – " MI raccomando un quarto d'ora prima delle undici dovete andarvene perché ho la Funzione e devo chiudere il portone del cortile dal momento che non c'è nessuno che possa controllare l'accesso alla sacrestia mentre sono in chiesa. " – Poi rivolto al ragazzo che non conoscevamo: - " E tu appena avete finito sbrigati, indossa i paramenti e vieni a raggiungimi che devi assistermi durante la Messa. " – Infine rivolgendosi a Marco: - " Il pallone lasciatelo vicino alla fontana e non attaccatevi alle retine (del canestro) che le ho appena fatte sostituire! " – Ci fronteggiammo per un paio d'ore in un due contro due a metà campo secondo la legge da campetto " Chi segna regna ". Parrocchiani contro ospiti; Il compagno di " Balu " sicuramente meglio come chierichetto che come giocatore di pallacanestro. Per i parrocchiani fu una disfatta.

Tornando verso casa salutai Giancarlo all'incrocio tra Via Riva di Reno e Via Marconi, avevo fame e sonno. Dietro la porta mi aspettava immancabile la " Cila ", il suo muso in buona parte si era fatto bianco, da qualche mese per orientarsi utilizzava più l'olfatto che la vista. Aveva tredici anni. Come sempre mi riempì di feste scodinzolando di gioia; la portai con me in cucina a fare merenda, una tazza di latte coi biscotti. Una per l'umano ed una per il quattrozampe. Era un membro della famiglia, amato e coccolato, fedele compagna delle passeggiate serali di mio padre.

La Chiesa dei Santi Filippo e Giacomo fu costruita nel1641 e fino al 1802 fu sede delle Suore Capuccine. L'edificio subì rovinosi bombardamenti nel corso della seconda guerra mondiale e fu ricostruito nel 1950 da Luigi Vignali. Negli anni "60 del secolo scorso una saletta interna fu concessa in comodato d'uso all'associazione cattolica degli Scout che si organizzarono per creare un'opportunità di ritrovo con fini educativi e di svago rivolta ai ragazzini tra i sette e gli undici anni residenti nelle zone limitrofe. Sotto la direzione prima di Bruno B. e seguentemente di Giancarlo P. la saletta fu adibita a succursale dei Lupetti del Branco Salda Rupe, Bologna IV, con sede centrale nella Chiesa di Santa Maria della Carità situata nella vicina Via San Felice. Gli iscritti, previa concessione del parroco, avevano accesso anche ad un ambiente di maggiori dimensioni fornito di un piccolo palco teatrale e di una platea ove inscenare rappresentazioni in presenza delle famiglie. Un giovane sacerdote in divisa Scout svolgeva tramite metodi innovativi e informali la funzione di guida spirituale e orientativa dei piccoli associati. Questa lodevole iniziativa inoltre consentiva anche alle famiglie meno abbienti di permettere ai propri figli di svolgere attività di gruppo che tempo permettendo avevano luogo nei parchi cittadini e nelle più prossime località collinari sotto costante sorveglianza. Feci parte di questa associazione per qualche anno, inizialmente sotto la guida del capo " sestiglia " dei lupi neri, Cesare Tarozzi, un ragazzino che aveva un anno più di me e che mi fu da esempio per gli anni a seguire. Un leader dal carattere forte e il fisico atletico sempre pronto a incoraggiare e ad aiutare i più deboli. Con orgoglio quando Cesare ci lasciò per raggiunti limiti di età ottenuti i gradi necessari subentrai al suo posto mantenendo inalterato il colore del mio plotoncino. Lupi neri.

Capitolo 12

Verso il venti di settembre riprendemmo le lezioni. Cambiammo nuovamente la nostra collocazione rimanendo sempre al secondo piano dell'edificio scolastico, ultima aula in fondo al corridoio ai cui lati sulla sinistra era un'altra aula mentre sulla destra i servizi maschili che grazie alle generose dimensioni svolgevano anche l'impropria funzione di ambiente ricreativo ove gli studenti più emancipati e intraprendenti giocavano a carte comodamente seduti attorno ad un banco trasformato in tavolo da gioco. Il " bagno " serviva anche da nascondiglio per chi volesse sfuggire ad interrogazioni e compiti in classe oppure poteva essere il luogo più adatto ove compiere inosservati qualche puerile malafatta. L'aula si presentava spaziosa e dotata di finestre esclusivamente sulla parete opposta a quella dell'ingresso. Fin da subito ci accorgemmo che la parte centrale del soffitto presentava una grossa macchia di umidità e strati di intonaco in precarie condizioni. Occupammo i banchi secondo quella che ormai era una disposizione abituale, i più morigerati davanti e i più vivaci nelle ultime file. In questa occasione per la prima volta dall'inizio dei miei studi mi trovavo lontanissimo dalle finestre oltre alle quali riuscivo a vedere soltanto uno spicchio di cielo. Provai subito un latente senso di oppressione consolandomi col fatto che potevo appoggiare la testa contro la parete alla mia sinistra con uno scatenato Giancarlo sull'altro lato. Quantomeno eravamo rimasti in Via Schiavonia.

Ancora una volta il Corpo Insegnanti subì profonde modifiche, gli unici professori che ritrovammo furono Berardi, Don Livi, la De Fabricis, la docente di Scienze e la terribile Professoressa d'Inglese Miss Tomelli, che pur divorziata continuava a portare il cognome del marito praticamente identico a quello del mio amico. L'omonimia non consentì nessun vantaggio al mio compagno di banco anzi l'esigentissima signora somigliante a Crudelia De Moon nell'aspetto e nell'anima profittando dell'antipatia che il mio amico aveva rispetto alla sua materia infieriva su di lui quasi con gusto spinta anche da un evidente risentimento nei confronti del genere maschile. Giancarlo sopportava questi eccessi facendo buon viso e cattiva sorte; allorquando Crudelia lo prendesse di mira reagiva pacatamente mantenendo un sorriso ossequioso a trentadue denti senza però mancare di profittare dei momenti di pausa per piegarsi in avanti con una mano davanti alla bocca dalle cui labbra uscivano una serie di epiteti irripetibili. Così accadeva che io scoppiassi a ridere provocando ulteriori esplosioni di furibonda ira all'insegnante dagli occhi di ghiaccio e i capelli mesciati di bianco.

La Professoressa Mura insegnava Storia e Filosofia; a modo suo, un metodo che piaceva indistintamente a tutti i suoi alunni. Fin troppo buona d'animo ed esageratamente alternativa dimostrava di avere una discreta conoscenza delle materie d'insegnamento alle quali però preferiva i confronti di stampo politico e sociale. Una tranquilla rivoluzionaria che si mormorava fosse appartenuta alle schiere di Lotta Continua. A guardarla sembrava uscita dal Paese delle Meraviglie, quello di Alice, col chiaro intento di sovvertire il potere della Regina cattiva. Così bassa di statura che Gianni soleva dire che necessitasse di una considerevole rincorsa per salire sulla predella. Riga in mezzo e capelli lunghissimi già spruzzati di grigio, zero trucco, abbigliamento stile figli dei fiori. A fine quadrimestre procedendo secondo l'ordine alfabetico scritto sul registro chiedeva a tutti noi se volessimo sette in Storia e otto in Filosofia o preferissimo il contrario. Considerava il famigerato '' sei politico '' una valutazione inadeguata rispetto alla dignità degli studenti e quindi si spingeva ben oltre. Le piacevano i tipi fuori dal coro, solidarizzava con gli alunni ribelli purché civili e dotati di un minimo di materia grigia. Cercava anche di rendersi utile oltre al proprio dovere. Capitò che un mio compagno poco amante della Lingua Latina incontrandola in corridoio le confessasse di non essere affatto preparato per il compito in classe che il giorno seguente ci avrebbe assegnato la Professoressa Brasa, traduzione di un classico dall'Italiano al Latino. L'insegnante di Lettere era donna morigerata e conformista ideologicamente vicina all'area cattolica quindi lontanissima dal pensiero della collega e ciò influì senza dubbio sulla specifica presa di posizione di quest'ultima. Ascoltate con sincero interesse le preoccupazioni del suo allievo lo rassicurò proponendogli il suo diretto sostegno: - " Domani appena sei in possesso del testo da tradurre scrivine una copia e raggiungimi in sala professori, ci penso io; quando ho fatto vengo in classe e dico alla Brasa che ho urgente bisogno di parlarti così tu esci ed io ti passo la traduzione. " - Il mio compagno sollevato e orgoglioso dell'escamotage truffaldino confidenzialmente mi mise a conoscenza della sua rischiosa iniziativa che evitai accuratamente di condividere. Purtroppo per lui l'esito della performance linguistica della simpatica professoressa di Storia e Filosofia fu valutata dall'inconsapevole collega gravemente insufficiente.

Mi capitò in un paio di occasioni di dovere forzatamente presenziare ad una assemblea d'Istituto che come tale si svolgeva nella sede centrale di Via Santo Stefano, una scusa per scappare da scuola, tali riunioni infatti si esaurivano abitualmente in netto anticipo rispetto al termine delle lezioni. La Mura presenziava con entusiasmo a qualsiasi tipo di assemblea come se si trattasse di un dovere etico, venendo a conoscenza della mia partecipazione mi offrì più di una volta un passaggio a bordo della sua Prinz verde, una scatolina a quattro ruote il cui colore specifico si diceva portasse un po' sfiga. Non accadde niente di grave se non che per evitare un frontale proprio al termine del breve viaggio la mia insegnante optò per una brusca sterzata sotto alle volte del portico adiacente alla pizzeria Piedigrotta fermandosi a pochi centimetri dalle sue vetrate. Mezz'ora d'assemblea fu quanto riuscii a sopportare, salutai la mia estemporanea autista che non parve affatto stupita dal mio scarsissimo interesse riguardo alle problematiche di cui si stava discutendo. – " Torni in classe? " – Io rimasi in silenzio un attimo e lei conscia dell'inutilità della sua domanda si rimproverò di avermela posta.

Al primo piano lungo il breve corridoio che lo contraddistingueva vennero installati i distributori automatici, uno per le bevande calde e l'altro contenente delle merendine confezionate, il termine " snack " non era ancora in uso così come non lo era in generale la Lingua Inglese al di fuori degli ambienti scolastici. Funzionavano inserendo delle monetine, se a causa di un malfunzionamento la macchina " mangiava " gli spiccioli senza distribuire il prodotto selezionato toccava andare dalla bidella che ne prendeva nota. Altro non poteva fare perché le chiavi dei distributori erano in possesso unicamente del manutentore della ditta a cui appartenevano. L'addetto passava settimanalmente per ricaricare i prodotti mancanti e svuotare la cassa, terminato il suo lavoro verificava che la cifra raccolta corrispondesse al numero delle consumazioni riportate sul contascatti e nel caso riscontrasse un incasso maggiore a quello dovuto consegnava alla bidella di turno i soldi in eccesso. In teoria tutto semplice ma nella realtà se l'aggeggio ti fregava la moneta potevi star certo che non ti sarebbe mai più tornata indietro. A parte questo fastidioso inconveniente la novità riscosse un discreto successo in particolar modo tra i docenti mentre pochissimi erano gli studenti che consumassero caffè e molti quelli che alle merendine confezionate continuassero a preferire la crescenta o la pizzetta sfornate di fresco che si acquistavano nella vicinissima latteria in via Nazario Sauro. La Professoressa Brasa era solita prendere un the caldo zuccherato quotidianamente ma preferendo non abbandonare la classe a sé stessa, seppur per pochi minuti, amava commissionare l'incarico a qualcuno tra i suoi allievi prediletti. Gilberto nelle materie letterarie vantava un profitto nella media ma grazie al suo atteggiamento gentile, educato e un tantino loquace aveva raggiunto il top tra le simpatie della prof. d'Italiano e Latino. Un ragazzo disinvolto e dalla battuta pronta sempre in grado di relazionarsi al prossimo secondo uno stile da giovane gentleman colorito da un pizzico di sarcasmo. Venuto il giorno in cui la nostra docente rivolgendosi alla classe domandò chi fosse così gentile da scendere al piano di sotto a prenderle la bevanda desiderata il buon Gilberto fu il più lesto ad alzare la mano per offrire i suoi servizi. Ottenne l'incarico in pianta stabile, scaltro, lungimirante e ben conscio dei piccoli vantaggi che ne avrebbe ottenuto. All'inizio assolveva il suo compito con grande rapidità ma col tempo prese a dilatare gradatamente il minutaggio teoricamente necessario così da potersi permettere di bighellonare un po'. La Professoressa Brasa non se ne preoccupò affatto, di quel suo allievo dai modi cortesi si fidava ciecamente, certa che tutt'al più avrebbe perso qualche istante per fare due chiacchiere nei corridoi o fumarsi una sigaretta in pace. Al ritorno in aula il prode cavaliere faceva la sua comparsa come se avesse tra le mani il Sacro Graal, marpione, sorridente ed ossequioso raggiungeva la cattedra e con fare teatrale depositava il bicchierino colmo di liquido ambrato sopra un tovagliolino di carta appositamente fornitogli dalla bidella, perché Gilberto era maestro nell'arte dell'imbonimento; blandiva, elogiava, trovava sempre una frase divertente e carina con cui incantare gli interlocutori, particolarmente se di genere femminile. – " Grazie caro, sempre così disponibile. " – Lui ritornava al posto gongolando soddisfatto mentre l'intera classe lo gratificava di un caloroso applauso. Alcuni anni dopo terminati gli studi liceali Gilberto confessò che ogniqualvolta la Professoressa Brasa gli avesse appioppato un'insufficienza per vendetta aveva provveduto ad inquinare il contenuto del bicchierino di plastica, appena appena, in modo che la docente non se ne sarebbe mai accorta. Come e con cosa non volle mai rivelarlo.

Le proteste di alcuni gruppi di studenti continuavano ad incidere sulla frequenza scolastica degli alunni. Ogni quindici o venti giorni la scuola risultava inaccessibile a causa di uno sciopero indetto da qualche Comitato studentesco. Volendo si poteva anche entrare ma l'accesso non passava in cavalleria. Bisognava discutere col rischio che la situazione degenerasse e con la certezza di farsi delle inimicizie. La mattina successiva ad una manifestazione studentesca sui muri esterni della succursale di Via Santa Maria Maggiore comparve una scritta minacciosa: - " Attento professore perché chi boccia muore " – Correvano i così detti Anni di Piombo. Lontani da ogni coinvolgimento ci si iniziò ad organizzare per far trascorrere la mattinata fin quando venisse l'ora di tornare a casa, dapprima ci riversammo nelle sale interne di un vissuto bar di Via Riva di Reno per giocare a carte o per bere qualcosa ma presto fu evidente che gli spazi a disposizione non fossero sufficienti ad accogliere l'elevato numero di studenti che vi si rifugiavano. Imparammo da Radio Scuola che all'inizio di Via delle Lame di lato al Palazzo del Gas vi fosse un locale adatto alle nostre esigenze. Accademia del Biliardo, vi si accedeva da un interno traversando un cortile, si superava una robusta cancellata di ferro che veniva aperta prima delle nove del mattino dai gestori e s'imboccava un'ampia scalinata che scendeva in profondità lungo alcune rampe formate da parecchi gradini. Giunti in fondo si era accolti da una luminosa sala composta da un chilometrico bancone da bar in acciaio satinato e da alcuni tavolini quadrati dall'intelaiatura metallica col piano ricoperto di plastica giallina attorno ai quali erano posizionate delle sedie molto simili a quelle in dotazione agli Istituti Scolastici ma decisamente più alte e accoglienti. Sulla sinistra erano allineati i giochi elettronici, macchinari delle dimensioni di un jukebox composti da un video, uno o due pulsanti e un joystick. Semplici, basici, monotoni e ripetitivi rappresentavano comunque una novità di tendenza in alternativa al flipper, al calciobalilla e al biliardo; e c'era sempre la fila. Gettonatissimo era il gioco detto "dei marzianini ", astronavi stilizzate che calavano sempre più velocemente dall'alto dello schermo sparacchiando sulla postazione difensiva che bisognava mantenere intonsa il più a lungo possibile per evitare che il gioco finisse troppo in fretta; poi Il Breakout, comunemente detto il gioco dei " mattoncini ", un videogioco il cui fine era distruggere un muro di mattoni colorati, e infine il tennis elettronico, il meno utilizzato. Roberto Massa ai marzianini era un fenomeno ma pure Giovanni se la cavava egregiamente. Questo spazio comunicava con un altro decisamente più vasto che si espandeva sulla destra sul quale erano piazzati una miriade di biliardi, mai vista una tale quantità, ad occhio direi tra i venti e i trenta tavoli dal panno verde. A biliardo non ci avevo mai giocato e idem Giovanni e Giancarlo che furono i primi con cui condivisi le mattinate nel sotterraneo di Via delle Lame. Sulla sinistra dell'area dedicata ai biliardi ve ne era un'altra riservata al ping-pong. Tre tavoli in ottime condizioni e con tanto spazio attorno, ed anche le racchette disponibili si mostravano in condizioni decorose. Oltre a questi servizi qualche mese più tardi venni a sapere che esistessero anche due salette separate per il gioco delle carte precauzionalmente posizionate nell'ampio sottoscala. Una struttura che nella seconda metà degli anni " 70 si presentava in ottime condizioni. Qualche inconveniente c'era, soprattutto nelle situazioni in cui i locali risultassero particolarmente affollati e ciò solitamente si verificava nel tardo pomeriggio; noi stazionavamo all'interno dell'Accademia esclusivamente nelle mattinate di assenza dalla scuola, quindi durante orari davvero poco frequentati.

Giovanni non veniva spesso in Sala biliardi per il semplice motivo che se non impossibilitato da cause di forza maggiore a scuola ci andava sempre, non aveva nulla da temere, nessuna materia che potesse metterlo in difficoltà, Giancarlo ed io invece ci passammo abbastanza tempo interamente dedicato al gioco delle boccette. Raggiungemmo quasi le duecento partite sorpassandoci reciprocamente più volte. Avevamo convenuto che avrebbe vinto il primo che avesse raggiunto cento successi ,non raggiungemmo l'obbiettivo di pochissimo sospendendo la sfida una volta terminati gli studi liceali.

Le lezioni di educazione fisica le passavamo giocando a basket contro i pari età della sezione E, l'unica tra quelle presenti nelle succursali dove come Lingua straniera si studiasse il Francese; con questi ragazzi condividevamo la palestra dello Sferisterio. Tra i nostri avversari l'unico che sapesse giocare bene era Mauro Cavara, un mancino agile e veloce in possesso di buona tecnica individuale che aveva abbandonato la pallacanestro a favore del calcio. Mauro realizzava il 70X100 dei canestri dalla sua squadra ma la differenza tra le due compagini risultava costantemente incolmabile, non vinsero mai. Compatti e organizzati noi della IV H giocavamo quasi a memoria indossando pure una divisa proveniente da uno stock di canotte blu con numero e bordature in giallo che avevamo acquisito a bassissimo costo. Dopo quasi due ore di puro agonismo si raggiungevano gli spogliatoi i cui locali si trovavano sul lato diametralmente opposto rispetto al campo di gioco e a cui si accedeva salendo una breve rampa di scale portando con sé il borsone contenente gli indumenti e quant'altro. Ciò accadeva per timore dei furti, infatti benché vi fosse un custode era buona abitudine lasciare le stanze ove ci cambiavamo assolutamente libere da vestiti ed effetti personali, il brav'uomo in perfetta solitudine doveva controllare e gestire una struttura enorme e dispersiva, pretendere che facesse anche da guardiano agli oggetti di proprietà degli oltre duecento alunni che quotidianamente transitavano nella struttura era impensabile. Terminate le fatiche sportive senza la minima fretta ci si lavava, ci si asciugava, si scherzava e lentamente ci si rivestiva per far ritorno a scuola e riprendere le lezioni. Lungo la via sistematicamente qualcuno si perdeva, virava di bordo e andava a casa oppure altrove.

Un giorno dopo aver fatto la doccia e aver bevuto un litro o più di acqua dal rubinetto, il Cavalier Gilberto, certo di essere tra mura amiche protette da assoluta privacy, mentre in accappatoio e ciabatte di gomma provvedeva ad asciugarsi si produsse senza preavviso alcuno in un rutto ciclopico, mostruoso, così potente che al confronto quelli storici del Ragionier Fantozzi sembrassero sospiri. Penso che i vetri delle finestrelle non andarono in frantumi esclusivamente perché spessi un dito e rinforzati internamente da una rete metallica anti intrusione. Quando ancora il rombo del tuono stava echeggiando si spalancò la porta dello spogliatoio e nel suo consueto cappottone di pelle scura apparve la sagoma del Professor Pini. Chi stava ridendo smise di colpo, il nostro docente per un attimo lungo un'ora rimase fermo in piedi a fissare con sguardo esterrefatto quel suo alunno abitualmente così fine ed educato. – " Bravo Gilberto, un rutto da Conservatorio! " – A questa affermazione seguì un'altra genuina esplosione di risate al cui termine il prof. come se niente fosse passò ad informarci che una selezione di studenti del IV Liceo Scientifico a breve avrebbe disputato una partita di basket contro agli allievi del Liceo Classico Minghetti. Il match si sarebbe svolto sul campo all'aperto del prestigioso Istituto situato all'interno del vasto cortile gentilizio di Palazzo

Lambertini-Taruffi, sede centrale del Minghetti. Pochi giorni dopo in una grigia mattinata novembrina mi trovai assieme agli altri ragazzi convocati di fronte all'ingresso principale del Liceo Marco Minghetti. Una bella facciata, possente e proporzionata, le imponenti finestre oscurate dai vivaci tendoni rossi, quelle del primo piano abbellite da un contorno di pietre bugnate mentre quelle del secondo sormontate da un elegante frontone; un altissimo portone ad arco a proteggere l'entrata principale, il tutto secondo un perfetto esempio di stile neoclassico.

Dopo sei anni passati insieme la società sportiva nella quale giocavo, Il Gira Basket sponsorizzato Fernet Tonic, a seguito di un ridimensionamento finanziario aveva proceduto allo scioglimento del nostro gruppo; onde continuare l'attività cestistica decisi di seguire il mio ex allenatore in un'avventura sportiva in terra faentina. Da mesi quindi non vedevo alcuno dei miei ex compagni a cui ero legato da profonda amicizia. Due di loro, Riccardo Di Cesare e Rocco de Bonis, li avrei rivisti quella mattina tra le fila del team avversario, un'occasione da non perdere. Noi avevamo una bella squadra, completa nei ruoli e composta da tutti giocatori di ottimo livello tra i quali Giacometti, Giannattasio, Caffaggi, Montella, Rocchi, Errigo e altri mentre i nostri antagonisti oltre ai miei due amici potevano schierare un solo altro elemento all'altezza della situazione, Cesare Tarozzi che militava tra le file della Virtus. Per raggiungere il campo percorremmo fino in fondo lo splendido corridoio ad arco che traversa il pian terreno, soffitti altissimi; passando rimasi impressionato dallo scalone monumentale e colpito dalla grazia e dalle dimensioni a tutt'altezza delle vetrate a riquadri dal telaio a volta con vista sul cortile interno. Rocco, Riccardo e Cesare ci tennero testa fin quasi alla fine e vincemmo solo perché uno di loro dovette abbandonare anzi tempo per raggiunto limite di falli. Ma al di là dell'aspetto sportivo la mattinata si rivelò davvero interessante e piacevole. Finito l'incontro dopo essermi brevemente intrattenuto con i miei ex compagni indossai una tuta e infilai il giaccone, la doccia potevo farla comodamente a casa, percorrendo via Maggia vi sarei arrivato in due minuti. Il Liceo Classico Minghetti era l'Istituto Scolastico più prossimo alla mia abitazione, dopo averne visto seppur fuggevolmente l'interno quasi mi dispiacque di non aver dato retta a mia madre.

La prima documentazione dell'odonimo di Via Maggia riale al 1576, il nome è stato originato dalla famiglia Maggi che qui aveva le proprie case per la cui costruzione fece demolire nel 1547 una posteria (termine con cui si indicava un negozio di generi alimentari) adiacente alla seconda cerchia di mura.

Palazzo Lambertini Taruffi sorge nel centro di Bologna in quella che un tempo fu Via del Poggiale e oggi è Via Nazario Sauro. La nobile dimora fu una delle residenze della prestigiosa famiglia dei Lambertini. La costruzione dell'edificio prese il via nel 1570. Nel 1656 il palazzo fu acquistato da Galeazzo Malvezzi, infine nel 1770 la proprietà passò alla famiglia dei banchieri Taruffi. Cesare Taruffi nel 1797 fece costruire nella sala del primo piano un teatro ad uso privato dotato di doppia galleria che nel 1799 dopo l'edificazione di quattro ordini di palchi fu convertito in pubblico teatro. La trasformazione non produsse gli effetti desiderati perché a causa della limitata capienza gran parte delle compagnie teatrali preferiva esibirsi altrove, ciò convinse il Taruffi alla demolizione della sua creatura cui si procedette nel 1806. I materiali ottenuti dallo smembramento furono acquistati da Giuseppe Majocchi che se ne servì per il pubblico teatro di Cento, sua città natale. Dal 1909 il palazzo, nel frattempo acquisito dal Comune di Bologna, è sede del Liceo Ginnasio Statale Marco Minghetti. Durante la Grande Guerra i locali del liceo furono adibiti ad ospedale militare e le lezioni si tennero presso il Liceo Galvani mentre nel corso del secondo conflitto mondiale si verificò il contrario dal momento che il Galvani fu requisito dall'Ospedale Carlo Alberto Pizzardi. Nel corso degli anni "90 si rese indispensabile un intervento di restauro e recupero ai fini della riqualificazione dell'intera struttura i cui lavori terminarono nella primavera del 1997 con l'apertura di oltre venti aule ricavate nello storico edificio nel pieno rispetto della specifica normativa vigente.

Le feste in taverna a casa Concato facevano costantemente il pienone, al ritmo di una ogni due mesi via via il giro si allargava coinvolgendo compagni di scuola e amici di amici. Il nostro gruppo ristretto con l'inserimento di Gianni e Gilberto era cresciuto e sui gradini esterni della villa ci si stava un po'più stretti. Alle feste danzanti non mancava nessuno a parte Clara che durante una vacanza in Grecia aveva conosciuto uno studente ellenico che frequentava l'Università di Bologna. Ad ogni festa nasceva una nuova simpatia che durava due o tre giri in Vespa, qualche settimana, raramente mesi. A volte a casa di Massimo ci andavo a piedi, da Piazza San Francesco risalivo Via Frassinago per sbucare a Porta Saragozza, camminando tranquillamente impiegavo un quarto d'ora. Una passeggiata piacevole lungo le strade un tempo racchiuse tra la seconda e la terza cinta di mura, meno nobili rispetto alle sorelle del pieno centro storico ma altrettanto ricche di atmosfera e di poesia. Meno gente, strade di passaggio e non di passeggio. Angoli silenziosi, un po'nascosti e persi nel tempo; passi sereni.

Ci trovammo in Via Guidotti per preparare un altro sabato pomeriggio di musica, divertimento, speranze, illusioni, successi e delusioni. Si rispolveravano e provavano i vecchi Lesa al suono dei più recenti quarantacinque giri e nel mentre discutevamo delle ragazze che sarebbero state presenti. Prima di risalire la breve rampa di scale per tornare a sederci sui gradini a guardare gli alberi di ippocastano Massimo ci guidò nel sottoscala. – " Adesso vi faccio vedere una cosa, qui dietro c'è uno stanzino nascosto, gli ho dato una pulita ma ho lasciato tutto com'era quando le feste qui sotto le organizzava mio fratello Vittorio. – Lo seguimmo nella penombra fino a raggiungere una bassa arcata seminascosta il cui ingresso era oscurato da uno spesso telo di Juta lungo fino a terra, Massimo lo spostò e infilando la mano lungo la parete interna fece scattare un interruttore. Nella fioca luce blu proveniente da una lampadina pendente da un corto cavo elettrico ci apparve una solida branda militare in perfetto stato di conservazione. – " Questo è il trappolo che usava Vittorio! I miei non ne conoscono l'esistenza quindi acqua in bocca. " – Dopo un attimo di stupore iniziammo a parlare tutti assieme già in preda di improbabili fantasie e pericolosi voli pindarici. La breve chiacchierata ci portò a fissare di comune accordo una serie di regole relative all'eventuale uso dello stanzino nascosto. – " Questo però lo usiamo solo noi! Gli altri maschi presenti non ci mettono piede, se qualcuno di noi s'imbosca un altro rimane a presidiare l'ingresso! " – Coefficiente di difficoltà da uno a dieci...undici!

Il mini trappolo accolse solo per brevi momenti i pochi fortunati e coraggiosi che convinsero la propria bella a seguirli, giusto per scambiarsi un po'di effusioni lontano da occhi indiscreti. Ma la sua presenza stimolava gli entusiasmi e partecipava ad accendere in noi quello spirito da " conquistador " di cui già ci si faceva impropriamente vanto.

La nostra presenza si fece così frequente che in breve i genitori di Massimo ci accolsero come fossimo membri della famiglia, almeno relativamente al gruppo originario. Alberto era di casa da sempre, i gemelli per motivi di studio, Giancarlo di stretta parentela e Giovanni ed io per adozione. La madre di Massimo, signora Marta Tonelli, era una bella signora dai lineamenti delicati, dopo aver cresciuto quattro figli maschi di cui gli ultimi due non proprio angelici si sforzava di mantenere un contegno austero e compito senza però riuscire a mascherare del tutto la sua dolcezza d'animo. Una donna forte, equilibrata e tanto paziente. Il marito, Dottor Gerolamo Concato, era un distinto signore con un bel paio di baffi sempre curati e i capelli pettinati all'indietro, vestiva in stile classico ma non formale, parlava poco e riusciva istintivamente simpatico. A Massimo del basket importava poco o nulla ma era appassionato di calcio e grande tifoso del Bologna F.C. e della nazionale così come lo erano suo padre e suo fratello Giorgio, il maggiore dei quattro. Quando giocava la nazionale erano pochi gli eletti a cui era concesso presenziare nel salone di casa Concato, posti riservati e limitati. Alberto declinava, il gioco del calcio non era nelle sue corde, i gemelli la partita la guardavano a casa loro così che ad avere l'onore di assistere all'evento oltre ai componenti della famiglia eravamo solo Giancarlo, Giovanni ed io. Necessario giungere con almeno venti minuti di anticipo sul calcio d'inizio. L'incontro si seguiva in silenzio, si poteva tifare ma senza esagerazioni ed era assolutamente vietato mettersi a chiacchierare perché il Dottor Gerolamo voleva seguire lo spettacolo con la massima concentrazione e tranquillità. Nella sala appena accesa la televisione venivano accostati gli scuri e spente le luci, il padrone di casa prendeva posto nella sua comoda poltrona/trono che veniva precedentemente collocata nella migliore posizione per seguire le immagini televisive; non era neppure immaginabile che qualcuno potesse anche solo pensare di sedervi al suo posto, il trono era sacro, inviolabile e personale. Giorgio sedeva alla sinistra del padre, appena più indietro, mentre Massimo alla destra lievemente spostato di lato; Io e Giovanni su due " scrane " dalla seduta imbottita agli estremi della platea. Giancarlo appostato dietro a Massimo e pronto a molestarlo. Gerolamo inizialmente si manteneva impassibile ma col passare dei minuti allentava la corda e di tanto in tanto quando fosse il caso si lasciava andare a colorite espressioni in dialetto veneto, la sua terra d'origine. Tutto ciò rimanendo abbondantemente entro i limiti della decenza e mantenendo quell'aplomb che lo distingueva in ogni suo gesto. Terminata la partita si riaccendevano le luci e si riaprivano gli scuri, ci si alzava e si toglievano le tende. Qualche volta capitò che fosse già ora di cena e che la signora Marta ci invitasse a mangiare qualcosa, allora gentilmente ci accompagnava nel tinello adiacente alla cucina e ci faceva accomodare attorno a un grande tavolo da pranzo del XIX secolo. Pareva davvero di essere in famiglia.

Di lì a qualche mese compiuti i diciott'anni ottenni la patente B, quella che dava diritto a guidare l'auto e le moto di qualsiasi cilindrata. Non avevo chissà che pretese ma mi piaceva molto il Mini 90 dell'Innocenti, uno scatolino moderno dalle linee accattivanti e un po' sportive dotato di un motore molto elastico capace di erogare cinquanta cavalli il che permetteva un'ottima accelerazione all'innovativa utilitaria dal peso molto contenuto. Espressi il desiderio a mia madre ed assieme ci recammo presso un concessionario ufficiale che aveva la propria sede in Via Andrea Costa. Davvero bella, interni in elegante velluto e morbida similpelle, sedili anteriori anatomici con tanto di poggiatesta regolabile, lunotto termico con la parte superiore sfumata in azzurro, apertura del bagagliaio tramite leva interna, vetri elettrici e impianto stereofonico estraibile Majestic dotato di amplificatore. Avevo avuto fortuna, in esposizione era in vendita un Mini 90 blu semestrale con appena cinquemila chilometri, ciò permise a mia madre di farmi un fantastico regalo risparmiando una notevole cifra rispetto al nuovo. Avevo dovuto rinunciare alla moto ma la piccola auto mi piaceva davvero molto, veloce e modaiola mi sembrava di guidare una Ferrari. Mio padre me la chiese in prestito solo in due occasioni esclusivamente per il fatto che la sua orribile Renault fosse in riparazione, odiando la guida la usava il meno possibile dimentico di ogni manutenzione necessaria così la povera vettura francese si fermava spesso col radiatore fumante o gli pneumatici dilaniati dall'usura. Era un pilota impacciato e del tutto privo del senso della misura. Entrambe le volte dopo che fece uso del mio gioiello controllai la carrozzeria e come temevo rilevai delle brutte striciate lungo le fiancate. Fortunatamente interveniva mia madre e mi forniva il denaro per riparare il danno, papà allora faceva la faccia truce e brontolava a mezza voce, per lui le auto erano solo mezzi di trasporto di cui se avesse potuto avrebbe fatto volentieri a meno. Sostenere spese per una riparazione non strettamente necessaria uno spreco inutile.

Presi ad usare il mio Mini blu quasi quotidianamente e quindi anche quando mi recavo a casa Concato. Era più difficile trovare un parcheggio in Via Guidotti che vincere alla lotteria così su concessione del mio amico lasciavo l'auto davanti al passo carraio del suo cortile. – " Lasciala qua davanti, lo sanno che è la tua, se qualcuno deve entrare o uscire ci chiamano. " – Poi capitava che per Gerolamo fosse venuta l'ora di tornare in farmacia e trovandosi la mia auto davanti al cancello gli toccava di rientrare in casa per chiamarmi. Tutte le volte che capitava questo inconveniente prima di richiudere il portone esprimeva le sue pacate rimostranze. – " Ah quel Cabrini! Lascia sempre la macchina davanti al cancello! " -Questa frase faceva morire dal ridere suo figlio Massimo. Cabrini era un giocatore della Juventus e della nazionale ma il signor Gerolamo per i cognomi non possedeva una gran memoria; pronunciava qualcosa di sufficientemente simile tanto per farsi capire e questo bastava perché io mi precipitassi a liberare la via con tanto di scuse. Quando rientravo trovavo Massimo che stava ancora ridendo.

Qualche giorno prima che la scuola chiudesse per le vacanze di Natale notammo accatastati contro al muro della palazzina di fronte all'ingresso una serie di attrezzi, transenne, cartelli stradali e lanterne segnaletiche. La fornaia ci informò che il Comune aveva deciso di procedere alla sistemazione di alcune condotte fognarie lungo Via Schiavonia profittando della sospensione delle lezioni. Quella mattina però degli operai nemmeno l'ombra. Stranamente quel dì giunsi dinnanzi al portone del liceo in anticipo rispetto allo squillo della prima campanella, ovvero quella che canta per avvisare gli alunni che la scuola apre i battenti. Mi accorsi subito che un gruppetto dei miei compagni di classe stesse confabulando con fare guascone appresso al materiale lasciato incustodito. Giovanni vedendomi mi si fece incontro. – " Portiamo su una transenna, due martelli da demolizione, due lanternine e facciamo un cantiere in bagno! " – Nel mentre l'idea della bravata era arrivata anche alle orecchie dei ragazzi della IV F la cui aula dopo la nostra era quella più vicina ai servizi maschili; Pier Caffaggi, Francesco Guidicini, Alberto Pagnoni, Mamolini e Gilberto Gallerani ne rappresentavano la schiera più attiva quando vi fosse da combinare qualcosa di poco ortodosso. Adocchiammo una transenna smontabile, di quelle composte da due cavalletti metallici ed un'asse di legno colorata a strisce trasversali bianche e rosse, la più semplice da nascondere tra la massa di studenti che come un branco di bufali giornalmente irrompevano all'interno degli ambienti dell'ex convento. Cinque di noi afferrarono il materiale selezionato accerchiati da una dozzina di altri compagni partecipi della goliardata che avrebbero fatto velo attorno al nucleo centrale. La campanella stava già suonando, lasciammo che una metà circa degli studenti presenti imboccassero le scale e li seguimmo in continuità nella speranza che le bidelle una volta spalancata la porta all'arrivo del branco si scostassero quel tanto da non scoprire la nostra genialata in stile "cavallo di Troia". Nel mucchio la falange compatta passò inosservata, in un baleno scaricammo il nostro bottino all'interno dei servizi maschili ai quali si accedeva da un breve corridoio a vista per poi imboccarne un secondo che dava direttamente sui lavabi e sui box delle turche. Posizionammo la transenna tra i due corridoietti in modo che non fosse visibile dal corridoio esterno, ai lati le due nuovissime lanterne segnaletiche composte da metallo argentato e vetri rossi, stupende; poi poggiammo i due martelli da demolizione all'interno di un box adagiandoli vicino a un inframezzo composto da mattoni forati e infine ci fermammo soddisfatti ad ammirare il nostro cantiere. In quel mentre qualcuno fu colto da un raptus di follia e brandendo una mazza da demolizione prima che si potesse fermarlo assestò una serie di colpi devastanti contro alla sottile parete divisoria provocando uno squarcio che pareva il frutto dello scoppio di una granata, ci si poteva infilare la testa e godere della completa visuale dell'WC attiguo. Dal piccolo cumulo di macerie si levava una densa nuvola di polvere biancastra, a quel punto la bravata era andata molto oltre ai programmi e bisognava trovare il modo per saltarci fuori. Nessuno avrebbe fatto la spia di proposito, ne eravamo certi, ma se un alunno ignaro si fosse imbattuto nella transenna molto probabilmente sarebbe andato a chiedere lumi ad una operatrice scolastica. Avevamo pochissimo tempo a disposizione, a breve i docenti sarebbero entrati nelle rispettive classi. Al volo si decise di nascondere tutto all'interno dell'ultimo box, ne chiudemmo completamente la porta e la bloccammo con un banchetto singolo sottraendolo da quelli in eccesso . disponibili nelle aule, poi si rimediò un foglio da disegno, un pennarello a punta grossa e del nastro adesivo. In pochi istanti sull'esterno della porta che custodiva le prove del reato comparve un cartello recante una scritta dai caratteri in stampatello: FUORI SERVIZIO. Sapevamo che le bidelle non sarebbero entrate nel bagno maschile prima della fine delle lezioni ciononostante ci accordammo tra noi per tenere sotto controllo la situazione presidiando a turno la zona a rischio. Filò tutto liscio, giunta l'ora di tornare ognuno a casa sua staccammo il cartello dall'uscio e così come l'avevamo fatta salire provvedemmo a far scendere tutta l'attrezzatura tornando a posizionarla esattamente com'era quando l'avevamo prelevata.

Incredibilmente il giorno a seguire volò via come se non fosse accaduto nulla, le bidelle avevano spazzato e ripulito gli ambienti. Voci di corridoio ci informarono che la vicepreside venuta a conoscenza dell'incidente dopo un sopralluogo aveva pensato ad un cedimento strutturale dovuto all'umidità e alla fragilità del traforato, poteva starci, la palazzina era molto vecchia e benché in regola con i risibili criteri di sicurezza richiesti mostrava evidenti segni di deterioramento.

Ultimo giorno di scuola prima dell'inizio delle vacanze natalizie. Giù in strada gli operai avevano già predisposto il piccolo cantiere e si accingevano ad iniziare i lavori. Tutto era pronto, il capomastro stava rovistando con la testa infilata dentro al cassone del furgoncino di servizio, dopo qualche minuto si girò contrariato ad apostrofare i suoi manovali. – " Dove cavolo avete imboscato le due lanterne? " – Nessuno fu in grado di rispondergli. Sapevo che le due lampade in metallo zincato da qualche giorno avessero cambiato destinazione d'uso; non più segnali luminosi ad indicare un ostacolo ma ricercati oggetti d'arredamento alternativo ad impreziosire la camera di uno studente liceale.

Era già primavera ma pioveva come se fosse autunno, giornate umide e grigie, di quella tinta uniforme che vela i colori e allontana i sogni. La macchia sul soffitto al centro dell'aula col passare delle settimane cresceva, lentamente ma con costanza. I termosifoni erano stati spenti pochi giorni prima, esattamente alla metà di aprile come da disposizione ministeriale. La data era quella e bisognava rispettarla qualsiasi fossero le condizioni climatiche. Le rondini se ne stavano ben riparate sotto ai cornicioni e le poche temerarie che si alzavano in volo sparivano subito alla vista come inghiottite da una realtà parallela e surreale.

Stavamo pressati gli uni agli altri al di sotto del piccolo portichetto che per qualche metro accompagna la via, rimanere al solo riparo di un ombrello voleva dire inzupparsi fino al midollo in pochi istanti, l'acqua spinta da un vento trasversale scendeva rapida in rivoli di gocce grosse come noci che andavano a tuffarsi nelle pozzanghere provocando spruzzi tutt'attorno. Il nero catrame rimesso a nuovo qualche mese addietro assumeva le sembianze di uno specchio che rifletteva immagini fluide ma comunque nitide, come fossero opera dell'acquarello di un pittore romantico. Finalmente venne l'ora di salire in classe, varcato il portone prima di prendere le scale gli studenti si fermavano un momento all'interno dell'atrio semibuio, poggiavano a terra le sacche coi libri e aprivano e richiudevano ripetutamente l'ombrello per liberarlo dall'acqua. I ragazzi più adulti i testi di studio li tenevano sottobraccio assicurati ad una cinghia elastica che si bloccava tramite due ganci. Cinghie monocrome dai colori accesi, gialle, verdoline, fuxia; in caso di pioggia il pacco di libri si infilava sotto al soprabito per tenerlo al riparo. Guadagnato il secondo piano raggiungemmo la nostra aula, la porta era ancora chiusa, aprendola fummo investiti dalla luce perlacea e opaca che penetrava attraverso le finestre. Appena passata la soglia ci fermammo in piedi per sfilarci di dosso i giacconi e agganciarli all'attaccapanni. Un tonfo sordo e improvviso sovrastò il brusio delle chiacchiere, ci voltammo istintivamente a guardare. Il banco e le sedie più prossime al centro dell'aula erano ricoperti da grossi pezzi di calcinacci, non aveva ceduto solamente la vasta sezione del già malandato intonaco ma anche una piccola parte della sovrastruttura, guardando all'in su attraverso una fenditura si vedeva il cielo grigio mentre rivolgendo lo sguardo a terra si notava una pozzanghera d'acqua piovana in lenta e costante espansione. Nessuno si era fatto male ma il rumore violento provocato dal crollo aveva spaventato una parte degli studenti, in particolar modo le ragazze. I maschi invece la presero presto sul ridere e anziché andare ad avvisare chi di dovere decisero di sfruttare la situazione per inscenare una specie di grottesca protesta beffarda. Prima che la Professoressa Brasa facesse il suo ingresso accostammo gli scuri, spegnemmo le luci e prendemmo posto a sedere con l'ombrello aperto sopra al capo, per aumentare l'effetto sorpresa chiudemmo l'uscio e smettemmo di parlare mantenendo un silenzio assoluto. La nostra brava docente di Lettere era una donna molto tranquilla, compita e timorata di Dio. Percepimmo lo scalpiccio dei suoi ultimi passi che procedevano frettolosi verso di noi. – " Zitti, zitti che sta arrivando! – " Bisbigliò Gianni. La porta si aprì di colpo e sulla soglia si stagliò controluce la sagoma della nostra insegnante che lasciò cadere a terra borsetta, registro ed ombrello per poi esplodere in un breve ma acutissimo urlo di terrore. Accendendo le luci si riprese subito. – " Cosa siete impazziti? Cos'è questa pagliacciata che avete inscenato? Un attimo dopo s'accorse che stava piovendo in classe. – " Gilberto corri giù dalle bidelle e assicurati che vengano subito a rimuovere quel mucchio di macerie intanto io contatto la vicepreside e vediamo se ci assegnano un'altra aula fin quando non riparano il soffitto! " – L'incaricato, conscio e fiero del suo ruolo, solerte e sorridente si avviò di buon grado scomparendo in fondo al corridoio, passati pochissimi minuti fece ritorno scortato da due operatrici scolastiche con le mani protette da spessi guanti di gomma gialla che spingevano un carrello carico di secchi, stracci, scope, palette e sacchi di segatura. La fenditura stava assumendo le dimensioni di uno squarcio e l'acqua che prima gocciolava ora si riversava sul pavimento col piglio di una cascatella bizzosa. Le instancabili dade rimisero ancora una volta tutto in ordine, buco a parte ovviamente, e mentre queste posizionavano sul banco ferito un capiente secchio di plastica riapparve la nostra docente. – " Non abbiamo altre aule disponibili, la Professoressa Bonafede (la vicepreside) ha già avvisato la sede centrale e il preside le ha assicurato che nel primo pomeriggio verranno i muratori a riposizionare e sigillare i coppi e chiudere il buco. Quindi adesso vi mettete a sedere e facciamo lezione. Le bidelle ci lasciarono un secchio di riserva da utilizzare in sostituzione dell'altro quando fosse giunto il momento di andarlo a svuotare, ovvero ogni venti minuti, poi fin quando fossero giunti gli operai a gestire l'imbarazzante situazione ci avrebbero pensato loro.

L'insegnante prese a leggerci dei brani tratti da un volume di Luigi Pirandello: - "La Giara " – Un autore tra i suoi preferiti. Gli alunni seguirono con sufficiente attenzione ma senza perdere di vista la minacciosa apertura sovrastante.

Sarebbe stato bello avere a disposizione una capiente anfora di terracotta, avrebbe assolto il compito dei secchi con maggiore efficienza ed eleganza.

Il giorno dopo il buco sul soffitto non c'era più. Nel cielo azzurro splendeva un sole radioso e le rondini si rincorrevano finalmente libere di volare in alto e lontano. Quanto le invidiavo.

In discoteca ci andavamo il sabato pomeriggio, Art Club in Vicolo Bianchetti, subito dietro a Piazza Aldrovandi. Il locale apriva alle ore quattordici e chiudeva alle diciotto, in fondo al piccolo ingresso si trovava la cassa e dietro al vetro dotato di uno svaso per incassare i soldi e rilasciare il biglietto della SIAE stava seduta la proprietaria, una signora di mezza età molto seria che parlava pochissimo e non sorrideva mai. Quattromila lire per l'ingresso compresa una consumazione, esclusi i cocktails per i quali bisognava pagare un sovrapprezzo direttamente al bar dopo aver presentato al barman un documento d'identità che certificasse la maggiore età, così accadeva che i pochi che avessero già compiuto i diciotto anni di consumazioni ne ordinassero una mezza dozzina per poi consegnarle ai minorenni che attendevano impazienti in disparte. Lungo tutti i vani di cui era composta la discoteca si aggirava continuamente un signore stempiato coi capelli grigi, il marito della signora alla casa, controllava che tutto fosse in ordine e soprattutto che nel soppalco che girava tutt'attorno alla piccola pista da ballo le effusioni tra le coppiette non andassero oltre i limiti della decenza. Ai fidanzatini bastava tenere d'occhio la rampa delle scale e vedendolo comparire riacquistare una parvenza di atteggiamento compito fin quando il guardiano fosse ritornato al piano di sotto. I divanetti del soppalco erano molto gettonati e disposti in modo che chi vi si accomodasse godesse di una certa privacy, erano bassi, soffici e accoglienti; rivestiti da un velluto rosa elasticizzato e antistrappo. Anche la pista era accerchiata dai divanetti rosa ognuno dei quali era accompagnato da un tavolinetto nero di forma rettangolare e dai profili cromati, e lì ci si sedeva pronti a fiondarsi in pista per scatenarsi al ritmo dei pezzi più richiesti. Disco music fine anni "70, melodica, orecchiabile e commerciale; un genere piacevole mai frenetico né ossessivo. La clientela era composta dai ragazzi del centro città, liceali soprattutto, giovani per bene in cerca esclusivamente di un po'di divertimento. Sul soffitto erano fissati schiere di faretti colorati che lampeggiavano al ritmo della musica, ma c'erano anche le così dette lampade psichedeliche che sparavano una luce bianca e accecante come il flash delle macchine fotografiche e pure le luci ultraviolette che balenavano ad una velocità tale da cristallizzare la realtà trasformandola in miriadi di immagini in rapida successione. Non era finita, l'Art Club disponeva anche dell'effetto nebbia, un fumo biancastro che odorava di borotalco che fuoriusciva ciclicamente da quattro valvole posizionate sul pavimento ai lati della pista, tecnologia innovativa ed effetti speciali che si completavano con la discesa dall'alto della palla rifrangente, una sfera ruotante con la superfice composta da specchietti che riflettevano i fasci di luce provenienti dai faretti. Una discoteca piccola ma avanti coi tempi, una bomboniera di luci e musica che non aveva nulla da invidiare ai locali americani che avevano ospitato le evoluzioni danzanti di John Travolta durante le riprese del film cult " Saturday Night Fever ". Si ballava sopra a una pista rialzata ricoperta da riquadri luminosi e colorati, la consolle del D.J. un po' in disparte. Passavamo la settimana in attesa del sabato pomeriggio, ci si ritrovava in Vicolo Bianchetti subito dopo pranzo, la compagnia ormai composta da decine di ragazzi e ragazze, tra loro Mario A., un ragazzone dai lineamenti mediterranei e i modi gentili, sua sorella Lucia, una mora dagli occhi verdi, il biondo e dinoccolato Alberto B. e Mauro Emili, un bel ragazzo distinto, affabile e allegro che appena entrato nel locale partiva alla ricerca fenetica di un tavolo favorevolmente posizionato rispetto alle sue intenzioni, ovvero adiacente alla pista quando si sentisse da " ballotta " o viceversa nascosto e in penombra quando preferisse trascorrere un po' di tempo in dolce compagnia. Mauro il " suo tavolo " doveva avercelo per forza e questa sua particolare fissazione lo seguì anche negli anni successivi quando più adulti a ballare ci si andava in tarda serata e i tavoli si potevano prenotare in anticipo; allora Mauro entrato nel locale bloccava il primo inserviente disponibile e gli chiedeva indicazioni al proposito. – " Voglio il mio tavolo, grazie! " –

Qualche minuto prima dell'orario di chiusura abbandonavamo il locale e ci riversavamo nel vicolo e da lì proseguendo a piedi raggiungevamo la vicina Via Vinazzetti per andare a mangiare un panino all'Harrys Bar. Una delle primissime paninoteche aperte in città, ambienti spaziosi e arredati con gusto, la sala d'accesso in stile country, quella adiacente più elegante e raffinata; nella prima ci si andava soprattutto in gruppo essendo fornita da tavoloni in legno massiccio e panche lunghe due metri, la seconda invece era frequentata soprattutto dalle coppie che ne gradivano l'atmosfera più intima e tranquilla. Un piccolo atrio privato fungeva da anticamera al locale vero e proprio al cui ingresso sulla sinistra faceva bella mostra di sé un voluminoso bancone da bar arricchito da lampade ricercate e oggetti americaneggianti. I panini venivano serviti caldi, due grandi fette di pane croccante un po' abbrustolito ripiene di prelibatezze salate, tra i più richiesti il " Tatoicio " farcito di pollo, funghi e maionese, Il " Carrettiere ", composto da salsiccia, pomodoro e fontina e il " 3 Jolie " dai sapori cremosi e delicati. Tra le bevande la Coca-cola spopolava lasciando le concorrenti a distanze siderali. Ma anche i primi piatti erano gustosi e a buon mercato, i maccheroncini panna, prosciutto e funghi eccellenti, e per finire si poteva ordinare la " Banana Split ", un dolce fuori ordinanza, buono e di facilissima preparazione: Una banana tagliata in due fette ricoperte di cioccolato fondente semiliquido e panna montata. Pochissimi erano coloro che a quell'età potessero già uscire dopo cena e nella stragrande maggioranza si trattava di giovanotti che si ritrovavano a casa di un amico per una partita a carte o che s'incontravano per andare al cinema. Le donzelle per partecipare agli svaghi notturni dovevano essere accompagnate da un cavaliere ufficiale, conosciuto, approvato e vidimato dai genitori che sarebbero rimasti ad aspettare le loro figliole in stato d'ansia, rigorosamente svegli e assai preoccupati. E dire che allora nel centro città le notti trascorrevano calme e silenziose, la gente non stava in giro per le piazze e le vie a far baldoria, si usciva per andare in un locale e per strada s'incontravano solo i passanti e padri di famiglia col cane a guinzaglio. La movida che nel bene o nel male avrebbe trasformato la vita della Bologna by night era comunque ormai prossima a venire.

Vicolo Bianchetti assume questo nome con la riforma toponomastica del 1873/78 ispirandosi a Palazzo Bianchetti che sorge tra Strada Maggiore, Piazza Aldrovandi e lo stesso vicolo. Precedentemente sempre derivando dal nome di una famiglia ivi residente si chiamava Vicolo (dei) Cospi, famiglia patrizia insignita del titolo di Conti e proprietaria di case e palazzi tra lo stradello e la Via San Vitale. Pochi sanno che sempre in questa area, precisamente in Strada Maggiore 42, secoli addietro abitasse la famiglia Mussolini che tra le sue proprietà immobiliari vantava anche una torre che portava il suo stesso nome ed è tutt'ora visibile da Vicolo Posterla. Secondo le più accreditate ricerche araldiche tale famiglia non ha nulla a che fare con quella di Benito Mussolini le cui origini parrebbero assolutamente d'estrazione popolare.

Capitolo 13

La scuola iniziava dopo il venti settembre, ciò voleva dire rientrare dalle ferie estive ed avere ancora un paio di settimane per divertirsi e vedere gli amici. La sera uscivamo spesso e la meta più naturale era andare da Massimo a fare due chiacchiere in giardino o se fosse stato brutto tempo una partita a sette e mezzo in camera sua. Magari verso le undici si faceva un salto fuori a mangiare qualcosa ma restando sempre in zona, alla pizzeria Mare Chiaro, che s'incontrava subito dopo l'Arco del Meloncello, oppure " Dall' Unto ", una paninoteca da battaglia poco distante. La pizza era davvero buona, il locale molto basico e troppo illuminato sembrava la sala da pranzo di quelle pensioncine economiche della Riviera Romagnola. Forno a legna e pizzaiolo napoletano. La paninoteca " Dall'Unto " naturalmente portava un altro e meno spregevole nome ma nessuno ci faceva caso, tutta Bologna per indicarla usava quell'appellativo non proprio invitante. I panini arrivavano avvolti da una carta traslucida che colava olio come se piovesse, ti sporcavi per forza, però erano saporiti e costavano poco, potevi far casino e scherzare con gli amici fin che volevi, nessuno ti avrebbe detto niente, poi magari a casa passavi una nottata agitata e il " panozzo " lo digerivi il giorno dopo. Spesso però scendevamo in camera di Massimo nel seminterrato e ci impegnavamo in divertenti dispute a sette e mezzo, un gioco facile e poco impegnativo condito da battute ed improperi affatto principeschi. Il padrone di casa era un giocatore molto oculato, forse troppo, difficilmente rischiava e così facendo raramente vinceva. Una sera infrasettimanale mi recai a casa Concato per trascorrere qualche ora in tranquillità e amicizia, dopo aver fantasticato seduti sui consueti gradini vista viale decidemmo di fare una partitella a carte, un uno contro uno all'ultimo sangue. Si puntava poco e un po' per volta, conoscendo la tattica del mio amico optai per un atteggiamento aggressivo conscio che male che andasse avrei perso una cifra inferiore al costo del biglietto di un cinematografo. Sedemmo uno di fronte all'altro utilizzando come tavolo verde lo scrittoio su cui abitualmente studiava, una piccola scrivania sulla quale avevano sudato e sofferto tutti i quattro fratelli Concato, la signora Marta in materia non scherzava ed esigeva che i suoi figli passassero ogni pomeriggio diverse ore sui libri. I primi tre erano già tutti laureati e lavoravano nelle due farmacie di famiglia, a Massimo invece con l'inizio dell'anno scolastico toccava mettersi di buon grado seduto con un volume sotto al naso e quindi cercava di godersi quegli ultimi giorni di libertà e spensieratezza nel miglior modo possibile. Verso le undici di sera iniziammo la sfida, alle due della mattina il mio amico disse basta, aveva perduto la mirabolante cifra di duemila e duecento lire, naturalmente dopo avermi abbondantemente insultato ogni volta che io vincessi, quasi sempre. I debiti di gioco vanno onorati, nessuno si era mai tirato indietro, però quella sera sentivo un certo appetito e quindi accettai volentieri la proposta del mio amico – " Se ti pago non arrivo a sabato quindi ti propongo un piatto di spaghetti tirati col sugo di mia madre a saldo di quanto ti devo. " – Erano così buoni che me li ricordo ancora.

A settembre iniziavano pure gli allenamenti di basket che profittando della bella stagione per i primi quindici giorni si svolgevano all'aperto presso il campo della Chiesa dell'Annunziata, splendido complesso che sorge subito fuori Porta San Mamolo, il campo occupava una buona fetta del chiostro interno ed era stato da poco rinnovato. Terminata la mia avventura in quel di Faenza ero tornato a tirare a canestro all'ombra delle Due Torri seguendo il mio storico allenatore, Bruno Bernardini, tra le fila della Ducati Basket, società sportiva le cui squadre solitamente si allenavano a Porta Castiglione all'interno di un innovativo e claustrofobico pallone pressostatico. Ritrovai buona parte dei miei vecchi compagni di squadra ai quali si erano aggiunti alcuni tra i migliori giocatori juniores di Bologna e dintorni. Tra questi legai in particolare con Massimo Brizzante, un armadio dal bulbo fluente stile Brave heart alto circa un metro e novanta dotato di una inimmaginabile mobilità e di una mano molto educata; cestista grintoso e ragazzo simpatico, divertente, sensibile e un po' istintivo. Si giocava nel tardo pomeriggio quando i raggi del sole sono meno cocenti e l'aria un po' più fresca. Per far venire l'ora profittando della costante presenza di molti tra i miei amici prima di indossare gli indumenti sportivi stazionavo un paio d'ore alla Baracchina " Da Mario " situata lungo il Viale di Circonvallazione a Porta San Mamolo, due piccioni con una fava. Era una gelateria frequentatissima fornita di numerosi tavoli all'ombra di alberi rigogliosi che in quegli anni visse la sua migliore stagione ospitando per lo più compagnie di ragazzi delle scuole superiori, il frappè al cioccolato e la focaccia alla panna erano leccornie a cui non si poteva resistere. Da Mario trovavo i compagni di scuola, i ragazzi di Via Guidotti e altri conoscenti residenti nelle vicinanze. Poi col farsi dell'autunno la Baracca si svuotava e i ragazzi del centro si spostavano poco più in là; In Via San Mamolo c'era la storica osteria del Moretto, un bell'ambiente già aperto nel primo pomeriggio, il raffinato Bar della Panoramica, punto di ritrovo esclusivo dei gruppi più snob a cui si opponeva il " Pic nic ", un elegante chiosco arroccato in cima alla salita di San Michele in Bosco che radunava un selezionato gruppo di giovani benestanti. Gli altri e più " centraioli " rampolli della città si ritrovavano sotto ai portici a lato della Basilica di San Petronio al Bar Pasticceria Zanarini, comunemente detto " Zanaro ". Molto in auge era anche il Bar Frappi di Via Siepelunga, locale distinto e accogliente con prodotti selezionati di altissima qualità.

Smettere di traccheggiare sulle seggiole della Baracca sorseggiando il frappè con la cannuccia colorata tra le labbra significava una sola cosa: Le scuole avevano riaperto i battenti, le uscite serali sarebbero drasticamente calate così come quelle pomeridiane per motivi di studio, per impegni sportivi e a causa del brusco giro di vite impresso dai genitori. Ciò nonostante le paninoteche e le discoteche continuarono a caratterizzare il tempo libero della gioventù bolognese che in esse si identificava imitando i modi e le fogge dei metropolitani coetanei milanesi. La moda dei " Paninari " iniziava a diffondersi, giubbotto bomber, jeans di marca Sisley, scarpe Di Varese, Moncler dalle tinte sgargianti in vera piuma d'oca e pesanti Timberland nei mesi più freddi sotto le quali era d'obbligo indossare le calze colorate a rombi della Barlington. Un modo d'essere e di vestire che raggiungerà l'apice nei primi anni "80. La più fresca gioventù cercava così di affrancarsi da tutto ciò che l'aveva preceduta pochi anni prima calandosi in una realtà magari un po'superficiale ma divertente e tranquilla lontana anni luce da quella politicizzata e violenta che aveva caratterizzato la vita della generazione studentesca precedente.

La Chiesa della Santissima Annunziata fu fondata nel 1304 dai monaci basiliani armeni. Nel 1475 i Minori Osservanti ne rimaneggiarono per intero la struttura. Durante il XVII secolo venne modificato l'interno e nel 1690 fu eretto il campanile. Il portico dal colonnato elegante e leggiadro risale al 1500 e vanta importanti pitture di Lippi e Carracci. Altri pregevoli affreschi e notevoli sculture si trovano nell'interno della chiesa che è altresì impreziosita da stucchi del XVIII secolo. Il complesso dal periodo napoleonico in poi fu spesso utilizzato a scopo militare per ritornare luogo di culto nel 1949.

La voglia di riprendere la scuola di molti tra gli studenti liceali di Via Schiavonia secondo una nota formula matematica era minore o uguale a zero. Durante tutto il mese di ottobre due o tre giorni alla settimana entrò in azione un ristretto gruppo di scolari terrorizzati dall'idea di passare un'intera e lunga mattinata chiusi in un'aula, fermi, seduti, silenziosi e attenti. Il grande portone che dava sulla via introduceva in un atrio comune ad alcuni appartamenti e per questo motivo rimaneva sempre aperto salvo le ore centrali della notte, introdursi era quindi estremamente semplice .Via Schiavonia non è di certo una strada di grande passaggio per ciò difficilmente qualcuno avrebbe notato un paio di disinvolti giovanotti superare la soglia esterna dell'edificio i cui piani superiori erano destinati all'uso scolastico, e anche accorgendosene non avrebbe avuto nessun motivo per dubitare della loro buona fede. Certo è che il coraggio e l'inventiva non mancassero affatto all'organizzatissimo gruppo d'assalto che una volta nell'androne svoltando subito a destra al termine di due rampe di scale si sarebbe trovato del tutto indisturbato davanti al portoncino d'ingresso del liceo debitamente protetto da doppie serrature rinforzate che venivano aperte dalle bidelle una decina di minuti prima delle otto. Rapidi e sicuri del fatto loro i compari in un battibaleno procedevano a sigillare le serrature col cemento a presa rapida, un lavoro silenzioso, semplice e assolutamente efficace, meno di un minuto e la porta veniva inesorabilmente bloccata. Non paghi riguadagnavano la strada anticipando l'arrivo delle bidelle e raggiungevano il primo telefono pubblico per mandare a farfalle tutti i fabbri operanti in zona spedendoli il più lungi possibile dal luogo del " delitto " richiedendo loro un intervento della massima urgenza. Senza il fabbro non si entrava, al tempo i cellulari non esistevano e probabilmente i loro futuri inventori non erano ancora nati. Viene da sé che l'intera scolaresca non udendo il consueto urlo della campanella mattutina, che a quell'ora è di molto peggio del canto del gallo allo spuntar del sole, dopo un po' si chiedesse come mai il liceo non aprisse i battenti, allora uno studente premuroso saliva le scale per accertare che cosa stesse accadendo, verificata la situazione tornava di sotto e dal balcone di Piazza Venezia, nel caso specifico immedesimato dal gradino più alto della breve rampa esterna, con atteggiamento solenne dava a gran voce notizia dell'accaduto. – " Hanno bloccato la porta col cemento, ci vorranno ore prima che arrivi un fabbro! " – Che l'araldo fosse di parte o che addirittura facesse parte del gruppo d'azione risultava evidente, ma in pochi secondi, sollevata dalle sue responsabilità, la massa dei presenti andava scemando e chi per senso del dovere fosse rimasto ad attendere spesso lo faceva invano perché l'accessibilità agli ambienti scolastici veniva recuperata solamente nel pomeriggio. Non si tornava subito a casa, si approfittava del fatto per gironzolare per le vie del centro o ci si chiudeva dentro a qualche bar magari dotato di flipper, bigliardo e tavolini per giocare a carte e una volta venuta l'ora per rincasare senza destar sospetti si mentiva spudoratamente a fin di bene, il proprio. – " Com'è andata oggi a scuola? " - " Benissimo mamma tutto tranquillo. " – E poi alla peggio a rischio d'interrogazione quasi certa piuttosto di farsi cogliere impreparati e beccarsi un'insufficienza si rimaneva fuori comunque, chi non ha mai falsificato la firma dei propri genitori alzi una mano. L'insieme di questi arguti escamotages si svolgeva sempre nel corso della prima parte dell'anno scolastico, nella seconda ci si metteva in riga e si studiava. Passato l'ostacolo del primo biennio si tirava dritto, mollare sarebbe stato stupido e avrebbe comportato un sacco di guai, magari arrancando e zoppicando ma al diploma ci si arrivava già consci di lasciarsi alle spalle gli anni più spensierati della propria vita.

Con l'attuazione dei " Decreti Delegati " gli studenti ottennero una posizione di maggior equilibrio nei confronti del Corpo Insegnante, almeno in teoria perché nella pratica ai fini del profitto e delle valutazioni rimase giustamente tutto come prima. Tuttavia questa normativa permise agli alunni di relazionarsi tra loro e confrontarsi coi propri docenti tramite le assemblee di classe e di Istituto che presero a svolgersi secondo modalità e cadenze definite durante le ore di lezione. C'era chi ci credeva di più e chi invece trovasse in queste riunioni semplicemente un sistema per evadere il proprio dovere.

Nel corso di un'assemblea che si svolgeva nella sede centrale di Via Santo Stefano capitò che mi trovassi seduto di fianco a Roberta, una ragazza che avevo conosciuto mesi prima durante una gita scolastica a Roma, iniziammo a parlare e continuammo a farlo anche al termine della riunione quando decisi di accompagnarla fino alla fermata del bus lungo ai viali di Porta Castiglione. Un tragitto abbastanza breve che iniziammo a percorrere senza fretta. Poco dopo mi accorsi che alle nostre spalle una manciata di coetanei e amici della sezione F ci seguiva cercando di non farsi vedere, resomi conto della situazione mi volsi improvvisamente e li colsi sul fatto. Malcelata da una colonna sbucava la testa ricciuta di Francesco Guidicini che pietrificato scoppiò a ridere, stessa cosa fece Pier Caffaggi emergendo dal retro di un'auto parcheggiata e con loro altri due o tre allegri compari. A quel punto perfettamente in vista si raggrupparono per terminare lo show con un caloroso applauso. Il loro scopo era chiaro, erano curiosi, volevano vedere come sarebbe andata a finire. La mattina seguente giunto in classe imparai da " Radio Scuola ' che mi ero fidanzato.

Via Santo Stefano viene citata per la prima volta col suo odonimo attuale in un documento del 1199 come luogo in cui aveva ubicazione la Chiesa di San Giuliano. La strada prende il nome dalla Chiesa di Santo Stefano, comincia dalla porta della città e termina al trivio di Porta Ravegnana. Nel corso del XIX secolo in questa via aveva luogo la principale sfilata delle maschere di Carnevale.

Ogni tanto finito l'allenamento di basket anziché cenare a casa dopo aver avvisato i miei genitori andavo a mangiare qualcosa in un'osteria del centro spesso in compagnia di Riccardo di Cesare e Massimo Brizzante, due ragazzi che giocavano nella mia stessa squadra e che diversamente dal resto dei componenti del gruppo si erano già abbastanza emancipati dai vincoli famigliari. In particolare ci piaceva andare all' osteria del Cantinone in Via del

Pratello, un locale tipico dove si mangiava bene spendendo poco. Uno stanzone a pianta rettangolare col grande bancone ricco di ogni ben di Dio posizionato nella parte più interna, la maggior parte dei tavoloni di legno pieno abbinati a solide panche dello stesso materiale si trovava nella parte più vicina all'ingresso a cui si accedeva direttamente dal portico. Una luce calda e ammiccante illuminava adeguatamente l'ambiente creando un'atmosfera distensiva e informale. L'oste e i suoi dipendenti erano molto tolleranti così come indubbiamente lo erano le famiglie del vicinato che sopportavano senza lamentarsi un certo baccano fino alle tre del mattino. Un'osteria rustica vecchio stile perfetta per le compagnie che volessero divertirsi; tuttavia non mancavano gli habitué tra i quali primeggiava il signor Sigfrido, un personaggio sulla settantina che vestiva con classe ed eleganza, completo blu scuro e panciotto, camicia bianca, farfallino al collo, lucidissime scarpe di vernice nera e per concludere un vezzoso cappello a tesa larga calato di traverso sulla fronte. Sigfrido attaccava discorso con tutti gironzolando avanti e indietro tra i tavoli col gotto di vino rosso in mano nella speranza che qualche avventore divertito dai suoi racconti e dalle sue boutade gli offrisse una bevuta. Diceva di essere un violinista in pensione che per decenni aveva fatto parte dell'orchestra del Teatro Comunale di Bologna, millantava amanti dal nome famoso e un passato degno di Giacomo Casanova, si dichiarava ospite dei migliori salotti cittadini e amico di persone influenti e facoltose. I suoi abiti però benché di ottima fattura mostravano uno stato di usura evidente e apparivano sgualciti e non del tutto lindi. – " Sei un bacucco! " – Con questa frase il violinista si accomiatava in segno di riconoscimento con chi gli avesse pagato da bere, diversamente fin quando uno spettatore non avesse messo mano al portafogli continuava imperterrito nella sua estemporanea prosa certo che qualcuno pur di levarselo di torno avrebbe presto provveduto. Non era offensivo e a piccole dosi risultava pure simpatico, una macchietta che però a lungo andare diveniva un tantino pesante.

Brizz ed io occupavamo da soli un tavolo da sei persone, erano le dieci di sera e avevamo appena pagato il dazio dovuto al signor Sigfrido per iniziare un'amichevole discussione sviscerando argomentazioni e ragionamenti sulla natura umana; diciottenni alla scoperta del mondo. Dopo qualche minuto un cameriere ci servì un tagliere di affettato e formaggi accompagnato da una mezza caraffa di vino. Finito di rifocillarci stavamo pensando se levare le tende o bere qualcos'altro quando due ragazze sui vent'anni ci chiesero se potevano accomodarsi assieme a noi, l'osteria era stipata e i tavoli tutti occupati quindi acconsentimmo volentieri anche perché l'inaspettata compagnia femminile non ci spiaceva affatto. Le ragazze si presentarono, Brizz si immedesimò nel ruolo di accattivante oratore e in breve le signorine iniziarono a dialogare con noi sempre più loquacemente supportate dal costante aumentare delle caraffe di vino rosso delle quali ormai avevamo perso il conto. D'improvviso la più spigliata delle due prese la parola: - " I nostri fidanzati sono a giocare a bowling in Via San Felice, dobbiamo recuperarli tra una mezz'ora, vi va di passarla in auto assieme a noi? "- Massimo ed io ci scambiammo uno sguardo di stupore e d'intesa. – " Certo che sì! " – rispose il mio amico. Una coppia davanti ed una dietro all'interno di una Fiat 128. Dopo un quarto d'ora di ordinaria follia forse nel timore che ci spingessimo oltre il lecito consentito la ragazza al posto di guida esclamò allarmata: - " Via via stanno arrivando i nostri uomini! " – Probabilmente non era vero ma per non farci pescare con le mani nel sacco ci precipitammo fuori dall'utilitaria e traversando di slancio la strada c'incamminammo a passo molto svelto protetti dalla penombra dei portici fiocamente illuminati. Raggiunta una rassicurante distanza ci fermammo e ci mettemmo a ridere e scherzare fieri e gagliardi della nostra effimera conquista. Ci accordammo di non far parola con nessuno dell'accaduto in modo da evitare che la cosa potesse giungere alle orecchie sbagliate. Eravamo in quell'età in cui sorretti dagli ideali e dalla purezza dei sentimenti si prendeva tutto troppo sul serio.

Via del Pratello si trova in centro storico a nord del quartiere Saragozza, trattasi di una strada molto antica e porticata lunga circa seicento metri. Uscita da un passato di degrado oggi è luogo noto per la sua vivace vita notturna. Durante l'Alto Medioevo rimase tagliata fuori dalla città in seguito alla costruzione della seconda cinta muraria e non rientrando nel perimetro si trasformò velocemente in aperta campagna. In riferimento alle coltivazioni dei peri che iniziavano a caratterizzare la zona il luogo venne chiamato " Peradello ". Nell '800 il Pratello era meta soprattutto di lavandaie che bagnavano i panni nel Canale del Reno, queste ad inizio '900 vennero soppiantate da donne di malaffare il che contribuì al rapido e progressivo declino di tutta l'area circostante. Le abitazioni furono cedute a basso costo a favore di criminali e persone appartenenti al sottoproletariato. L'area si riprese nella seconda metà del XX secolo grazie al fiorire di numerose botteghe artigiane che operarono fino agli anni '90 quando progressivamente cedettero i propri spazi a favore di attività di ristoro e locali di svago.

Il corridoio del secondo piano della succursale del IV Liceo era fatto ad elle per un totale di una sessantina di metri, largo, spazioso e privo di ostacoli irremovibili. Natale si avvicinava e per celebrare le festività il gruppo trainante dei ragazzi più grandi aveva preparato un evento di grandissimo richiamo; durante la ricreazione si sarebbe corso il Palio delle sezioni. Scontato che il personale scolastico non ne fu precedentemente informato. Alla competizione avrebbero partecipato due ragazzi per ogni sezione, il più grande e possente avrebbe caricato in spalla un compagno che sarebbe stato scelto tra gli alunni più leggeri. Partecipavano quindi la sezione E, la sezione F e la sezione H. Reperire un marcantonio in qualità di destriero era abbastanza semplice mentre risultava un po'più problematico convincere uno dei ragazzini di prima classe a ricoprire il ruolo del fantino; in realtà fino ad un certo punto perché gli studenti anziani nella peggiore delle ipotesi avrebbero catturato il povero cavaliere e lo avrebbero issato a forza sulla schiena del possente puledro.

Al suono della campanella che sanciva il quarto d'ora di ricreazione da una classe posta in fondo ad uno dei due lati estremi del corridoio fu trascinata fuori di peso una lavagna e posizionata subito dietro la linea immaginaria di partenza sulla quale vigilavano due giudici. L'ormai noto esperto di corse al trotto Mauro Cavara dopo aver segnato col gesso le quote dei " cavalli " in gara, ovvero le loro possibilità di vittoria, procedette ad incassare le puntate degli scommettitori assumendo quindi a sé il ruolo di botteghino ufficiale. Altri giudici erano sparsi lungo al percorso per verificare che gli atleti in gara non commettessero scorrettezze oltre a quelle consentite dal regolamento; ai cavalli era consentito spintonare di spalla gli avversari ma vietato sgambettarli pena la squalifica, mentre i drivers potevano strattonarsi tra di loro senza però usare le mani per colpire il nemico sul volto. Anche il pubblico era tenuto ad osservare alcuni comportamenti, i presenti dovevano mantenersi con la schiena poggiata contro i muri laterali del corridoio in modo da non intralciare il percorso, era però loro concesso il lancio di palle di carta e bicchierini di plastica contro gli atleti in corsa. Al grido dello starter le tre coppie in gara dovevano raggiungere e toccare con mano il muro all'estremità opposta del corridoio per poi tornare al punto di partenza e tagliare il traguardo, avrebbero quindi dovuto affrontare per due volte la secca curva ad angolo retto che univa la parte più lunga del corridoio con quella più corta, punto nevralgico del percorso ove era facile perdere l'equilibrio o essere costretti a rallentare l'andatura. Cavara da perfetto banditore incitava gli astanti alla scommessa affiancato da Roberto Massa altro affermato esperto in materia e con già alle spalle numerose presenze sugli spalti dell'ippodromo Arcoveggio. Nelle vicinanze della pericolosa curva era solitamente posizionato un tavolone di legno utile alle bidelle per riporvi documenti e scartoffie varie da smistare in giro per le classi e comodo agli alunni per sedervisi durante la ricreazione. Questo mobile godeva di un certo prestigio e fungeva anche da punto di ritrovo per la cerchia degli studenti più anziani il cui dominio territoriale era riconosciuto per diritto divino; si trattava di un gruppo interclasse ben definito che spesso e volentieri si riuniva anche nelle sale della vicina Accademia del biliardo.

Per l'occasione il sacro bancone fu sollevato a braccia e posizionato ove non fosse d'intralcio. Dalle scommesse raccolte la sezione che ottenne il favore del pronostico risultò essere la F che schierava in campo uno stallone di novanta chili grande, grosso e potente; Gilberto Gallerani il cui strapotere fisico lasciava poche speranze di vittoria alla sezione H e nessuna alla sezione E assolutamente priva di competitors all'altezza ma che vantava tra le sue fila la geniale mente organizzatrice del Palio di Natale, Mauro Cavara.

Gallerani sbaragliò il campo, per l'occasione si era rasato solo una metà del viso così tanto per impressionare ancor più gli avversari. Le coppie della H e della F giunte per la seconda ed ultima volta in prossimità della curva correvano appaiate ma Gilberto che trottava mantenendo l'interno nel mezzo della svolta con una possente spallata provocò il deragliamento degli avversari che a malapena salvarono il secondo posto. La corsa fu seguita con un tifo da stadio da tutta la scolaresca.

La tavola del corridoio fu testimone di fatti e misfatti di ogni tipo; terminata la disputa fu rimessa al suo posto dove meglio riusciva ad esercitare i suoi magici e misteriosi poteri. Delle tre operatrici scolastiche una non era niente male, era carina, alta, asciutta, simpatica e alla mano. Una ragazza bionda e un po'riccia che quando di turno al secondo piano gravitava spesso nelle vicinanze del tavolone così che a volte gli alunni più adulti e marpioni riuscivano a coinvolgerla nelle loro chiacchiere. Mauro aveva un bel modo di fare, pacato, affabile e ottimo imbonitore attese l'occasione giusta fin quando ritrovatosi assieme ad un paio di amici ai bordi del venerato mobile vedendo avvicinarsi la bidella ricciolina l'accolse con una battuta ironica e simpatica. La giovane dada gli rispose a tono provocando l'ilarità dei pochissimi presenti al che Cavara passò con disinvoltura alla controffensiva chiedendole cosa facesse nel tempo libero. – " Non sono affari tuoi! " – Rispose lei sorridendo. – " No, no, scusa, sai prima di chiederti di uscire volevo essere certo che tu non fossi già impegnata. " – Replicò Mauro. La bidella per un attimo rimase senza parole guardando il suo interlocutore con un mezzo sorriso stampato sulle labbra, poi come svegliatasi d'incanto imbarazzata e colpita s'allontanò scuotendo il capo. – " Dai bidella pensaci! "- Furono le ultime parole del suo presunto spasimante.

Il mondo è percorso da una fitta rete di binari. Per fortuna ogni tanto qualcuno li abbandona e va a farsi un giro.

Col passare del tempo le sale dell'Accademia del biliardo divennero un costante punto di ritrovo pomeridiano, non era nemmeno più necessario prendere accordi con gli amici, si poteva andare certi di trovare qualcuno con cui intrattenersi. Anche se da casa mia la distanza risultava davvero irrisoria preferivo andarci in macchina, nelle prime ore del meriggio si trovava facilmente parcheggio davanti allo stabile i cui sotterranei erano di pertinenza della sala biliardi. Spessissimo quando arrivavo notavo l'Autobianchi A 112 di Cavara, altra macchinetta molto in voga tra i giovani, la sua era bicolore, bianco avorio col tettuccio nero ma tirava decisamente a sinistra così venne presto sostituita da un " ferro " di categoria nettamente superiore, una Lancia Fulvia HF 1300 coupè bordeaux con gli interni in pelle chiara, un'auto sportiva di razza e molto ambita.

Scendendo le scale la visibilità e la qualità dell'aria scadevano progressivamente, giunti agli ultimi gradini il contrasto dovuto dalle luci intense della sala del bar con la penombra da cui si proveniva permetteva di seguire le evoluzioni di grigie nuvolette di fumo che salivano in cerca di una via di uscita. Raggiunta la sala svoltando subito a destra si trovavano i biliardi da scratch e alle loro spalle una porticina appena visibile che introduceva nel sottoscala adattato a saletta per il gioco delle carte. Quella era la nostra zona. Lo scratch è quel gioco in cui tramite la stecca bisogna colpire la biglia priva di numeri in modo che questa a sua volta ne centri una numerata prescelta dal giocatore col fine di mandarla in buca. Le buche da scratch sono parecchio più large di quelle standard e il gioco viene definito " all'americana " per distinguerlo da quello all'Italiana e dalla Carambola. Le quindici biglie col numero impresso si posizionano a triangolo e il giocatore che inizia la partita postosi sul versante opposto ha il compito tramite la pallina banca di rompere il triangolo e dare inizio alla partita. Si tratta di un gioco divertente e spettacolare, quasi ogni biglia ha una colorazione diversa dalle altre e osservare la varietà delle tinte che rotolano sul panno verde crea un effetto scenico notevole e accattivante. Le buche sono sei, ci si sfida generalmente uno contro uno ma volendo anche due contro due. Era il nostro gioco preferito anche perché per le sue caratteristiche permette di mantenere un contesto allegro e rumoroso mentre durante le partite all'Italiana e a Carambola per tradizione si presuppone un comportamento pacato e assai più silenzioso. Mi appassionai in fretta e grazie agli insegnamenti di Mauro divenni un discreto giocatore al punto di decidere di affittare mensilmente una stecca personale che scelsi con cura tra quelle presenti nell'espositore fissato sulla parete a fianco del bancone del bar. Per un mese il costo di una stecca era di ottomila lire, le partite ovviamente si pagavano a parte o meglio secondo la regola universale che vigeva indiscussa, chi perde paga. Il gestore dell'Accademia era il signor Mariano C. e solitamente rimaneva al bar per servire i clienti e incassare i profitti derivanti dall'utilizzo dei tavoli da biliardo e da ping-pong, mentre il figlio Roberto, detto Marianello, frullava costantemente in giro per tutta la sala per assistere i giocatori e fare servizio diretto ai tavoli. Un trottolino iper dinamico che sembrava andasse a pile, non si fermava mai; fu lui a consegnarmi la stecca ad uso personale che tale rimase per alcuni anni. Marianello era piccolino, scattante e magrissimo, doveva essere circa nostro coetaneo ed era sempre presente. Mi chiedevo se ogni tanto andasse a casa o se mangiasse e dormisse là sotto; la sua carnagione chiarissima fomentava ancor più questo mio dubitare. A boccette invece non ci si giocava quasi mai e la causa era dovuta alla smisurata lunghezza degli arti superiori di Marco Santucci che per andare a punto la biglia non doveva neppure lanciarla, la poggiava direttamente vicino al boccino. Attorno a quei tavoli dalle biglie lucide e vivaci si scherzava e si rideva in continuazione, una battuta dietro l'altra col fine di far perdere la concentrazione all'avversario intento a colpire la sfera di turno. Era difficile rimanere seri ma a volte qualcuno perdeva la pazienza. Molto dipendeva dal modus operandi dei giocatori, Marco era sempre rispettoso e nei frangenti in cui non riuscisse a giocare come voluto difficilmente se la prendeva con gli avversari; quando sbagliava s'arrabbiava con sé stesso, mollava la stecca sul tavolo, girava sui tacchi e a mezza voce imprecava brevemente tra sé e sé, poi solitamente recuperata l'aplomb ritornava al suo cimento. Di tanto in tanto però senza proferir verbo lasciava sul bordo del tavolo quanto dovuto, riconsegnava la stecca e se ne andava nel silenzio generale. Il più delle volte prima che venisse sera ricompariva come se nulla fosse. Quando alle sfide partecipassero Massa e Matteo Vacchi gli spettatori presenti avrebbero pagato volentieri il biglietto, in particolare se a seguire l'incontro ci fosse stato anche Andrea Zanini detto il conte. Matteo era un ragazzo alto oltre al metro e novanta, sempre abbronzato e con un sorriso smagliante, capelli lunghi appena mossi, occhi chiarissimi. Arrivava tra noi in jeans e immacolata camicia bianca che non so come riusciva a mantenere tale anche dopo ore di borotalco e gessetto blu tra le mani, tutti capi di classe, come le calzature, ricercate e di marca. Un bel tipo che si narrava piacesse assai alle donne e nessuno ne dubitava. Un ragazzo simpatico e dalla battuta pronta che se c'era da polemizzare non si tirava indietro ma esclusivamente per stare al gioco. Il conte Zanini era pure lui sul metro e novanta, ma biondo, incarnato chiaro e guance accese, ciuffo sugli occhi vivaci e una certa tendenza nell'esagerare col sarcasmo e l'ironia pungente. Si discuteva bonariamente tra amici e le arrabbiature erano volutamente plateali, una teatralità da copione così che durante le migliori performance pareva di vivere e partecipare alla scena di un film; uno sceneggiato a puntate dove il ripetersi di frasi rituali e gesti scaramantici caratterizzava il gruppo creandone un'identità specifica. Una sera il conte esagerò un po' nello sfottere Massenzio (Massa) che dopo aver replicato alle " prese " del biondo amico in una occasione superato il limite della sopportazione gli intimò di levarsi di torno perché – " Se non ci dai un taglio al prossimo colpo la biglia prende una strana traiettoria! Stai attento! " – Finì che il conte per sfuggire all'ira di Massa prese a correre attorno al biliardo fin quando vedendosi ormai braccato virò di bordo e si spostò in zona franca nei pressi delle scale che portavano all'uscita.

Con meno frequenza ma con una certa costanza scendevano tra le nebbie del sottosuolo per unirsi alla compagnia anche altri amici. Tra loro Stefano Orsi, buono, tranquillo, gentile. Un ragazzo educato e discreto che probabilmente aveva avuto qualche perplessità relativa allo studio della segnaletica stradale perché tutti lo chiamavano Dosso. Sovente la sera rientrando verso le ventuno dall'allenamento lo trovavo al piano terra del palazzo ove abitavo in attesa dell'ascensore. Stefano frequentava una ragazza che si chiamava Barbara che viveva con la famiglia al settimo e ultimo piano. Avevamo giusto il tempo per poche parole, poi io a metà salita abbandonavo il Sabiem dalla cabina dorata mentre lui proseguiva il viaggio fino a fine corsa. Ben voluto da tutti non aveva mai una parola di troppo o fuori posto. Anche a lui la statura non mancava, grintoso giocatore di basket, non molto tecnico ma roccioso e affidabile, uno che sotto le plance faceva del posto. Qualche anno più tardi per una stagione giocò nella mia stessa squadra a cui nel frattempo si era unito Massimo

Brizzante. Sempre al giro della pallacanestro bolognese apparteneva Fabio Onofri detto Frio ex giocatore delle giovanili della Virtus Bologna, pure lui non di rado presente nel sotterraneo di Via Lame.

Quelle che invece tra le fumose stanze si vedevano molto raramente erano le ragazze e non c'era nulla da eccepire, magari qualcuna sapendo che il suo uomo frequentasse quell'ambiente a lei sconosciuto ci faceva un salto senza preavviso tanto per verificare la situazione e poi se ne andava via tranquilla dopo aver affermato di essere di passaggio con le amiche che l'attendevano fuori. La statistica diceva che in sala biliardi la presenza delle donne fosse molto vicina allo zero. Però qualcuna pensava davvero che il biliardo potesse essere una scusa per nascondere un tradimento. Cultura del sospetto e del possesso. Possibile far pedinare un ragazzo che affermava spesso di andare fuori con gli amici per giocare a biliardo? Sì, pare che lo fosse e dire che al massimo lì sotto s'intravedeva la donna delle pulizie e una signora di mezza età che dava una mano al bar. Era un luogo da lupi solitari o quantomeno una specie di club per soli uomini, non c'era nessun pregiudizio riguardo all'ipotesi che le ragazze ci raggiungessero nella tana del branco ma in realtà che ciò accadesse era probabile come la neve sul finir di maggio.

Le salette per giocare a carte erano due, una attigua all'altra e attorno ai tavolini quadrati si radunavano esclusivamente uomini di una certa età. Ambienti scarni, essenziali e poco accoglienti; ma bastavano un tavolo, quattro sedie e un mazzo di carte da briscola per far felici i presenti. Entrando si aveva la sensazione di essere sprofondati in un locale clandestino, di quelli di cui erano pieni i bassifondi di Chicago negli anni '' 20 del secolo scorso e incredibilmente il posto risultava sempre affollato. Si giocava d'azzardo, lo sapevano tutti ma non lo sapeva nessuno. Soprattutto pensionati, navigati giocatori di briscola, scopa e tresette ma il gioco più in auge era il massino, una variante del tresette dove si gioca tre contro uno. Una partita durava pochi minuti e nell'arco di un mezzo pomeriggio i più bravi portavano a casa la paga quotidiana, non cifre astronomiche ma nemmeno ridicole. Salvo eccezioni seduto ai tavoli della bisca il più giovane era di gran lunga Mauro Cavara; i nonni col cappello sulla testa e lo stuzzicadenti in bocca s'accorsero presto di avere a che fare con un giocatore esperto, attentissimo, tattico, imprevedibile e imperscrutabile. Mauro le carte uscite se le ricordava tutte ma la sua tattica minuziosamente studiata prevedeva altro, intavolava brevi conversazioni, distraeva anche solo per un attimo l'avversario certo che prima o poi questi avrebbe commesso un errore e in quel momento calava il colpo vincente. Una dote di natura, poi capitava pure a lui di perdere ma almeno a pelle sembrava che ciò accadesse raramente.

L'Accademia del biliardo era un locale unico nel suo genere, ci si andava con i coetanei e si finiva per giocare a stecca o a carte con uomini dell'età dei nostri padri ma che come tali non si relazionavano. L'età in quell'ambiente perdeva ogni suo valore, ci si rapportava alla pari con un modo di fare simile a quello dei soldati, un cameratismo che sfociava nel senso di appartenenza.

Un pomeriggio mia madre mi chiese di farle una commissione, una cosa da dieci minuti, aveva visto un piumino invernale che le piaceva tanto in un negozio specializzato sotto ai portici di Via Marconi, cinquanta metri da casa andando verso il centro. Un esercizio grande con ampie vetrate esterne e articoli di eccellente qualità; coperte, lenzuola, biancheria in genere e soprattutto gli innovativi " piumini " ovvero coperte trapuntate con l'interno imbottito di vera piuma d'oca. – " Lo riconosci per forza, è un piumino a quadri rosa, azzurri e gialli e poi se non lo trovi chiedi al titolare, ho parlato con lui ieri e sono una sua cliente da quando ha aperto. " – Attesi l'orario di apertura e superata la pasticceria/bar Vignudelli raggiunsi la meta; davanti a quel negozio ci ero passato migliaia di volte ma vista la tipologia della merce esposta in vetrina non ci ero mai entrato, a queste cose ci pensava ancora la signora Gabriella. Di là dall'elegante bancone stava in piedi un signore girato di spalle intento nel sistemare pile di coperte racchiuse in confezioni di cellophane. Attesi un attimo e il titolare si volse verso di me. Reciproco sguardo stupito, era Amedeo, un signore tra i quaranta e i cinquant'anni che nel tempo libero frequentava l'Accademia, senz'altro lo conoscevo meglio io di mia madre. Passata la sorpresa ci salutammo da amici, gentilissimo e sorridente mi fece pure lo sconto; mi intrattenni volentieri fino all'arrivo di un altro avventore a parlare di biliardo e di sport. Mi raccontò delle corse dei cavalli all'Ippodromo Arcoveggio che frequentava assieme a molti degli amici comuni. Una compagnia " trasversale " libera da ruoli predeterminati.

L'Accademia del biliardo chiuse i battenti nel 2005 quando ormai la tecnologia e l'avvento del mondo virtuale si stavano abbattendo come un'onda di marea sul tessuto sociale spazzando via quella realtà fatta di cose e soprattutto di persone vere.

Al termine di una serata passata in Sala Biliardi Mauro propose a chi ne avesse voglia di andare a casa sua a giocare a carte, i suoi genitori non c'erano e poteva essere una buona occasione per far tardi. Era già estate, si poteva fare.

All'appello rispondiamo in tre e di passo tranquillo ci avviamo giù per Via Marconi per raggiungere Via Riva di Reno e imboccarne il versante che termina inchinandosi a Via Galliera. Passiamo davanti alla Chiesa della Pioggia, mentre svoltiamo per Via Avesella alzo gli occhi per qualche istante sul lato opposto. Palazzo Tanari, uno dei meno conosciuti tra i tanti edifici di pregio artistico ed interesse storico della città turrita ma splendido rappresentante dell'architettura bolognese, nelle forme imponenti ma mai ridondanti, lineari, proporzionate e fiere. Nei suoi colori, nelle sfumature che qua e là velano le tinte calde appiattite dalla luce artificiale che dopo il tramonto illumina le vie del centro.

La casa dove vive Mauro è al termine di Via Paglia Corta, sulla destra. Un'abitazione indipendente e sobria sufficientemente ampia da permettere a suo padre di ricavarne gli spazi necessari per svolgere la sua attività di marmista. Mauro ci guida lungo le scale e ci fa entrare nell'appartamento situato al primo piano. Regna un gran silenzio, si accende qualche luce, fioca, come a non voler disturbare la quiete notturna. Apre una porta e ci fa accomodare dentro a una saletta al cui centro sta un tavolo rotondo di buone dimensioni, probabilmente la sala da pranzo. Ci sediamo mentre discutiamo delle ragazze della scuola, la Barbolini, la Manzini, la Conti, hanno tutte qualche anno meno di noi. La lampada che illumina morbidamente la stanza concilia le chiacchiere e Mauro si deve arrendere, neanche prova a insistere, non giocheremo a carte. In casa vi sono alcune immagini sacre, mentre il cortile interno ne è colmo; statue di angeli con le ali racchiuse e l'espressione seria, assorta, triste; sculture della Beata Vergine, lastre di marmo. Su alcune di queste nella penombra s'intravedono i caratteri di metallo posti ad epitaffio. Brevi frasi, parole che nel tempo andranno perdute. Mauro ci indica una macchia sulla parete alle sue spalle, ha una forma strana e poco rassicurante. – " Vedete quella chiazza più scura, ieri non c'era! In questa casa di cose un po' strane ne accadono spesso, oh, niente di spaventoso però specialmente di notte ogni tanto s'accende una lampadina da sola, o magari si spegne. " – Guidicini lo guarda con un sorriso ironico. – " Ma che cavolo racconti? Ancora con ste storielle! Le sappiamo a memoria, magari quando avevamo tredici o quattordici anni ti stavamo anche ad ascoltare ma adesso è meglio se le tieni per i tuoi nipoti quando sarai nonno! Anzi, raccontale alla Barbolini così vediamo se poi ci viene a casa tua! " – Mauro ride, io pure ma non più di tanto impressionato dall'oggettistica che caratterizza l'ambiente. Gallerani tace, lo fa spesso, è uno che parla poco ma con cui in compagnia si sta bene, se c'è da fare qualche numero non si tira indietro. Poi d'improvviso si scuote. – " Ho fame! Che cosa hai da mangiare? " – chiede rivolgendosi a Cavara. – " Non c'è un tubo! Il frigo è vuoto, i miei ritornano domattina con la spesa, se vuoi va in cucina e guarda nella dispensa, qualcosa in scatola forse c'è ancora. " – Gilberto si alza e va, dopo poco ricompare tra noi. – " C'erano solo queste. " – In mano ha due confezioni di pomodori pelati Cirio, quelli nel barattolo metallico tutto blu su cui è incollata una stampa che rappresenta gli ortaggi per fare il sugo con il nome del marchio impresso sopra. Ha scovato anche un cucchiaio, non era la prima volta che saliva le scale della casa in fondo a Via Paglia Corta. Si siede e dispone il bottino sul tavolo, per aprire lo scrigno c'è la levetta a strappo. – " Ma li mangi così? " – Gli chiede Franz (Guidicini). Nessuna risposta, Gallerani è impegnato. Pochi secondi e i bussolotti vengono svuotati, non resta più nemmeno una goccia della brodaglia in cui galleggiavano i pelati. Una scena surreale, quattro ragazzi seduti attorno a un tavolo, è notte, non vola una mosca, tre osservano cercando di mantenersi seri, gli occhi sgranati e l'espressione incredula, il quarto mangia i pomodori pelati Cirio direttamente dal barattolo e quando ha inghiottito l'ultimo boccone si schiarisce la voce e si esprime. – " Buoni. A me piacciono anche così. " –

Palazzo Tanari. La costruzione dell'edificio iniziata nel 1632 e completata nel 1671 si deve a un'idea di Giangiacomo Monti. Sotto al portico che affianca Via Galliera è visibile un grandioso gruppo statuario rappresentante la Sacra Famiglia, opera di Giacomo de Maria realizzata nel 1785/86. Al piano nobile si possono ammirare sale affrescate da Giuseppe Valliani e Domenico Pedrini recanti rilievi anch'essi del de Maria risalenti alla fine del XVIII secolo e un grande Ercole seicentesco in rame realizzato da Orazio Povaglia. Antichi testi descrivono gli interni arricchiti da dipinti del Guercino, di Guido Reni e di Annibale Carracci dei quali purtroppo non vi è più traccia. Tra gli ospiti illustri si ricorda la regina Cristina di Svezia che qui soggiornò nel 1656. Trattasi di uno dei numerosi palazzi nobiliari sorti in epoca rinascimentale lungo la via Galliera che per molti secoli fu la via più sfarzosa, ricca e trafficata di Bologna fino all'inaugurazione di Via Indipendenza avvenuta alla fine del XIX secolo.

Capitolo 14

Verso la fine di ottobre a Bologna iniziava la stagione delle nebbie, non erano episodiche ma seriali, molto più fitte e persistenti rispetto a quelle attuali, era la famosissima nebbia in Val Padana. In città ci si durava anche ma in campagna pareva davvero di essere immersi nel nulla, di giorno quel minimo di luce che filtrava attraverso la cortina fumosa permetteva di svolgere le attività quotidiane ma di notte era meglio rimanere in casa davanti al caminetto con un bicchiere di vin brulè e una fetta di castagnaccio in mano. L'apice del fenomeno si raggiungeva nella seconda metà di novembre per poi diminuire a causa del calo drastico delle temperature.

Capitava di essere fermi a pochi metri dal portone della scuola di Via Schiavonia in attesa che fosse l'ora di entrare e di distinguerne a malapena i contorni, tutto appariva sfumato e grigio, i colori dei muri delle case spenti e velati, il suono delle voci ovattato. Ci si cercava l'un l'altro raggruppandosi istintivamente in piccoli cerchi; da sotto al portico della palazzina posta all'angolo con Via Nazario Sauro d'improvviso sbucavano figure spettrali, alunni trasformati in fantasmi col soprabito coperto di goccioline. Chi abitava nella bassa spesso faceva involontariamente festa perché la corriera saltava la maggioranza delle corse oppure perché la notte favorita dalla nebbia avesse deciso di rubare qualche ora al giorno e allora incamminarsi lungo lo sterrato davanti al casolare per raggiungere la fermata diventava impossibile. Alcuni studenti venivano da località lontane, da Anzola, Castel Maggiore, Crespellano.

Come quasi ogni giorno entrammo in classe, eravamo stati trasferiti al primo piano, quello con la vicepresidenza, il bureau delle bidelle e i distributori automatici di snacks e bevande calde. Avevo recuperato il mio posto preferito, ultimo banco in fondo a sinistra, il termo, la finestra, la " mia " bella tenda rossa di cotone a trame grosse alzata a metà; e teoricamente la vista sulla via sottostante. Ma quella mattina al di là dai vetri non si distingueva nulla, nemmeno il muro della casa di fronte.

Roberto Poli si annoiava, seminascosto dai compagni pareva sonnecchiare appoggiato alla parete, la professoressa di scienze snocciolava nozioni sui corpi celesti, le stelle nane e quelle gialle, le meteore, i pianeti; ogni qualcosa che in quel periodo di nebbie persistensti nessun telescopio della zona avrebbe potuto inquadrare. Finalmente suona la campana della ricreazione, la prof. raccolte le sue cose si dilegua in un baleno, Poli si scuote, si alza in piedi e si stiracchia, è abbastanza alto, magro, dinoccolato, molto annoiato. D'incanto i suoi occhi si illuminano proprio come le stelle ma di una luce sinistra che non promette nulla di buono. Prende la porta al volo e si fionda in corridoio dove lo raggiungono Alberto Pagnoni e Franz Guidicini. Confabulano, parlottano a voce bassa, la mente di Roberto ha partorito un altro scherzo teatrale, in un certo senso anche meteorologico.

La signora Bonafede è chiusa nel suo ufficio, il terzetto tiene d'occhio la bidella di turno, pochi istanti e la vicepreside s'affaccia sul corridoio, chiama a sé la collaboratrice scolastica, le dice brevemente qualcosa e le consegna una carpetta. La bidella prende le scale che portano al piano superiore e scompare, la Bonafede ritrae il busto, lo riposiziona in linea col resto del corpo e richiude la porta. Via libera. Poli munito di un coltellino svizzero corre verso l'estintore e in un batter d'occhio lo libera dal supporto, imbraccia l'arnese tenendone il tubo di gomma nera diretto verso l'alto, preme la leva di sblocco della valvola e ridendo come un pazzo inizia a percorre ad ampie falcate il corridoio. Un fumo denso e biancastro come la nebbia si sparge rapidamente nell'ambiente, non si vede più nulla. Nel mentre la bidella ha recuperato la sua postazione, almeno così sembra perché i suoi strilli iracondi echeggiano rimbalzando sulle alte volte del soffitto; ma c'è qualcun altro che fa sentire la propria voce, è il giovane addetto alle previsioni meteorologiche Francesco Guidicini che dalla sua postazione gentilmente concessagli dal Colonnello Bernacca dirama con tono metallico e professionale gli ultimi aggiornamenti. – " Bologna, Via Schiavonia, IV Liceo scientifico, temperatura diciotto gradi, cielo coperto, visibilità nulla causa densi banchi di nebbia! " – Pagno è di vedetta. – " Via! Via! Arriva la Bonafede! " - La Vicepreside allarmata dalle urla della povera dada si era fiondata fuori dalle sue stanze. La sua figura si staglia evanescente illuminata appena dalla luce che proviene dal suo studio, tace un istante e poi esplode. – " Chi è stato?! Voglio sapere subito chi è stato! Vi sospendo tutti! " – Era una buona donna, una persona calma e dai toni pacati che aveva a che fare, come si usava dire tra docenti, con alcuni ragazzi un po' troppo vivaci. I corridoi del primo piano erano dotati di una sola finestra, il fumo di uscire al freddo da quell'unico pertugio non ne volle sapere preferendo imboccare le scale e andare a far visita agli studenti del secondo piano disperdendosi poco alla volta.

Poli se ne stava beato svaccato ad un metro dal banco seduto sulla sua seggiola di metallo e legno, le gambe completamente allungate, le mani intrecciate dietro alla nuca, pareva tornato alla vita. Prima che la nebbia artificiale si diradasse aveva provveduto a ricollocare l'estintore al suo posto. Terminate le lezioni ci soffermammo al riparo del solito portico di là dalla strada a ridere allegri e contenti della nostra ennesima bravata. – " Visto che azione perfetta che ho studiato? Non ci hanno capito niente, nessuno ci ha visto! " – Sentenziava Poli compiaciuto di sé stesso.

La mattina seguente al termine della ricreazione un gruppetto di studenti frequentanti la quinta classe fu convocato in vicepresidenza. In piedi allineati davanti alla scrivania della Professoressa Bonafede stavano gli autori dello scherzetto del giorno precedente. Attimi di assoluto silenzio, la docente guardò i presenti negli occhi, lentamente, uno ad uno. – " Lo so benissimo che siete stati voi, potrei sospendervi ma dal momento che siamo all'inizio dell'anno scolastico vi concedo la grazia, ma alla prossima vi prendete tre giorni di sospensione e sei in condotta sulla pagella. Sono stata chiara? " – I ragazzi avviliti e costernati biascicarono alcune parole di scusa e di ringraziamento. Poverini, l'avevano scampata bella, dalla loro espressione si poteva star certi che si fossero già pentiti. Salutata educatamente la dirigente si chiusero delicatamente la porta alle spalle e mesti e mogi si avviarono a passo lento verso la loro classe.

Anche il corridoio del primo piano era fatto ad elle. Appena girato l'angolo superati i distributori automatici c'erano i servizi, tutti e quattro vi entrarono, l'ultimo chiuse la porta. Si guardarono negli occhi ed esplosero in un eccesso di risate, ne avevano combinata un'altra degna di essere ricordata.

Gli estintori avevano fatto da poco la loro comparsa, primo segnale tangibile relativo alla sicurezza negli ambienti scolastici. Non emettevano schiuma ma un fumo denso e polveroso molto simile alla nebbia delle nostre pianure quando scende ad abbracciare la terra.

Dall'inizio del nuovo anno scolastico Massimo Concato partecipò ad arricchire le file degli studenti della succursale di Via Schiavonia. Migrato anch'egli dal Liceo Scientifico Augusto Righi si era iscritto nella sezione E, l'unica in cui si studiasse il francese, e trovava quindi tra i suoi nuovi compagni di classe Mauro Cavara. Col passare delle stagioni il cerchio andava progressivamente ad allargarsi e sempre più ragazzi residenti nel centro storico entravano a far parte della stessa compagnia rendendola via via più eterogenea e articolata, costantemente in ebollizione e ricca di iniziative. Nella quotidianità l'insieme tendeva a suddividersi in base alle attitudini dei singoli in gruppi più ristretti comunque pronti a riunirsi in vista delle occasioni più importanti.

Un giorno nel primo pomeriggio mi telefonò Alberto Ospitali per invitarmi a casa sua a fare la conoscenza di una ragazza che lui e Massimo definivano la più attraente della parrocchia di San Giuseppe. Subito telefonai a Giovanni per coinvolgerlo nell'iniziativa. Il mio amico era da poco ritornato nella condizione di single dopo essere stato a lungo combattuto riguardo alla scelta tra le sue più recenti fiamme, Laura C. e Milena M., una ragazza mora dai lineamenti disegnati e il fisico asciutto. Un compagno d'avventura a cui servire un eventuale assist. Col senno di poi posso tranquillamente affermare che avrei fatto meglio a tenermi il pallone tra le mani ma da poco accompagnatomi con una alunna della sezione H non presi neppure in considerazione la possibilità di lanciarmi alla scoperta di nuovi lidi. Eravamo ragazzi allegri, spensierati e un po'burloni ma intrisi di quei principi e quegli ideali tipici della giovane età, ancora illusi di poter crescere fedeli ai valori in cui credevamo, convinti di essere ormai in grado di seguire la via ma del tutto ignari di quanto la realtà fosse spesso così diversa da ciò che consideravamo giusto e scontato. L'amicizia era una cosa seria, il nostro mondo stava chiuso dentro un edificio scolastico, un campo da basket, una discoteca e una sala biliardi. Una bolla dorata che galleggiava beata e inconsapevole tra nuvolette bianche sfumate di rosa e il cielo azzurro.

Raggiungemmo Via Guidotti a bordo della Vespa ET 3 di Giovanni. Lasciato il due ruote della Piaggio nello spazio risicato tra due auto parcheggiate a spina di pesce suonammo al campanello di Alberto. – " Dai venite su che Massimo e Alessandra sono già arrivati da un po' " – E detto ciò il biondo ci diede il " tiro " che a Bologna significa premere il pulsante che da casa permette l'apertura del portone che dà sull'esterno. Salimmo le scale alla svelta spinti dalla curiosità e dalla pura voglia di correre. Alberto ci introdusse nel salotto della sua dimora, un ambiente arredato con mobili classici e di buon gusto, divani, poltrone e sofà dalle morbide sedute, gli schienali soffici e i braccioli ben imbottiti. Luce soffusa ma non abbastanza da nascondere gli occhi pazzeschi della ragazza che stava seduta in poltrona a chiacchierare col nostro amico Massimo e che si alzò al nostro ingresso. Alberto fece le presentazioni e subito prese la situazione in pugno intavolando un dialogo conoscitivo ricco di battute simpatiche, spiritose e argute tipiche del repertorio che caratterizzava le sue qualità dialettiche e il suo modo di porsi gioviale e disinvolto. Alberto e Massimo scherzavano amabilmente con l'unica ragazza presente, la conoscevano da tempo seppure superficialmente avendola frequentata solo qualche volte all'interno del gruppo dei ragazzi della parrocchia di San Giuseppe. Giovanni ed io ci limitavamo a brevi interventi, spesso a monosillabi. Incantato e colpito non riuscivo a smettere di cercare l'intensità e i colori di quegli occhi ammalianti e verdi come l'acqua marina, trasparenti ma profondi che a secondo della luce che ne accarezzava l'iride tendendo al celeste variavano continuamente in una sequenza di sfumature sottratte al cielo di una mattina d'estate. Portava una fascetta di raso nero attorno al collo lungo e aggraziato, la bocca dalle labbra carnose, il sorriso radioso e disarmante. Un accenno di timidezza smascherava la dolcezza del suo essere senza per altro nulla togliere alla sua evidente femminilità. Una ragazza dai folti capelli castano chiaro che scendevano fin sulle spalle, il corpo slanciato e sinuoso, le gambe lunghe, le movenze eleganti. Un dipinto così come lo avrebbe pennellato la mia fantasia. Distratta dall'ingresso in sala della micia di casa che miagolando reclamava il suo posto sul divano Alessandra distolse lo sguardo per qualche attimo dai suoi interlocutori. – " Oh! Con questa ci provo io eh! " – mi disse Giovanni a mezza voce rifilandomi una gomitata sul braccio. La sua frase repentina mi trafisse come una lama di vento gelido e spietato che abbattendosi sulle sensazioni che stavo vivendo le dissolse all'istante riportandomi alla realtà. Partita chiusa meditai rassegnato, era il mio migliore amico ed io la ragazza l'avevo già. Allora per rincuorarmi un attimo pensai: - " Le vie del Signore sono infinite e davanti a me ho tutta una vita…" –

Giovanni ed Alessandra si misero insieme qualche mese più tardi. Dissi con grande sincerità al mio amico che aveva conquistato una ragazza bellissima ma non riuscivo a capire se le mie parole avessero il fine di esorcizzare uno stato d'animo di cui dovevo per forza liberarmi o piuttosto quello di fargli pervenire un subliminale messaggio d'allarme, come un monito di cui avrebbe fatto bene a tener conto.

" Passati oltre quarant'anni tutte le volte che ti guardo negli occhi sorrido tra le ciglia e penso che i sogni più belli siano quelli impossibili, quelli che restano a lungo nascosti in un angolo del nostro cuore e quando meno te lo aspetti si trasformano in realtà. "

Settembre. Una giornata dal cielo terso e molto blu, piena di luce. L'aria appena frizzante raccontava di un autunno ancora lontano ma comunque in cammino. Mia madre aveva chiesto ed ottenuto il trasferimento presso la Scuola Elementare Statale Casaralta situata a pochi passi dall'Ippodromo Arcoveggio, ruolo definitivo dopo alcuni anni passati come supplente a lungo termine. Ora lavorava davvero vicino a casa, non così tanto da poterci andare a piedi ma comunque a pochi minuti di autobus. Era una brava maestra, suadente intrattenitrice e ricca di fantasia sapeva catturare l'attenzione dei suoi piccoli allievi raccontando le materie di studio come fossero parte di una favola, di un gioco divertente da portare avanti con entusiasmo.

Rincasò verso le tredici, aveva avuto il primo incontro conoscitivo con i genitori dei suoi nuovi alunni. Ero seduto in cucina, la tavola era già apparecchiata per il pranzo, mamma al mattino prima di uscire preferiva mettersi avanti. Come sempre aprì la porta di casa con energia e trambusto manco fosse un treno merci che arriva sferragliando al binario. – " Guardate cosa mi ha regalato il padre di un mio scolaro! " – Esclamò rivolgendosi a me e a mio fratello Vittorio. Infilò una mano nella sua borsa di pelle dalle fattezze moderne e sportive e ne trasse un ferro di cavallo dal colore argenteo, un arnese piatto e satinato. – " Apparteneva a un cavallo che si chiama Mascarpone e che partecipa alle corse al trotto all'Arcoveggio. Il suo driver è il papà di una bimba che si è iscritta alla mia classe, pare che sia un destriero davvero veloce e vincente, uno dei migliori trottatori dell'Ippodromo di Bologna, almeno così mi hanno riferito. " - Aveva ragione, Mascarpone era davvero rapido, possente e competitivo, un baio scuro intrepido e battagliero dalle movenze eleganti dotato di una irresistibile progressione in retta d'arrivo. Un bellissimo animale, impavido, la criniera nera mossa dal vento, il mantello lucido, i muscoli guizzanti a fior di pelle, le vene pulsanti in rilievo, uno spettacolo vivente. Non un campione da Gran Premio ma un ottimo cavallo da sesta corsa, quella riservata ai trottatori più forti nell'ambito del classico programma composto da otto corse. L'idea di aggregarmi a Mauro Cavara, Marco Santucci ed altri ragazzi della sala biliardi per andare tutti insieme all' " Ippo " mi stuzzicava già da tempo, i racconti dei miei amici mi affascinavano e gli equini mi piacevano fin da bambino quando mia madre mi mandò a scuola di equitazione. Il ferro di Mascarpone ora stava poggiato sul pianale di formica rossa del tavolo della cucina, assolutamente in tinta con la cromatura del telaio metallico, stava lì in risalto e luccicava. Non seppi resistergli. – " Più tardi telefono a Mauro e gli dico che la prossima volta che va all'Arcoveggio lo accompagno, ma ai miei non dico nulla. " – Pensai. Ero certo che mio padre non avrebbe approvato, aborriva pure il semplice gioco delle carte, se gli avessi detto che avevo intenzione di andare a scommettere alle corse dei cavalli la sua reazione sarebbe stata decisa e per nulla desiderabile, semplicemente avrebbe smesso di finanziare il mio tempo libero lasciandomi senza soldi, meglio evitare. Puntammo spesso su Mascarpone e raramente ci deluse.

Mauro mi passò a prendere sotto casa con la sua Auto Bianchi A 112, sedetti al suo fianco e in una decina di minuti varcammo il cancello carrabile dell'Ippodromo Arcoveggio. Non erano nemmeno le due del pomeriggio eppure faticammo a trovare un buco ove infilare l'auto nonostante il parcheggio riservato al pubblico fosse molto capiente. Scendendo dalla macchina poggiai i piedi su di un manto di ghiaia sottile, bianca e compatta, i miei passi producevano un rumore gradevole mentre traversando lo spiazzo circondato da alberi ad alto fusto mi dirigevo verso l'ingresso delle tribune. Marco ci stava attendendo sulla soglia dell'entrata principale, tanta gente, soprattutto uomini di ogni età. Tutti si affrettavano, mancava davvero poco alla partenza della prima corsa in programma. Traversammo il vastissimo ambiente ricavato sotto le tribune nel quale era posizionata una lunga fila di sportelli con operatore per scommettere al totalizzatore gestito dalla società organizzatrice, uno spazio veramente immenso alle cui pareti erano appesi miriadi di schermi, alcuni inquadravano l'anello della pista sul quale già sgambavano i cavalli che sarebbero partiti da lì a poco, altri riportavano il continuo aggiornamento delle quote relative ai cavalli sui cui puntare. Marco ci si fece incontro, sobrio e compassato come sempre. Mauro lo vide e lo accolse giovialmente. – " Grande Santuz! Dai che oggi sbanchiamo, ho studiato per bene sui sacri testi del Trotto Sports Man e in settimana sono anche riuscito a venire a vedere gli allenamenti dei cavalli che corrono oggi, Duca d'Este è in grande spolvero, dobbiamo concentrare il grosso del nostro " maccherone " (termine in gergo che all'epoca stava ad indicare il denaro disponibile) su di lui. Va a busso! Comunque muoviamoci, andiamo fuori a vedere se le quote dei picchetti privati sono migliori di quelle del totalizzatore e scommettiamo, quello buono da puntare ve lo dico io! " – . Il lato che separava la sala del totalizzatore dalla pista era composto unicamente da grandi vetrate e da ampie porte dal telaio metallico che incorniciava vetri spessi e robusti, tali da resistere ad un eventuale gesto di stizza da parte di uno scommettitore gabbato dalla sorte. Recuperata l'aria aperta ci ritrovammo nel parterre, una trentina di metri innanzi a noi sotto i potenti riflettori che illuminavano a giorno la pista nella sua interezza i cavalli partecipanti alla prima corsa stavano ultimando il riscaldamento. Mauro ci guidò fino alla balaustra protettiva che corre intorno all'anello di sabbia, ci si appoggiò con gli avambracci e si concentrò sulle andature dei destrieri prossimi alla partenza, Marco ed io un metro indietro aspettavamo la sua sentenza, io in particolar modo essendo del tutto a digiuno delle necessarie nozioni per scegliere il trottatore su cui puntare.

Lo spettacolo era in scena. I cavalli bardati da paramenti colorati sfrecciavano veloci, la parte bassa delle gambe fasciata in tinta col resto dei finimenti, portavano dei paraocchi laterali il cui fine era di evitare che l'animale si distraesse durante la competizione, le criniere curatissime, pettinate a ciuffi sciolti oppure acconciate a trecce, il rumore sordo degli zoccoli che pestano la sabbia ben battuta. Dalle narici dilatate dallo sforzo s'intravvedevano gli sbuffi dell'aria rarefatta che sfiatava in lingue di vapore biancastro seguendo il ritmo dell'andatura. I drivers se ne stavano accovacciati sui sedili dei loro leggerissimi sulky, le bluse variopinte ad esibire i colori della scuderia di appartenenza, il berretto dal lungo frontino ben calato sul capo, i pantaloni bianchi dalle forme comode ma performanti. Mauro finalmente tornò tra noi, girò la testa di scatto e guardando verso il totalizzatore con una mano sollevò gli occhiali dal naso mentre con l'indice dell'altra tirava lateralmente le palpebre dell'occhio destro verso l'esterno nel tentativo di mettere a fuoco il susseguirsi dei numeri che variavano continuamente sul gigantesco schermo posizionato a lato della pista. Lo speaker richiamò i cavalli alla partenza. – " Presto! Datemi la " pilla " che vado a giocare Duca d'Este! " – disse Mauro quasi urlando. – " Ottima scelta " -. Gli ripose Marco mettendo mano al portafogli. La prima puntata fa sempre un po' impressione, ma ero in ballo e non volevo tirarmi indietro, con una certa riluttanza misi tra le mani del mio amico una banconota da diecimila lire, un foglio marroncino/rosato di carta filigranata delle dimensioni di un fazzoletto. Cavara schizzò via e in un baleno si fece largo tra la moltitudine di persone che si accalcavano davanti ad uno dei piccoli chioschi a pianta quadra entro ai quali operavano gli allibratori privati, i famosi picchetti. Un attimo prima che le puntate venissero chiuse lo vedemmo girarsi verso di noi sorridente, teneva in alto un braccio nella cui mano stringeva la speranza del nostro successo. I cavalli erano già al seguito dell'auto dello starter perfettamente allineati dietro alle sue grandi ali metalliche; la vettura accelerò, richiuse i suoi arti artificiali e abbandonò l'anello di gara. La corsa aveva preso il via e i cavalli si accodarono a quello che tra loro era stato il più rapido a partire scendendo verso la corda per sfruttare la traiettoria migliore, alle sue spalle si formarono delle pariglie, sembrava che volassero. Ne rimasi impressionato.

All'inizio dell'ultima curva la situazione non era mutata, un cavallo in testa seguito da quattro pariglie, Duca d'Este faceva parte dell'ultima e viaggiava in seconda ruota. Era di pubblico dominio che questo muscoloso atleta a quattro zampe fosse capace di uno spunto finale potenzialmente vincente ma sembrava impossibile che potesse lottare per il successo, era troppo lontano dal capofila. D'improvviso il suo driver sposta il Duca all'esterno e attacca in terza ruota, quelli davanti se ne accorgono e a loro volta allargano verso il centro della pista nel tentativo di pararne la progressione. Siamo addirittura in quarta ruota all'ingresso della retta d'arrivo, Duca d'Este vola e sorpassa tutti a doppia velocità, vince per distacco a briglie sciolte col pilota con la frusta alzata in segno di vittoria. Incassiamo felici e contenti. Ho un po' fame, per fare in fretta a pranzo ho mangiato poco. Mauro mi indica dove acquistare qualcosa da mettere sotto i denti, il ristorante fa anche servizio d'asporto così ordino una bella porzione di lasagne verdi che mi viene consegnata all'interno di un vassoietto di stagnola chiuso in un sacchetto di carta bianca con tanto di tovagliolini e posate usa e getta; costo duemila lire, l'equivalente di un euro…Davvero buone, me le mangio in santa pace prima di ritornare in compagnia.

L'Arcoveggio sembra una cittadina in miniatura, pulsa di vita e tutto si muove, ma puoi anche salire su in cima alle gradinate e isolarti tranquillo osservando il mondo dall'alto. Mi ambiento in fretta, poche riunioni e scopro che alle casse del totalizzatore lavora un fratello di Piero Messini, a lungo mio compagno di classe alle scuole elementari e medie; uno dei picchetti privati è gestito da un parente acquisito della mia ragazza, un buon punto di riferimento per non prendere delle cantonate, in particolare nelle corse di categoria Gentlemen e in quelle a vendere dove il timore della " torta " regalo decisa a priori aleggiava costantemente. Le corse si susseguono a ritmo serrato, le nostre fortune a ritmo alterno; giungiamo alla settima corsa praticamente in pari; è la corsa che Mauro ha scelto per puntare ancora più forte. Saraceno in effetti è tra i favoriti e vincente si trova a 3 e ½, ciò significa che gli allibratori riguardo alla vittoria gli preferiscono solo un paio di altri partecipanti. Naturalmente si poteva giocarlo anche piazzato, ovvero tra i primi tre all'arrivo, quota alla pari, niente male. Mauro spinge per rischiare l'intera cifra prestabilita sulla vittoria di Saraceno, Marco ed io siamo più cauti e dell'idea di scommettere solo sul suo piazzamento. Ne nasce una breve e accesa discussione alla cui fine decidiamo in comune accordo di dividere in parti uguali il nostro gruzzolo, metà sul piazzato e metà sul vincente, Cavara accetta con scarso entusiasmo, è sicurissimo della vittoria del cavallo prescelto. Decidiamo di seguire la corsa dalla tribuna, posizione meno coinvolgente ma dotata di migliore visuale. La speranza era ovviamente che Saraceno vincesse così da incassare sia la puntata sul vincente che quella sul piazzato, incassando solo quest'ultima avremmo comunque recuperato l'intera somma scommessa. Ci accomodiamo sulla parte alta delle gradinate esattamente in linea col traguardo. Si continua a battibeccare un po', fa parte del gioco e serve a stemperare la tensione. Mi siedo in mezzo ai miei due amici così da tenerli separati e chiudere il discorso. La partenza è la specialità di Saraceno e infatti non ci delude, guizza fulmineo in avanti partendo dal centro della prima fila e con un allungo deciso prende la testa scendendo alla corda senza minimamente intralciare il trotto dei suoi avversari. Era un buon cavallo, veloce e capace di mantenere discrete andature però nella retta finale tendeva a calare e spesso la vittoria gli sfuggiva proprio negli ultimi metri. In uscita dall'ultima curva il nostro cavallo è ancora decisamente avanti, gli altri cercano fortuna lungo le corsie esterne ma non c'è storia. Mauro si alza in piedi e urla. – " Non ce n'è! Non ce n'è per nessuno! Ve lo avevo detto che li ribaltava tutti! " - Saraceno vince di una mezza lunghezza abbondante, esultiamo, Marco ed io ci alziamo in piedi a nostra volta e ci scambiamo un cinque con la mano aperta, il bottino è consistente, comunque fosse andata l'ultima corsa rimanente avevamo la certezza di tornare a casa col portafogli più gonfio di quando l'avevamo lasciata. Mauro però è contento solo a metà, si allontana borbottando e inizia a scendere la scalinata, fatti pochi gradini si gira verso di noi ed esplode. – " Ma a voi due i soldi fanno schifo? Dovevamo giocarlo vincente, avremmo intascato un sacco di pilla! Vi fanno proprio schifo i soldi! " – Poi riprende la sua discesa verso il parterre, lentamente, quasi privato da ogni energia, provato da un picco adrenalinico superiore alle sue capacità fisiche. Scuote la testa sconsolato, lo osservo scomparire tra la gente, sta andando ad incassare, è lui il tesoriere del gruppo. Marco ed io ci guardiamo in silenzio un po' allibiti e molto divertiti dalla scenata del nostro amico, tanto Mauro è già lontano e non ci può vedere. Ora di correre a casa, Marco l'indomani ha una partita importante, gioca a basket nella Fortitudo, serie A; deve andare a letto presto e sono certo che lo farà, abbiamo fatto insieme tutta la trafila delle giovanili e sotto questo aspetto lo conosco a fondo, non sgarra mai, nemmeno di una virgola, serio professionista. Mauro ed io invece dobbiamo precipitarci a casa per la cena, un boccone veloce e poi di turno con la " morosa ", di sabato sera non si scappa, è un obbligo, se lo eviti rischi grosso. L' A 112 procede agile nel traffico, le luci dei lampioni sono accese così come le insegne lampeggianti e colorate dei bar, dei ristoranti e delle pizzerie; in giro c'è già una bella mossa, la sera è ancora piccola e le discoteche sono pronte ad accogliere migliaia di giovani bolognesi; solo nel centro storico ce n'erano una decina, L'Art Club, il Charlie, il Piranha, il Kinki, lo Sporting, lo Stork, tanto per citarne alcune. Mauro ferma l'auto davanti a casa mia, prima di " scaricarmi " mi chiede se il giorno seguente mi va di tornare all'Ippodromo con lui, mi piacerebbe, dovrei raccontare qualche panzana alla fidanzata, devo pensarci su; apro la portiera e mentre scendo gli rispondo. – " Domani prima di pranzo ti do un colpo di telefono e ti so dire, salutami la Bourbon and Soda! " - La sua ragazza di cognome faceva Barbolini, Bourbon and Soda era il nome di un cavallo che correva all'Arcoveggio... Impossibile evitare il collegamento.

L'ippodromo bolognese alla fine degli anni "70 era ben altro che solo un impianto sportivo dove seguire le corse al trotto, certo c'era la passione da parte degli amanti dell'ippica e il desiderio dei giocatori d'azzardo di sfidare la sorte ma è innegabile che fosse anche un luogo di aggregazione, un ambiente dove socializzare, incontrare gli amici e fare nuove conoscenze, un contesto ricreativo, un'isola nella quale rifugiarsi per qualche ora per liberarsi dalla quotidianità. Uno spaccato di Bologna in grado di accogliere ogni tipo di persona, dal professionista o il possidente in compagnia di qualche bella ed elegante signora seduti al tavolo del ristorante panoramico fino al pensionato in cerca di svago, dallo scommettitore incallito al neofita che desidera passare un pomeriggio all'aria aperta rischiando poche migliaia di lire solo per puro divertimento. Di tutto un po'. L'importante era sempre e comunque divertirsi senza lasciarsi avvinghiare dalle illusorie e spietate spirali del gioco d'azzardo, porsi un limite e non compromettere mai il proprio equilibrio economico, psicologico e famigliare. Rammento il giorno in cui parcheggiai nel piazzale esterno dell'Arcoveggio la mia Mini 90 al fianco della Ford Fiesta di Roberto Massa, eravamo partiti insieme dalla Sala biliardi. Scendemmo nello stesso istante dalle rispettive auto mentre un vecchio e scassatissimo maggiolino Wolkswagen verde smeraldo si fermava poco distante da noi. Un'auto in condizioni pietose, la carrozzeria ammaccata e arrugginita peggio di un ferro vecchio accatastato sopra una pila di rottami dallo sfascia carrozze. Ne scese un uomo tra i quaranta e i cinquant'anni, i capelli grigi e spettinati lunghi fino alle spalle, la barba incolta, gli abiti lisi e spiegazzati. Si issò un po'a fatica fuori dall'abitacolo del vecchio maggiolino e richiuse la portiera con violenza mentre già si stava allontanando di gran fretta. Aveva gli occhi tristi e lo sguardo disperso nel nulla, il volto stanco e segnato. Massa s'accorse del mio stupore e affiancandomi come se mi avesse letto nel pensiero rispose col suo inconfondibile modo di parlare rapido e conciso alle domande che mi stavo ponendo. – " Hai visto come è messo quel tipo? Sembra uno straccione, un disperato, e pensa che invece fa il dentista e pare che sia pure bravo e molto richiesto. La moglie lo ha piantato perché si sputtana tutto ciò che guadagna giocandoselo alle corse. Perde sempre e continua a scommettere. " – Frequentai l'Arcoveggio per quasi tre anni e quando sul farsi della terza estate in una riunione azzeccai tutte le scommesse senza sbagliare una corsa decisi di dire basta. Maturai questa scelta mentre guidavo verso casa. Avevo vinto quasi mezzo milione di lire in una singola giornata, una cifra pazzesca per un ragazzo di nemmeno vent'anni. Ero stato oculato e molto fortunato, quella grossa vincita contribuì a portare il mio bilancio complessivo in netto attivo. Era il momento di smettere. Alla prima occasione prenotai un tavolo per due in un ristorante alla moda del centro storico, la Braseria, un locale dove si mangiava davvero bene e si spendeva abbastanza. Ci portai la mia ragazza e ne uscimmo così soddisfatti che prima di partire per le vacanze ci tornammo di nuovo. Una cena completa per due si aggirava intorno alle quarantamila lire, col resto dei soldi mi pagai le ferie senza rinunciare al minimo capriccio. Mia madre mi chiese di che cifra avessi bisogno per andare in vacanza e quando le risposi mi si rivolse stupita e forse un po'allarmata. – " Ma sei sicuro di riuscire a stare via quindici giorni con solo centocinquantamila lire? " – La rassicurai raccontandole che avevo trovato una pensioncina a buon mercato. Non era vero, alloggiai in camera doppia presso un hotel a quattro stelle fronte mare in una rinomata località della Riviera Romagnola, spiaggia privata, ombrellone e lettini compresi. Cavara diceva che avevo la fortuna dei principianti, in realtà utilizzò un termine un pochino meno signorile ma invero più adeguato a descrivere il mio rapporto con la dea bendata in ambito ippico. Una sera di gennaio lo incrociai per caso all'osteria del Pratello, ero seduto a tavola assieme a Giovanni e Gianni. Era in compagnia di altri ragazzi del giro Accademia del biliardo/Arcoveggio, vedendomi si fermò un attimo per salutarmi. Pochi giorni prima, il sei di gennaio, si era disputato il Gran Premio della Vittoria, una corsa molto importante. – " Grande Fabbro! Non ti ho visto l'altro giorno al Gran Premio, hai saputo che ha vinto uno dei tuoi preferiti? Chui ha fatto lo " sghetto ", i favoriti hanno rotto in partenza e lui piano piano partendo dal fondo ha messo tutti gli altri in fila, ha lasciato indietro anche Dentice! " – " Sì lo so. " – Risposi. – " L'ho giocato vincente in sala corse, ci sono andato apposta, quella sera ero impegnato col basket, me lo hanno pagato dieci a uno. Ho puntato poco, una giocata col cuore, razionalmente mi rendevo conto che molto probabilmente stavo buttando nel " rusco " diecimila lire, ma Chui se sta dritto ha i numeri per dar fastidio a molti. " – Mauro rimase per qualche secondo ad osservarmi basito, come se non credesse alle sue orecchie. – " Ma come cavolo hai fatto? Se quelli davanti non rompevano faticava ad arrivare nei primi tre! Ma roba da matti, lo hai preso a dieci, e poi in Sala Corse…Non ci posso credere, anzi ci credo eccome, una delle tue " stabellate " impossibili da fuori area, se fai canestro con quelle figurati se non indovini vincente un cavallo che tre volte su quattro non finisce la corsa; rompe sempre e la volta che non lo fa lo giochi tu! " –

Mauro era un calcolatore, analizzava tutti gli aspetti, le variabili e le incognite per poi concludere la disanima con una sintesi lucida e ficcante. Magari accettava qualche rischio ma sempre con cognizione di causa. Se c'era un forellino nel muro lui lo trovava e ci si infila repentino e silenzioso mentre gli altri ancora erano fermi a fissare la parete chiedendosi dove fosse il varco per superare l'ostacolo.

Le corse dei cavalli in fondo sono molto simili al corso della vita. Imprevedibili entrambe. Chi si affida alla ratio rischia meno, sta coi piedi per terra e si accontenta. Chi segue il cuore scopre di avere le ali ma molto spesso rapito dalla magia si avvicina troppo al sole e se le brucia. Non è una scelta, così si nasce. Però aprire le ali e volare tra le nuvole e l'azzurro del cielo non ha prezzo.

Gaviola, o per meglio dire " la Gaviola ", era una cavalla di cinque anni elegante e perfettamente proporzionata. Davvero bella, ed era pure affidabile, diligente e generosa. Non correva molto ma quando scendeva in pista puntavamo su di lei senza esitazione. Cavalla da sesta corsa. Non poteva certo competere con i più forti trottatori in assoluto ma all'Arcoveggio difficilmente sbagliava un colpo, precisa come un orologio svizzero, agile e sempre pronta. Non la vidi mai perdere l'andatura, al momento giusto al comando del suo driver faceva la sua " sparata " senza mai esagerare, una cavalla di gran classe che spesso diventava imprendibile per i possenti maschi smargiassi che pur spremendosi a fondo dovevano cederle il passo e chinare il capo. Vinceva di giustezza. Gli artieri che la seguivano e la preparavano per la gara ne avevano grande cura, la Gaviola scendeva in pista sempre lustra come uno specchio, il suo mantello brillava alla luce dei riflettori come seta colpita dai raggi del sole, completamente bardata di verde smeraldo, una regina umile ma caparbia, una piccola fortuna per il suo proprietario che a fine carriera divenne anche ottima fattrice producendo puledri competitivi. Anche Mauro scommetteva volentieri su di lei nonostante d'istinto fosse generalmente più attratto da cavalli di minore caratura che si cimentavano quindi in corse di livello assai più basso dove magari col modesto tempo di 1',22 al chilometro si arrivava primi. Perché queste erano le corse dove più facilmente si poteva cercare la vincita ad effetto e " Cava " per le sorprese e gli eventuali intrighi aveva un ottimo fiuto. – " Ragazzi, nella corsa " a vendere " oggi bisogna giocare Abiura, la guida il Nano (Luciano Bechicchi), se la troviamo vincente a più di tre contro uno la " banchiamo " subito. " – Era una corsa a vendere riservata ai cavalli di tre anni. Naturalmente chi aveva dei puledri forti se li teneva stretti e questo genere di corse avevano come secondo fine di mettere all'asta il cavallo vincitore nel tentativo di incassare due soldini subito piuttosto che sperare in un futuro che difficilmente a causa della scarsa qualità del soggetto sarebbe stato remunerativo. Abiura da vedere non era malaccio, alta e snella, abbastanza veloce e sufficientemente affidabile, ma la differenza la faceva l'uomo che stava seduto sul sulky a pilotarla. Luciano Bechicchi, il re incontrastato tra i driver che gravitavano attorno alla pista da trotto della città turrita alla fine degli anni '70. Grande esperienza, tecnica, istinto predatorio e quel tanto di spavalderia e arroganza da riuscire ad infilarsi in quegli spazi risicati che i suoi avversari non erano nemmeno in grado di individuare. Stranamente ci trovammo subito d'accordo tutti e tre, Mauro, Marco ed io. Puntammo Abiura a 3 e ¼ non appena la sua quota fu impressa col gessetto sulla lavagnetta di un picchetto privato, come noi fecero anche altri scommettitori e in breve la quota calò fino alla pari. La giovane cavallina trottava come una gazzella, agile e allegra ma non abbastanza veloce da prendere la testa in partenza. Presto fu evidente che la maggior parte degli avversari come si usava dire le " tirassero addosso ". La imbottigliarono a modo chiudendola alla corda a centro gruppo ben attenti a non concederle il minimo spazio utile per andare in cerca di gloria. Sembrava finita quando all'imbocco della dirittura d'arrivo il " Nano " profittando di una sbandata verso l'esterno del cavallo che lo precedeva trovò un varco per portarsi in seconda posizione. Mancava ancora poco più di un centinaio di metri al traguardo, Bechicchi mise pressione al driver che comandava la corsa portando Abiura a soffiargli il fiato sul collo, questi vistosi al contempo minacciato da altri cavalli che rimontavano in seconda e terza ruota incitò con tutte le forze il suo quadrupede che con un ultimo sforzo aumentò ancora l'andatura respingendo gli attaccanti ma così facendo permise a Luciano di spostarsi a sua volta all'esterno e piazzare l'allungo decisivo. Un capolavoro tattico e tecnico. Abiura la spuntò di una testa sul filo del traguardo. Non ci fu bisogno di foto finish. Seguimmo lo spettacolo con trepidazione direttamente attaccati alla balaustra che delimita la pista, quando la nostra cavallina si produsse nel guizzo vincente Mauro si lasciò andare in una delle sue interpretazioni migliori acclamando a gran voce. – " Ma vieni! Vieni facile Luciano! Fermala che tanto dietro non ne anno più! Sono tutti al fez! Tutti al brevo! " – Questo era il vero motivo per cui andavo volentieri all'Arcoveggio, il divertimento, le ore spensierate e gioiose in compagnia dei miei amici, il loro modo di relazionarsi, l'allegria contagiosa che profondevano.

Abiura dopo la premiazione fu accompagnata dal suo artiere all'interno del recinto destinato alla vendita posizionato al termine del lato sinistro del parterre in modo che tutti i presenti potessero partecipare all'asta. Per rendere omaggio alla nostra benefattrice ci appropinquammo anche noi, tra la cinquantina di persone interessate un paio si mostrarono seriamente intenzionate ad aggiudicarsi l'asta rispondendo alle richieste del banditore per alzata di mano onde aumentare l'entità dell'offerta. Il tutto secondo copione doveva concludersi in pochi minuti anche perché spesso il cavallo in oggetto non andava venduto ma diversamente dal solito Abiura ottenne una serie di offerte che portarono il prezzo d'acquisto dall'iniziale richiesta di un milione di lire fino a due milioni e ottocentomila; a quella cifra parve che non ci fossero ulteriori rilanci e il banditore s'accinse a scandire il conto alla rovescia per chiudere la partita. Prima che ciò accadesse Mauro si girò verso di me e Marco. – " Dai " regazz " con un palo (in gergo milione) a testa la compriamo, è una buona cavallina e se riusciamo a darla in mano al Nano ci paghiamo le spese per il mantenimento e magari ci resta anche qualcosa…" – " Tu non stai mica bene " – gli rispose Marco impassibile. Passò qualche istante di silenzio durante il quale ebbi il tempo di fantasticare, di sognare, di illudermi e infine disilludermi pensando che un milione di lire tutto insieme non avevo ancora avuto la fortuna di vederlo. Mauro ci guardava beffardo. – " Siete dei freni e dei " plumoni! " – Ci apostrofò. A quel punto mi venne spontaneo cercare lo sguardo di Marco e sparare la battuta finale. – " Dai Santuz! Compra Abiura senza paura! " –

Non comprammo Abiura. Non mi fu mai chiaro se la proposta di Mauro fosse una semplice provocazione uso ridere o se le sue parole contenessero un fondo di verità. Però sono abbastanza sicuro che negli oltre quarant'anni che separano quel divertente episodio dal presente nella testa di Mauro sia frullata di nuovo l'idea di comprarsi un cavallo da corsa e quasi scommetterei che l'abbia fatto davvero.

Un azzimato uomo di mezza età. Lo avevo incontrato un paio di volte a casa di alcuni parenti della mia ragazza, il compagno di una sua zia o qualcosa del genere. Di professione faceva l'allibratore che oggi si usa chiamare bookmakers. La luce elettrica che illuminava i picchetti era forte, la lavagnetta dove si scrivevano le quote doveva essere sempre visibile, anche da lontano. All'interno di ogni picchetto lavoravano quattro persone. Un addetto alla cassa, un altro che lo coadiuvava ad incassare le puntate, un terzo che aveva il compito di vigilare che tutto andasse per il meglio ed un quarto che provvedeva a segnare e mutare le quote che comparivano sulla lavagna al fianco dei nomi dei cavalli in gara. Quest'ultimo era senz'altro il personaggio più importante all'interno del team, colui che si assumeva i rischi e la responsabilità delle proprie decisioni e che ne doveva rispondere ai soci, oppure solo a sé stesso nel caso gli altri operatori fossero dei dipendenti. Lo zio acquisito vestiva di grigio chiaro, un completo elegante e visibilmente di eccellente fattura, il gilet abbottonato, la camicia bianchissima dal colletto e i polsini inamidati, la cravatta di seta blu notte, il Rolex acciaio e oro, i capelli folti, brizzolati e perfettamente pettinati sempre freschi di barbiere. Dei bei lineamenti decisi, puliti e abbastanza fini, il suo sguardo era penetrante e imperscrutabile, l'espressione seria e rispettosa. Ci avevo scambiato due chiacchiere da appena qualche giorno a casa di una tra le tante zie che a frequenze serrate si dovevano andare a visitare per dovere famigliare. Gente comune, tranquilla e accogliente in gran parte già in là con gli anni. Mi aveva passato una soffiata riguardo ad una corsa Gentlemen che si sarebbe svolta nel week-end. – " Sabato vieni da me che ti do il cavallo buono da giocare, vieni subito, rimani nelle vicinanze del picchetto e appena vedi che prendo il gesso in mano allungami i soldi che ti consegno la ricevuta, non più di diecimila lire che dovesse capitare che vinca qualcun altro non voglio sentirmi in colpa. " - Mi disse concludendo il dialogo con una battuta. Sul piccolo biglietto bianco e quadrato era scritto a mano: Whisky vincente. Lire 25000. Quindi se tutto fosse filato liscio a fine corsa mi sarei ripresentato per incassare una volta e mezzo la cifra che avevo scommesso. Non appena intascai la ricevuta mi girai verso la pista cercando con gli occhi il cavallo col numero uno, Whisky appunto. Individuatolo rimasi attonito ad osservarlo, era il più basso di tutti, probabilmente nemmeno un metro e cinquanta alla spalla, forse il cavallo maschio più piccolo che avessi mai visto competere. Compatto e nerissimo, ben muscolato e bardato tutto di nero che sembrava il pony di Zorro quando era bambino. Era davvero sotto taglia, sgambava veloce frullando le corte gambe ad una velocità impressionante. – " Questo qui per andare come gli altri deve fare almeno il doppio dei passi..." – Pensai assalito dal dubbio. Però il demonietto nero lo avevano giocato in molti e radio parterre mormorava fosse non solo il più accreditato e qualitativo tra i partecipanti ma anche che la sua vittoria fosse già stata preventivamente decisa. Ciò perché nell'ambiente ippico era presente la convinzione che nelle gare riservate ai drivers dilettanti una norma di cavalleria non scritta sancisse che a turno tutti i gentlemen dovessero portare a casa una vittoria. Quindi doveva essere la volta di Whisky, o almeno lo speravo. Alla partenza il cavallino di Zorro si mosse con una rapidità impressionante e dopo un breve e incontrastabile slancio prese la corda con tutti gli altri alle spalle a mangiare polvere. Teneva un bel ritmo e nessuno pareva in grado di poterlo contrastare. In retta d'arrivo i concorrenti si aprirono a ventaglio per lo sprint finale ma dovettero accontentarsi di contendersi la seconda piazza perché Whisky fiero e inconscio delle sue ridotte dimensioni già stava tagliando il traguardo mantenendo il suo trotto costante e tamburreggiante quasi fosse un trenino a vapore lanciato ad una velocità preimpostata.

Andai alla cassa a mettermi in fila per consegnare il tagliandino e ritirare quanto mi era dovuto. Il denaro me lo pose tra le mani lo zio di cui sopra. I suoi occhi mi parvero brillare di una fiammella di calore emotivo, appena un accenno, e tra le sue labbra serrate comparve un abbozzo di sorriso.

Non mi capitò più di vedere il distinto e azzimato signore al di fuori dei confini del complesso dell'ippodromo felsineo, se durante le riunioni incontravo il suo sguardo mi limitavo a salutarlo educatamente con un cenno del capo o di una mano ma non andai più a chiedere le sue grazie. Meglio giocarsela da solo, fare le proprie scelte e assumersi le conseguenti responsabilità senza coinvolgere parenti e affini col rischio di creare situazioni imbarazzanti. Whisky lo giocai una seconda volta ma senza successo, dopo la precedente vittoria era stato passato in una categoria composta da cavalli di livello leggermente superiore. Si mosse bene, grintoso e generoso, senza però andare oltre un onorevole quarto posto, posizione che nel trotto premiava economicamente il cavallo ma non gli scommettitori.

Con l'arrivo della bella stagione l'Arcoveggio inaugurò la finestra riservata alle corse serali; la pista illuminata risaltava ancor più a causa del netto contrasto con le zone circostanti che apparivano quasi buie; come fosse un immenso palcoscenico, un teatro all'aperto degno dell'antica Roma, luci e colori sgargianti in parata al cospetto delle stelle. Coreografie coinvolgenti e sempre tante persone sugli spalti e nel parterre, un brulicare d'uomini in movimento, gli occhi alla pista e al totalizzatore, le orecchie tese, vuoi mai che si riuscisse ad intercettare la soffiata giusta o le ultime notizie sulle condizioni di un cavallo sul quale si stesse pensando di puntare.

Mi piaceva un baio dal nome che era tutto un programma, Epitaffio, anch'egli esimio scattista, numero di gara due. Al suo interno un avversario non irresistibile. Mi affascinavano i trottatori rapidi nelle partenze, di fenomeni in pista in quella corsa non ce n'erano, solo onesti lavoratori che si guadagnavano la razione giornaliera di fieno e avena sudando senza risparmiarsi agli ordini delle loro guide. Mentre osservando le sgambature cercavo di analizzare oggettivamente la situazione dalle mie spalle sbucò Roberto Massa. – " Dai Fabbro giochiamoci Musetta, è quella che ha più doti da passista e sui 2100 metri in mezzo a questi brocchi anche se ha un brutto numero di partenza alla lunga dovrebbe venire fuori. " – Roberto vestiva di un casual distinto e curato, abbigliamento di marca, maglioncini inappuntabili senza pieghe fuori posto, jeans sobri e le College di lucida pelle ai piedi, marchio che alternava a quello delle Clarks. Quella sera le sfoggiava marrone scuro, ma sembrava che ogni volta che lo incontrassi ne indossasse un paio appena spianate. Beige, grigie, blu, nere, insomma tutta la gamma delle tinte più classiche secondo il suo stile misurato a volte vivacizzato da un golfino dai colori accesi, azzurro o magari viola, ma nulla più. Figlio di un Generale dell'Esercito si riconosceva per i modi educati ma nel contempo decisi. Sulle prime poteva apparire un po' rigido e marziale ma col tempo veniva alla luce la sua personalità allegra e spiritosa; battute ficcanti e un repertorio di frasi ad effetto che durante le conversazioni sapeva calare al momento giusto. Non l'ho mai visto con un capello fuori posto come se tutti i santi giorni passasse dal barbiere a farsi dare una spuntatina, manco il Big Jim della Marvel riusciva ad avere un bulbo sempre così ordinato. Eccellente nel biliardo e nel gioco delle carte durante i quali amava polemizzare fino al paradosso. A me però Musetta non convinceva più di tanto. – " Grande Massenzio! Per me niente Musetta, non mi piace, sarà anche la favorita ma preferisco " Epi ". " - Gli risposi. Ne ricevetti una serie di folcloristici insulti relativi non alla mia persona ma al cavallo che avevo scelto. – " Quel brocco sfiatato di Epitaffio! Ma dove vuoi che vada con quel nome, giusto al cimitero perché dopo il primo giro si pianta sfinito, questa è una corsa lunga, fosse sui 1600 metri magari ci potrebbe stare ma sulla distanza è un vero cesso! " – Irremovibile mantenni le mie decisioni e allontanandomi in direzione dei picchetti informai il mio amico che stavo andando a scommettere sul mio atleta dal nome funesto al che lui mi raggiunse e sicuro del fatto suo mi propose la vittoria del mio favorito a 2 contro 1. Gli allibratori autorizzati proponevano quote più basse quindi accettai. Convalidammo l'accordo con una stretta di mano e il passaggio di un " deca " dalle mie tasche alle sue. Alla partenza il trotter alla corda non oppose resistenza e il baio col numero due prese la testa facilmente. All'ultimo giro i drivers iniziarono a spostare all'esterno i loro cavalli nella speranza di riuscire a risalire il gruppo, faticavano un po' tutti ma quando si mosse Musetta apparve evidente che rispetto agli altri avesse una marcia in più. La favorita risalì il gruppo, Epitaffio cercò di resisterle ma a venti metri dal traguardo dovette cedere. – " Mo vieni Musetta! " – Urlò esultante il mio compare a due centimetri dalle mie orecchie. Stavo per abbassare lo sguardo quando Musetta stremata dallo sforzo perse l'andatura buttandosi di galoppo. Subito risuonò la voce dello speacker: - " Numero 8, Musetta, squalificata per rottura all'arrivo! " – Nel mentre un provato Epitaffio manteneva ancora mezza lunghezza sul resto della truppa aggiudicandosi la corsa. Mi girai verso il mio allibratore occasionale in silenzio, palmi delle mani rivolti all'in su per ricevere la moneta e un'espressione compiaciuta sul volto. Massenzio sembrava pietrificato, poi d'improvviso girò su sé stesso e si allontanò ad ampie falcate, dritto come una colonna, sguardo alle stelle e una raffica di indecifrabili parole a mezza voce dal significato affatto principesco. Finita la breve marcia di alleggerimento con un perfetto dietro front tornò sui suoi passi, aprì il portafogli e signorilmente saldò il suo debito di gioco. Cercai con tutte le mie forze di rimanere serio, la sua espressione ricordava quella di una persona che sta leggendo un epitaffio dedicato a un caro defunto. Dal nulla apparve Cavara, Santucci alle sue spalle si fermò appena più indietro. Mauro di tacere non ci pensava proprio. – " Paga Massenzio, caccia la grana che ti danno il Nobel per il miglior neo allibratore dell'anno! Roberto masticava un po' amaro, ma sono cose che capitano, oggi a te domani a me, e lui lo sapeva. Il suo volto si rasserenò un po', fingendosi offeso ci voltò le spalle e allontanandosi si congedò amichevolmente- " Ma andate affanc...! " – La serata era finita, ci avviammo allegri verso l'uscita mentre i riflettori si stavano già spegnendo. Le stelle invece erano ancora accese, brillanti più che mai ci osservavano sorridenti e benevole mentre riprendevamo la nostra strada.

L'autunno seguente durante una riunione di corse al trotto mentre osservavo le sgambature qualcuno alle mie spalle mi chiamò ad alta voce. Ancora prima di voltarmi per vedere chi fosse riconoscendone il tono avevo capito che si trattasse di Michele Teglia, mio coetaneo e per sei fantastici anni mio compagno di squadra prima nella Fortitudo e poi nel Fernet Tonic. Non lo vedevo da tempo, sapevo che avesse intrapreso la carriera di allenatore e benché io avessi continuato a giocare a basket non avevo mai avuto occasione d'incontrarlo. Scambiammo quattro chiacchiere sotto ad un cielo novembrino tipicamente grigio e fumoso, la nebbia già comparsa appena sopra la pista nonostante fossero solo le due del pomeriggio. Faceva freddo, un vento gelido sferzava da ovest strappando dai rami degli alberi le foglie gialle e rosse che sospinte da raffiche e mulinelli andavano a depositarsi sul parterre fino a lambire i margini dell'anello riservato alle corse. Michele se ne stava imbacuccato dentro ad un Loden verde dalla cui sommità sbucava la sua testa dai capelli neri e un po'ricciuti. Parlammo del più e del meno, gli accennai che assieme ad un gruppo di amici stavamo pensando di organizzare una festa per l'ultimo dell'anno e gli dissi che sarebbero stati presenti molti dei ragazzi del basket che anche lui conosceva, tra i quali Massimo Brizzante e Marco Santucci. Mi chiese dettagli riguardo alle ragazze che pensavamo d'invitare e senza esagerare gli assicurai che sarebbero state in molte a partecipare al nostro veglione del trentun dicembre. Poi passammo a discorrere delle corse che si sarebbero svolte di lì a poco, in particolare ci confrontammo sulle possibilità di vittoria o quanto meno di piazzamento di una giumenta che piaceva molto ad entrambi, un po'troppo nervosa e ballerina ma ottima atleta, potente e resistente. Avrebbe preso parte ad una corsa riservata ai cavalli di quattro anni e sulla carta sembrava decisamente la più forte. Si chiamava Quicona, al tempo diversamente da ciò che accadde pochi anni più tardi i proprietari dei cavalli agonisti potevano scegliere liberamente il nome del proprio puledro fin quando la Federazione decise che tutti i cavalli nati nel corso dello stesso anno solare avrebbero dovuto avere denominazioni che iniziassero con la stessa lettera la quale quindi diveniva titolo sufficiente per dedurne l'età. Quicona veniva da una serie di successi e piazzamenti rassicuranti, sembrava avesse perso il vizio che ne aveva limitato i risultati durante gli anni precedenti, aveva smesso di buttarsi di galoppo, cosa che a volte era solita fare anche imbizzarrendosi fino a costringere il proprio driver a frenarla bruscamente per interrompere i pericolosi ondeggiamenti che subiva il sulky. Sembrava appunto. Quel pomeriggio non era proprio giornata; la giovane cavalla fin dalla partenza si mise di traverso dapprima caracollando fuori ritmo per poi lanciarsi in un furioso galoppo rendendo vane tutte le manovre del suo pilota nel tentativo di rimetterla al trotto. Dopo appena mezzo giro di pista giunse la temuta sentenza dei giudici di gara tramite la voce dello speaker: " Numero cinque, Quicona, squalificata per rottura prolungata ". Michele non partecipò alla nostra nottata di San Silvestro mentre invece in un certo qual senso approfondì il suo interesse per l'Ippica al punto che la passione per le corse incise profondamente sul suo destino. Un pomeriggio entrato in una Sala scommesse attratto dalle doti sportive di un equino su cui investire una piccola somma di denaro conobbe un'impiegata della ricevitoria sulla quale dirottò immediatamente le sue attenzioni. Qualche tempo dopo la coppia conosciutasi per merito di un cavallo convolò felicemente a nozze. Un altro dei miei amici ed ex compagni di squadra con cui passai piacevoli pomeriggi all'Arcoveggio fu Riccardo Di Cesare, un ragazzone alto oltre al metro e novanta con i lineamenti esotici e gli occhi chiari. In verità a Ric dei cavalli interessava poco assai ma amava stare in " ballotta " intrattenendo i presenti tra una gara e l'altra con i suoi monologhi ricchi di dettagli e spiegazioni sorretti dal suo consueto buon umore. All'ombra del totalizzatore approfondì la conoscenza di una ragazza alta e magra dai capelli folti e nerissimi che faceva parte di quel ramo della nostra compagnia che era solito frequentare durante i fine settimana le discoteche del centro storico. Sono certo che uscirono assieme ma Riccardo da vero gentleman fece resistenza ad ogni mio tentativo d'indagine rispondendo in maniera vaga ed evasiva alle domande scontate che gli rivolsi per saperne di più. Era un ragazzo buonissimo, un finto burbero dal cuore d'oro sempre pronto a dare una mano a chi ne avesse bisogno, una di quelle rare persone che prova gioia nel rendersi utile. Anch'egli come Michele si dedicò presto al ruolo di allenatore delle squadre giovanili maturando anche esperienze nel basket femminile. A Bologna divenne quasi un personaggio pubblico, nell'ambiente cestistico lo conoscevano tutti, refrattario ad ogni tipo di patente di guida in sella al suo scooter 50 cc raggiungeva qualsiasi località della provincia per amore dello sport anche durante i rigidi mesi invernali. Laureatosi Professore di Educazione Fisica presso l'ISEF di Bologna trasmise la passione per la palla a spicchi a migliaia di giovani studenti.

L'Ippodromo Arcoveggio fu inaugurato nel 1932 e da allora è sempre stato gestito dalla Società Cesenate delle Corse al Trotto. Nel 2004 e successivamente nel 2015 è stato oggetto di importanti e innovative ristrutturazioni con lo scopo di assumere la dimensione di luogo non solo dedito all'ippica ma anche adatto ad ospitare le famiglie per le quali furono appositamente create oasi attrezzate tali da permettere a giovani e piccini di svagarsi in tutta libertà e sicurezza. A causa della diffusione del COVID la struttura è rimasta lungamente chiusa al pubblico e le corse si sono svolte alla presenza dei soli addetti; ciò ha messo a serio rischio il futuro dell'intero settore che attualmente sta cercando di risollevarsi anche grazie ad iniziative di privati e associazioni di addetti ai lavori.

Capitolo 15

Impiegammo diversi giorni per preparare al meglio la festa dell'ultimo dell'anno. Giovanni si era offerto quale padrone di casa, nelle campagne in prossimità di Castelmaggiore i suoi genitori conservavano un appezzamento di terreno con una casetta di origini rurali. Era stata la dimora dei nonni, dimenticai di chiedergli se materni o paterni, ma non ha la minima importanza. La casa si sviluppava tutta al piano terra ed era bianchissima, le pareti erano state appena intonacate e tirate con la calce sulla quale erano stati passati vari strati di tempera color ghiaccio, l'esterno ancor più candido risplendeva al sole dell'ultima domenica dell'anno; un sole lontano ma giallo come il grano di luglio che se la rideva beato al centro di un cielo di un azzurro così vivace che si poteva pensare fosse stato anch'esso appena dipinto dall'imbianchino che aveva rinnovato la dimora del mio amico. Un sole d'inverno i cui raggi faticavano a sciogliere gli strati di neve ghiacciata che ricoprivano i campi da qualche giorno. Le strade invece erano già state ripulite e ai loro lati s'erigevano gelidi muretti di neve sporca stirata di grigio e macchiata di nero. Per nulla natalizi, affatto in armonia con l'atmosfera calda e romantica della più sentita festa cristiana. Mancava ancora qualche giorno al trentun dicembre, le previsioni del tempo dicevano che su Bologna e dintorni non avrebbe più nevicato e così fu. Lo affermava il Colonnello Bernacca, un mito della RAI, Radio Televisione Italiana. Il primo tra tutti a raccontare ai connazionali che tempo avrebbe fatto nei giorni a seguire, per anni unica voce ad occuparsi pubblicamente di fenomeni atmosferici e temperature. Un notissimo personaggio del piccolo schermo così come lo erano stati Nicolò Carosio per le cronache delle partite di calcio e il maestro Manzi nel dedicarsi all'insegnamento della nostra lingua scritta e parlata durante le trasmissioni televisive pomeridiane.

Nella casetta di Giovanni la TV non c'era, non c'era quasi nulla oltre ad un frigo e una vecchia credenza di legno bianca e celeste appoggiata contro ad una parete della cucina, un tavolaccio massiccio di legno grezzo, tante sedie dalle fogge diverse e un lavello di ceramica dalle forme di un parallelepipedo e le dimensioni di una vasca da bagno. La luce artificiale era assicurata da una serie di lampadine che pendevano dai soffitti o direttamente da una presa a parete. Entrando in casa si accedeva ad un ambiente dalle dimensioni generose al cui centro erano piazzati un organo elettrico e una batteria, la disposizione originale dei vani era stata mutata tramite la demolizione di alcuni inframezzi così da creare un unico vasto spazio ove prima sorgevano l'ingresso, una sala e una camera da letto. Oltre alla sala con gli strumenti e alla cucina rimaneva solo un'altra stanza, del tutto vuota, e i servizi che erano stati anch'essi oggetto di ristrutturazione recente. Poteva andare, la metratura a disposizione era sufficiente per accogliere le sessanta/settanta persone che ci aspettavamo. Però bisognava darsi una mossa, necessitava dare una spazzata e una spolverata, reperire dei gruppi di faretti colorati simili a quelli in uso nelle discoteche, predisporre un impianto stereo fornito di mix, amplificatore, due piatti, equalizzatore e almeno un paio di grandi casse acustiche da cento watt. Poi si sarebbe dovuto montare e collegare il tutto, dopo di che si sarebbe potuto pensare ai dischi, alle cibarie e alle bevande, soprattutto a quest'ultime. Assieme a me e Giovanni era presente anche Massimo Brizzante e questo oltre che un piacere si rivelò una vera fortuna, senza di lui, i suoi attrezzi e le sue capacità manuali relative in particolare al montaggio e al collegamento degli impianti elettrici non ci saremmo mai saltati fuori. Giovanni un po' se la cavava, io tutt'al più avrei potuto fare il manovale. Lavorammo per tre giorni consecutivi dalle prime ore del pomeriggio fino a notte tarda, una faticaccia bestiale. Prima di tutto immagazzinammo i preziosi strumenti musicali nella camera vuota e poi ci sedemmo attorno al tavolaccio per fare un inventario preciso di ciò che ci sarebbe servito. Per quanto riguardasse il cibo e le bevande decidemmo di coinvolgere gli invitati chiedendo cortesemente a tutti di portare qualcosa, tuttavia per sicurezza stanziammo un budget di diecimila lire a testa, conclusione a cui si arrivò con una certa difficoltà perché Giovanni già ci metteva la casa e parte dell'impianto stereofonico, Massimo avrebbe fornito trapano, martello, cacciaviti e tutto quant'altro fosse servito prelevandolo direttamente dal garage di suo padre, mentre io a parte i miei quarantacinque giri in vinile non avevo null'altro da sacrificare alla causa. Così proposi di partecipare aumentando la mia quota pecuniaria fino a ventimila lire. Un salasso! Definito il nostro piano operativo non restava che reperire una bottega specializzata dove prendere in affitto i gruppi di faretti e quanto servisse per posizionarli, un mix e un piatto da collegare all' impianto stereo già in nostro possesso così da riuscire a sparare musica a tutto volume in continuità fino all'alba. Naturalmente il ruolo del DJ sarebbe stata prerogativa del padrone di casa. Sapevamo già dove dirigerci per risolvere i nostri problemi, in zona centro tra Via Riva di Reno lato Via Galliera, Via Morgagni e Via Augusto Righi erano presenti ben tre rivendite fornite di tutto punto; a cavallo degli anni ''70/80 la città pullulava di simili esercizi, spesso negozi di piccole dimensioni stracolmi di ogni marchingegno utile a riprodurre musica. Prima che facesse sera salimmo a bordo del '' cinquino '' di Giovanni diretti alla nostra meta. Massimo aveva preso posto nel sedile posteriore, era più alto di me di un paio di centimetri ma grande e grosso il doppio, di fianco a lui non ci si sarebbe incastrato nemmeno un bambino. Ce ne tornammo a Castel Maggiore con tutto il necessario tra cui quattro futuristici cilindri di plastica nera in ognuno dei quali erano stati assemblati tre grossi faretti dai diversi colori capaci di generare un intenso fascio luminoso. Brizz e Giovanni lavorarono intensamente di trapano e cacciavite mentre io mi occupavo di posizionare le sedie contro ai muri della sala principale. Poi passai a sistemare il tavolone porta vivande della cucina accostandolo ad una parete in modo che il centro della stanza rimanesse libero. Dopo aver scartato diverse soluzioni decidemmo di posizionare la consolle del DJ in un angolo della sala sul lato opposto rispetto al portoncino dell'ingresso, quando finalmente Giovanni si sedette in postazione per le prove generali incrociammo le dita. Un'esplosione di sound e di colore, dalle due grosse casse usciva un suono pulito con bassi profondi e toni alti squillanti, eravamo soddisfatti ma ci sembrava che mancasse qualcosa. – '' Ragazzi siamo comunque durante le festività natalizie, ovvio che non possiamo allestire un presepe e tantomeno l'albero però un po'di festoni che s'incrociano sui soffitti e due stelle comete attaccate alle pareti farebbero ambiente. '' – Dissi io d'improvviso. Tre minuti dopo salivamo di nuovo in macchina, erano le undici di sera e dovevamo ancora mangiare. Raid in zona stazione ferroviaria, trovammo una piazzetta semi deserta ma molto ben illuminata, la serata era polare e il vento sferzava tagliente, molti degli addobbi che erano stati posti a decoro degli esercizi e dei lampioni dalla malinconica luce arancione erano stati strappati via dalle raffiche impietose. Ma era quello che ci serviva, abbandonarli in preda alle correnti avrebbe significato decretarne la fine prima che venisse l'alba. Ne facemmo incetta.

Durante l'ennesimo viaggio di ritorno verso la casetta bianca le posizioni all'interno della Fiat 500 non erano mutate, Giovanni alla guida ed io al suo fianco; Massimo sul sedile posteriore completamente avvolto e ricoperto da ghirlande e festoni di nylon lucido e cangiante, da argentee stelle di cartone e da un paio di voluminosi cartelli di plastica a rilievo raffiguranti Babbo Natale alla guida della sua slitta volante trainata dalle renne. Mancava solo che il passeggero seminascosto d'incanto s'illuminasse di luce intermittente, una spruzzata di deodorante Pino Silvestre Vidal e chiunque avrebbe potuto scambiarlo per un albero di Natale.

Terminammo i lavori alle due del mattino del trenta dicembre, distrutti ma certi di aver allestito un bell'ambiente, al cibo si sarebbe provveduto direttamente la sera della festa, i primi invitati sarebbero giunti verso le ventidue quindi a noi sarebbe stato sufficiente anticiparli di un paio d'ore per definire gli ultimi dettagli. Avevamo fame ma il bisogno di riposo si era fatto pressante così accantonammo sul nascere l'idea di raggiungere una qualche osteria entro le mura, alcune chiudevano attorno alle tre del mattino e un boccone al volo volendo saremmo riusciti a buttarlo giù. – " No ragazzi, andiamo in branda, domani mia madre a pranzo mi fa i tortellini non posso dormire fino a tardi, poi me la mena con la storia che la casa non è un albergo e non mi passa più. " – Concluse Giovanni laconico.

Per primo accompagnammo Brizz, quando giungemmo davanti al portone di casa sua stava ronfando beato, scesi dalla vetturetta in modo che potesse uscire dall'auto, il brusco risveglio, la mole e l'eskimo imbottito cercarono di trattenerlo all'interno dell'abitacolo inconsapevoli della sorprendente agilità di cui era dotato. Giocavamo a basket nella stessa squadra ormai da oltre un anno e lo avevo visto tante volte districarsi rapido e sguisciante lasciando gli avversari di stucco al cospetto di un omone insospettabilmente veloce. Giò mi portò fin sotto casa, Via Marconi 29, spense il motore ed abbassò il finestrino per fumarsi la sua ultima Merit gialla in compagnia. Teneva l'avambraccio fuori, la punta incandescente della sigaretta brillava come una lucciola fuori stagione. Scambiammo le ultime battute prima di salutarci. – " Come mai Alessandra non c'è l'ultimo dell'anno? " – gli chiesi incuriosito. – " Perché va giù in Salento assieme ai suoi genitori e a sua sorella per passare le feste con i parenti. " – Fu la sua risposta. – " Beh dai, così fai il DJ tutta sera. " – Replicai brevemente, e a chiosa aggiunsi – " Bona, andiamo in branda, ci sentiamo domani dopo che ti sei rimpinzato di tortellini, e salutami la Derna (sua madre). " –. Peccato che non venisse Alessandra, mi piaceva guardarla anche se ero costretto a farlo di soppiatto e con grande discrezione, ovviamente la frequentavo solo in presenza del mio amico e della mia ragazza ed ero cosciente che entrambi al riguardo nutrissero più che un semplice sospetto. Esistono persone che quando s'incontrano lasciano un segno immediato, profondo e indelebile e lei ne era l'esempio più lampante, o per meglio dire più luminoso. Dieci metri per raggiungere il portone di casa, moderno, distinto e imponente; un telaio dorato lavorato a listelli inframmezzato da vetrate brunite. La chiave gira dopo un piccolo " clic ", spingo la svogliatissima anta verso l'interno, tolgo la chiave dalla serratura e salgo la corta rampa di scale che porta all'ascensore, i miei passi frusciano stanchi sopra alla ruvida corsia di tessuto rosso assicurata ai gradini tramite stecche anch'esse dorate e lucidissime. Quante dorature in quel pretenzioso ingresso. Oro e rosso, pannelli di legno rivestono le pareti alternati a sezioni di pregiato marmo bianco venato di giallo. L'ascensore sale pigro fino al terzo piano. Dormono tutti, solo la Cila è sveglia, mi annusa e si fa carezzare la testolina fulva parzialmente sbiancata dall'incedere del tempo, mi omaggia con quattro leccate e poi sparisce lungo il corridoio. Mi lavo e indosso di fretta un pigiama felpato, lavato e profumato; è azzurro chiaro, chiaro come l'acqua del mare sotto al sole d'estate. Faccio piano, senza fare rumore sposto la coperta di lana grezza a strisce rosso/verdi fino a spingerla completamente di lato, mi bastano le lenzuola e il panno blu cobalto, quello con l'ancora bianca ricamata a mano su ambo i lati. Dalla camera appena di là dal disimpegno mi giunge in sottofondo il rumore del respiro profondo e cavernoso di mio padre, intanto fuori inizia a piovere, la tapparella non è stata abbassata del tutto e le gocce di pioggia insinuandosi tra le fessure canticchiano contro al vetro sottile delle finestre. Una sinfonia leggera e argentina che mi concilia il sonno. Sogni proibiti s'impossessano del mio inconscio. Il mare è una tavola verde acqua liscia come l'olio, il colore del cielo sovrastante è di un tono appena più tendente al celeste.

31/12/1979. Si fa sera, nubi spesse e plumbee separano il cielo dalla terra, un muro grigio, muto e impenetrabile attraverso al quale la luce del sole filtra appena giallognola e stanca. Non tira una bava di vento, tutto è statico e uniforme.

Alle dieci di sera sono giunti già tutti, intorno alla casetta bianca sostano oltre trenta automobili, l'area è recintata e Giovanni constatato l'arrivo degli ultimi ospiti ha chiuso con lucchetto e catena il cancello carrabile. Musica di sottofondo, brusio di voci, risate, gente che si saluta. Presto il tavolaccio della cucina risulta stipato di cibarie dolci e salate tanto che le confezioni di bicchieri, posate e piatti di plastica vengono ammassate dentro al lavello, anche il frigo è stracolmo così molte bottiglie di spumante e casse di birra le piazziamo all'aperto di fianco al portoncino d'ingresso, la temperatura esterna è decisamente inferiore a quella del vecchio Zoppas che comunque svolge ancora il suo dovere dignitosamente, per l'occasione gli abbiamo lucidato il maniglione a molla che serve per aprire e chiudere il suo portellone. Speriamo che non nevichi. Finalmente il DJ prende posto nell'angolo adibito a consolle, i quattro blocchi di faretti tramite una presa vengono collegati all'impianto stereo, fasci di luce trafiggono la sala al ritmo della sigla di apertura, la solita e insostituibile " I' m Your boogie man, KC and the Sunshine Band ". Un attimo di esitazione e la pista si riempie, il primo è Alberto, pantalone grigio scuro alla moda e camicia nera con tutti i bottoni allacciati colletto compreso, tinte che contrastano volutamente con le sue chiome lunghe e bionde. Con lui ci sono due ragazze che ha conosciuto chissà dove e naturalmente Massimo Concato che finalmente ricopre il ruolo di ospite e non di padrone di casa. Le ragazze e i ragazzi del IV Liceo e coloro che lo erano stati fino ad uno o due anni prima ballano assieme al gruppo dell'Art Club, quello del sabato pomeriggio. In un angolo si muovono composte le donne della compagnia di San Giuseppe intrattenute da Lele e Massimo, difficilmente distinguibili tra loro a prima vista ma dal carattere completamente diverso, il primo più serio e riflessivo, il secondo più allegro ed istintivo. Manca Giancarlo, sta prestando servizio di leva come carabiniere. Gianni Z. e Silvia Rovanelli siedono vicini e un po' in disparte, con un braccio lui le cinge le spalle, da pochi mesi si sono sposati e sono divenuti genitori di un bimbo che hanno chiamato Matteo, entrambi molto eleganti, lui in completo spinato di lana e polacchine nere, lei indossa un abito di velluto damascato su fondo azzurro. Dico Music " a palla ", i pezzi più in voga nei locali notturni della città ma soprattutto quelli più suonati dalle frequenze delle radio libere più ascoltate, Nettuno Onda Libera, Radio Bologna International, Radio Modulazione Special. Nella zona ristorazione s'intrattengono i più tranquilli, i ragazzi del basket, quelli del giro della Sala Biliardi e un nutrito gruppo di ragazze residenti nel centro storico vestite troppo elegantemente per potersi scatenare in pista. Marco Santucci sfoggia un impeccabile completo blu, scherza assieme agli amici più intimi, dialogano con un trio di giovani universitarie, tutte iscritte all'ISEF. In particolare Marco ne osserva una, in questo caso guardando dal basso verso l'alto perché se ne sta rannicchiato sopra a una vecchia " scrana ", una gamba piegata e l'altra distesa. La ragazza parla tutta seria e accalorata, Marco dopo un po'si alza, fa due passi, si volta e sorridendo le dice: - " Ma sei fantastica! " - Brizz va fuori a prendere due cartoni di birra, Ceres in bottiglia, esce così com'è, jeans chiari e camicione di flanella, il freddo gli fa un baffo, la birra lo mette di buon umore, tutto soddisfatto mi pianta due affettuose legnate sulle spalle. – " Abbiamo fatto un buon lavoro, la gente si sta divertendo, peccato che te ne stai sempre lì inchiodato alla tua signorina. Smollala un po'che facciamo casino con gli altri! " – Mi dice ironico e sarcastico. Un attimo dopo tutti gli uomini hanno una " boccia " di spumante in mano, roba seria, qualcuno lavora già e un po' di soldini girano, " Cesarini Sforza ", " Ferrari Brut " e una mezza dozzina di bottiglie di Berlucchi che Gianni a sorpresa ha appena prelevato dal baule della sua Golf GLI 1600, carrozzeria azzurro metallizzato e capote beige. Quaranta tappi partono come missili verso il soffitto. Siamo nel 1980.

La festa continua, osservo gli amici di sempre, quelli con cui sono cresciuto. So che presto prenderemo tutti strade diverse, ognuno intento a rincorrere i propri sogni. Ma è solo un attimo. Si fanno le ore piccole, un po'alla volta gli invitati si riappropriano dei soprabiti e se ne vanno allegri e contenti. Brizzante si aggrega agli ultimi, Marco gli darà un passaggio fino a casa. Mi saluta chiedendomi quando riprenderanno gli allenamenti. – " Lunedì prossimo al campo di Porta Castiglione! " – Gli rispondo mentre in maniche di camicia s'allontana con l'eskimo sottobraccio. Luci spente, silenzio. Le orecchie ronzano un po' ma mi sento bene e non ho nemmeno tanto sonno. Rimaniamo solo Giovanni ed io. – " Vedi se riesci ad infilare un po'di sedie nello stanzino, io intanto riempio i sacchi del pattume, domani con calma faccio un salto a finire di riordinare, non ti chiedo neanche se vieni ad aiutarmi tanto lo so che starai in branda a dormire tutto il giorno! " – Mi giro verso la parete e afferro due sedie da cucina anni ''50, una è verdina, l'altra giallo canarino, le aveva in casa anche mia madre al tempo in cui andavo all'asilo dalle Suore Grigie.

Lo stanzino è semibuio, impilo le prime due sedie in fondo dietro agli strumenti musicali. Dagli scuri socchiusi entra una luce nuova, chiara e invitante. Apro la finestra e spalanco le imposte. Un soffio d'aria libera i miei pensieri. Li osservo volare via veloci come già sapessero quale stella cercare. Un cielo di seta nera punteggiato da mille luci argentee brilla al cospetto di una piccola e candida luna piena. Domani sarà una splendida giornata, il sole carezzerà le facciate dei palazzi della città e li farà risplendere nei loro meravigliosi colori.

Qualcuno sposterà con la mano una spessa tenda rossa di cotone grezzo e guarderà al di là dei vetri.

FINE

Mario Fabbrini Sferamondi

Elenco delle persone citate nel testo di cui si hanno notizie certe:

Alberto Liverani. Vive a Bologna-. Lavora presso Poste Italiane.

Marco Santucci. Vive a Bologna. Responsabile ufficio vendita CEA.

Mauro Cavara. Vive a Ferrara. Direttore generale della VIS 2008 basket.

Giancarlo Tonelli. Vive a Bologna. Direttore generale dell'ASCOM Bologna.

Pierre Dante Caffaggi. Vive e lavora a Bologna.

Antoine Dietrich. Prematuramente scomparso a causa dei traumi conseguenti ad una aggressione.

Marcello Zannini. Vive a Bologna. Albergatore zanhotel group Bologna.

Clarita H.C. Vive nell'hinterland milanese.

Uberto Martinello. Vive a Bologna. Giornalista

Maurizio Falamelli. Vive a Bologna. Dottore Titolare di Farmacia.

Piero Messini d' Agostini. Vive a Bologna. Giurista.

Maria Cristina Caselli. Vive a Bologna.

Eleonora Motta. Vive a Bologna. Laureata in Lingue. Traduttrice professionale.

Luca Frabetti. Vive a Bologna. Geometra.

Simonetta R. Vive nei pressi di Bologna. Consulente finanziario, pittrice.

Adelaide Donini. Vive a Bologna. Titolare di un negozio di abbigliamento.

Gianni S. Funzionario presso il Comune di Bologna.

Marco Bellenghi. Prematuramente scomparso nel 1980 a causa di un incidente stradale. Ex tennista. Gli è stato intitolato un importante trofeo giovanile di tennis a squadre.

Silvia Raimondi. Vive a Bologna.

Fabio Morisi. Vive e lavora a Bologna.

Roberto Messini d' Agostini. Vive a Bologna. Attore televisivo e cinematografico. Ex Trio Reno.

Angelo Messini d' Agostini. Cantante e musicista.

Nicoletta Nobili. Veterinaria. Prematuramente scomparsa dopo lunga malattia.

Roberto Poli. Prematuramente scomparso.

Giovanni P. Dottore in Economia e Commercio. Manager. Attualmente vive e lavora all'estero.

Valerio Spinedi. Vive a Livorno. Dottore specializzato in Psichiatria esercita presso AUSL di Bologna.

Mirco Rocchi. Prematuramente scomparso negli anni '' 80.

Michele Giannattasio. Vive a Bologna. Pensionato e DJ. Ex funzionario della Bayer Farmaceutica.

Eugenio E. Vive a Bologna. Dottore Commercialista.

Stefano Michelini. Vive a Bologna. Giornalista e cronista sportivo RAI.

Alberto Ospitali. Vive a Bologna.

Massimo Concato. Vive a Bologna. Dottore in Farmacia e titolare della Farmacia Contavalli.

Massimo S. Vive in collina vicino a Bologna. Dottore specializzato in odontostomatologia esercita la professione di dentista.

Lele S. Vive a Bologna. Dottore specializzato in odontostomatologia esercita la professione di dentista.

Clara S. Vive a Bologna. Laureata in Lingue.

Maurizio P. Vive ad Anzola dell'Emilia. Operatore di Polizia Municipale.

Laura C. Vive a Roma.

Roberto Massa. Vive a Bologna. Promotore finanziario Senior presso Mediolanum.

Matteo Vacchi. Vive a Bologna. Ha lavorato presso le aziende di famiglia.

Andrea Zanini. Vive a Bologna. Si occupa di impianti fotovoltaici.

Fabio Onofri detto Frio. Vive e lavora a Bologna.

Marco Balugani. Vive a Torri del Benaco. Lavora presso Hotel Astoria Torri del Benaco.

Cesare Tarozzi. Vive a Bologna. Lavora presso il proprio centro di osteopatia.

Riccardo di Cesare. Prematuramente scomparso nel 2012 verosimilmente a causa di un infarto. Laureato ISEF. Professore di Educazione Fisica. Allenatore di Basket. Il Comune di Bologna gli ha intitolato un campo sportivo all'aperto nei pressi di Via Libia ove è presente una targa in sua memoria.

Bruno Bernardini. Vive a Bologna.

Rocco de Bonis. Vive a Bologna. Esercita la professione di Avvocato presso il proprio studio legale.

Francesco Guidicini. Vive a Bologna. Fotografo di fama internazionale ha operato a lungo in Inghilterra.

Alberto Pagnoni. Vive a Bologna. Agente di commercio.

Gilberto Gallerani. Vive a Bologna. Direttore dell'Unità operativa di Anestesia e Rianimazione dell'Ospedale di Cento.

Mario A. Vive a Bologna.

Lucia A. Vive a Bologna.

Mauro Emili. Vive a Bologna. Opera nel campo assicurativo.

Alessandra Perrone. Vive nei pressi di Bologna. Laureata ISEF insegna Educazione Fisica presso una Scuola Statale Secondaria di Bologna.

Michele Teglia. Vive a Bologna. Laureato ISEF insegna Educazione Fisica presso un Liceo Scientifico Statale di Bologna.

Gianni Z. Vive a Sasso Marconi. Opera come agente nel campo assicurativo/finanziario.

Gilberto P. Vive a Bologna. Laureato in Farmacia opera come informatore farmaceutico.

Stefano Orsi. Vive a Bologna. Marketing Manager presso FAAC Simply Automaic.

Si ringrazia per il contributo Confcommercio Ascom di Bologna, in particolare nella persona del Direttore generale Giancarlo Tonelli.

Si ringrazia inoltre Marco Santucci per la preziosa opera di collaborazione relativa a memorie, dettagli e informazioni riguardo alle persone e ai luoghi citati durante la narrazione.

Printed in Poland
by Amazon Fulfillment
Poland Sp. z o.o., Wrocław

26738978R00134